KARL RITTNER

Die Toten von Wien

GOLDMANN

Buch

Wien 1922: Nach dem Krieg ist die einst glanzvolle Monarchie der ersten Republik gewichen. In dieser Zeit des Umbruchs hat sich der aus Ungarn stammende Adelige Alexander Baran ein neues Leben als Kommissär bei der Wiener Kriminalpolizei aufgebaut. An einem kalten Märztag wird er zum Donaukanal gerufen, wo die entsetzlich entstellte Leiche einer jungen Frau gefunden wurde. Wie sich herausstellt, war die Tote Balletttänzerin an der Wiener Oper. Kurz darauf wird in der Nähe ein pensionierter Hofbeamter von einer Straßenbahn erfasst und getötet. Erst spät erkennt Alexander Baran einen ungeheuerlichen Zusammenhang zwischen den Fällen – beinahe zu spät …

Autor

Karl Rittner ist das Pseudonym eines österreichischen Schriftstellers und Hochschulprofessors. Mit »Die Toten von Wien« legt er seinen ersten historischen Kriminalroman vor. Heute lebt der 1960 im Salzburger Land geborene Autor in Wien.

Karl Rittner

Die Toten von Wien

Ein Fall für Alexander Baran

GOLDMANN

MIX
Papier aus verantwortungsvollen Quellen
FSC® C014496
FSC www.fsc.org

Penguin Random House Verlagsgruppe FSC® N001967

1. Auflage
Originalausgabe September 2022

Dieses Werk wurde vermittelt durch die
Literarische Agentur Thomas Schlück GmbH, 30161 Hannover
Umschlaggestaltung: UNO Werbeagentur, München
Umschlagmotive: FinePic®, München; Ildiko Neer/Trevillion Images
Redaktion: Friederike Arnold
KS · Herstellung: ik
Satz: KCFG-Medienagentur, Neuss
Druck und Bindung: GGP Media GmbH, Pößneck
Printed in Germany
ISBN: 978-3-442-49090-5

www.goldmann-verlag.de

PROLOG

EIN KLEINES JAGDSCHLOSS AN DER ÖSTERREICHISCH-UNGARISCHEN GRENZE, ANFANG NOVEMBER 1913

Szonja von Waldstetten rang nach Luft. Diese war eisig und brannte in den Lungen. Unter ihren bloßen Füßen spürte sie den Waldboden, nass und kalt. Dunkelheit umgab sie. Zitternd streckte sie die Hand aus, wagte einen Schritt nach vorn, dann noch einen und erstarrte. Vor ihr im Finsteren tauchte plötzlich eine weiße Gestalt auf. Noch konnte sie nur Schemen erkennen. Entsetzt presste sie beide Hände auf ihren Mund, um sich nicht zu verraten. Aber es war zu spät. Das Wesen hob den Kopf und sah Szonja aus funkelnden Augen an. War es zuerst ruhig dagestanden, so bewegte es sich jetzt schnell auf sie zu. Sie konnte die Kreatur nun deutlich erkennen. Es war ein weißer Gamsbock, riesenhaft, mit goldblitzenden Hörnern. Unbändige Wut lag in seinem Blick. Szonja wusste, dass sie sich umdrehen und fliehen musste. Doch ihre Beine gehorchten ihr nicht. Es fühlte sich an, als wären sie mit dem Boden verwachsen. Der Bock hatte sie fast erreicht, sie meinte schon, seinen heißen Atem zu spüren. Gleich würde er sie mit seinen

Hörnern aufspießen, doch dann hörte sie einen ohrenbetäubenden Knall. Ein Schwall von Blut schoss auf sie zu, als der Bock, tödlich getroffen, zu Boden fiel, und es war ihr, als würde er sie im Tod mit sich reißen wollen. Tiefer und tiefer stürzte Szonja, ehe sie mit einem erlösenden Schrei aufwachte. Tränen liefen ihr über die Wangen, ihr Herz klopfte wild.

Zitternd setzte sie sich im Bett auf. Nur ein Traum, aber so echt.

Der Zlatorog. Wie oft hatte ihre Mutter ihr diese Geschichte erzählen müssen. Auf dem Triglav in den Julischen Alpen hatte er gelebt, der weiße Bock, in einem paradiesischen Garten, der mit jeder Erzählung schöner und verlockender wurde. Auch der Schatz, den der Zlatorog hütete, nahm mit jedem Mal größere Ausmaße an. Ein gieriger Jäger hatte den Bock erschossen, um an den Schatz zu kommen. Aber aus seinem Blut war eine wunderbare Blume entstanden, die Triglavrose, die dem Zlatorog langsam das Leben zurückgab. Von da an war das Schicksal des Jägers besiegelt, sein Tod unausweichlich. Der weiße Bock nahm unerbittlich Rache. Szonja wusste natürlich, dass es nur eine alte Sage war, aber sie konnte das Gefühl nicht abschütteln, dass etwas Schreckliches geschehen würde.

Der Schrei hatte den Mann neben ihr aus dem Schlaf gerissen. Graf Anton von Waldstetten war siebenundzwanzig Jahre alt und der schönste Mann, den Szonja in ihrem achtzehnjährigen Leben je zu Gesicht bekommen hatte. Seit zwei Wochen waren sie verheiratet und seither keine Sekunde getrennt.

Er machte die Petroleumlampe neben dem Bett an. »Was ist, mein Liebes?«

»Ein böses Omen«, flüsterte Szonja. Ihr Blick wanderte zur gegenüberliegenden Wand. Dort hing die Trophäe eines kapitalen Hirsches und direkt daneben das nicht minder beeindruckende Ölporträt des verstorbenen Grafen von Waldstetten, in dessen Auftrag dieses Jagdschloss erbaut worden war.

Sein Sohn sah ihm zum Verwechseln ähnlich. Sein Haar war dichter und lockiger, aber er hatte den gleichen Ausdruck in den Augen, das gleiche Grübchen am Kinn. Doch fehlte ihrem Mann die Strenge, mit der der Alte sie vom Bild herab musterte, als wollte er sie für den Traum tadeln, der sie so aus der Fassung gebracht hatte.

Beruhigend nahm Anton sie jetzt in die Arme und strich ihr sanft über die Stirn. Aber der Traum ließ sie nicht los.

»Der weiße Gamsbock. Wer ihn tötet, nimmt ein schreckliches Ende.«

Anton küsste sie zärtlich auf den Mund.

»Es ist alles in Ordnung. Du hattest einen Albtraum. Der weiße Bock? Mein Liebling ist ja abergläubisch. Der Büchsenspanner des Erzherzogs, der alte Mittendorfer, hat dir mit seinen Erzählungen gestern Abend im Gasthaus Angst gemacht.«

»Er hat die Wahrheit erzählt. Erzherzog Franz Ferdinand hat die weiße Gams im August im Salzburgischen erlegt. Es wird ihm Unglück bringen, ich spüre es.«

»Ach, Liebes. Du hast doch gehört, was der alte Mittendorfer gemeint hat. Der Erzherzog hat gesagt: ›Na, wenn man sterben muss, stirbt man sowieso!‹ Und auf den Büchsenspanner des Erzherzogs ist Verlass, der lügt nicht.«

»Ich habe davon geträumt«, flüsterte Szonja, »vom Tod.«

»Vom Tod hast du geträumt? Vom Tod des Erzherzogs?«

Sie schüttelte leicht den Kopf.

»Wer soll denn dann sterben? Den weißen Gamsbock kannst du nicht mehr retten.«

»Ich habe in seine Augen geschaut, als er zu Boden fiel. Da waren Feuer und Glut.«

»Ein Albtraum. Eine alte Legende. Nicht mehr.«

»Aber ich bin mit ihm gefallen, verstehst du?«

Szonja schloss die Augen. Sie erwartete, dass Anton weiter nach beschwichtigenden Worten suchen würde, aber stattdessen zog er sie an sich. In seinen Armen beruhigte sie sich. Mehr noch, seine sanften Berührungen und Küsse ließen sie den Albtraum vergessen. Szonja überkam ein Glücksgefühl, und sie spürte, dass ihre Entscheidung richtig gewesen war, ihr vergangenes Leben hinter sich zu lassen und mit Körper und Seele ihm zu gehören. Nur noch selten dachte sie an ihre Kindheit auf einem entlegenen ungarischen Gut zurück, an ihren strengen Vater, der alles verbot, was junge Menschen glücklich machte, und an ihre Mutter, die dies still erduldete. Nur ihr Bruder fehlte ihr sehr, sie vermisste seine Streiche, sein Lachen. Vielleicht würde sie ihn eines Tages zu sich holen, wenn die Zeit dafür reif war.

Jetzt aber genoss sie es, geliebt und verwöhnt zu werden und wie ihr Mann ihren Körper erkundete, mit jeder Berührung die bösen Gedanken verjagte. Alles fühlte sich gut an, wenn er da war.

Sie musste noch einmal in einen traumlosen Schlaf gefallen sein, denn als sie erwachte, lag Anton nicht mehr neben ihr, und frühmorgendliches Licht drang durch die Fensterläden. Draußen vor der massiven Eichentür konnte sie Schritte auf dem Steinboden vernehmen und Stimmen, die sich langsam entfernten. Nur Wortfetzen vermochte sie aufzufangen, weil das Gemäuer dick war und die Wände mit ihren Gemälden den Schall verschluckten. Sie erkannte Antons Stimme und sank wieder in die Kissen zurück.

Seit gestern waren Gäste im Haus, drei Freunde ihres Mannes, die sie nie zuvor gesehen hatte und deren Namen ihr nichts sagten. Sie wollten unbedingt mit dem Erzherzog auf die Pirsch gehen, um den letzten großen Hirsch im Revier, den alten Zwanzigender, zur Strecke zu bringen. Franz Ferdinand würde im Laufe des Tages im Hofautomobil anreisen, damit er endlich dieses edle Stück Wild, auf das er schon lange ein Auge geworfen hatte, seiner Sammlung als Krönung hinzufügen konnte.

Am Abend hatten sie alle zusammen mit dem Büchsenspanner des Erzherzogs im *Gasthof zur Sonne* gesessen und im sogenannten Jagdstüberl, das mit seiner Ansammlung an Trophäen seinem Namen durchaus Ehre machte, bei süffigem Wein Anekdoten über Franz Ferdinand ausgetauscht. Für Szonja war es bald zu viel Wein gewesen, und sie hatte die Namen der Männer genauso schnell vergessen wie die immer derber werdenden

Witze, die die Runde machten. Glücklicherweise hatte ihr Mann ihre Zeichen verstanden, und sie waren gemeinsam mit dem Büchsenspanner aufgebrochen. Vielleicht war der böse Traum nur eine Auswirkung des Alkohols, genauso wie ihre leichten Kopfschmerzen.

Szonja war es mehr als recht, dass sie nicht mit dieser Jagdgesellschaft ausziehen musste. Der angeborene Beutetrieb, der offenbar in jedem Mann steckte, war ihr fremd. Außerdem gefiel es ihr nicht, dass Anton dem Erzherzog eine Skulptur des Heiligen Georg aus dem Familienbesitz schenken wollte, die sie ins Herz geschlossen hatte. Die Lippen des Heiligen waren spitz geformt, als würde er ein Lied pfeifen. Selbst der Drache, dem er geradezu beiläufig seinen Speer in den weit geöffneten Rachen stieß, schien sich eher zu räkeln als im Todeskampf zu winden. Vielleicht, dachte Szonja, machte sich die Statue ein wenig lustig über die Jäger, die hier im Haus aus- und eingingen und das Waidwerk über alles priesen.

Überhaupt fragte sie sich, warum ihr geliebter Mann so erpicht darauf war, Franz Ferdinand zur Jagd einzuladen, obwohl er ihn angeblich kaum kannte. Sie ahnte, dass Anton seinem Vater über den Tod hinaus einen Wunsch erfüllen wollte, und das gefiel ihr nicht.

Szonja streifte sich einen seidenen Morgenmantel über und öffnete die schweren Läden, um das Sonnenlicht hereinzulassen. Ein langsam aufsteigender Nebel zog über die längst abgeernteten Felder. Dahinter bedeckte dichter Laubwald die Hügel. Auf einem thronte eine verlassene Ruine, von der man hinüber nach Pressburg blicken konnte. Still und friedlich lag die Landschaft vor ihr, doch bald würde diese Idylle von Schüssen zerrissen werden. Denn dass Franz Ferdinand einer der besten Schützen der Welt war, war allgemein bekannt. Man sagte, er sei im vorletzten Jahr auf über achtzehntausend Abschüsse gekommen. Doch er hatte nur zwei der seltenen Zwanzigender erwischt. Heute sollte noch einer dazukommen.

Szonja hatte diesen kapitalen Hirsch nie zu Gesicht bekommen, obwohl sie in den letzten Tagen bereits mehrmals weite Strecken mit ihrer geliebten Stute zurückgelegt hatte. Wieder kam ihr der Traum in den Sinn. Sie konnte das viele Blut auf ihrer Haut spüren, sah den Bock vor sich, aber da war keine Wut mehr in seinen Augen, sondern nur noch Todesangst. Fröstelnd schlang Szonja die Arme um ihren Oberkörper. Sie musste auf andere Gedanken kommen. Bald würde der Erzherzog hier sein. Wenigstens kurz würde sie ihm begegnen müssen. Szonja klingelte nach der Kammerzofe.

Wenig später war sie angekleidet. Sie trug einen knöchellangen, engen Rock aus bastfarbenem Leinen mit einer wunderschönen Bordüre und an der Längsnaht eingesetzten ovalen Leinenknöpfen. Die Jacke über der hochgeschlossenen Bluse zierten ein Umlegekragen und ausgefallen gearbeitete Stulpmanschetten. Zuvor hatte die Zofe ihr hüftlanges brünettes Haar gebürstet und kunstvoll hochgesteckt. Passende Schuhe und ein breitkrempiger, mit Federn geschmückter Hut lagen bereit. Nachdem Szonja der Zofe aufgetragen hatte, ihr erst nach dem Treffen mit dem Erzherzog ein kleines Frühstück zu bringen, blieben ihr ein paar Minuten für sich, in denen sie sich vor dem Spiegel betrachtete. Sie würde ihren Mann nicht enttäuschen. Sie sah gleichzeitig elegant und jugendlich aus, und doch war die Kleidung dezent genug, um den als konservativ bekannten Erzherzog nicht zu irritieren.

Draußen waren Schritte zu hören. Gleich darauf öffnete sich die Tür. Anton.

Da stand er in seiner Jagdkleidung. Der Lodenmantel mit den Hirschhornknöpfen und dem grünen Stehkragen machte ihn älter, stattlicher. Vielleicht würde ihm dazu ein Schnurrbart stehen, dachte Szonja, obwohl sie eigentlich froh war, dass Anton sich regelmäßig glattrasierte. Sie liebte seine glatte Haut.

»Wie sehe ich aus?«, fragte er, richtete sich auf und zupfte sein Hemd am Hals zurecht.

»Schneidig«, antwortete sie. Es war ein Wort, das er ihr beigebracht hatte und von dem sie fasziniert war, obwohl sie nie ganz seine Bedeutung verstand. Erst schien er sie genauer zu betrachten, dann verneigte er sich zuvorkommend vor ihr.

»Wunderschön«, sagte er und küsste Szonja auf die Lippen.

Sanft stieß sie ihn von sich. »Nicht jetzt, Liebling, er wird bald da sein.«

Sie schlüpfte in die Schuhe und befestigte ihren Hut mit zwei Spangen. Anton nahm ihre Hand. Dem leichten Druck dieser Hand konnte und wollte sie nichts entgegensetzen. Sie folgte ihm die breite Treppe hinunter zum Eingangsportal.

Draußen standen sie aufgereiht: die wenigen Dienstboten des Jagdschlosses, das die meiste Zeit leer stand, die drei Freunde von Anton, herausgeputzt in feinem Jagdloden, und der Büchsenspanner. Dieser musterte grimmig die jungen Leute aus dem Dorf, denen die Aufgabe zukam, das Wild auf die Kanzel des Erzherzogs zuzutreiben. Dabei konnte einiges misslingen. Ein nicht geringer Teil des Jagderfolgs hing von der Treiberlinie ab. Szonja meinte, in den Augen des Büchsenspanners Zweifel erkennen zu können.

Das Rattern des Automobils in der Ferne verscheuchte alle anderen Gedanken. Es war ein großer geschlossener Wagen, dessen Fabrikat Szonja nicht kannte, weil sie sich nicht für Automobile interessierte. Wäre der Erzherzog auf einem Pferd geritten, hätte sie dieses sofort identifizieren können. Aber ein stinkendes Gefährt, nein.

Der Erzherzog erschien allein mit seinem Chauffeur. Langsam stieg er aus dem Wagen und grüßte mit dem Jagdhut in der Hand in die Runde.

Anton eilte zu ihm, verneigte sich und wechselte ein paar Worte, die Szonja nicht verstand. Dann war sie an der Reihe.

»Meine Gemahlin, Kaiserliche Hoheit, Szonja von Waldstetten, gebürtige …«

»Die Ungarin«, unterbrach der Erzherzog ihn, »das ist sie also.«

Einen Moment lang trafen sich ihre Blicke, bevor Szonja den vorgeschriebenen Knicks vollführte.

»Meine Liebe, seien Sie nicht schüchtern. Man sagt zwar, ich würde Ungarn fressen, aber Sie dürfen nicht alles glauben.« Ein Lächeln huschte über das Gesicht von Franz Ferdinand, und er strich sich über seinen dicken Oberlippenbart. Dann wandte er sich Antons Freunden zu, was Szonja nur am Rande wahrnahm, da ihr Mann wieder ihre Hand ergriffen hatte.

»Wir werden bald zurück sein«, sagte er. »Du musst nicht lange auf mich warten.«

Während die Jagdgesellschaft auf die bereitstehenden Pferde stieg, umarmte Szonja ihren Mann noch einmal, beinahe zu stürmisch, sodass er einen Schritt nach hinten machte, um nicht zu stolpern. Beide lachten, dann löste er sich aus der Umarmung und stieg auf seinen Rappen.

»Na dann, Waidmannsheil, mein geliebter Gemahl. Und komm mir ja gesund zurück!«, rief Szonja.

Als sie sich umdrehte und zum Haus zurückgehen wollte, fiel ihr Blick auf einen Umschlag auf dem Boden. Sie hob ihn vorsichtig auf. Er musste Anton aus der Jackentasche gefallen sein, als sie ihn umarmt hatte. Sie betrachtete das zusammengefaltete Kuvert und strich es sorgsam glatt. Es war zu spät, Anton hinterherzurufen. Und außerdem war der Brief bereits geöffnet worden, also kannte ihr Mann wahrscheinlich seinen Inhalt und würde ihn nicht vermissen.

Szonja ging ins Haus. Ihr Frühstück, Eier mit Schnittlauch, ungarische Salami und heißen starken Kaffee, nahm sie in der Bibliothek ein, dem einzigen Raum, wo sie nicht von Hunderten toten Gesichtern angeschaut wurde. Hier dominierte stilechter Barock. Jedes einzelne Buch stand fein säuberlich und gut gesichert hinter den Glastüren der hohen Schränke. Alles hatte seine Ordnung. Den Brief hatte sie beim Hineingehen auf den Tisch gelegt. Das Siegel kam Szonja bekannt vor, auch die Schrift.

Neugierig nahm sie den Brief wieder in die Hand und roch daran. Kein Parfüm, kein zarter Geruch, eher eine Tabaknote. Also wozu hineinsehen? Andererseits, was war dabei? Hatte ihr Mann Geheimnisse vor ihr? Ging es um Politik? Langweilig. Sie legte den Brief wieder weg und streifte eine Weile unschlüssig durch das Zimmer. Wie in fast allen Räumen hing auch hier ein Porträt des Grafen von Waldstetten, diesmal, dem Ambiente entsprechend, in einem Lehnstuhl sitzend und ein Buch lesend. Was für ein Buch? Sie konnte es nicht erkennen, aber was sie sah, ließ sie erstaunt innehalten. Das Siegel auf dem Ring des Grafen war das gleiche wie auf dem Brief. Ein Drache, der sein offenes Maul nach oben streckte.

Vorsichtig zog sie das Blatt aus dem Kuvert und entfaltete es. Es war beidseitig beschrieben, mit klarer männlicher Schrift, streng und kontrolliert und dennoch so, als wäre die Person in Eile gewesen. Während Szonja die Zeilen las, wurde ihr immer heißer. Sie presste die Hand vor den Mund, um nicht laut aufzuschreien, als sie erkannte, was dieser Brief bedeutete. Um sich zu vergewissern, dass sie alles richtig verstanden hatte, las sie ihn ein zweites Mal. Auch wenn ihr Deutsch, das ihre Wiener Mutter ihr beigebracht hatte, in den achtzehn Jahren im Osten Ungarns vielleicht gelitten hatte, gab es keinen Zweifel. Der Brief war wie ein Geschoss, das sie ins Herz traf. Was hier über ihren Mann stand, konnte nicht wahr sein. Was er tun wollte, heute, hier in diesem Haus, würde die Welt verändern. Als wäre dies nicht alles schon schlimm genug, stand da auch noch ihr Name. Noch einmal las Szonja: *Eine Ungarin wird schuld sein am Tod Franz Ferdinands. Welch eine Ironie. Und die Wirkung des Gifts setzt erst auf der Rückfahrt nach Wien ein! Ein Herzinfarkt.*

In ihrem Inneren stritten Wut und Verzweiflung, Angst und entsetzliche Enttäuschung miteinander. Wie konnte ihr Mann nur? Tränen rannen über ihre Wangen. Kann man sich so in einem Menschen täuschen? Es musste alles ein Irrtum sein, eine böse Intrige vielleicht, um ihrem Mann zu schaden. Feinde gab es überall, Neider. Was konnte sie tun? Szonja lief auf und ab, hin- und hergerissen zwischen dem Wunsch zu fliehen und dem noch größeren Verlangen, dass alles nur ein Traum war, ein noch schlimmerer Albtraum als der, den sie heute Nacht gehabt hatte. Was, wenn alles stimmte, was in dem Brief stand? Wenn der Erzherzog ermordet werden sollte? Heute. Durch ihre Hand.

Szonja eilte in ihr Zimmer. Sie musste hier weg, auf der Stelle. Wie von Sinnen riss sie Kleider aus ihrem Schrank, packte sie in Windeseile in eine Reisetruhe und verwarf schließlich den Gedanken wieder. Fliehen? Wohin? Der Plan war so heimtückisch und bösartig, dass er ausgeführt werden würde, ob sie in der Nähe war oder nicht. Und wohin konnte sie fliehen? Nach Hause zu ihrer Familie? Würde man sie dort nicht zuerst suchen? Damit würde sie ihre Eltern und ihren Bruder in ein Verbrechen hineinziehen. Wenn sie es nicht verhindern konnte. War es zu verhindern? Gab es einen Ausweg? Ja, wenn sie ihn rechtzeitig finden würde, den Thronfolger, Franz Ferdinand. Bestimmt saß er schon auf der Jagdkanzel und legte seine Büchse zum Schuss an. Sie musste es versuchen. Hastig schlüpfte Szonja in die Reitstiefel, rannte in den Stall, wo ihre Stute sie mit freudigem Wiehern begrüßte. Sie strich ihr sanft über die Nüstern und sattelte sie eilig.

Sie ritt, was das Zeug hielt, die Stute fegte über den feuchten Boden, wäre beinahe zweimal im taunassen Laub ausgerutscht. Szonja trieb das Pferd an und ritt in wildem Galopp auf den Wald zu. Sie wusste genau, wo sich die Jagdkanzel, der Ansitz, befand, auf dem der Erzherzog auf den Zwanzigender warten würde, der ihm versprochen worden war. Vielleicht erledigte er gerade seine Korrespondenz, wie er es immer tat, während der Büchsenspanner Ausschau hielt. Bisher hatte sie keinen Schuss gehört. Vielleicht kam sie noch rechtzeitig. Vielleicht konnte sie den Erzherzog warnen, ihm erzählen, welch finsteres Komplott gegen ihn geschmiedet worden war.

Als die Kanzel in Sichtweite kam, ließ Szonja die Stute im Schritt gehen. Sie wollte nicht aus Versehen vom Erzherzog erschossen werden. Doch noch bevor sie die Lichtung erreichte, sah sie ihn aus dem Wald treten, den Zwanzigender. Wie majestätisch er war, als er den Kopf hob und sie kurz eines Blickes würdigte. Als sie in seine Augen sah, erkannte sie, dass der Traum wahr werden würde. Sie wusste, dass sie zu spät kam, noch bevor der Schuss fiel.

»Der Zlatorog«, flüsterte sie, als sie zu Boden stürzte.

WIEN, FREITAG, 17. MÄRZ 1922

Oskar Veith stand am Fenster seiner Stadtwohnung im herrschaftlichen 1. Bezirk, zwirbelte seinen Oberlippenbart und dachte an die Worte des Hofrats Horsetzky am Tag seiner Pensionierung vor nunmehr sechs Jahren.

»Wissen Sie, warum wir nicht untergehen? Ihretwegen, lieber Veith«, und dann hatte er hinzugefügt, »und jedes einzelnen Mannes im Dienste unserer Verwaltung.«

Seit er zurückdenken konnte, lebte Veith im Dienste des Staates als getreuer Untertan seiner Majestät. Hatte klein angefangen und war schließlich bis in den Stab des Kanzleidirektors des Obersthofmeisters, von denen er gleich vier überlebte, aufgestiegen. Später war ihm die verantwortungsvolle Aufgabe der Leitung der Registratur anvertraut worden, die sämtliche Schriftstücke, die den Kaiserhof erreichten, mit Aktenzeichen und Stempel versah und darüber wachte, dass nichts verloren gehen konnte und alles an die richtige Stelle gelangte. Aufgrund seiner absoluten Verlässlichkeit und Kaisertreue war ihm zusätzlich eine besondere Verantwortung übertragen worden, nämlich den Hof vor Schaden durch die Weitergabe von Interna an die Presse zu bewahren. Veith wurde unweigerlich zum Feind der Journalisten, da er rigoros jedem Verstoß nachging und viele Hofbedienstete um ein lukratives Zubrot brachte. Dass in Wien dennoch unzählige Gerüchte über das Leben am Hof kursierten, war selbstverständlich nicht zu vermeiden, aber dank Veiths geschickter Umsicht und Interventionen übertünchte so manches harmlose Getratsche den einen oder anderen ernsthafteren Skandal.

Veith war unbestechlich, gegen jegliche politische Einflüsterung immun und hatte sich nie etwas zuschulden kommen lassen. Niemals war ihm ein Fehler unterlaufen, bis auf ein einziges Mal im Winter 1913. Schuld daran war eine Maus gewesen. Dieses freche Tier hatte es gewagt, hinter einem Stapel abgelegter und noch peinlichst zu sortierender Korrespondenz hervorzulugen, und zudem an einem Brief geknabbert.

Als Veith sie erspäht hatte, war er so abgelenkt, dass er mechanisch den Brief vor sich öffnete und ihn aus dem Kuvert zog. Nie und nimmer hätte er das tun und auch nur einen Blick darauf werfen dürfen. Wie hätte er erklären sollen, dass der Brief geöffnet worden war? Also hatte er ihn eingesteckt. Alles war damals wie in Trance geschehen.

Seit acht Jahre steckte dieser Brief verborgen in einer unauffälligen Vase in einer Vitrine, neben einem Dutzend anderer, weitaus kostbarerer Exemplare. Dort hätte er bleiben können, bis ihn jemand nach seinem Tod gefunden hätte, um der Geschichte einen unbeachteten Aspekt hinzuzufügen oder sie vielleicht gar neu zu schreiben.

Doch dann hatte Veith gestern ein Telegramm erhalten, von einer jungen Frau, die den Inhalt des Briefes kannte und endlich die Wahrheit ans Licht bringen wollte. Die halbe Nacht hatte er kein Auge zugemacht und überlegt, ob er nach all den Jahren seine Frau einweihen, ihr alles erzählen sollte, aber dann hatte er sich dagegen entschieden und sie schlafen lassen. Es war ganz allein seine Angelegenheit, und es lag an ihm, sie jetzt zu Ende zu bringen. Um der Wahrheit willen, und vielleicht mehr noch um seiner selbst willen. Heute, Punkt neun Uhr, würde er diese Frau treffen und den Brief übergeben.

Inzwischen war es halb neun geworden. Veith blickte immer noch aus dem Fenster. Er wohnte im dritten Stock eines stilvollen Barockhauses in der Singerstraße. Er wollte schon gehen, als ihm ein großer Mann in einem eleganten Mantel auffiel, der rauchend an der gegenüberliegenden Hausecke lehnte. Ein Unbehagen überkam ihn plötzlich, und einen Augenblick lang dachte er sogar, der Mann habe ihn am Fenster entdeckt und angegrinst.

»Einbildung«, sagte er sich und richtete sich auf. Veith war nicht sonderlich groß, aber mit seinen siebzig Jahren immer noch eine stattliche Erscheinung. Von einem rauchenden Gecken würde er sich doch nicht nervös machen lassen. Niemand konnte von dem Brief wissen.

Veith verabschiedete sich von seiner Frau, die im Morgenrock in der Küche die Zeitung las. Er wolle nur auf einen Sprung ins Café Heinrichhof, wie fast jeden Morgen, um ein paar alte Kollegen zu treffen. Dann ging er in den Salon zu der Vitrine, ergriff die Vase und wollte behutsam den Brief herausziehen. Aber seine Finger zitterten, und er ließ sie fallen. Da lag sie nun, in Scherben. Hässlich war sie und nicht wertvoll, und doch unersetzbar. Als erstes Stück ihrer Sammlung hatte seine Frau diese Vase während eines Aufenthaltes in Korfu erstanden. Der Verkäufer versicherte ihr mehrfach, dass die Kaiserin Elisabeth, die sich ebenfalls auf der Insel erholte, diese Vase berührt habe. Veith hatte da so seine Zweifel, aber für seine Frau war sie trotzdem vom Glanz Elisabeths bestrahlt.

Umständlich entschuldigte er sich bei seiner Frau, die aus der Küche gestürmt war, für seine Ungeschicklichkeit. Wenigstens hatte sie nicht gesehen, wie er den Brief in ein Kuvert und dieses in seine Manteltasche gesteckt hatte. Sorgsam fegte er die Scherben zusammen und küsste, bevor er das Haus verließ, seine Frau noch einmal besonders zärtlich.

Biocitin stärkt Körper und Nerven stand in riesigen Lettern auf der Hausfassade vor ihm. Wie passend. Er zog seinen Hut tief in die Stirn. Obwohl bereits Mitte März, war es wieder empfindlich kalt geworden, zu kalt, um ohne Mantel vor die Tür zu gehen. Als er den Stock-im-Eisen, ein Wahrzeichen Wiens, passierte, stellte er den Mantelkragen hoch. An der Ecke der Kärntner Straße stand jener uralte abgesägte Fichtenstamm, über und über mit Nägeln bedeckt. Der Sage nach sollte dort einmal ein Schlosserlehrling einen Pakt mit dem Teufel eingegangen sein, der ihn zum geschicktesten Schlosser und zum reichen Mann machte. In einer anderen Version erschien der Teufel als roter Drache, der den Schlosser mit sich in die Lüfte hob. Wie auch immer, seit dieser Zeit schlugen die Schlosser, wenn sie nach Wien kamen, einen Nagel in den Baum.

Veith dachte darüber nach, welchen Pakt er eingegangen war, als er den Brief behalten hatte, während er am Palais Equitable entlang und die Kärntner Straße hinunter in Richtung Oper ging. Er betastete das Kuvert in der Innentasche seines Mantels. Ein dünner Brief, eine knappe Seite, und doch lag er schwer wie Blei an seiner Brust.

Der Weg in sein Stammcafé würde ihm guttun. Es beruhigte ihn, dass er seiner Frau, mit der er seit dreiundvierzig Jahren verheiratet war, zum Abschied einen Versöhnungskuss gegeben hatte. Ein Lächeln breitete sich auf Veiths Gesicht aus, und er strich sich über den gepflegten Schnurrbart. Zielstrebig steuerte er das Café Heinrichhof am Opernring an, wobei ihm sein Gehstock wertvolle Hilfe leistete. Alle paar Meter vergewisserte er sich, dass der Brief noch in der Innentasche steckte. Dann nahm er ihn in die Hand und hielt ihn fest. Das gab ihm eine gewisse Sicherheit.

Vor dem Hotel Sacher blieb Veith für einen Moment stehen, um Luft zu holen, und als er sich zur Seite drehte, erblickte er eine korpulente Frau im eleganten Pelzmantel und mit zwei Bulldoggen. Unter anderen Umständen hätte er die Dame, die er sofort als die resolute Hausherrin des Hotels, Frau Anna Sacher, erkannte, gebührend begrüßt, aber seine Taschenuhr zeigte bereits zwei Minuten nach neun.

Er eilte an der Oper vorbei und sah erneut auf die

Uhr. Plötzlich war der Unbekannte, der vorhin an der Hausecke gegenüber gestanden hatte, neben ihm, und Veith fuhr der Schreck in die Glieder. Höflich lüpfte der Mann seinen Hut und sah ihn mit seinen kalten, eisblauen Augen eindringlich an, bevor er weiter in Richtung Straßenbahn ging.

Das Café Heinrichhof war nur noch wenige Meter entfernt. Schon war er an der Ringstraße. Veith schob sich durch eine kleinere Gruppe Menschen, die auf die Tramway warteten. Er hörte das Bimmeln der Straßenbahn, die quietschend um die Ecke kam. Als er zwischen zwei älteren Herren durchgehen wollte, strauchelte er und suchte mit seinem Stock Halt. Fatalerweise verhakte sich dieser in den Gleisen. Veith wollte ihn mit aller Kraft herausziehen, da spürte er einen Stoß im Rücken. Dann ging alles schnell. Er hörte das Kreischen der Bremsen, die Schreie der Umstehenden. Dann kam der Aufprall.

Alexander Baran las zum wiederholten Mal den Brief seiner Schwester. Er hatte schlecht geschlafen und war früh aufgestanden. Der Morgen war frisch, aber das Feuer im Kamin begann langsam seinen Dienst zu tun. Auf dem massiven Schreibtisch aus Nussbaum stapelten sich verschnürte Ordner, genauso in den Bücherregalen, nur manchmal unterbrochen von Fotoalben, in denen Baran an den einsamen Abenden blätterte. Er strich den Brief glatt. Seine Schwester hatte das Glück an der Seite eines Mannes gefunden, den sie über alles liebte und dem sie gegen den Widerstand der Eltern nach Wien gefolgt war, was zu einem unlösbaren Konflikt mit der Familie geführt hatte.

Vater hat sein Herz verhärtet, las er und weiter: *Ich kann ihm und Mutter nicht böse sein, ich bin nur traurig, wünschte mir, dass der Abschied nicht so schmerzhaft ausgefallen wäre, dass Vater verstanden hätte, dass Anton ein so lieber Mann ist, der liebste, den du dir vorstellen kannst. Gestern habe ich wieder diesen schrecklichen Traum gehabt. Ich gehe auf unser Haus zu und sehe Mutter und Vater vor der Eingangstür stehen. Jeder Schritt fällt mir schwerer, als würde ich in tiefem Morast waten. Und als ich sie mit letzter Kraft erreiche und ihre Hände fassen möchte, entgleiten sie mir.*

Jedes Mal bei diesen Zeilen ergriff Baran ein Gefühl der Verzweiflung. Vor allem aber schnürte ihm der letzte Satz die Kehle zu: *Schon bald, mein geliebter Bruder, werden wir uns wiedersehen, ich umarme und küsse dich, Szonja.*

Der Brief war neun Jahre alt und stellte das letzte Lebenszeichen von Barans Schwester dar. Heute war

Szonjas Geburtstag. Baran zündete eine Kerze für sie an und stellte sie auf den Kamin. Seine Gedanken wanderten zurück in die Vergangenheit.

Baran, damals noch Sandor, war an der Theiß im Osten Ungarns aufgewachsen. Es war ein ansehnlicher Besitz mit Wäldern und Äckern gewesen. Die Eltern, Szonja und Sandor wohnten in einem erst vor wenigen Jahrzehnten errichteten, großen Herrenhaus mit Erkern und Türmchen und einem Glockenturm. Das langsam verfallende alte Herrenhaus am anderen Ende des großzügig angelegten Parks diente dem kleinen Sandor und seiner jüngeren Schwester Szonja als wunderbarer Spielplatz, obwohl es natürlich streng verboten war, das Haus zu betreten. Bei ihren gemeinsamen Spielen jagte Sandor, mit einem weißen Bettlaken als Geist verkleidet, seine kreischende Schwester die Treppen hinauf und hinunter, oder Szonja mimte den gefährlichen, knurrenden Wolf aus dem Wald, der sich von einem Mauervorsprung auf den ahnungslosen Sandor stürzte.

Es waren jene unbeschwert glücklichen Momente, die Baran manchmal noch mehr schmerzten als all die furchtbaren Dinge, die sich nach Szonjas Verschwinden ereignet und sein Leben vollkommen verändert hatten.

Von einem Tag auf den anderen war Szonja kurz nach ihrem achtzehnten Geburtstag einem Mann nach Wien gefolgt, dessen Name in einer anderen Welt vielleicht Reichtum und Ansehen bedeutet hätte. Aber der alte Graf von Waldstetten war der schlimmste Feind von Sandors Vater. Diese Feindschaft reichte Jahrhunderte zurück, so, als wäre sie dem ersten Waldstetten und dem ersten Baranyi in die Wiege gelegt worden. Niemals hatte Sandor den Grund dafür erfahren. Es gab nur vage Andeutungen, von Betrug war die Rede, vom Ansehen Ungarns.

Doch das Schicksal nimmt manchmal krumme Wege. Auf einem Frühlingsball im Schloss der Festetics in Keszthely am Balaton hatten sich der jüngste Spross der Familie Waldstetten und die anmutige Szonja von Baranyi ineinander verliebt.

Was folgte, war der Beginn der großen Tragödie seiner Familie. Einen Monat später war Szonja nach durchweinten Nächten und unzähligen heimlich ausgetauschten brieflichen Liebesschwüren bei Nacht und Nebel nach Wien gereist. Der Vater war am Tag darauf am Stadtpalais der Waldstetten wie ein Hausierer abgewiesen worden, und die Briefe der Mutter kamen ungeöffnet zurück. Schließlich erklärte der Vater gegenüber seiner bitterlich weinenden Frau seine Tochter für tot. Jegliche Post wurde abgefangen, Sandor war es nur gelungen, diesen einen Brief rechtzeitig an sich zu bringen, ehe auch er im Kaminfeuer verbrannt werden konnte. Nur Tage später, als hätte ein böser Dämon die Worte des Vaters als Fluch verstanden, erhielten sie die Nachricht, dass die Gräfin von Waldstetten vermisst werde. Ihr verzweifelter Gemahl, der Graf von Waldstetten, habe sie suchen lassen, nachdem er von einem Jagdausflug mit dem Thronfolger von Österreich-Ungarn, Erzherzog Franz Ferdinand, in sein Jagdschloss zurückgekehrt sei.

Nach weiteren bangen Tagen war ein nichtssagender Brief mit Siegel und Unterschrift des Erzherzogs eingetroffen, in dem irgendetwas von Bedauern, Bemühungen und Zusicherung jeglicher Hilfe bei der Suche stand, was hinter allen Floskeln einem Eingeständnis gleichkam, nichts zu wissen.

Sandors Vater hingegen wurde noch härter und strenger und vergrub sich in seinen Pflichten, während er Sandor die Sorge um die immer mehr dahinsiechende Mutter überließ, die ihn ans Haus fesselte.

Dann kam die Nachricht vom Tod des Erzherzogs Franz Ferdinand in Sarajevo.

Am Abend des 29. Juli 1914 kehrte der Vater nach Hause zurück. Sandor saß auf der Veranda, als die Kutsche eintraf.

»Krieg«, sagte er nur, bevor er ins Haus stürmte. Sandor eilte ihm nach, aber der Vater schloss sich ins Schlafzimmer der Mutter ein. Tausende Male hatte Sandor sich nachher gefragt, ob er es hätte verhindern können, und keine Antwort gefunden. Zwei Schüsse aus der Flinte des Vaters hatten dem Leben seiner Eltern ein Ende gesetzt. Als Sandor die schwere Tür aufbrach, stand das Zimmer bereits in Flammen. Der Vater hatte die Petroleumlampe umgekippt, als er auf den Boden fiel, die Jagdflinte noch im Anschlag. An einem Abend hatte Sandor von Baranyi seine Eltern und sein Heim verloren. Nichts als ein Haufen Asche war geblieben.

Wenige Wochen später hatte er das gesamte Anwesen dem Gutsverwalter Mihály Fekete überschrieben, der das Haus von Grund auf neu errichten ließ.

Krieg war das letzte Wort von Sandors Vaters und das erste in Sandors neuem Leben als Soldat im k. u. k.

Husarenregiment Nr. 7, das sich, obwohl fast nur aus Ungarn bestehend, nach dem deutschen Kaiser Wilhelm benannte. Sein Todesmut und sein Kampfgeist waren vom ersten Tag an legendär, aber auch sein strategisches Geschick ließ ihn rasch aufsteigen in einer Rangordnung, die ihm nichts bedeutete. Er wollte kämpfen und kämpfte, während neben ihm geblutet, geschrien und gestorben wurde. Sandor überlebte, obwohl er in seinem Inneren längst gestorben war.

Gedankenversunken hielt Baran immer noch den Brief in den Händen. An einem sonnigen Tag im Dezember 1916, an dem er sein Leben fast verloren hätte, hatte er auf einmal seine Hoffnung wiedergewonnen. Die Brigade hielt auf ein Quartier im Sulta-Tal in Rumänien zu. Eine unversehrte Landschaft tat sich auf, die grauen Holzhütten sahen idyllisch aus und erinnerten Baran an Klausen von Einsiedlern. Alles schien ruhig, weit und breit kein Beschuss. Dompfaffen mit ihren roten Bäuchen flogen umher. Da hörten sie ein Knacken und Brummen und die verzweifelten Schreie einer Frau in einheimischer Tracht mit mohnrotem Kopftuch, die aus dem Wald auf die Lichtung zulief, ein Bündel eng an ihren Körper gepresst. Dicht hinter ihr ein Ungetüm von einer Bärin, gefolgt von zwei jungen Bären. Vielleicht wäre die Bärin umgekehrt, wenn sie die Männer früher erblickt hätte. Aber ihr Instinkt gebot ihr, die Jungen zu schützen, wie auch die Frau ihr Kostbarstes, ihren Säugling, an sich presste. Die Bärin war bereits so nahe an die Frau herangekommen, dass diese ihren Atem im Nacken spüren musste, als Baran den erlösenden Schuss abgab.

Die Frau fiel der Länge nach hin, aber weder sie noch ihr Kind erlitten ernsthafte Verletzungen. Auch die Bärenjungen wurden mit drei Schüssen niedergestreckt, aber es war nicht Baran gewesen, der geschossen hatte. Als er in die Augen dieser jungen Frau blickte, spürte er, mitten im Winter, wie eine Wärme sein Herz erfüllte. Es waren diese Augen, dieses zaghafte Lächeln, das ihn an Szonja erinnerte und ihn verletzlich machten, und eine irrationale Hoffnung keimte in ihm auf, dass er sie noch retten könnte. Noch am selben Tag, als Sandor zum Leben erwachte, wurde er selbst verwundet. Er erlitt einen Lungensteckschuss. Nachdem er in einem rumänischen Lazarett mit dem Tod gerungen hatte, verlegte man ihn dank seines letzten Verwandten, des Bruders seiner Mutter, Freiherr Clemens von Strack, nach Wien. Sandor wurde in der Villa des Onkels in Wien aufgepäppelt, kam langsam wieder zu Kräften und bewarb sich am ersten Tag, an dem er ohne Hilfe gehen konnte, bei der Polizei.

Der Krieg war für ihn zu Ende. Während die Monarchie noch einige Monate im Siechtum dahindämmerte, wurde aus Sandor von Baranyi Alexander Baran, ein strebsamer und ehrgeiziger Kriminalbeamter. In seiner Ausbildung hatte er alle nötigen kriminalistischen Fertigkeiten und Kenntnisse erworben, sich das strafrechtliche und verwaltungspolizeiliche Wissen angeeignet und den Gebrauch der Schusswaffe, der Steyr-Repetierpistole, perfektioniert. Obwohl es diesbezüglich kaum etwas zu verbessern gab. Baran schoss so gut, wie er ritt, und er ritt, als wäre er auf einem Pferd geboren. Durch die Ausbildung zum Kriminalpolizisten hoffte er, das

Rätsel um Szonjas Verschwinden doch noch lösen zu können.

Aber in den mehr als fünf Jahren bei der Polizei war er kaum ein Stück weitergekommen, obwohl er jeder noch so kleinen Spur nachgegangen war.

Baran klammerte sich an jeden Strohhalm und blätterte täglich die Zeitungen durch, die ihm ein Bote, den er dafür ausgiebig entlohnte, vor das schmiedeeiserne Eingangstor legte.

Nun legte er den Brief beiseite und beschäftigte sich mit den Tageszeitungen. *Die Krise endlich gelöst*, las er, und gleich danach *Erhöhung der Alkoholsteuer … Ämter- und Beamtenabbau*. Polen soll dem letzten Kaiser, Karl I., die Königskrone angeboten haben, hieß es aus Budapest, was man in Polen jedoch rasch zu dementieren versuchte. Dass das Kino im Zirkus Busch im Prater den *Verschollenen Habsburger* gab, erheiterte Baran da nur mäßig. Zudem berichteten Zeitungen mehr oder weniger ausführlich von einer Hoffnung für Österreich durch einen Riesenkredit aus Amerika.

Die Blätter lagen verstreut auf dem Teppich, und Baran wusste, dass er auch heute wie an den vielen Tagen zuvor keinen Hinweis finden würde.

Er rasierte sich, kleidete sich an, wie immer trug er einen Anzug mit Krawatte und passender Weste, diesmal ein Modell aus Wollkaschmir, und wollte sich bereits auf den Weg ins Sicherheitsbüro machen, als das Telefon läutete. Was ihm mitgeteilt wurde, ließ sein Herz rasen. Man hatte eine Frauenleiche gefunden, sie war im Alter von Szonja.

Wenngleich Baran auch sein Studium der Rechtswissenschaften an der Universität von Debrecen nie abgeschlossen hatte, so öffnete es ihm doch im Kriminaldienst Tore, die den Nichtjuristen verschlossen blieben, und er erklomm schneller als andere die polizeiliche Karriereleiter. Nun war er Kommissär, ein leitender Beamter mit Führungsaufgaben. Dabei verdankte er einen guten Teil seiner kriminalistischen Fähigkeiten einem ihm unterstellten raubeinigen erfahrenen Beamten, dem er am ersten Tag seines Eintritts in die Polizei zugeteilt worden war, Bezirksinspektor Florian Meisel. Anders als Baran stammte Meisel nicht aus einer adeligen Familie, sondern war der Sohn eines Weinbauern am Rande von Ottakring und hatte viele Jahre auf dem Sittenamt gearbeitet, der Abteilung zur Bekämpfung von Prostitution, Geschlechtskrankheiten und Mädchenhandel.

Baran hätte keinen besseren Lehrer finden können, keinen genaueren Beobachter, keinen verlässlicheren Kollegen. So verschieden Meisel und Baran auch waren, so einte sie die Erfahrung eines Krieges, in dem sie an vorderster Front gekämpft hatten. Baran war mit einer lädierten Lunge zurückgekehrt, Meisel mit den Gespenstern der toten Kameraden in seinem Kopf, Geister, die ihn nachts in seinen Träumen aufs Schlachtfeld riefen, wo er einen nie endenden Kampf immer wieder aufs Neue austrug. Er war für seine fünfzig Jahre körperlich in bester Verfassung, was auch daran lag, dass er in seiner Freizeit beim Boxclub Iron trainierte. Mit seiner Vollglatze und dem buschigen Oberlippenbart sah er respekteinflößend aus. Tief in seinem Inneren war er jedoch ein weicher Mensch, verletzlich, vor allem, seit er seine geliebte Frau auf tragische Weise bei einem Zugunglück verloren hatte. Er besaß keinen Ehrgeiz mehr, etwas zu werden, ganz im Gegenteil zu seinem jungen Kollegen Alexander Baran, der ihm zur Seite gestellt worden war, damit Meisel ihn formen sollte, vielleicht auch, um ihm jegliche Flausen auszutreiben, aufgrund seiner Geburt etwas Besseres zu sein. Aber er hatte bald erkannt, dass Barans Schwachstelle nicht das blaue Blut war, das durch seine Adern floss, sondern die Verbissenheit, mit der er seine Schwester suchte. Es war ein schmaler Grat zwischen Hartnäckigkeit und Fanatismus.

Heute Morgen hatte Meisel die Meldung erhalten, dass ein aufgeregter Fischverkäufer am Donaukanal eine nackte Frauenleiche gefunden hatte. Das Sicherheitsbüro lag ganz in der Nähe an der Roßauer Lände. Meisel informierte Baran und machte sich dann mit zwei Kriminalbeamten zu Fuß auf den Weg zum Fischmarkt oberhalb der Stephaniebrücke, die jetzt Salztorbrücke hieß.

Einer der Kriminalbeamten aus der Mordgruppe, den Meisel mitgenommen hatte, war ein alter Hase, der andere jedoch, der ein paar Schritte hinter Meisel herlief, blutjung und unerfahren. Es war sein erster Mord, und er wirkte dementsprechend blass im Gesicht.

Meisel beschleunigte seine Schritte. Der penetrante Fischgeruch stieg ihm in die Nase, als er die Verkaufshallen betrat. Während er sie, dicht gefolgt von seinen Begleitern, langsam durchschritt, hörte er mit einem Ohr dem einen oder anderen Verkaufsgespräch zu und vernahm die sich vielfach wiederholenden Floskeln.

»Maränen aus dem Salzkammergut, hat mein eigener Schwager gefangen«, hörte er einen dickleibigen Verkäufer sagen. Das angesprochene, schon etwas in die Jahre gekommene mollige Dienstmädchen mit ihrem viel zu dünnen Überzieher reagierte darauf eher wenig begeistert, was den Fischhändler nur noch mehr anzustacheln schien: »Wollt sie eigentlich für mich selbst zurücklegen, aber jetzt, wo Sie da sind, gnädiges Fräulein, will ich Ihnen gern die Freude machen. Schauen Sie, wie prächtig gewachsen die sind. Wird Ihrer Herrschaft gefallen. Tausendachthundert Kronen. Weil Sie es sind, sonst tät' ich mindestens zweitausend verlangen. Aber …«

Am nächsten Stand erblickte Meisel den Mann, den er suchte, kreidebleich, obwohl er nicht gerade zart besaitet aussah mit seinen hundertzwanzig Kilo auf den Rippen.

»Endlich, Herr Inspektor.«

Leopold Brandstetter wollte schon die Hand ausstrecken, wischte sie dann aber an seiner Verkaufsschürze ab. Es war Blut an ihr. Er führte die Kriminalbeamten durch seinen Laden ins Freie zum Treppenkai, an dem eine Reihe großer Fischbehälter befestigt war. Ein Absperrband grenzte den Bereich ein, mehrere Uniformierte achteten darauf, dass keine Passanten zu neugierig wurden oder Spuren verwischten. Auf den Treppen lag der nackte Leichnam einer jungen Frau. Der Polizeifotograf schoss aus allen Richtungen Bilder von der Leiche und überließ dann das Feld einem älteren Herrn mit peinlich genau gestutztem Vollbart und in einem modischen Anzug mit Fischgrätmuster. Der Mann drehte sich zu ihm um.

»Herr Inspektor …?« Seine Stimme klang angenehm tief.

»Bezirksinspektor Florian Meisel, und das sind die Kollegen Hintner und Prokop«, antwortete Meisel.

»Habe die Ehre. Mein Name ist Bernstein, Dr. Alfred Bernstein, Gerichtsmediziner. Sie werden sich fragen, warum ich so rasch zur Stelle bin. Ich habe heute meinen freien Tag und wollte eigentlich meiner Frau einen Karpfen besorgen, aber der Herr Brandstetter hier hat mich erkannt und dachte, ich könnte vielleicht helfen. Aber in dem Fall war nichts mehr zu machen.«

Brandstetter zuckte nervös mit der Schulter.

»Na ja, ich wusste nicht … Also mein Sohn, der Martin, und ich haben …«

»So habt ihr die Leiche gefunden?«, unterbrach Meisel ungeduldig den Fischverkäufer.

»Aber nein, dort.« Brandstetter deutete auf einen der nicht abgedeckten Fischbehälter.

»Kopfüber ist sie da dringehangen. Was glauben Sie, wie wir blöd g'schaut haben. Wir haben ja 'glaubt, die Nackerte lebt noch, ist vielleicht besoffen und reihert auf die Fische. Und dann der Schock, wie wir g'sehn haben, dass … also das Gesicht …«

Meisel war natürlich nicht entgangen, dass der Kopf der ansonst ansehnlichen Frau kaum noch erkennbare Gesichtszüge aufwies.

Meisels junger Kollege verscheuchte zwei Arbeiter, die ihre Pause rauchend hinter der Markthalle verbringen wollten, während der ältere, Prokop, Brandstetter zur Seite nahm und ihm Fragen stellte.

»Also ein Unfall war das nicht«, bemerkte Bernstein trocken. Nun kniete sich auch Meisel neben die Leiche. Die Frau war höchstens fünfundzwanzig, mittelgroß und äußerst schlank. An sich nichts Ungewöhnliches in diesen Zeiten, wo viele von der Hand in den Mund lebten. Aber die für eine Frau stark ausgebildeten Muskeln deuteten nicht auf eine Mangelernährung hin, sondern vielmehr auf die eiserne Disziplin einer Turnerin oder Tänzerin. Ihre Beine waren rasiert, auch die Achseln, ihre Brüste klein und straff, die Fingernägel kurz geschnitten. Ihr Gesicht war tatsächlich kaum noch zu erkennen. Es musste mit vehementer Wucht auf sie eingeschlagen worden sein.

»Wer ist sie?«

Meisel erhob sich. Neben ihm stand Baran, den Hut in der einen Hand, sein Mund eine schmale Linie.

Meisel trat einen Schritt zur Seite. Baran kniete sich hin, sah starr in das Gesicht der Toten, ehe sein Blick Zentimeter für Zentimeter weiter bis zu ihren Zehen wanderte. Dann stand er auf, und Erleichterung war aus seiner Stimme herauszuhören, als er zu Meisel sagte: »Das ist nicht Szonja.« Er betrachtete wieder die Frauenleiche und fügte hinzu: »Szonja ist weiblicher, ich meine, sie hat mehr … Was ist passiert?«

Meisel verstand, was Baran meinte, und war erleichtert, dass es sich bei der Toten nicht um die Schwester des Kollegen handelte, obwohl er manchmal insgeheim hoffte, dass sie wenigstens als Leiche auftauchte. Es war schwer, von einem toten Menschen Abschied zu nehmen, aber noch viel schwerer war diese Ungewissheit, die Baran wie eine tonnenschwere Last mit sich herumschleppte.

Er stellte Baran den Arzt vor, und Bernstein kam gleich zur Sache.

»Ich kann hier nur Vermutungen anstellen und nicht einmal mit Sicherheit sagen, ob das hier der Ort ist, wo man sie getötet hat. Aber ich denke eher nicht. Es gibt kaum Blutspuren am Kai oder auf den Holzplanken. Der Täter hätte sie zwar leicht entfernen können, an Wasser fehlt es ja nicht, aber wozu hätte er das tun sollen, wenn er sich nicht die Mühe machte, die Leiche verschwinden zu lassen? Aufgrund der Ausbildung der Totenflecken ist sie irgendwann um die Mitternacht gestorben. Stumpfe Gewalteinwirkung. Ich würde etwas wie eine Eisenstange vermuten. Kein Hammer. Ich nehme an, Sie werden die Gegend hier absuchen. Vielleicht ist die Tatwaffe ja noch irgendwo zu finden. Möglicherweise hat der Täter sie in den Donaukanal geworfen. Ich kann jedenfalls nichts mehr tun. Schade. Ein hübsches Mädchen, zweifellos.«

Baran, der sich nun über die Tote beugte, konnte die Beobachtungen des Arztes nur bekräftigen.

»Eigenartig, dass sie der Mörder nicht in den Behälter geworfen hat. Oder noch besser gleich in den Donaukanal. Ganz eigenartig«, sagte er und zeigte auf das Gesicht der Toten. »Stumpfe Gewalteinwirkung, wie Sie schon sagten, aber kein spontaner Wutausbruch, zu kontrolliert. Es braucht nicht nur Kontrolle, sondern auch

Übung, so zuzuschlagen, dass man den Mund nicht verletzt. Bei aller Kraftanstrengung und Intensität der Schläge sind sie präzise ausgeführt worden, peinlich darum bemüht, die stark rot geschminkten Lippen nicht zu verletzen. Das war berechnende Gewalt. Erschreckend. Was will uns der Täter sagen?«

Bernstein nickte. »Warum er das getan hat, weiß ich nicht, aber auf jeden Fall hat er Ihnen einen Hinweis hinterlassen. Und diese makellosen Zähne. Findet man heute kaum. Sie hat auf sich geachtet. Kein Mädchen aus der Gosse. Das sollte die Suche einschränken.«

»Disziplin und Härte, bewundernswert«, meinte Baran und deutete auf die Füße der Toten. »Die Schwellungen, die geschundenen Zehen, die schwarzen Nägel. Typisch für eine Balletttänzerin.«

Meisel kratzte sich an seiner Glatze, was er immer tat, wenn ihn eine Sache unangenehm berührte oder sie ihn vor ein Rätsel stellte. »Tänzerin?«

»Tänzerin«, wiederholte Baran. »Was fällt Ihnen dazu ein, Meisel?«

»Hm, das Ronacher vielleicht, oder das Moulin Rouge, das nennt sich doch jetzt auch Tanzpalast?«

»Die Oper«, sagte Bernstein. »Warum nicht die Oper?«

Baran stimmte ihm zu.

»Die Oper, Herr Kommissär«, sagte Meisel, »die Oper ist ein Parkett, wo Sie sich tausendmal besser zurechtfinden als ich. Ich kümmere mich inzwischen um die Zeugenbefragungen und die Untersuchungen vor Ort.«

Inzwischen würde Baran versuchen herauszufinden,

zu wessen Tod er in den nächsten Tagen Nachforschungen anstellen musste.

* * *

Nachdem er seinen Mantel abgeklopft und seine Hände gründlich gereinigt hatte, machte sich Baran auf den Weg zu seinem roten Austro-Daimler, der gleich oberhalb des Fischmarktes beim Palais Wickenburg parkte. Es war nicht weit zur Oper, aber der Wagen gab wieder einmal ein beunruhigendes Stottern von sich, was Baran veranlasste, langsam zu fahren. Er kannte sich gut mit Pferden aus, mit denen er aufgewachsen war, aber das Automobil, das angeblich gleich siebenundzwanzig Pferdestärken hatte, blieb für ihn ein Buch mit sieben Siegeln. Dennoch schaffte er es bis zum Café Heinrichhof gleich gegenüber der Oper.

An der Straßenbahnhaltestelle vor dem Café scharten sich Schaulustige, die nur mit Mühe von uniformierten Polizisten auf Distanz gehalten werden konnten. Baran zwängte sich zwischen den wild durcheinanderredenden Leuten hindurch. Er erkannte den Rayonsinspektor Novotny, der alle Hände voll zu tun hatte, die Leute fernzuhalten.

»Novotny. Das ist wohl heute Ihr …«

»… mein Glückstag, ja«, erwiderte der sichtlich genervte Polizist. »Der Mann wurde von der Straßenbahn überfahren. Der Arzt hat nichts mehr machen können.«

Zum zweiten Mal am heutigen Vormittag kniete sich Baran neben eine Leiche, und dennoch konnten die Gefühle unterschiedlicher nicht sein. Beim ersten Anblick der jungen Frau hatte er an nichts anderes denken können als an die quälende Frage, ob da seine Schwester vor ihm lag. Gott sei Dank hatte sich das nicht bewahrheitet, und er hatte sich dabei ertappt, wie er das furchtbare Schicksal der jungen Frau mit abgebrühter Professionalität in eine Schublade seines Gehirns verstaute, wo es möglichst wenig Schaden an seiner Seele anrichten konnte. Doch als er nun den verrenkten Körper des älteren Herrn vor sich sah, wurde Baran traurig. Er kannte den Mann, der ein Stammgast im Café Heinrichhof war und stets freundlich grüßte. Ein paar Mal hatten sie miteinander geplaudert, über die Monarchie geredet. Veith war in der Hofburg beschäftigt gewesen. Seine Erzählungen kreisten aber nicht um den Kaiser oder die Kaiserin, sondern um betrügerische Chefköche und eine Mäuseplage, die angeblich furchtbare Ausmaße angenommen hatte.

»Der Herr Veith, *ó Istenem*. Wie ist das passiert?«, fragte Baran den Polizisten.

»Wie es aussieht, ein Unfall«, antwortete dieser. Er deutete auf einen Mann mit Melone, der geduldig das Pferd seines Einspänners beruhigte.

»Der Fiaker da behauptet allerdings, dass er gestoßen worden ist, der alte Herr.«

Immer noch versammelten sich Schaulustige um den Toten. Baran versuchte, eine grimmige Miene aufzusetzen, und wiederholte in strengem Ton ein paar Mal, dass es hier nichts zu sehen gäbe, was jedoch nichts nutzte.

»Die Kollegen kommen schon«, sagte Novotny mit einem Fingerzeig auf zwei Uniformierte, die sich durch die Menge drängten und endlich für Ruhe sorgten.

»Novotny, kümmern Sie sich darum, dass die Leiche fotografiert und untersucht wird«, gab Baran Anweisung. »Und ich will alle persönlichen Sachen von Veith auf meinem Tisch haben. Verstehen Sie, nicht einfach ins Sicherheitsbüro bringen.«

Abrupt wandte Baran sich ab, ohne auf Novotnys Reaktion zu warten, und ging zu dem Fiaker. Seine ersten Worte galten dem Schimmelwallach. Dass er mit Pferden nur Ungarisch sprach, schien das Tier nicht zu stören. Dann zeigte er den Dienstausweis vor.

»Sie kennen sich mit Pferden aus, Herr Kommissär«, bemerkte der Fiaker anerkennend. Der Backenbart ließ ihn älter aussehen, aber Baran schätzte ihn auf nicht mal dreißig.

»Ich bin mit Pferden aufgewachsen«, antwortete er.

»Ich auch. Mein Vater war schon Fiaker, wir haben das irgendwie im Blut. Ich heiße übrigens Karl Steinwender.« Sein Händedruck war so fest wie sein Blick klar.

»Ich habe den alten Herrn auch öfter gefahren. Das war ein feiner Mann, immer freundlich und großzügig. Wissen Sie, mein Vater war eine Zeit lang der Leibfiaker für den Fürsten Liechtenstein, den Obersthofmeister. Veith hat viel von ihm erzählt. Er sagte, er wäre ihm unterstellt gewesen, aber Näheres weiß ich nicht.«

Baran zückte sein Diensttaschenbuch, das jeder Kriminalbeamte mit sich zu führen hatte, und machte sich Notizen. Dann fragte er: »Sie haben dem Kollegen gesagt, Herr Veith sei gestoßen worden?«

Das Pferd wieherte unruhig. Es reagierte auf die Spannung in Barans Stimme.

Steinwender tätschelte sanft seinen Hals.

»Alles in Ordnung, Victor. Na ja, beschwören kann ich es nicht, aber da war ein Mann, sehr stattlich. Ich glaube, er hat ihm einen Stoß gegeben. Es hat auf jeden Fall so ausgesehen. Dann habe ich ihn aus den Augen verloren, weil der Victor das Quietschen der Straßenbahnen nicht mag und störrisch wird.«

»Einen Stoß? Könnte das nicht auch unabsichtlich passiert sein?«

»Ganz sicher bin ich mir nicht«, antwortete der Fiaker. »Aber es war schon fest. Ich glaube, der Mann hat das mit Absicht getan.«

»Würden Sie ihn wiedererkennen?«, fragte Baran.

»Wiedererkennen? Natürlich. Ich war ja direkt neben ihm. Sein Mantel war aufgeknüpft, drum hab ich seinen eleganten Nadelstreifenanzug gesehen. Der war eindeutig was Besseres, Sie wissen schon, Herr Kommissär. Und dazu diese Augen. Die vergesse ich nie mehr. Eisblau und stechend. Die haben mich kurz angeschaut, als würden sie mich fressen wollen. Er hat kurz mit einem der Passanten, der Herrn Veith helfen wollte, ein paar Worte gewechselt. Veith hat sogar die Hand von dem Helfer gehalten und ihm noch was gesagt. Aber ich konnte natürlich nicht verstehen, was. Gleich darauf ist der Mann mit den blauen Augen verschwunden. So als hätte ihn die Erde verschluckt. Unheimlich, sage ich Ihnen, Herr Kommissär, absolut unheimlich.«

Baran notierte sich wieder etwas.

»Den Mann, der helfen wollte, kannten Sie auch nicht, nehme ich an?«

»Nein. Aber er schien sehr vertraut mit Veith.«

Baran wies den Fiaker nachdrücklich an, unbedingt eine Aussage im Sicherheitsbüro zu machen und dabei seinen Namen zu nennen und eine Zeichnung anfertigen zu lassen, von dem Blauäugigen und natürlich auch von dem Mann, mit dem Veith geredet hatte. Steinwender versprach es und setzte sich auf den Kutschbock.

»Wo wohnte eigentlich der Herr Veith?«, fragte Baran.

»In der Singerstraße 18. Ich habe ihn öfter dort abgesetzt. Soll ich Sie hinfahren, Herr Kommissär?«

Baran lächelte und sprang in den Fiaker.

»Danke«, sagte er, und Victor verfiel in einen ruhigen Trab. Baran dachte darüber nach, was jemanden dazu veranlasst haben könnte, einen pensionierten Hofbeamten vor eine Straßenbahn zu stoßen. Ihm kam eine Reihe von Motiven in den Sinn, die er jedoch fast augenblicklich wieder verwarf. Unbezahlte Schulden, eine ausgeschlagene Heirat mit Veiths Tochter – hatte er überhaupt Kinder gehabt? –, eine Kriegsfehde, ein lang zurückliegender Streit ... Wo genau war Veith vor seiner Pensionierung beschäftigt gewesen? In welcher Abteilung des Obersthofmeisteramtes? Gab es da einen Zusammenhang? Als sie beim Stephansdom ankamen, wusste er, welche Fragen er stellen würde. Baran ließ Steinwender anhalten, schärfte ihm noch einmal ein, seine Aussage zu machen, verabschiedete sich und ging die letzten Meter zu Fuß.

Das Haus in der Singerstraße 18 besaß eine wunderbare Barockfassade mit Ornamenten an den Fenstern. Veith wohnte im dritten Stock.

Ein junges blasses Fräulein in Dienstmädchenkleidung

mit böhmischem Akzent öffnete, fragte nach dem Namen und führte Baran durch einen Flur, links und rechts standen Vitrinen mit Vasen. Baran war zwar kein Experte, erkannte aber Emile Gallés Handschrift und daneben detailverliebte, bildgewaltige chinesische Kunst. Im Salon erwartete ihn hingegen das Biedermeier. Kommoden, ein grün überzogenes Sofa mit dazu passenden Sesseln, ein Schreibtisch, Bilder aus der Zeit, dazu in satten Gelbtönen gehaltene Tapeten und drapierte Vorhänge, und vor allem eine wunderbare Chaiselongue mit gelbgrünem Überzug, die zum Ausruhen einlud. Das Mädchen bat Baran, ein paar Minuten zu warten, woraufhin er die Bilder in Augenschein nahm. Eines stach besonders heraus, es hatte einen speziellen Platz zwischen den beiden Fenstern, ein Porträt von Kaiser Franz Joseph in einem Jagdmantel und einem Hut mit Gamsbart, ein nicht seltenes Motiv, aber hier sah der Kaiser nicht nachdenklich oder staatsmännisch aus, sondern schien verschmitzt den Betrachter anzulächeln. Baran hätte fast zurückgelächelt, wenn er nicht in diesem Augenblick eine weibliche Stimme vernommen hätte.

Oskar Veiths Frau war klein und ein wenig rundlich. Sie trug ein groß geblümtes Kleid und fuhr sich rasch durch die Frisur, als sie den großen Mann im Anzug vor sich sah.

»Frau Veith« – Baran verneigte sich – »ich komme von der Polizei.«

Er zeigte seinen Dienstausweis und stellte sich vor.

»Ich habe Ihnen eine traurige Nachricht zu überbringen. Vielleicht wollen Sie sich setzen.«

Frau Veith setzte sich auf einen der Biedermeiersessel. »Ist etwas mit Oskar?«, stammelte sie.

Baran nickte leicht, aber es genügte, um Frau Veith die Tränen in die Augen zu treiben.

»Er ist an der Straßenbahnhaltestelle gestürzt, und die Straßenbahn konnte nicht mehr bremsen. Es tut mir sehr leid, Frau Veith.«

Es dauerte eine Weile, ehe das Zittern, das sich über ihren ganzen Körper ausbreitete, abebbte. Baran wartete, setzte sich nun ebenfalls. Frau Veith hatte sich inzwischen ein wenig gefasst und sah ihn mit tränenüberströmtem Gesicht an.

»Er wollte doch nur ins Café Heinrichhof. Das macht er fast jeden Tag. Einen Kaffee trinken, ein wenig plaudern«, sagte sie mehr zu sich selbst. Nach einer Pause fragte sie: »Kann ich ihn sehen?«

Baran schüttelte den Kopf.

»Davon würde ich Ihnen abraten, gnädige Frau. Sie sollten ihn so in Erinnerung behalten, wie er war, bevor er heute Morgen wegging.«

»Wir hatten einen Streit wegen einer Vase, die mir sehr viel bedeutete. Die Scherben liegen noch in der Küche. Ich habe es nicht fertiggebracht, sie wegzuwerfen. Es war wohl ein Zeichen. So schnell, wie eine Vase zerbricht, so schnell ist das Leben dahin.«

Baran hätte viel dazu zu sagen gewusst, aber er zog es vor zu schweigen. Hoffentlich waren die beiden nicht im Streit auseinandergegangen. Als hätte Frau Veith seine Gedanken erraten, sagte sie: »Er hat mir noch einen Kuss gegeben, ehe er ging.«

Sie streichelte sanft über ihre Wange. »Er war ein sehr guter Mann, mein Oskar.«

Baran hatte viele Fragen, aber er konnte sie nicht stellen, nicht jetzt. Er saß da, schenkte sich und Frau Veith ein Glas Wasser aus einer Karaffe ein und wartete. Dann begann sie zu erzählen, aus ihrem Leben zu plaudern, über fünfundvierzig Jahre seien sie verheiratet gewesen. Baran erfuhr nichts Spektakuläres über die Arbeit des treuen Staatsdieners im Obersthofmeisteramt, schon gar nichts, was einen Mordanschlag auch nur im Ansatz hätte erklären können. Das Leben von Veith war geprägt von Gewissenhaftigkeit, Unbestechlichkeit und unbedingter Kaisertreue. Niemals war er unzufrieden, stets hatte er seine Aufgaben ohne Zögern und ohne Murren erledigt.

Baran saß einer Frau gegenüber, die in ihrer Trauer in Erinnerungen eintauchte und ihren Mann bereits zu verklären begann. Da war nichts, was ihn hellhörig werden ließ. Nichts, bis auf eine kleine Bemerkung, die fast nebenbei fiel.

»Er hat den Schal vergessen heute Morgen. Er vergisst nie seinen Schal.«

»Vielleicht war er wegen der Vase etwas durcheinander«, erwiderte Baran.

»Ach nein. So etwas macht ihn nicht nervös. Die Vase hat er sowieso immer gehasst. Nein, er war irgendwie blass. Vielleicht hat er eine Krankheit ausgebrütet, denn wieso sollte er sonst stürzen, und noch dazu vor eine Straßenbahn, das ist …« Tränen erstickten das Ende des Satzes.

Baran wartete, schenkte noch einmal Wasser nach.

»Nervös und blass, sagen Sie? Hat er denn irgendeine Bemerkung gemacht, warum?«

»Nein, gar nicht. Aber warum fragen Sie mich das alles?«

Langsam, aber sicher schien Frau Veith klar zu werden, dass Baran kein gewöhnlicher Polizist war. Und unweigerlich musste sie das Stichwort aussprechen: »Verbrechen. Sie glauben doch nicht etwa, dass mein Oskar …«

Baran versuchte, sie zu beruhigen, aber es half nichts. Frau Veith war nun nicht mehr davon abzubringen. Sie forderte Baran auf, fortzufahren. Von einer Sekunde auf die andere schien sie verändert, als wäre wieder Leben in ihr.

»Ein Mann mit stechend blauen Augen, sagen Sie?« Frau Veith quälte sich aus dem Sessel und rief nach dem böhmischen Dienstmädchen.

»Vera, erzählen Sie doch dem Herrn Kommissär von dem Mann, der Sie gestern angesprochen hat.«

Vera wischte sich die Hände an ihrer weiß gestärkten Schürze ab. Sie wurde noch blasser als vorhin, als sie die Tür geöffnet hatte.

»Ein stattlicher Herr, gestern am Nachmittag hat er angeläutet, als die Herrschaften gerade einen Spaziergang machten. Es war ja recht sonnig und …«

»Kommen Sie zur Sache, Vera!«, befahl Frau Veith.

Vera errötete und fuhr fort: »Also, der Mann hat nach Herrn Veith gefragt, das habe ich Ihnen ja erzählt, gnädige Frau. Er hatte stechend blaue Augen.«

Da nichts weiter kam, wurde auch Baran ungeduldig.

»Und was hat er wissen wollen, dieser ominöse Herr mit den blauen Augen?«, fragte er.

Das Mädchen blickte unschlüssig zu Boden.

»Nichts eigentlich, ich erinnere mich nicht mehr. Nur dass ich Herrn Veith sagen sollte, dass er wiederkommt.«

»Sonst nichts?«, fragten Frau Veith und Baran gleichzeitig.

»Nein. Ach, er hat noch gesagt, dass er einen Brief schreiben würde, ja, das hat er gesagt, einen Brief schreiben oder schicken. Ich habe ihn nicht gut verstanden, er hat sehr leise gesprochen, und diese Augen, sie waren so unheimlich.«

»Einen Brief schreiben? Aber weshalb?« Baran war irritiert. Selten hatte er eine so unsichere und schüchterne Bedienstete erlebt.

Frau Veith hatte sich inzwischen wieder hingesetzt und wischte sich die Tränen aus den Augen. Baran konnte hier nichts mehr tun. Er musste sie ihrer Trauer überlassen. Er verabschiedete sich höflich und dachte beim Hinausgehen an zwei Worte, Verbrechen und Brief.

* * *

Den Weg zur Oper legte Baran zu Fuß zurück. Der seltsame Mann mit den blauen Augen ging ihm nicht aus dem Kopf. Er war sich sicher, dass hier etwas ganz und gar nicht in Ordnung war, und glaubte immer weniger an einen Unfall. Aber was er in Händen hatte, um eine Morduntersuchung zu rechtfertigen, war mehr als dürftig. Die Aussage eines Fiakers und die einer Dienstmagd. Dünnere Suppen gab es nur bei den öffentlichen Ausspeisungen, die auch vier Jahre nach dem Krieg noch zum Alltag in Wien gehörten.

Als er sich der Oper näherte, kehrten seine Gedanken wieder zu dem Fall zurück, dessentwegen er hier war. Baran betrat durch einen offenen Seiteneingang die Oper und fragte einen Herrn im blauen Arbeitsmantel, der gerade im Foyer eine Glühbirne an einem der prunkvollen Leuchter auswechselte, wo sich die Probenräume des Balletts befänden. Kurz darauf passierte er eine Tür und vernahm Klaviermusik und die resolute Stimme eines Ballettmeisters. Und als er »Katastrophe« hörte, wusste er, dass er richtig war. Die Aufführung stand kurz bevor, und es wurde unter großem Druck geprobt. Er klopfte an und trat ein, was prompt zu einem Unmutsausbruch des vielleicht vierzigjährigen Mannes führte, der eine Gruppe spärlich bekleideter junger Männer und Frauen unterwies. Ihrem Gesichtsausdruck nach zu urteilen kam ihnen die Unterbrechung durchaus gelegen.

»Wer zum Teufel sind Sie, und warum stören Sie meine Probe?«

Baran zog seinen Hut und setzte sein freundlichstes Lächeln auf. In diesem Fall war es wirklich von Vorteil, dass er heute Morgen die Zeitung gelesen hatte. Denn darin war von einer Aufführung von *Josephs Legende* von Richard Strauss die Rede gewesen.

»Verzeihen Sie, dass ich Sie bei Ihren Vorbereitungen störe. Mein Name ist Alexander Baran. Sie proben für

Josephs Legende, nicht wahr? Ich habe übrigens Wunderdinge über Sie gelesen, was Sie in Berlin zustande gebracht haben.«

»Ja, wir proben für *Josephs Legende*«, bestätigte der schon ein wenig besser gelaunte Ballettmeister, der Baran mit dem Anflug eines Lächelns von oben bis unten musterte.

»Mein Name ist Kröller, Heinrich Kröller. Wären Sie nun so freundlich, mir zu sagen, was Sie hier wollen? Ich bin ein wenig in Eile. Morgen ist Premiere, ich darf gar nicht daran denken. Von hinten bis vorn nur Stückwerk. Und dann noch die Katastrophe, das Unheil pur.«

Die letzten Worte waren nicht an Baran gerichtet, sondern an eine junge kreidebleiche Tänzerin, die an der Schulter einer etwas robuster gebauten Kollegin schluchzte. Baran stellte sich vor und zeigte seinen Dienstausweis, was bei den Anwesenden weitere Unruhe und ein Stimmengewirr auslöste, worauf Kröller »Schluss jetzt!« brüllte.

Baran versuchte, so gut es ging die Anwesenden zu beruhigen, was angesichts der Botschaft, die er zu verkünden hatte, keine leichte Aufgabe darstellte.

»Meine Herrschaften, werter Herr Kröller, ich habe ein Problem, bei dem Sie mir möglicherweise behilflich sein könnten. Ich suche eine junge Dame, sehr adrett, sportlich, dunkles Haar, zweifellos eine Tänzerin.«

Kröller sah Baran von der Seite an.

»Eine Tänzerin, Herr Kommissär. Wissen Sie, wie viele junge und hübsche Mädchen sich in Wien tummeln, die meinen, tanzen zu können?«

Er machte eine ausladende Geste, die wohl so viel besagen sollte wie »unzählige«.

Baran nahm einen neuen Anlauf.

»Eine dunkelhaarige Frau, etwa Mitte zwanzig. Ich weiß ja nicht, wie viele Kolleginnen hier beschäftigt sind, aber die junge Dame, von der ich spreche, ist jedenfalls ambitioniert und fleißig.«

Baran wusste, dass die Chance, hier gleich einen Treffer zu erzielen, gering war. Aber an Köllers Mimik konnte er erkennen, dass er nicht völlig umsonst gekommen war. Kröller wirkte nämlich mehr als besorgt, als er antwortete: »Martha ist heute nicht zur Probe erschienen. Aber wir hoffen alle, dass sie noch kommt. Und ihre Zweitbesetzung, die Fanny, fehlt auch. Eine Katastrophe. Aber Herr Kommissär, sagen Sie mir endlich, was mit der jungen Frau passiert ist, von der Sie sprechen.«

Kröllers Stimme klang flehend. Die Tänzer flüsterten, es war wie in einem Bienenstock. Baran suchte nach Worten, aber es fiel ihm nichts Besseres ein, als nüchterne Fragen zu stellen, was immerhin für Ruhe sorgte.

»Wie heißt Martha mit vollem Namen? Können Sie sie genauer beschreiben? Ist sie verlässlich, oder kommt sie öfter zu spät? Und das zweite Fräulein, Name, Aussehen?«

Die Fragen richteten sich an alle, aber da Baran zufällig einen jungen Mann dabei angesehen hatte, antwortete dieser: »Martha Halpern heißt sie. Sie ist vierundzwanzig. Und Fanny ist ihre beste Freundin. Fanny Pinsker. Sie ist ein Jahr jünger. Und nein, sie kommen beide nie zu spät. Nur heute. Weshalb Herr Kröller …«

»... stinksauer ist«, unterbrach der Ballettmeister ihn. »Die Martha hat morgen eine schwierige Solopartie. Und es passt hinten und vorne noch nicht.«

Baran bemühte sich, wieder an seine gestellte Frage anzuknüpfen.

»Wie sieht das Fräulein Halpern denn aus?«

»Wie sie aussieht? Recht fesch ist sie und wahnsinnig begabt«, schwärmte Kröller und ging hektisch auf und ab.

»Groß, klein, Haarfarbe?«, hakte Baran nach.

»Sie ist groß, eine Erscheinung, auch wenn sie kein Gramm Fett auf ihren Hüften hat. Dunkle Haare. Aber was fragen Sie? Ihre Augen sind es, ihre wunderschönen grünen Augen. Leuchtende Smaragde. Damit bezaubert sie alle.«

Baran räusperte sich. Er musste an die Tote denken, deren Gesicht so zertrümmert war, dass man keine Augen mehr erkennen konnte. Er war kurz davor, etwas von einem Leichenfund am Donaukanal zu erzählen, als die Tür aufsprang und eine junge Frau sichtlich aufgelöst hereinstürmte, sich kurz umsah und dann rief: »Martha! Habt ihr Martha gesehen? Sie ist verschwunden.«

Minuten später stand Baran mit der Frau, die sich als Fanny Pinsker vorstellte, in einem leeren Probenraum und fragte sie über Martha Halpern aus.

»Martha ist gestern Abend nicht nach Hause gekommen. Wir wohnen zusammen. Martha bleibt nie über Nacht weg. Sie lebt für das Ballett. Sie ist so diszipliniert. Ich habe solche Angst, dass ihr etwas zugestoßen ist.«

Baran hätte sie gerne beruhigt, aber es blieb ihm

nichts anderes übrig, als ihr von der Toten zu erzählen, die allem Anschein nach Tänzerin war. Schließlich habe er nur den Anhaltspunkt, dass ausgerechnet vor einer wichtigen Aufführung eines der führenden Mitglieder des Balletts verschwunden sei. Und er müsse jeder Spur nachgehen. Fanny verstand, nickte und schluchzte herzzerreißend. Ein sorgsam gefaltetes seidenes Stecktuch mit dem Wappen seiner Familie, das Baran in seinem Sakko trug, musste als Ersatz für ein Taschentuch herhalten. Fanny schnäuzte sich mehrmals, was Baran mit stoischer Miene zur Kenntnis nahm. Sie gingen zurück zu Kröller.

Der Ballettmeister wurde kreidebleich, als er erfuhr, dass Baran seine Zweitbesetzung für Martha im Auto mitnehmen würde, weil sie in der Gerichtsmedizin eine Leiche identifizieren musste. Die Truppe sollte mit dieser Information erst einmal verschont werden. Baran versprach, Fanny sofort zurückzubringen, obwohl er angesichts ihres Gemütszustandes stark daran zweifelte. Kröllers Gesichtsausdruck sprach Bände. Er sah wohl vor seinem geistigen Auge die morgige Aufführung den Bach runtergehen.

Im Auto erzählte Fanny, die immer wieder mit den Tränen kämpfte, dass sie und Martha aus Lemberg stammten, das, einst die Hauptstadt des österreichischen Galizien, jetzt in Polen lag. Als Jüdin war sie gemeinsam mit Martha im polnisch-ukrainischen Krieg im Herbst 1918 vor den polnischen Soldaten geflüchtet, die ihre Eltern mit Dutzenden anderer Juden beim Kampf um Lemberg getötet hatten. Fanny sprach von dem neuen

Leben in Wien, von den großen Plänen, die sie hegten. Dann hielt sie plötzlich inne, weil eine Leichendroschke aus einer Einfahrt fuhr und Baran abrupt zum Bremsen zwang. Sie waren angekommen.

Bis letztes Jahr hatte sich das Pathologisch-Anatomische Institut in der Spitalgasse befunden und war erst vor Kurzem in das nahegelegene ehemalige Garnisonsspital in der Sensengasse umgezogen, das man zu einem großzügig angelegten Anatomiegebäude ausgebaut hatte.

Baran betrat mit Fanny das Erdgeschoss und schritt die Stufen in den zweiten Stock hinauf. Auf dem langen Gang kam ihm ein ergrauter Herr mit kurz geschnittenem Schnauzbart im Arztkittel entgegen. Er war in Begleitung eines Kollegen, der Baran schon heute Morgen über den Weg gelaufen war und ihn nun freundlich begrüßte.

»Herr Kommissär, ich dachte nicht, dass wir uns so schnell wiedersehen«, sagte Bernstein. »Darf ich Ihnen den Direktor des Hauses, Hofrat Dr. Albin Haberda, vorstellen. Wir sind alte Studienfreunde. Und das ist das Fräulein …«

»Fanny Pinsker«, beeilte sich Baran, die blasse junge Dame an seiner Seite vorzustellen. »Es besteht eine geringe Möglichkeit, dass Fräulein Pinsker etwas zur Identität der Toten beitragen kann.«

Bernstein wandte sich Haberda zu, der Fanny und Baran die Hand reichte.

»Der Herr Kommissär ist wegen der Leiche am Donaukanal hier. Ich habe dir davon erzählt, Albin.«

Haberda räusperte sich. »Äußerst unschöne Sache.

Gnädiges Fräulein, der Herr Kommissär hat Ihnen hoffentlich keine Angst gemacht. Wenn Sie gestatten, führe ich Sie persönlich zu den Kühlkammern. Hier ist alles neu, wissen Sie. Im Übrigen natürlich modern und auf dem aktuellen Stand der Wissenschaft.«

Wenig später stand Fanny vor der zum Glück noch nicht obduzierten Leiche. Vorsorglich hatte Baran sich hinter sie gestellt, für den Fall, dass sie kollabieren würde. Aber nichts dergleichen geschah. Als der Körper abgedeckt wurde, stand Fanny nur apathisch da. Nach einer Weile ergriff sie die Hand der Toten und hielt sie minutenlang fest. Es bestand kein Zweifel, dass die Frau, die hier auf dem kalten Blech lag, Martha Halpern war.

Erst im Freien, nachdem Baran sich von Haberda verabschiedet hatte, brach Fanny, die sich bei Bernstein und Baran eingehängt hatte, zusammen.

Sie legten sie auf die Rasenfläche vor dem Gebäude und lagerten ihre Beine hoch, wobei Bernstein auf väterliche Art auf die langsam wieder zu sich kommende Fanny einredete. Dass er Jiddisch sprach, verwunderte Baran nicht. Nichts vermag einen Menschen in der Not mehr zu beruhigen als seine Muttersprache fern der Heimat.

Beim Abschied reichte Bernstein Baran seine Visitenkarte.

»Besuchen Sie mich doch einmal zum Tee, Herr Kommissär. Ich würde mich freuen«, sagte er und verbeugte sich vor Fanny, die langsam wieder Farbe im Gesicht bekam. Dann eilte er davon.

»Ich muss mich in Ihrer Wohnung umsehen«, wandte Baran sich an Fanny. »Vielleicht entdecken wir in Fräulein Halperns Sachen etwas, das uns helfen kann, den Mörder zu finden.«

Fanny nickte und nannte Baran die Adresse: den Sechs-Schimmel-Hof in der Josefstadt.

* * *

Das Haus in der Josefstädter Straße mit der imposanten Neorenaissancefassade war nicht zu verfehlen. Über dem Eingang war ein Relief mit sechs Pferden, die um einen Baum standen. Baran musste für einen Augenblick an seine Heimat denken, an die Ausritte mit Szonja über das Steppenland.

Dann trat er mit Fanny Pinsker durch das große hölzerne Eingangsportal in einen dunklen Gang, der in einen Innenhof mit umlaufenden Pawlatschen und zu den Hausaufgängen, den sogenannten Stiegen, führte. Im feuchtkalten Hausflur stand ein älterer Polizist, der sich während seines vorgeschriebenen Rundgangs gerade einen wärmenden Schluck aus einem kleinen Flachmann gönnte. Als er die beiden sah, versteckte er ihn rasch in seiner Tasche und zupfte nervös an seiner khakifarbenen Felduniform. Baran zückte seine Dienstmarke und stellte sich dem Mann vor, der sofort Haltung annahm.

»Rayonsinspektor Müller. Was kann ich für Sie tun, Herr Kommissär?«

Baran informierte ihn und gab einige Anweisungen, die Müller sich aufgeregt notierte.

»Na, dann gehen Sie, Müller«, befahl Baran, der die feuchte und schimmelbefallene Luft nur schwer vertrug.

Martha und Fanny wohnten nicht in einer der Pawlatschenwohnungen, sondern auf der ersten Stiege im zweiten Stock.

Die Wohnung bestand aus zwei mittelgroßen Zimmern und einer winzigen Küche. Baran betrachtete die abgetretenen Teppiche, die einfachen, aber zweckmäßigen Möbel. Im Esszimmer standen ein durchgesessenes Sofa, auf dem eine Decke und Kissen lagen und das offensichtlich auch als Schlafstatt diente, eine Kommode, ein runder Tisch mit einer weißen Spitzendecke und zwei Stühle. Zwei holzgerahmte Bilder mit kitschigen Landschaftsmotiven hingen an den Wänden. In einer Ecke erblickte Baran einen Sekretär, auf dem Blätter lagen. Im zweiten Zimmer bot sich ein ähnliches Bild, allerdings gab es hier ein Bett.

Baran begriff, dass die beiden keine getrennten Zimmer bewohnten, sondern beide Räume gemeinsam nutzten. Sie waren offensichtlich enge Freundinnen.

Die persönlichen Gegenstände von Martha Halpern hätten in einen sehr kleinen Koffer gepasst.

»Wir sind mit fast nichts hier angekommen«, erklärte Fanny. »Mit ein paar Fotos, einem silbernen Leuchter, ein bisschen Schmuck. Und mit unserem Leben. Alles, was uns ausmachte, war in unseren Beinen, den Armen, im Kopf und im Herzen. Wir waren sehr jung und haben die Hoffnung nicht aufgegeben. Schon wegen Irina nicht.«

»Irina?«, fragte Baran nach.

»Irina war unsere Lehrerin. Sie hat uns alles beigebracht, uns bis zur Erschöpfung üben lassen. Sie war die beste Lehrerin, die man sich vorstellen kann. Wollen Sie wissen, was aus ihr geworden ist?"

Baran nickte.

»Einer der Soldaten hat sie auf ein Bajonett aufgespießt, nachdem er sie mehrfach vergewaltigt hatte. Das ist aus Irina geworden. Sie war zweiundsiebzig Jahre alt. Als wir davon hörten, waren wir schon in Sicherheit. Martha und ich tanzen für sie.«

Sie wischte sich eine Träne aus dem Auge: »Martha …«

Es klopfte an der Tür, und Rayonsinspektor Müller erschien mit einem weiteren Beamten. Baran gab ihm den Auftrag, die Sachen von Martha Halpern ins Sicherheitsbüro zu bringen. Er wollte sie sich noch einmal in Ruhe ansehen. Und weil tatsächlich ein kleiner Koffer auf einem Kleiderschrank lag, fragte Baran Fanny, ob sie darin die Gegenstände verstauen dürften. Sie nickte und übernahm es selbst. Sie wirkte verloren.

»Wohin darf ich Sie fahren?«, fragte er sie schließlich, als sie alles eingepackt und dem Rayonsinspektor übergeben hatte, weil er ahnte, dass sie nicht hierbleiben wollte.

Zu seiner Überraschung antwortete sie: »Zur Probe. Morgen ist Aufführung.«

Baran konnte gut verstehen, warum sie diese Entscheidung traf. Sie würde nicht an Marthas Stelle, sondern für Martha tanzen.

Erst im Auto fragte er Fanny: »Wann haben Sie Martha das letzte Mal gesehen?«

»Gestern bei der Probe, am Nachmittag. Danach bin ich allein nach Hause. Martha wollte sich noch mit jemandem treffen.« Fanny begann wieder zu weinen.

»Mit einem Mann, einem Verehrer?«, hakte Baran vorsichtig nach. Vielleicht war das ein Hinweis auf ein mögliches Mordmotiv.

Fanny brauchte lange, ehe sie antwortete: »Mit Mendel Hirsch, einem jungen Medizinstudenten. Ein großer Bursche, mit wuscheligen pechschwarzen Haaren. Ein Hitzkopf, hat vor Kurzem einen Vorderzahn verloren, weil er sich angeblich mit irgendwelchen Judenhassern geschlagen hat. Oh, mein Gott, Martha …«

Fanny schluchzte auf und konnte nicht weitersprechen.

Als sie sich etwas beruhigt hatte, erzählte sie Baran, dass Mendel drüben in der Leopoldstadt wohnte, in der Haidgasse, über dem Gasthaus *Zum Sieg*.

Baran gab noch nicht auf.

»Mit Verlaub, Fräulein Pinsker. Würden Sie denn dem Herrn Hirsch ein so furchtbares Verbrechen zutrauen?«

»Wer kann schon in die Menschen hineinschauen?«, antwortete Fanny. »Aufbrausend ist er schon, und eifersüchtig, obwohl nie etwas gewesen ist zwischen …«

Wieder überwältigten sie Tränen. Sie gelangten zur Oper. Fanny atmete tief durch und schnäuzte sich noch einmal in Barans Stecktuch, das er höchstwahrscheinlich nie wiedersehen würde.

»Eines noch«, sagte er. »Haben Sie ein Foto von Martha? Ich habe in der Wohnung keines gesehen. Es wäre sehr hilfreich, wenn ...«

Anstelle einer Antwort nahm Fanny ihre Halskette ab, an der ein großes goldenes Medaillon hing.

»Ich trage es immer. Martha hat es mir vor ein paar Wochen geschenkt. Es gehörte ihr.«

Das Medaillon enthielt ein Foto von Fanny und Martha, die in die Kamera lachen. Sie sahen sich ähnlich, irgendwie, doch Fanny wirkte ernster und strenger.

»Ich muss gehen. Heute kommt Maestro Strauss persönlich. Die Generalprobe.«

Baran steckte das Medaillon ein und begleitete sie schweigend zum Probenraum. Kröllers polternde Stimme war von draußen zu hören. Als Baran die Tür öffnete, kehrte plötzlich Stille ein. Kröllers Gesicht erhellte sich, als er Fanny erblickte, die aufrecht und entschlossen dastand.

Baran wollte sich verabschieden, doch der Ballettmeister hielt ihn zurück.

»Ich werde Ihnen eine Freikarte zurücklegen für morgen, Herr Kommissär. Das bin ich Ihnen schuldig, weil Sie das Fräulein Fanny zurückgebracht haben.«

Baran nickte und brachte ein höfliches, aber nichtssagendes Lächeln zustande. Eine Tänzerin war tot, eine andere auf dem Weg, in ihre Fußstapfen zu treten. So war die Welt. Ein Verlust wurde ersetzt, eine Lücke gefüllt. Nur die Lücken in meinem Herzen füllt niemand, dachte er, während er sich zu Fuß auf den Weg ins Sicherheitsbüro machte.

* * *

Die meisten Kriminalbeamten in Wien waren einem der zweiundzwanzig Bezirkskommissariate zugeteilt, wo sie gemeinsam mit uniformierten Polizisten ermittelten. Über zweihundert arbeiteten jedoch ausschließlich in der Zentrale, im Sicherheitsbüro an der Roßauer Lände. Dazu gehörten beispielsweise die Mitarbeiter vom Erkennungsamt, aber auch die Beamten, die ein Verbrechen an Leib und Leben aufzuklären hatten. Baran war einer von ihnen.

In Barans Büro, in dem ein großer hölzerner Schreibtisch, zwei Stühle und zwei mit Akten vollgestopfte Regale kaum zuließen, dass man sich umdrehte, war das Bild des Kaisers Franz Joseph nie abgehängt worden. Irgendjemand hatte es vergessen, und nun bestand Baran darauf, es hier zu belassen. Der Blick des greisen Monarchen ermahnte ihn, seine Aufgaben nicht zu vernachlässigen und nur ja nicht zu vergessen, warum er all das hier auf sich nahm.

Bevor er Gefahr lief, darüber nachzudenken, ob seine Entscheidung richtig gewesen war, klopfte es an der Tür. Im nächsten Augenblick stand Oberkommissär Emmerich Zeller im Raum, Inspektor Meisel direkt hinter ihm.

Im Unterschied zu Baran war sein Vorgesetzter nie im Krieg gewesen und kompensierte diesen Umstand mit einem militärischen Befehlston, wobei er von seinen Untergebenen eine devote Haltung erwartete. Durch seine altmodische Kleidung, sein konservatives Auftreten, vor allem aber durch sein gekünsteltes Hochdeutsch versuchte er zu verschleiern, dass er aus kleinbürgerlichen, ländlichen Verhältnissen stammte. Seine Ablehnung gegenüber dem Aristokraten Baran basierte nicht etwa darauf, dass er wie die Arbeiterschaft die Gesellschaft radikal verändern wollte, sondern auf Neid und kleinkarierter Großmannssucht.

Baran ließ ihn gewähren.

»Das Bild«, rief Zeller anstelle einer Begrüßung, die verschnürte Mappe, die er in Händen hielt, theatralisch hin und her schwingend, »ist unpassend. Hier sollte ein Porträt unseres Kanzlers hängen, denn er ist einer von uns. Dr. Johann Schober. Unzählige Male ist er diese Gänge entlangmarschiert, unser Polizeipräsident. Wie kein anderer bringt er unsere Republik voran.«

Baran nickte unbeteiligt, was Zeller nicht gefiel.

»Ich habe Ihnen einen alten Hasen an die Seite gestellt, den lang gedienten Bezirksinspektor Meisel. Und kaum sind Sie ein paar Minuten ohne Aufsicht, drücken Sie uns noch einen weiteren angeblichen Mord aufs Auge, als hätten wir hier nicht genug zu tun. Dieser Veith war ein älterer Herr und nicht mehr so gut zu Fuß. Ein tragischer Unfall, würde ich meinen. Aber vor wenigen Minuten landete die Aussage eines Fiakers auf meinen Schreibtisch« – er fuchtelte wieder mit der Mappe herum – »und darin ist von einem unbekannten Mann mit blauen Augen die Rede, der Veith angeblich absichtlich gestoßen haben soll und dann wie von Zauberhand verschwunden ist. Wann, bitte, lieber Baran, hätte ich davon erfahren? Oder ist das jetzt Ihre Privatangelegenheit, wie so vieles, was Sie außerhalb Ihrer Dienstpflichten tun?«

Jetzt hatte Zeller einen wunden Punkt getroffen, aber Baran blieb ruhig. Denn Zeller war noch nicht fertig.

»Sie konzentrieren sich, wenn Sie dazu fähig sind, auf die Frauenleiche am Donaukanal. Haben Sie denn dazu schon was in Erfahrung bringen können?«

Nun war es an Baran, dem Oberkommissär die erfolgreiche Ermittlungsarbeit des Nachmittags kurz und bündig vor die Füße zu knallen oder, besser, in Form einer grammatikalisch und stilistisch fehlerfreien Protokollierung in die Hände zu legen.

»Die Identität der Toten ist geklärt. Fräulein Martha Halpern, vierundzwanzig Jahre, Tänzerin an der Staatsoper. Steht alles dadrin.«

Sichtlich überrascht von Barans raschem Erfolg, überflog Zeller den Bericht.

»Eine Jüdin, ein Flüchtling. Aus Galizien.« Verachtung lag in seiner Stimme. »Bringen Sie die Sache rasch zu Ende. Und kein Schritt mehr ohne Meisel.«

Er schloss die Tür hinter sich.

Bezirksinspektor Meisel zündete sich nach Zellers Abgang eine seiner geliebten Nil-Zigaretten an und sagte: »Da habe ich ja ins Schwarze getroffen mit der Oper, Herr Kommissär. Martha Halpern heißt das Mädel also.«

Baran hustete demonstrativ. Seine Lunge vertrug den Rauch schlecht, zumal es in dem Büro ohnehin stickig und staubig war.

»Fanny Pinsker behauptet, dass Martha Halpern gestern Abend nicht nach Hause gekommen ist. Sie wollte sich anscheinend noch mit jemandem treffen. Fanny

Pinsker hat von einem jungen Mann in der Leopoldstadt erzählt, einem Studenten namens Mendel Hirsch.«

»Hirsch. Noch ein Jud«, bemerkte Meisel, während er sich über die Glatze fuhr. Abneigung gegenüber Juden war in Wien in diesen Tagen nichts Besonderes, eher eine Art Allgemeinzustand. Aber bei Meisel war sie Baran bislang nicht aufgefallen.

»Meisel, ich wusste nicht, dass Sie Antisemit sind. Dabei kenne ich Sie schon so lange.«

»Papperlapapp, Herr Kommissär!«, wehrte sein Kollege ab und ging jedoch nicht weiter auf den Vorwurf ein. »Ich habe übrigens nach der Aussage des Fiakers eine Zeichnung gemacht«, fügte er hinzu.

Er öffnete eine Mappe.

»Bitte sehr. Der Fiaker war zufrieden.«

Baran betrachtete die Zeichnung, aus der ihm ein Gesicht entgegenblickte, das unheimlicher nicht hätte sein können. Ohne nachzudenken, schloss er die Mappe wieder, so als würde der Blick des Mannes auf dem Bild ihm womöglich Schaden zufügen.

»Wo haben Sie das gelernt, Meisel? Sie sind ein wahrhafter Künstler«, bemerkte er.

Meisel räusperte sich verlegen. »Begabung, sagte meine Mutter, Gott hab sie selig.«

»Sorgen Sie dafür, dass das morgen in allen Zeitungen erscheint. Mit diesem Text.«

Baran reichte ihm ein Blatt Papier mit ein paar kurzen handgeschriebenen Zeilen. Meisel grinste. »Das wird dem Oberkommissär nicht gefallen.«

»Wollen Sie es ihm vorher zeigen?«, fragte Baran.

Anstatt einer Antwort steckte Meisel das Papier in seine Mappe. Manchmal verstanden die beiden sich auch ohne Worte.

»Und das da ist die Zeichnung von dem Mann«, sagte Meisel nach kurzem Schweigen, »mit dem Veith noch ein paar Worte geredet haben soll. Mir kommt das Gesicht irgendwie bekannt vor.«

Baran sah sich das Bild an, aber auch er konnte sich keinen Reim darauf machen. Sein Kollege steckte die Zeichnung wieder ein. »Ich werde mein persönliches Archiv durchforsten«, sagte er.

»Tun Sie das, Meisel. Vorher statten wir aber Hirsch einen Besuch ab.«

»Gut, Herr Kommissär. Vielleicht ist der Täter dann am Abend schon hinter Schloss und Riegel. Wäre ein einsamer Rekord. Auch wenn es dafür keine Beförderung gibt.«

Baran hielt den Mund, weil er befürchtete, dass wieder etwas mit *Juden* kommen würde.

Zehn Minuten später standen Baran und Meisel auf der Straße und atmeten die kalte Luft ein. Baran stellte seinen Mantelkragen auf und steckte die Hände in die Taschen.

Sie überquerten die Augartenbrücke, gingen rechts die Obere Donaustraße entlang und kamen zur Schiffamtsgasse. Der zweite Bezirk zwischen Donau und Donaukanal war seit Jahrhunderten schon von Juden bewohnt. Jetzt lebten hier rund sechzigtausend Menschen, weshalb die Wiener dieses Viertel auch Mazzesinsel nannten, nach den ungesäuerten Broten, den Mazzot oder Mazzes, die am jüdischen Pessachfest gegessen werden. In den Kriegsjahren waren Zehntausende Juden aus dem ehemaligen Kronland Galizien hierher geflüchtet, meist mit nichts als ihrem nackten Leben. Und obwohl die Armut in Wien an allen Ecken und Enden ihre Tentakel ausstreckte, beherrschte sie diesen Teil mit besonderer Brutalität. Die Leute hungerten und litten an Tuberkulose. An Wochentagen fanden sich auf den Straßen, in den Gasthäusern und Cafés Hausierer und Kleinsthändler, die alles feilboten, was man brauchen könnte, Bleistifte, Hosenknöpfe, Seife, Hüte, Gürtel, Schnallen.

Heute fehlten sie. Es war Freitagabend. Bald begann der Schabbat, eine Zeit, in der die Geschäftigkeit der Ruhe wich, ein Augenblick des Innehaltens. Auf dem Weg durch die Große Pfarrgasse und Große Sperlgasse, vorbei an kleinen Läden, die jetzt zu einem guten Teil geschlossen waren, begegneten Baran und Meisel Männern in dunklen Kaftanen, die eilig zur nächstgelegenen Synagoge gingen.

Baran und Meisel erreichten das Gasthaus *Zum Sieg* in der Haidgasse, wo nach Fannys Aussage Mendel Hirsch ganz oben wohnte. Im Innenhof führte eine Treppe in den oberen Stock, der auf drei Seiten mit Pawlatschen versehen war. Die beiden Polizisten gingen die knarzenden Treppen hinauf, als sie von oben eine Stimme hörten.

»Was wollt ihr hier?«

Die Stimme gehörte einer Frau um die dreißig, die sich die nassen Hände an ihrer Rockschürze abwischte.

Sie hatte gerade zwei Kübel mit Wasser an der Bassena aufgefüllt.

Baran lüpfte seinen Hut. »Guten Abend. Wir haben gehört, dass hier ein Herr Hirsch wohnen soll. Können Sie uns weiterhelfen?«

Die Frau strich sich eine Strähne aus dem Gesicht. »Ach, das ist ja eine Überraschung, ein höflicher Polizist, und fesch noch dazu.« Sie grinste und entblößte dabei ihre fleckigen Zähne.

»Keine Ahnung, wer dieser Hirsch sein soll«, sagte sie und ergriff einen Wasserkübel. Baran nahm den zweiten.

Meisel wischte sich wieder einmal über seine Glatze und schüttelte den Kopf.

Die Frau murmelte etwas Unverständliches und ging in die Stube. Baran und Meisel folgten ihr. Das Zimmer war eng und stickig. Die Einrichtung bestand aus einem Bett, einer windschiefen Kommode, einem Tisch und einem Stuhl, auf dem Kleidung lag. Die Tapeten waren zerschlissen, der Holzfußboden gab bei jedem Tritt einen knarzenden Laut von sich. Der gusseiserne Ofen strahlte allerdings eine wohlige Wärme aus. Ein großer Kochtopf stand darauf.

»Hierhin stellen«, befahl die Frau, die das Wasser aus dem Kübel in den Kochtopf leerte, und deutete auf den Boden neben dem Ofen. »Eine Suppe am Tag, was will der Mensch mehr.« Es klang, als hätte sie sich mit ihrem Leben abgefunden. Und Baran wollte gar nicht wissen, was sie tagsüber tat, um sich neben den Kartoffeln, Rüben und dem harten Brot das Heizmaterial zu verdienen. Von dem Fleisch in dem Packpapier auf dem

Küchenschank, das er einen Meter weit roch, ganz zu schweigen.

»Der Mann, den wir suchen, ist groß, hat schwarzes, dicht gelocktes Haar und eine Zahnlücke«, erklärte Baran.

»Hm, so jemanden gibt es hier nicht«, erwiderte die Frau.

Meisel wollte sie schon am Arm packen, aber Baran hielt ihn zurück.

»Wir wollen ihn nur als Zeugen befragen, den Herrn Hirsch, sonst gar nichts. Er wohnt doch hier, nicht wahr?«

Baran nahm einen Geldschein aus seiner Brieftasche und legte ihn auf den Tisch, während Meisel den Kopf schüttelte.

Rasch steckte sie das Geld ein. »Der ist aber nicht da, der Hirsch.«

»Und wo ist er?«

Sie zuckte mit den Achseln. Baran blieb ruhig stehen und hatte nicht vor, noch mehr Geld lockerzumachen. Meisel, der sich inzwischen auf den einzigen Stuhl im Raum gesetzt hatte, betrachtete Baran mit einem Lächeln. Die Frau lenkte ein.

»Er ist in der Schul, wie sie das nennen.«

»In der Synagoge«, übersetzte Meisel. »In welcher?«

Die Frau zuckte wieder mit den Achseln. »Das weiß ich nicht. Aber ihr könnt ja hier auf ihn warten.«

Meisel stand auf. »Danke für das großzügige Angebot. Aber nein.«

Die Frau lachte. »Mit der Beschreibung könnt ihr gleich das halbe Viertel verhaften. Den findet ihr nie.«

Sie schnitt eine Zwiebel in das kochende Wasser.

Meisel setzte sich wieder, Baran hatte sich nicht vom Fleck gerührt.

Die Frau hackte jetzt die Rüben. »Ist ein netter Bursche, der Hirsch. Grüßt immer freundlich, hilft mir die Kübel tragen, spendiert mir sogar manchmal einen Schoppen Wein. Ich wüsste nicht, was der ausgefressen haben könnte.«

Widerwillig zog Baran noch einen Schein aus seiner Brieftasche. »Ein Schoppen Wein im Gasthaus und eine weitere Information.«

Diesmal ließ sie den Schein liegen. Möglicherweise hoffte sie, dass er sich vermehren würde.

»Groß, schwarze Haare, Zahnlücke. Stimmt eh alles. Aber wenn ihr ihn finden wollt, müsst ihr zu seinem Onkel. Wegen dem ist er nämlich in der Schul. Sein einziger Verwandter. Er wohnt neben ihm, gleich da drüben.«

Sie deutete auf die andere Seite des Innenhofs, wo sich vermutlich eine ähnlich *luxuriöse* Wohnung wie die ihre befand.

»In der Polnischen Schul sind sie. Ist nicht weit von hier, schafft sogar der Onkel zu Fuß. Der Onkel ist ein klappriger, alter Mann, aber in der Schul hat er was zu sagen. Hat einen Ehrenplatz, was immer das heißen mag.«

Meisel erhob sich. Es war alles gesagt, bis auf eines: »Ach ja, sollte er vorbeikommen, dann kein Wort, dass wir da waren, Frau …«

»Hartmann«, antwortete sie leise, »Franziska Hartmann.«

Meisel legte noch einen Schein auf den Tisch und verabschiedete sich mit einem Nicken.

Baran setzte seinen Hut wieder auf und bedachte Franziska Hartmann mit einem sanften Lächeln.

Die beiden gingen die Große Sperlgasse zurück bis zur Ecke von Krummbaum- und Leopoldsgasse, wo sich immer noch viele Männer in einen Strom einreihten, der in eine Richtung floss. Sie folgten ihnen zu einem Gebäude, das zwischen großen Zinshäusern eingeklemmt stand und dennoch in seiner exotischen Schönheit hervorstach, die Polnische Schul. Mit ihrem maurischen Stil, den reich dekorierten Ornamenten, den Bögen, Gesimsen, Türmchen und der mächtigen Kuppel erinnerte sie an lang vergangene Zeiten, als Juden, Muslime und Christen friedlich zusammenlebten.

Durch ein schmiedeeisernes Gitter gelangten Baran und Meisel in einen Innenhof und betraten eine Vorhalle und dann den gut gefüllten Innenraum, der vom Licht unzähliger Lampen auf schweren Lüstern erleuchtet war. Ein noch junger Vorbeter stand in der Mitte des Raumes an einem Vortragspult und rezitierte mit weicher, schöner Stimme Gebete, eingebunden in den vielstimmigen Chor der Anwesenden. Auch hier war die Not an den zerschlissenen Kaftanen, den abgewetzten Hüten und ausgetretenen Schuhen sichtbar, aber es herrschte eine Art erhabene Stimmung, und für Augenblicke schien der Alltag mit seinen Sorgen vergessen. Baran sah sich um, zeigte dann auf einen jungen Mann mit Schiebermütze, der vorne vor dem Toraschrein saß und auf den die Beschreibung zutraf. Neben ihm ein

Alter, der mit leiser Stimme dem Gottesdienst folgte. Der Jüngere hielt ihm das Gebetbuch hin, das dieser aber augenscheinlich nicht brauchte.

Die beiden Kriminalbeamten postierten sich zu beiden Seiten der schmalen Sitzbank. Baran machte ein Zeichen, dass sie noch warten sollten, um die betende Gemeinde nicht aufzuschrecken. Aber Meisel legte bereits die Hand auf die Schulter des jungen Mannes. Für eine Sekunde trafen sich ihre Blicke, bevor der Mann dem weit bulligeren Inspektor mit dem Ellenbogen einen Stoß in die Weichteile verpasste. Meisel stieß einen lauten Fluch aus, wodurch er die Aufmerksamkeit der ins Gebet vertieften Männer auf sich zog. Der Mann war aufgesprungen und wollte zum Ausgang flüchten, worauf sich ihm zwei kräftige Männer in den Weg stellten, doch er wich aus und hastete durch die Eingangstür. Baran und Meisel rannten hinter ihm her. Der Tumult erregte die Gemüter und führte zu lautstarken Unmutsäußerungen in mehreren Sprachen, wobei Baran so manches jiddische Schimpfwort vertraut vorkam. Der Verfolgte lief die Straße entlang, und Baran musste sich anstrengen, um ihn nicht aus den Augen zu verlieren. Auch Meisel war ihm auf den Fersen, wobei er immer noch vor Schmerzen das Gesicht verzog.

In der Haidgasse musste Baran mit seiner lädierten Lunge kurz verschnaufen, wodurch der junge Mann seinen Abstand vergrößerte. Meisel holte auf, aber auch er musste sich eingestehen, dass er nicht mehr der Jüngste war. Beinahe wäre ihnen der Kerl entwischt, doch diesmal war das Glück auf ihrer Seite, denn drei bereits recht angetrunkene Studenten einer Burschenschaft traten gerade ein Lied grölend vom Gasthaus auf die Straße und versperrten den Weg. Als der junge Mann einen Haken schlagen wollte, hielt ihn einer der Studenten fest.

»Da schau her! Wohin so schnell?«

Der zweite schnippte ihm die Kappe vom Kopf, und eine Kippa kam zum Vorschein, für die drei ein willkommener Anlass, noch eins draufzusetzen und dem jungen Juden einen kräftigen Faustschlag ins Gesicht zu verpassen. Wohl eher ungewollt erbrach sich der dritte Student auf die Schuhe des vermeintlichen Mendel Hirsch. Als dieser verzweifelt versuchte, sich zu befreien, schritt Baran ein und rief: »Schluss jetzt! Abtreten!« Der junge Mann, der genauso erschöpft war wie Baran und Meisel, betastete seine blutende Nase.

»Zu Befehl, Herr General!« Die drei Burschen salutierten halbherzig und wankten lachend davon.

»Danke«, sagte der Mann kleinlaut. Die Zahnlücke war wirklich auffällig. Baran atmete tief durch, während Meisel die Handschellen anlegte.

»Mendel Hirsch, habe ich recht?«

Der Angesprochene nickte. Baran zeigte seinen Dienstausweis.

»Wir haben ein paar Fragen an Sie.«

Meisel hielt den Burschen fest, der ächzte.

»Muss das sein? Es tut weh.«

»Das soll es!«, knurrte Meisel. Baran ließ ihn gewähren, weil seine Lunge brannte und Meisel stärker in Mitleidenschaft gezogen worden war.

»Sie kennen eine Martha Halpern?«

»Martha, au, ja, ich kenne sie. Verdammt, ich renne nicht weg. Lassen Sie mich endlich los!«

»Sag bitte«, erwiderte Meisel.

»Bitte.« Der Griff lockerte sich ein wenig.

»Also Sie kennen Martha Halpern«, wiederholte Baran. »Waren Sie gestern Abend mit ihr zusammen?«

»Gestern Abend? Warum fragen Sie das? Gestern Abend war ich nicht mit ihr zusammen.«

»Wo waren Sie dann?«

»Zu Hause, ich habe gelernt, ich muss mich auf Prüfungen vorbereiten.«

»Kann das jemand bezeugen?«

»Nein, ich war allein. Warum fragen Sie das alles? Was ist mit Martha?«

»Das erfahren Sie gleich im Sicherheitsbüro. Meisel, kümmern Sie sich um unseren Gast. Ich organisiere uns eine Droschke. Wir sind heute genug gelaufen.«

Für Baran war es logisch, dass Zeller die Vernehmung von Hirsch selbst übernehmen wollte, nachdem er und Meisel die nötigsten Dinge wie Name, Alter und Wohnadresse aufgenommen hatten. Ein so rascher Ermittlungserfolg war Zellers Fortkommen dienlich. Die Zeitungen morgen würden voll von blutrünstigen Beschreibungen einer ermordeten nackten Tänzerin sein, und Barans Vorgesetzter sah zweifellos folgende Schlagzeile vor seinem inneren Auge: *Dank des vorbildlichen Einsatzes der Kriminalpolizei unter der Leitung des Oberkommissärs Emmerich Zeller konnte der brutalste Mordfall des Jahres binnen Stunden aufgeklärt werden.*

Außerdem gefiel es ihm sicher außerordentlich, dass

der mutmaßliche Täter ein Jude aus der Leopoldstadt war. Für die Leser würde sich ein weiteres Vorurteil bestätigen, das weitsichtige Menschen wie er längst laut aussprachen, dass nämlich die jüdischen Studenten eine besondere Gefahr darstellten.

Den sichtlich mitgenommenen Mendel Hirsch mit seiner blutverkrusteten Nase hatte man auf einen unbequemen wackeligen Holzstuhl in einem kleinen Raum gesetzt. An einem schmalen Schreibtisch saß ein Beamter, Feder und Papier vor sich, davor standen mehrere Stühle und an der Wand übervolle Aktenschränke. Während Österreich zu einem Zwergstaat schrumpfte, blies sich die Kriminalität zu gigantischer Größe auf. Von 1918 auf 1921 hatte sich die Verurteilung von Verbrechern verdreifacht. Dass die meisten Vergehen Diebstähle waren, verstand sich angesichts der Not von selbst. Die Verbrecher wurden immer erfindungsreicher, die Gauner jünger. Schieber, Kleinganoven, Taschen- und Fahrraddiebe, Betrüger aller Art gab es an jeder Straßenecke. Ganovengruppen, *Platten* genannt, waren allgegenwärtig und beschäftigten die Polizei rund um die Uhr. Hob man eine Platte aus, wuchs eine neue aus der Wiener Unterwelt wie die Köpfe der Hydra, die man nicht abschlagen konnte, ohne sie zu vermehren. Mädchenhandel und Prostitution waren nach wie vor gang und gäbe, und am anderen Ende des gesellschaftlichen Spektrums lachten sich jene skrupellosen Elemente ins Fäustchen, die durch den Krieg reich geworden waren und vielfach ihr Vermögen ins Ausland verschoben hatten.

Bevor Baran sich in Gedanken verlor, sah er, wie Meisel sich sehr langsam auf seinem Stuhl niederließ. Während der Verdächtige hier noch ein wenig schmorte, ehe die Vernehmung begann, wurde Hirschs Wohnung in der Zwischenzeit von Beamten durchsucht.

In guter Stimmung betrat Zeller wenig später das Vernehmungszimmer. Er wollte sich also nicht allzu viel Zeit lassen, um den Triumph einzufahren. Ungefähr einen Meter von Hirsch entfernt setzte er sich hin und sah ihm in die Augen. Dann machte er eine herablassende Geste zu dem Beamten am Schreibtisch, ohne ihn dabei anzusehen.

»Sie protokollieren das Geständnis, und zwar ordentlich.« Es folgten ein paar Sekunden Pause, bevor er fortfuhr: »Da haben wir also unseren sauberen Herrn Hirsch. Ich kann Ihnen aus Erfahrung sagen, dass es sich lohnt, wenn Sie rasch gestehen. Wir würden gern wissen, warum Sie das arme Fräulein Halpern so zugerichtet haben.«

Angesichts dieser Direktheit sahen Baran und Meisel sich überrascht an. Hirsch versuchte, aufzuspringen, aber er war vorsorglich am Stuhlbein fixiert worden, sodass er nach vorne kippte. Mit einem Ruck richtete Meisel ihn wieder auf. Baran merkte aufs Neue, welche Kraft sein Kollege besaß. Zeller schien es zu genießen.

»Martha. Was ist mit ihr passiert?«, schrie Hirsch, der bislang noch kein Wort gesagt hatte.

Zeller grinste süffisant. »Ah, der Herr kann sprechen und versteht unsere Sprache. Dann ist es ja gleich viel einfacher. Was mit ihr passiert ist, müssten *Sie* uns erzählen.«

Hirsch schüttelte energisch den Kopf, sodass Baran

fürchtete, er würde wieder das Gleichgewicht verlieren. Oder der Stuhl würde unter ihm zusammenbrechen. Aber er hielt, zumal Hirsch offensichtlich erkannte, dass Gegenwehr nichts brachte. Er atmete ein paar Mal durch, ehe er antwortete.

»Ich habe Martha nichts angetan. Sagen Sie mir doch endlich, was los ist.«

Zeller beugte sich zu Hirsch.

»Martha Halpern ist tot. Erschlagen. Erinnern Sie sich wieder? Vielleicht waren Sie ja nicht ganz bei sich, so wie die Arme ausgesehen hat.«

Verzweifelt sah Hirsch zu Baran, der jedoch keine Miene verzog. Baran roch den Schweiß des Mannes, dessen Halsschlagader sich wie eine sich windende Schlange bewegte.

»Erschlagen? Martha wurde erschlagen? Ich habe damit nichts zu tun, gar nichts.«

Hirsch legte seinen Kopf zurück und machte einen tiefen Atemzug.

»Sie ist … sie war eine Freundin. Wieso sollte ich das tun? Ich studiere Medizin. Ich will Menschenleben retten, nicht vernichten.«

Meisel, der bislang geschwiegen hatte, meldete sich nun zu Wort, ehe Zeller weiterreden konnte.

»Unschuldige attackieren keine Polizeibeamten. Warum hast du mich dann angegriffen?«

Meisel duzte prinzipiell alle Verdächtigen, alles andere wäre ihm unnatürlich erschienen. Wieder atmete Hirsch tief durch, was ihm offensichtlich half, seine Emotionen in den Griff zu bekommen.

»Ich dachte, Sie sind einer von denen, die mir den Zahn ausgeschlagen haben. Ein Mann mit Glatze und Boxernase, was sollte ich von Ihnen halten«, erwiderte er.

Baran dachte schon, er müsste eingreifen, falls Meisel sich provoziert fühlte, aber dieser blieb ruhig.

»Ich wollte nicht noch einen Zahn verlieren. Also bin ich weggerannt. Das ist doch verständlich.«

»Oder ein Schuldeingeständnis«, meinte Meisel.

Zeller, der Meisels Einmischung mit einem missmutigen Räuspern quittiert hatte, fühlte sich jetzt offensichtlich von ihm bestätigt.

»Wollen Sie Ihr Schuldeingeständnis jetzt unterschreiben oder erst morgen?«, fragte er. »Dann könnten Sie ruhig schlafen, und mit Sicherheit würde es sich auf das Strafmaß auswirken, wenn Sie uns genau schildern würden, wie und warum Sie es getan haben.«

»Aber verstehen Sie denn nicht, ich bin unschuldig!«, schrie Hirsch. »Ich habe doch schon gesagt, ich war zu Hause, den ganzen Abend. Ich muss viel lernen. Die Prüfungen sind schwer …«

»Sie waren tatsächlich allein, oder kann Ihr Onkel das vielleicht bezeugen?«, fragte Baran. Hirsch schüttelte den Kopf.

»Ich habe niemanden gesehen«, sagte er. »Meine Nachbarin war nicht da, und der Onkel geht früh zu Bett. Aber ich kann Ihnen sagen, welche Seiten ich gelernt habe. Es war von Mehrings Lehrbuch der Inneren Medizin, und zwar …«

»Also kein Alibi«, blaffte Zeller.

Das Frage-und-Antwort-Spiel, die Anschuldigungen

und Unschuldsbeteuerungen setzten sich noch eine Weile fort, bevor Zeller den Vorschlag machte, den Verdächtigen in seine Arrestzelle bringen zu lassen und ihn am nächsten Tag weiter zu vernehmen. Das Kalkül dahinter war klar. Man würde dafür sorgen, dass Hirsch in der Zelle nicht viel Schlaf bekam und dementsprechend mürbe gemacht wurde. Am frühen Morgen, vor der nächsten Vernehmung, würden sie Hirsch fotografieren und seine Fingerabdrücke abnehmen.

Auch wenn er sich unschuldig gab, so traute Baran dem Verdächtigen nicht über den Weg. Vor allem machte ihn stutzig, dass Marthas Tod ihn nicht mehr erschüttert hatte. Der Mann kontrollierte sich durch seine Atmung und besaß ein gewalttätiges Potenzial. Auf der anderen Seite hatte er keinen Versuch unternommen, die Stadt zu verlassen, mit dem Onkel die Synagoge besucht. Auch Fanny konnte keinen triftigen Grund nennen, warum Hirsch Martha hätte töten sollen. Oder schlug man jemandem aus verschmähter Liebe den Schädel ein?

Baran begab sich zu seinem Wagen und fuhr nach Hause in die Villa in Dornbach, die er als einziger Nachkomme seines Onkels, der vor drei Jahren an der Spanischen Grippe gestorben war, geerbt hatte. Efeu rankte sich über den Treppenaufgang bis hinauf zu den Arkaden am Eingang und über die Veranda zum Giebel, den eine Rose und zwei ineinander verschlungene Buchstaben zierten: ein G und ein B. Die grünen Fensterläden und Dachrinnen, die Wasserspeier und stilvollen Fresken mit den Blumenmotiven verliehen dem Bau einen Hauch von ländlicher Idylle.

Als er das Haus betrat, musste er wieder an Szonja denken. Er hatte sie an ihrem Geburtstag viel zu wenig gewürdigt. Deshalb zündete er eine Geburtstagskerze für sie an. Er öffnete eine Flasche Tokajer und stieß auf seine Schwester an. Dann ließ er sich ein heißes Bad ein. Es war ihm bewusst, dass er zu den wenigen Privilegierten dieser Stadt gehörte, die ein Badezimmer mit solch einer Ausstattung besaßen. Als er schließlich in der Wanne lag, schlief er sofort ein.

WIEN, SAMSTAG, 18. MÄRZ 1922

Am Morgen fühlte Baran sich erstaunlich erholt, nachdem er es scheinbar irgendwie aus der Badewanne in sein Bett geschafft hatte. Seine Küche war klein, aber zweckmäßig und noch von seinem verstorbenen Onkel ausgestattet worden. Das modische Weiß hätte nach Barans Geschmack ein paar Farbtupfer vertragen, aber der Emaille-Herd mit der Jugendstildekoration tat nicht nur gute Dienste, sondern schmeichelte auch seinem verwöhnten Auge, genauso wie das Jugendstilbuffet mit dem Familienwappen. Die Vorratsgefäße aus Porzellan in den Regalen stammten aus seiner ungarischen Heimat, und er achtete sorgsam darauf, keines zu zerbrechen.

Morgens frühstückte er an dem kleinen Tisch mit den gedrechselten Beinen und der Ausziehlade. Das große Speisezimmer benutzte Baran nur, wenn er Gäste hatte, also praktisch nie. Er beschäftigte eine Haushälterin, Hilda, eine ältere Ungarin aus Miskolc, die es wegen eines Mannes nach Wien verschlagen hatte, der jedoch wie Barans Onkel an der Spanischen Grippe gestorben war. Ein erwachsener Sohn war nach Ungarn zurückgekehrt, wo er gegen die Räterepublik kämpfte und für Premierminister Bethlen Wahlkampf machte. Sonst wusste Baran nicht viel über sie. Hilda arbeitete von dienstags bis freitags, aber Baran sah sie so gut wie nie, da er selten zu Hause war und am Wochenende ohnehin nicht wollte, dass sie kam. Er entlohnte sie großzügig, und sie enttäuschte ihn nicht. Dennoch fand er in der Küche keinen richtigen Kaffee mehr und brühte sich gerade einen Zichorienkaffee, als die Glocke läutete. Es war Meisel. Er brummelte »Guten Morgen« und »Saukalt heute« und legte eine Packung Kaffee auf den Küchentisch. Baran und Meisel machten oft keine großen Worte. Meisel hatte einen Riecher dafür zu ahnen, was gerade gebraucht wurde. Manchmal genügte ein Kilogramm Santos-Kaffee, der schwer zu erhalten war und über dessen Herkunft Meisel Stillschweigen bewahrte, um den Tag in die richtigen Bahnen zu lenken. Dass er auch noch Pralinen von Gustav & Wilhelm Heller reichte, hätte einen vielversprechenden Auftakt bedeuten können. Doch leider hatte Meisel die Tageszeitungen mitgebracht, in denen von Veiths tragischem Tod berichtet wurde und die Zeichnung des unheimlich aussehenden Mannes mit den blauen Augen abgedruckt worden war, den man als wichtigen Zeugen suchte. Außerdem war vom *Brutalen Mord am Donaukanal* und von *Aufgehender Stern am Balletthimmel erschlagen aufgefunden* die Rede. Martha Halperns Name tauchte überall auf. Das alles war kaum zu verhindern gewesen, aber *Verdächtiger kurz vor Geständnis* trieb Baran die Zornesröte ins Gesicht.

»Da hat unser Vorgesetzter also wieder einmal fröhlich geplaudert«, sprach Meisel aus, was Baran dachte. »Fehlt nur noch Hirschs Name. Als Salz in der Suppe.«

Baran schmunzelte. Aber im Prinzip war die Sache ernst. Selbst wenn Hirsch heute kein Geständnis ablegte, war Zeller zuzutrauen, dass er ihn bald mit vollem Namen der Presse als Verdächtigen nannte.

»Wir sollten fahren«, meinte Meisel, »heute nehme ich Sie im Auto mit. Mein Steyr II ist endlich wieder toll in Schuss. Habe selbst die Nockenwelle …«

Baran unterbrach ihn: »Meisel, bitte, ich habe keine Ahnung von Automobilen. Ein Auto muss fahren, sonst nichts.«

»Eben«, antwortete Meisel. »Deshalb habe ich die Nockenwelle …«

Baran war bereits in den oberen Stock verschwunden, um sich fertig anzukleiden, mit Krawatte, Weste und Sakko. Der riesige Schrankraum neben dem Schlafzimmer war nur zur Hälfte gefüllt, dennoch mangelte es Baran nicht an der nötigen Auswahl. Für seine Arbeit bevorzugte er robuste Stoffe wie Baumwolle oder Cord.

Meisel in der Küche aß gerade seine zweite Praline, als Baran zurückkam und seinen Mantel ergriff.

»Zeller will Hirsch noch einmal vernehmen, ehe er ihn dem Haftrichter vorführt«, sagte er kauend und ergänzte: »Ich habe mir erlaubt, zwei Stück dieser köstlichen Süßigkeiten zu nehmen, schmeckt einfach gut. Obwohl ich nicht so ein Süßer bin.«

Baran wunderte sich manchmal über seinen Kollegen, der einerseits so raubeinig daherkam, aber auch eine weiche Seite zu haben schien.

Überrascht blickte er Meisel an, als der auf einmal eine dicke Mappe aus seiner zerschlissenen Aktentasche zog.

»Jetzt hätte ich das fast vergessen«, sagte er. »Ich wollte es Ihnen nicht im Büro geben. Ich habe doch gesagt, dass mir der Mann bekannt vorkam, der sich um Veith gekümmert hat. Nun, Sie wissen ja, ich schreibe mir alles auf, kurz und bündig. Ich kenne Ihre Vorliebe für unsere Daten und Akten. Aber glauben Sie mir: Wenn einer einmal in einer Datei abgelegt, in einer Akte verstaut ist, kann er auch wieder entfernt werden. Abgesehen davon ist nicht immer klar, auf welcher Grundlage eine Registrierung für notwendig erachtet wird. Und dann stellt sich noch die Frage, wo ich den Täter finden kann, wenn alles nach Verbrechen sortiert ist und ich außerdem seinen Namen nicht weiß. Ich habe die Erfahrung gemacht, dass es einfach nicht stimmt, dass alle Berufsverbrecher auch Gewohnheitsverbrecher sind. Was, wenn dem Früchtchen plötzlich einfällt, vom Taschendieb auf Hochstapler umzusatteln? Bei mir geht das nicht. Ich habe sie alle hier, die üblen Kerle, in meiner eigenen Mappe sorgfältig verwahrt. Mädchenhändler, Schieber, Schwerverbrecher, schwere Körperverletzung, Raub, Mord, aber auch die notorischen Diebe. Ich mache mir ausführliche Notizen und habe einen Blick für das Abnorme. Die halbe Nacht habe ich damit verbracht, einen Mann zu suchen, der zur Beschreibung des Fiakers auch nur annähernd passen könnte. Hier ist das, was ich gefunden habe.«

Meisel legte mehrere Fotos auf den Tisch. Mit etwas Fantasie konnte man bei allen eine gewisse Ähnlichkeit feststellen. Mittleres Alter, stattliche Erscheinung, ein veritables Vorstrafenregister. Baran war aufs Neue positiv überrascht über Inspektor Meisel und bedankte sich.

»Sie sollten sie dem Fiaker zeigen, heute noch«, sagte Meisel, als sie zum Auto gingen. Baran nickte.

* * *

Als Baran und Meisel das Sicherheitsbüro erreichten, saß Hirsch bereits wieder auf dem unbequemen Stuhl, diesmal allerdings von zwei Polizisten in Uniform bewacht, während Zeller sich eine Zigarette anzündete. Auf dem Tisch lag ein etwa ein Meter langes Brecheisen auf Packpapier. Es klebte etwas Rotes daran, zweifellos keine Farbe.

»Sieht gar nicht gut aus für den Herrn«, sagte Zeller ohne Einleitung. »War unter einer Fußbodendiele versteckt, mit dem da.«

Er deutete auf einen etwa zwanzig mal zwanzig Zentimeter großen Pappkarton. Baran beugte sich vor, um den Inhalt zu inspizieren. Zwei Perlenketten, einige Ringe und eine Taschenuhr.

»Beute«, folgerte Meisel, der nun auch einen Blick in den Karton warf.

»Diebesgut«, bekräftigte Zeller. »Der Haftrichter wird seine Freude haben.«

Baran beobachtete Hirsch, der völlig apathisch auf seinem Stuhl saß. Tiefe Augenringe zeugten von Schlafmangel, die trockenen Lippen davon, dass man ihm nichts zu trinken gegeben hatte. Er sah wie ein Häufchen Elend aus, aber sein Kampfgeist war noch nicht erloschen.

»Die Sachen habe ich nie zuvor gesehen. Da will mir jemand was anhängen.«

»Diesen Spruch hören wir dauernd«, sagte Meisel, der sich über seine Glatze strich.

Im Augenblick gab es für den Verdächtigen wenig Hoffnung. Sollte sich bestätigen, dass die Fingerabdrücke auf dem Brecheisen von Hirsch stammten, dann gute Nacht.

Zeller hingegen blühte richtig auf und hatte auch gleich ein Motiv für den Mord parat, genauer gesagt, zwei verschiedene Erklärungen, die aber auf dasselbe hinausliefen.

»Also, mein Lieber, ich stelle mir das so vor«, sagte er. »Das Fräulein Halpern, eine angenehme Erscheinung, kundschaftet reiche Leute aus, lässt sich vielleicht sogar zu einem Tässchen Tee einladen, gibt Ihnen die entscheidenden Hinweise, wo sich die Wertsachen befinden. Und dann, in finsterer Nacht« – Zeller unterstrich seine Worte mit theatralisch übertriebenen Handbewegungen, die Baran an einen Schauspieler in einem Kinofilm erinnerten – »tauchen Sie auf und rauben die Leute aus. Dürfte ja einiges zusammengekommen sein, wenn man bedenkt, wie häufig in den letzten Wochen eingebrochen wurde. Habe ich recht?«

Die Frage richtete sich an einen der beiden Uniformierten, der sie mit einem Grinsen beantwortete. Nichts angenehmer, als einen Verbrecher zu schnappen, dem man gleich mehrere Diebstähle anhängen konnte.

Zeller war noch nicht fertig. »Dann kommt es zum Streit. Fräulein Halpern möchte etwas mehr vom Kuchen abhaben, oder die Sache wird ihr zu unsicher. Wollte sie aussteigen? Mein Gott, hatte sie vielleicht sogar genug von Ihnen? War da ein anderer im Spiel? Habe ich es nicht schon gesagt? Ein Geständnis würde Ihnen helfen.«

Hirsch war zu müde, um andauernd den Kopf zu schütteln, wiederholte jedoch gebetsmühlenartig, dass er nichts von dem Diebesgut wisse, das Brecheisen noch nie gesehen und selbstverständlich nichts mit dem Tod von Martha Halpern zu tun habe. Punktum.

Baran versuchte, hinter der Fassade aus Erschöpfung und Anstrengung eine andere Regung zu entdecken, aber er nahm nichts wahr, keine Wut, nicht einmal Verzweiflung. Wieder und wieder sah er die tote Martha vor sich liegen, den unversehrten schönen Mund, das zerschlagene Gesicht. Wenn Martha hätte aussteigen wollen, hätte dann der Mörder nicht, um ein Zeichen zu setzen, sie auf brutale Art und Weise zum Schweigen gebracht und ganz bewusst ihren Mund unkenntlich gemacht? Warum sollte Martha so ein Doppelleben führen? Zugegeben, eine Stelle als Tänzerin an der Oper war vielleicht nicht überbezahlt, aber leben konnte man davon allemal. Und Fanny hatte fest behauptet, dass Martha nichts mit Hirsch gehabt hätte. Hatte sie tatsächlich so wenig Gespür für die Gefühle ihrer Freundin gehabt? War Martha abgebrühter, als alle ahnten? Baran musste dringend mit Fanny sprechen, am besten heute Abend noch nach der Aufführung. Für Hirsch konnte er derzeit nichts tun.

Zeller beendete schließlich die unerquickliche Befragung, ohne dass es ihm gelungen wäre, Hirsch zu einem

Geständnis zu bewegen. Ganz so schnell wie gehofft würde er also keinen Erfolg verbuchen können. Der Haftrichter würde allerdings Untersuchungshaft verhängen, und dann mahlten die Mühlen der Justiz.

»Baran, Sie halten die Stellung. Wenn sich jemand von der Presse hierher verirren sollte, werden Sie kein Wort sagen. Haben Sie verstanden? Sie werden sie vertrösten, bis ich wieder da bin«, bläute Zeller Baran ein.

Nachdem Hirsch abgeführt worden war, kam Novotny an der Eingangstür herein, eine Schuhschachtel in Händen, die ein großer Salamander zierte.

»Schön, dass ich Sie antreff. Da ist alles drin, was dieser Herr Veith bei sich trug. War nicht viel. Ich habe ganz genau geschaut und auch ein paar Notizen dazu gemacht. Wenn Sie was nicht lesen können« – Novotny grinste über das ganze Gesicht – »dann rufen Sie mich an. Ich habe den ganzen Tag Dienst.«

Baran bedankte sich, nahm die Schachtel und zog sich in sein Büro zurück. Er breitete die Gegenstände auf dem Tisch aus. Eine Taschenuhr, die exakt um 09:02 Uhr stehen geblieben war, ein besticktes Taschentuch mit den Initialen O und V, ein Schlüsselbund und zu guter Letzt ein abgerissenes Stück Papier, an dem Blut klebte. Novotny hatte eine handschriftliche Notiz beigelegt, die zu entziffern Baran tatsächlich reichlich Mühe bereitete. Darin stand, dass der Fetzen Papier sich in der Faust des Toten befunden habe. Baran nahm eine Pinzette und eine Lupe zur Hand, Utensilien, die er stets in einem Fach seines Schreibtischs aufbewahrte. Es handelte sich um das Stück eines gewöhnlichen Kuverts. Darin steckte ein Fetzen Briefpapier von höchster Qualität, die feine Rippung des geschöpften Papiers war deutlich zu erkennen. Zwei Buchstaben, D und S, in einem umrandeten Feld, von dem nur noch Teile erhalten waren. Es brauchte Fantasie, um das Tier zu erkennen. Ein Drache. Ein Wappen? Warum hatte Veith diesen Brief in der Hand gehalten? Und wo war der Rest? Dass der Brief beim Zusammenstoß mit der Straßenbahn in Stücke gerissen worden war, schien unwahrscheinlich. Baran musste an die Worte von Veiths böhmischem Dienstmädchen denken. Der Mann mit den blauen Augen habe von einem Brief gesprochen. Konnte es das sein? Oder hatte sie sich verhört? Wollte vielleicht der Mann keinen Brief schicken, sondern ihn abholen? Womöglich hatte Veith auch dem Mann einen Brief vorbeibringen wollen. Aber warum hätte der ihn dann stoßen sollen? Und noch etwas war eigenartig. Veith hatte kein Portemonnaie bei sich gehabt.

Baran verstaute das Brieffragment in seiner Schublade und verließ eilig das Zimmer. Hoffentlich war Novotny noch da. Er wollte sichergehen, dass der Polizist ihm nicht doch ein Fitzelchen Papier unterschlagen hatte. Auf einmal erblickte er eine junge Frau, die mit energischen Schritten den Korridor entlangging. Die Kurzhaarfrisur mit der Wasserwelle stand ihr gut, ebenso das eng anliegende, eierschalenfarbene Kostüm mit dem schmal geschnittenen Rock, der die Knöchel umspielte. Darüber trug sie einen Mantel mit großen Taschen, einem Kragen und einem Gürtel, der Baran an einen Männermantel erinnerte.

»Kann ich Ihnen helfen, gnädiges Fräulein?«, fragte er. Sichtlich unschlüssig blickte sie ihn von der Seite an.

»Ich suche einen Oberkommissär Zeller«, antwortete sie. »Ich wurde hierhergeschickt, aber das muss wohl ein Irrtum sein.«

Baran gefiel es irgendwie, dass diese junge Dame ihn nicht für Zeller hielt, gleichzeitig hegte er die unangenehme Vermutung, dass sie vielleicht von der Presse sein könnte, und nahm instinktiv eine Abwehrhaltung ein.

»Der Herr Oberkommissär ist wohl nicht mehr im Haus«, sagte er, »aber ich richte ihm gern etwas aus, wenn Sie mir Ihren Namen nennen.«

»Wissen Sie, wo ich ihn finden kann, oder vergeude ich hier meine Zeit?«, erwiderte sie unwirsch, was Baran überraschte.

Irritiert antwortete er: »Wenn Sie mir verraten, in welcher Angelegenheit Sie den Herrn Oberkommissär Zeller sprechen wollen, kann ich Ihnen möglicherweise sagen, wo er sich aufhält.«

Der Anflug eines Lächelns spielte um ihren Mund. »Ich sehe schon, wir kommen hier nicht weiter. Ich schlage vor, jeder von uns geht einen Schritt auf den anderen zu, einverstanden?«

Baran quittierte die Frage ebenfalls mit einem Lächeln. »Einverstanden«, sagte er, »dann lasse ich Ihnen gern den Vortritt.«

Das Lächeln auf ihrem Gesicht wurde breiter. »Sie sind an diesem Ort offensichtlich falsch. Eloquente Polizisten habe ich hier noch nicht angetroffen. Redselige, mürrische, verbitterte und … aber lassen wir das. Mein Name ist Eleonore Werthmann, vormals von Werthmann, aber zum Glück haben wir diese Zeiten hinter uns.«

Baran hütete sich, seine Meinung kundzutun, und entgegnete: »Alexander Baran, Kommissär, vormals einfacher Kriminalbeamter, aber diese Zeiten habe ich auch hinter mir gelassen.«

»Haben wir vereinbart, nichts zu verbergen?«, fragte sie.

»Nein, davon war keine Rede. Aber wir können uns darauf einigen, keine Lügen aufzutischen«, antwortete Baran mit gutem Gewissen. »Sie sind dran.«

Eleonore Werthmann schien kurz zu überlegen, dann sagte sie: »Also gut, ich will Ihnen glauben, dass Sie Polizist sind, und meine Vorurteile überdenken. Ich bin wegen Mendel Hirsch hier.«

Das war nun wirklich eine Überraschung. Aber bevor sich in Barans Kopf Theorien über die Beziehung dieser Frau zu Hirsch entwickeln konnten, klärte sie es selbst auf.

»Ich bin Juristin, also, angehende Rechtsanwältin, auf jeden Fall die Assistentin von Dr. Stern, seinem Rechtsberater. Dr. Stern ist noch beschäftigt, aber ich möchte mit Herrn Hirsch sprechen. Es heißt, er ist hierher zur Vernehmung gebracht worden.«

Eine Frau als Anwältin. Frauen, die Rechtswissenschaften studierten. Baran sah die Welt, wie er sie kannte, seit Jahren wie einen gewaltigen Erdrutsch den Bach runtergehen, da war dieses kleine Steinchen gar nicht mehr von Bedeutung.

»Rechtsberatung also«, sagte er möglichst gelassen. »Dann interessiert es Sie sicher, dass Herr Hirsch gerade dem Haftrichter vorgeführt wird. Sie werden noch reichlich Gelegenheit haben, ihn im Polizeigefängnis zu besuchen, ist ja nur ein Katzensprung von hier entfernt.«

Baran spürte, wie das anfänglich vergnügliche Knistern zwischen ihnen langsam verpuffte und einer missmutigen Stimmung Platz machte.

»Was soll das heißen, Gefängnis?« Eleonore Werthmann wirkte verärgert. »Herr Hirsch hat sich nichts zuschulden kommen lassen. Was wird ihm überhaupt vorgeworfen?«

Aha, sie schien den Zusammenhang nicht zu kennen.

»Mit Verlaub, Fräulein Werthmann, aber Herr Hirsch ist in Haft, weil er eines Verbrechens bezichtigt wird. Und es dafür, das darf ich sagen, gute Gründe gibt.«

»Sie wollen also weiterhin mit Informationen handeln«, erwiderte Eleonore Werthmann genervt. »Na gut. Dann will ich Ihnen eine Information geben. Auch wenn es Sie wohl nichts angeht, aber Herr Hirsch hat einen Onkel, der sehr viel mitgemacht hat. Er ist als Einziger seiner Familie noch am Leben. Seine Frau ist schon lange tot, und seine Kinder und Enkel haben die Kosaken in den ersten Kriegstagen in Brody getötet. Onkel Hirsch war zu dieser Zeit nicht in Brody, das hat ihm das Leben gerettet, aber er war ein gebrochener Mann. Mendel kümmert sich seither um ihn. Aber nicht nur um ihn. Mendel ist genauso wie ich einer von vielen, die versuchen, die Not unter den Kriegsflüchtlingen zu lindern, ihnen wenigstens das Allernötigste zu geben.

Was immer viel zu wenig ist. Diese Menschen sind durch die Hölle gegangen. Aber hier behandelt man sie wie Feinde. Und die Polizei gießt zusätzlich Öl ins Feuer.«

Baran spürte die Breitseite, die ihn treffen sollte. Er wusste genau, wovon sie sprach, und sah doch auch die andere Seite, die Polizisten, die von der Zunahme der Kriminalität überfordert waren, unzählige Diebstahlsdelikte, Schieberei und Preiswucher. Wie leicht war es da, schnell einen Schuldigen zu finden. Die vielen Tausend Flüchtlinge, vor allem die Juden aus Galizien, wurden an den Pranger gestellt, denunziert, für alles Übel verantwortlich gemacht, auch für den verlorenen Krieg und die Armut. Aber diese Erkenntnis konnte nicht darüber hinwegtäuschen, dass man in der Wohnung eines jüdischen Flüchtlings und Studenten ein Brecheisen gefunden hatte, das als Mordwaffe benutzt worden war. Das gemeinsame Schicksal allein konnte Hirsch nicht entlasten. Und war sie, die junge mondäne Frau, die immer noch im Korridor im Sicherheitsbüro stand, dazu in der Lage?

»Haben Sie mir überhaupt zugehört?«, fragte sie und musterte Baran eindringlich. »Ich habe gesagt, dass Onkel Hirsch von zwei Männern erzählt hat, die Mendel gestern aus der Synagoge gezerrt haben, und heute früh …«

»Gezerrt?« Baran glaubte, sich verhört zu haben. »Er war aggressiv und hat nach meinem Kollegen getreten.«

Jetzt dämmerte ihm, dass er damit sich selbst ins Spiel gebracht hatte. Eleonore Werthmann reagierte prompt.

»Ach, da schau her, der saubere Herr Kommissär war also vor Ort. Dann waren Sie vielleicht auch heute dabei, als die Wohnung von Mendel verwüstet wurde. Onkel Hirsch hat fast einen Herzinfarkt bekommen. Selbst der Fußboden ist aufgerissen worden. Hat man wenigstens etwas gefunden? Einen Geheimplan zur Vernichtung der Republik Österreich? Oder noch schlimmer, eine Packung Kaffee für den Schwarzhandel?«

»Ein blutiges Brecheisen«, unterbrach Baran den Redefluss der aufgebrachten Frau. Dann ließ er sie verdutzt stehen und ging zügig zum Ausgang, wo ihm ein gut gekleideter Herr mit gepflegtem Backenbart entgegenkam, den er freundlich grüßte.

»Dr. Stern?«

Der Angesprochene wunderte sich. »Kennen wir uns?«

»Nein, aber ein Fräulein Werthmann hat mir von Ihnen erzählt. Sie wartet dahinten auf Sie.«

* * *

Baran stellte den Mantelkragen auf. Für März war es ungewöhnlich kalt. Während er zu Hirschs Wohnung ging, fiel ihm der Strom orthodoxer Juden auf. Offensichtlich war der morgendliche Gottesdienst zu Ende. Das Jiddisch der intensiv ins Gespräch vertieften Männer vermischte sich mit dem breiten Wienerisch einiger Passanten mit Einkaufskörben, die zum Karmelitermarkt gingen. Zwei kichernde junge Mädchen liefen an ihm vorbei. Er schnappte einen Fetzen ihres Gesprächs auf: »Fesch, aber sooo langweilig.« Im Erdgeschoss eines

Hauses wurde ein Fenster aufgemacht, und es roch nach angebrannten Zwiebeln, worauf eine Frau auf Böhmisch zu schimpfen begann. Ein Mann an der Ecke trug einen zerschlissenen Soldatenmantel, stützte sich mit einer Hand auf eine Krücke und umfasste mit der anderen seine Mütze, die er den vorbeigehenden Passanten mit dem stets gleichen Spruch entgegenstreckte. Als Baran in die Haidgasse einbog, begegnete er zwei Herren in Lodenmänteln, die ihn freundlich grüßten. Sie kamen offenbar vom Land, wo es üblich war, alle Menschen, die man traf, zu grüßen und nicht selten auch zu duzen. Baran lüpfte seinen Hut. Die Herren kehrten ins Gasthaus *Zum Sieg* ein, was Baran kurz zu der Überlegung verleitete, ihnen zu folgen und sich ein wenig umzuhören. Aber er entschied sich dagegen, wollte zuerst in Hirschs Wohnung. Als er die Holzstiege im Innenhof hinaufstieg, richtete sich sein Blick auf die gegenüberliegende Wohnung von Frau Hartmann, als er eine Stimme vernahm.

»Heda, der Herr, warten Sie!«, rief jemand von unten. Es war ein uniformierter Polizist, der Baran sichtlich angestrengt die Treppe hinauf folgte.

Baran zeigte dem Wachmann seinen Dienstausweis. Dieser roch nach Schweiß und hatte eine unverkennbare Alkoholfahne.

»Ich dachte schon, Sie sind von der Zeitung«, sagte er.

»Nein, ich möchte mich in der Wohnung umsehen«, antwortete Baran und ließ den Uniformierten vorgehen.

»Die Kollegen haben schon alles durchsucht. Waren die halbe Nacht hier und haben auch was gefunden.«

Die Tür nebenan öffnete sich einen Spaltbreit, und

ein alter Mann mit zerfurchtem Gesicht steckte den Kopf hindurch. Onkel Hirsch. Baran grüßte ihn freundlich, zeigte seinen Dienstausweis und stellte sich vor.

»Herr Hirsch, ich würde gern mit Ihnen sprechen, wenn es recht ist.« Langsam öffnete sich die Tür noch ein Stück, und der alte Hirsch machte eine Geste, die so viel besagte wie: »Wenn es sein muss.«

Baran wandte sich zu dem Uniformierten um. »Ich komme hier zurecht. Sie können nach Hause gehen.«

Der Mann sah ihn etwas unschlüssig an und murmelte: »Aber die Wohnung ...« Doch dann salutierte er und sagte: »Also gut, wenn Sie meinen, habe die Ehre.«

In Onkel Hirschs Zimmer sah es noch ärmlicher und beengter aus als in der Wohnung von Frau Hartmann gegenüber. Die Wände waren feucht und an vielen Stellen schimmelig. Deshalb hatte man das Bett, auf dem der Alte eingehüllt in eine Wolldecke jetzt saß, wohl auch ein Stück abgerückt. Gegenüber vom Bett stand ein alter Holztisch. Darauf ein leerer Kübel, ein ebenso leerer Topf, ein paar Tassen und eine Schüssel mit einem Löffel. Die Essensreste darin und die Dose mit Schwarztee erinnerten Baran daran, dass Eleonore Werthmann hier gewesen sein musste. Über dem Tisch war eine Leine gespannt, auf der ein paar Hosen und ein Hemd hingen. Das Feuer im Herd war ausgegangen. Wegen der Kälte, dem Schimmel und der stickigen Luft musste Baran husten. Onkel Hirsch lächelte.

»Nichts gewohnt, der feine Herr«, sagte er.

Anstelle einer Antwort suchte Baran nach ein paar Holzscheiten und versuchte, den Herd wieder in Gang zu bringen, was ihm nach einigen Versuchen gelang. Das knisternde Feuer verbreitete eine angenehme Wärme. Baran holte mit dem Kübel Wasser aus der Bassena, füllte den Topf auf und kochte Tee. Dann setzte er sich auf einen wackeligen Stuhl, der gleich hinter der Tür stand. Vorher legte er allerdings noch die darauf gestapelte Wäsche vorsichtig auf den Esstisch.

»Was habt ihr mit dem Buben gemacht?«, fragte Onkel Hirsch in einwandfreiem Deutsch, das Baran an seine Großmutter mütterlicherseits erinnerte, die ebenfalls aus Brody stammte, jedoch nicht aus einer jüdischen, sondern einer adeligen altösterreichischen Familie. Baran hatte sie nur zwei Mal in seinem Leben gesehen, da sie den weiten Weg in die ungarische Tiefebene scheute, vor allem aber, weil sie seinen Vater nicht ausstehen und ihrer Tochter nicht verzeihen konnte, dass sie ihn geheiratet hatte.

»Der Bub, wie Sie ihn nennen, sitzt im Gefängnis«, antwortete Baran. »Er hat vielleicht ein furchtbares Verbrechen begangen.«

Erschrocken richtete Onkel Hirsch sich auf und ließ fast die heiße Teetasse fallen.

»Er hat niemandem etwas getan. Er ist unschuldig.«

»Aber man hat etwas in seiner Wohnung gefunden, was …«

»Ja, das stimmt«, unterbrach Hirsch ihn forsch. »Sie haben sofort gefunden, wonach sie suchten.«

»Wie meinen Sie das?«

Onkel Hirsch antwortete nicht gleich, nahm erst einen Schluck von seinem Tee und drehte dann eine

Tasse um, die auf dem Tisch stand. Ein Schlüssel kam zum Vorschein.

»Sie sollten es sich ansehen.«

Baran erwiderte nichts, da er ohnehin in Hirschs Wohnung wollte.

Onkel Hirsch schlurfte in seinen Filzpantoffeln voraus und schloss die versperrte Tür auf.

»Die Polizei wollte gestern die Tür aufbrechen. Zum Glück habe ich einen Schlüssel. Als sie gegangen sind, wollten sie absperren und den Schlüssel mitnehmen. Aber sie haben ihn nicht mehr rausbekommen. Man muss wissen, wie man ihn richtig dreht. Also habe ich ihnen geholfen, ihnen aber dann stattdessen einen von meinen Schlüsseln mitgegeben. Kommen Sie rein.«

Obwohl es auf Mittag zuging, fiel in das Zimmer nur spärlich Licht, allerdings war es um einiges größer als die Kammer von dem Alten. Baran vermutete, dass die beiden Räume ursprünglich zu einer Wohnung gehört hatten. Mendel Hirsch besaß eine Menge Bücher, größtenteils fein säuberlich geordnet in zwei großen Holzregalen. Ein alter Schreibtisch, zwei Stühle, eine Kommode, ein Herd und ein Bett vervollständigten die Einrichtung. Was Baran sofort auffiel, war die erstaunliche Ordnung, die hier herrschte. Polizisten, die nach einer Hausdurchsuchung alles wieder an seinen Platz stellten, mussten erst noch erfunden werden, Wien schien sie schon zu besitzen. Zugegeben, der Schreibtisch war durchsucht, die Schubladen waren geöffnet worden, Papiere und einige Bücher lagen achtlos herum, aber es wirkte so halbherzig, als habe die Durchsuchung nur dazu gedient, ein Loch zu graben. Drei Bodendielen waren herausgebrochen worden, und Sägespäne und getrockneter Lehm bedeckten den Boden.

»Hier also haben sie es gefunden«, sagte Baran. »Als hätten sie genau gewusst, wo sie suchen müssen.«

»Gesucht und gefunden, und dann sind sie gegangen, lächelnd«, erwiderte der Alte.

Baran hörte die Worte von Onkel Hirsch und verstand gar nichts. Er zog ein Buch aus dem Regal und blätterte darin. Mehrings berühmtes Lehrbuch der Inneren Medizin. Eigenartig, dachte er, bevor sie wieder hinüber in das Zimmer von Onkel Hirsch gingen.

Nachdem er die letzten Scheite in den Ofen geworfen hatte, die wenigstens ein paar Stunden Wärme spenden würden, setzte Baran sich wieder zu dem alten Mann und erkundigte sich nach seinem Neffen.

Onkel Hirsch trank seinen Tee aus und sagte: »Mendel ist der Enkel meiner Schwester. Er ist also genau genommen mein Großneffe. Aber er hat mich immer nur Onkel genannt. Meine Frau und ich haben ihn gewissermaßen aufgezogen. Meine Schwester ist im Kindbett bei ihrem zweiten Kind gestorben, und meine Nichte, also Mendels Mutter, starb sehr jung an der Schwindsucht. Ihr Mann hat das nicht ertragen und sich zu Tode getrunken. Was ist uns da anderes übrig geblieben, als uns um den Buben zu kümmern? Wir haben uns Mühe mit ihm gegeben, ihn aufs Gymnasium geschickt. Er hat uns nicht enttäuscht. Ich hätte damals nie gedacht, dass er einmal mich versorgen würde. So ist das Leben, ein Geben und Nehmen.«

Den letzten Satz sprach Onkel Hirsch ganz leise aus, und Baran musste daran denken, was Eleonore Werthmann ihm über das grausame Schicksal von Hirschs Familie angedeutet hatte. Für ihn jedenfalls war die Schicksalswaage nicht ausgeglichen. Baran wunderte sich, dass der alte Mann trotzdem nicht verzweifelt wirkte und immer wieder lächelte. Auch als er sagte: »Ein Hitzkopf ist er schon, mein Mendel, und er lässt sich nichts gefallen. Aber das ist gut so. Wir haben uns alle viel zu lange zu viel gefallen lassen. Irgendwann ist Schluss.«

Der Alte klang geradezu kämpferisch. Aber wo verlief die Grenze zwischen einem Kämpfer für Gerechtigkeit und einem aufbrausenden Hitzkopf, der zu Gewaltausbrüchen neigte? Doch selbst wenn bei Mendel Hirsch die Grenzen fließend waren, passte es nicht zu dem Mord an Martha Halpern.

»Haben Sie Martha Halpern gekannt, Herr Hirsch?«

Schlagartig veränderte sich der Gesichtsausdruck des alten Mannes, und er legte die Stirn in tiefe Falten.

»Martha«, antwortete er, »ist das diese Tänzerin? Sie ist tot. Eleonore hat es mir erzählt. Ich weiß, was die Polizisten gestern gefunden haben. Ein Eisen, damit soll Mendel sie erschlagen haben. Niemals! Mendel hat diese Martha gemocht. Er hat öfter von einer Tänzerin erzählt, sogar von ihr geschwärmt. Vielleicht zu sehr. Ich habe sie ja nie gesehen, aber ich weiß, dass sie ab und zu bei ihm war. Mendel hat mir sein Herz ausgeschüttet. Er war aufgeregt, weil …«

»Weil?«, unterbrach Baran ihn.

»Weil sie ihm etwas erzählt hat«, antwortete Onkel Hirsch, »was ihn sehr verletzt hat.«

»Und was hat sie ihm erzählt?«, fragte Baran, der nun näher an Onkel Hirsch heranrückte.

»Ich glaube, dass …«

In diesem Augenblick klopfte es, und eine Frauenstimme rief: »Onkel Hirsch, bist du da?«

Baran erkannte die Stimme wieder. Sogleich öffnete sich die Tür, und Eleonore Werthmann stand vor ihnen, einen Korb mit zwei Töpfen in der Hand, aus denen ein köstlicher Duft aufstieg. Ihre Blicke trafen sich.

»Sie schon wieder«, sagte sie mit einer merklichen Abneigung in der Stimme und stellte die Töpfe auf den Herd.

Baran erhob sich, höflich wie immer.

»Ich habe auch nicht gehofft, Sie so bald wiederzusehen, Fräulein Werthmann. Setzen Sie sich doch.«

»Sie kennen sich?«, bemerkte Onkel Hirsch erstaunt.

»Flüchtig«, antwortete Eleonore Werthmann. »Kommissär Baran ist einer jener Polizisten, die Mendel einsperren ließen, einer, der ihm offensichtlich einen Mord zutraut.« Feindselig sah sie Baran an.

»Ach, mein Kind, den Eindruck habe ich aber nicht«, versuchte Onkel Hirsch sie zu beruhigen. »Im Gegenteil. Ich dachte, er wäre hier, weil er wirklich an der Wahrheit interessiert ist.«

Wahrheit, das war das Stichwort. Baran durfte den Faden nicht verlieren, der ohnehin sehr dünn war.

»Herr Hirsch hat recht«, sagte er. »Ich verurteile niemanden, bevor ich nicht durch Beweise oder ein Geständnis überzeugt werde. In diesem Fall habe ich viel mehr Fragen als Antworten. Aber Herr Hirsch war gerade dabei, mir etwas über Martha Halpern zu erzählen. Ich hätte es gern gehört. Vielleicht wird Mendel Hirsch dadurch entlastet.«

Eleonore Werthmann sah den alten Mann verwundert an.

»Etwas über Martha? Aber Onkel Hirsch, was denn?«

Der Alte erhob sich nur mit Mühe von seinem Bett und schaute in die Töpfe.

»Wunderbar«, sagte er. »Danke, mein Kind, tausend Dank. Wollen Sie auch etwas?«, wandte er sich an Baran, der dankend ablehnte. Onkel Hirsch wollte anscheinend das Gespräch nicht fortsetzen.

»Sie wollten mir etwas über Martha erzählen«, wiederholte Baran mit Nachdruck.

»Die Wahrheit, Herr Kommissär, ist manchmal in einer Lüge verborgen.«

»In einer Lüge? Wie meinen Sie das? Hat Mendel etwas gesagt? Gab es andere Männer? War Mendel deshalb eifersüchtig?« Die Fragen sprudelten nur so aus Baran heraus. Eleonore Werthmanns strenger Blick ließ ihn verstummen.

»Sie wollen ihm eine Falle stellen«, sagte sie. »Lass dich nicht drauf ein, Onkel Hirsch. Er möchte es so hinstellen, als hätte Mendel …«

»Sie war hier, vorgestern Abend«, unterbrach sie der Alte. »Sie haben lange gesprochen. Ich konnte es deutlich hören. Sie war sehr aufgebracht, hat geschrien.«

Baran hätte am liebsten sein Notizbuch gezückt, um

alles aufzuschreiben, aber er fürchtete, dass Onkel Hirsch dann nicht weiterreden würde.

»Mendel hat sich erst nicht aus der Ruhe bringen lassen, dann ist er auch lauter geworden, aber ich konnte nichts verstehen, so gut sind meine Ohren nicht mehr, leider.«

Eleonore Werthmann stand ruhig da, schien überrascht zu sein und nicht zu wissen, ob sie Onkel Hirsch davon abhalten sollte, weiterzusprechen, weil Mendel dann womöglich noch mehr belastet wurde.

»Sie ist gegangen«, fuhr der alte Mann fort, »so gegen zehn. Ich habe gehört, wie sie die Treppe hinuntergestiegen ist. Danach war Mendel kurz bei mir, um zu fragen, ob alles in Ordnung ist. Ich habe ihn nicht auf diese Martha angesprochen. Das war wohl ein Fehler, aber ich kann beschwören, dass sie da noch lebte. Danach habe ich mich hingelegt, und Mendel wollte noch lernen.«

»Du musst das der Polizei erzählen, Onkel Hirsch«, beharrte Eleonore Werthmann. Sie nahm seine Hand. »Das ist wichtig.«

»Ja und nein«, sagte Baran leise und mehr zu sich selbst. Doch die junge Frau hatte es gehört.

»Warum nein?«

»Er könnte ihr nachgegangen sein. Sie haben sich hingelegt, Herr Hirsch, haben Sie gesagt, also können Sie nicht beschwören, dass Mendel gelernt hat. Er ist also keineswegs aus dem Schneider.«

Eleonore Werthmann pflichtete ihm diesmal bei.

»Ja, Sie haben recht. Ihre Leute werden es so hindrehen, dass Mendel ihr aus Eifersucht gefolgt ist und sie dann erschlagen hat. Das ist der Polizei wirklich zuzutrauen.«

»Deshalb werden Sie vorerst kein Wort darüber verlieren«, sagte Baran mit Nachdruck. Die beiden sahen ihn verwundert an.

»Man wird Sie dazu mit Sicherheit noch befragen, aber solange niemand auf Sie zukommt, werden wir schweigen. Und jetzt lasse ich Sie in Ruhe essen. Ich bin Ihnen sehr dankbar, Herr Hirsch.«

»Kommen Sie wieder, Herr Kommissär, ich würde mich freuen«, antwortete Onkel Hirsch mit dem Anflug eines Lächelns, während Eleonore Werthmann perplex danebenstand.

»Fräulein Werthmann, einen schönen Tag noch.« Baran ergriff Hut und Mantel und schloss die Tür hinter sich. Er war bereits an der untersten Treppe angelangt, als von oben eine Frauenstimme rief: »Warten Sie!«

Baran konnte ein Grinsen nicht unterdrücken.

»Fräulein Werthmann, Sie scheinen sich an mich zu gewöhnen.«

»Ich hoffe, das wird sich vermeiden lassen.«

»Soll ich Sie begleiten?«, fragte er.

Sie musterte ihn schweigend. Dann sagte sie: »Mein Wagen steht am Donaukanal.«

Baran ging weiter, und Eleonore Werthmann folgte ihm.

»Dr. Stern wird alles Erdenkliche tun, um Mendel rauszuholen«, sagte sie. »Aber sie behaupten, sie hätten stichhaltige Beweise.«

»Ich kann dazu nichts sagen«, erwiderte Baran. »Ich

habe noch nicht einmal den Befund des Gerichtsmediziners.«

Die beiden bogen nach rechts zum Karmelitermarkt ab.

»Sie haben selbst zu Onkel Hirsch gesagt, dass Ihnen die ganze Sache nicht koscher vorkommt«, bemerkte die junge Frau.

Baran blieb stehen. »Allerdings. Nicht koscher. Von Anfang an. Alles an diesem Fall ist seltsam. Wenn Sie mir helfen wollen, dann reden Sie über Mendel, wie er wirklich war. Ich muss alles wissen.«

Sie standen an der Ecke Haid- und Leopoldsgasse, wo das Gedränge der Menschen zunahm, die unterwegs zum Karmelitermarkt waren. Eleonore Werthmanns Stimme ging in dem plötzlichen Lärm fast unter.

Instinktiv verspürte Baran auf einmal den Drang, sofort umzudrehen und der Menschenansammlung und dem Lärm zu entfliehen. Er bekam Kopfschmerzen, und Erinnerungsfetzen zogen plötzlich vor seinem inneren Auge vorbei. Er wollte weg, aber es war zu spät. Wie ferngesteuert bahnte er sich einen Weg durch die Reihen, direkt auf die Feinde zu. Aber es waren keine Russen in verdreckten Uniformen, sondern Frauen mit Kopftüchern und Hüten, die ihre Ehemänner befehligten und herumbrüllten. Dabei hielten sie ihre Einkaufskörbe wie geladene Waffen vor sich, was Männer mit Gehstöcken und Schirmen parierten. Verkäufer priesen wie ein Maschinengewehrfeuer ihre Waren an. Die Reihen begannen sich zu schließen, schon rieben sich die Männer aneinander, flogen die Fäuste, rammten sich wie

Bajonette in fremde Körper, Schreie, Wimmern, dann stürzte der Erste, brüllte, packte einen anderen und riss ihn mit sich zu Boden. Mitten im Schlachtgetümmel hörte Baran einen Schuss. Dann fiel auch er.

* * *

Als Baran wieder zu sich kam, lag er auf der Straße, umringt von Menschen, die auf ihn einredeten. Zum Glück stand ein Uniformierter bereit, der die Neugierigen zurückdrängte.

»Da gibt es nix zu sehen, dem Herrn geht es wieder gut.«

Baran musste das als Aufforderung verstanden haben, sich aufzurichten. Er war noch benommen, konnte aber klar sehen und wischte sich den Staub von seinem Mantel. Da es ihm offensichtlich besser zu gehen schien, zerstreute sich die Menge rasch, und auch der Uniformierte verabschiedete sich und sagte: »Passen S' auf sich auf.« Baran atmete tief durch und versuchte zu verstehen, was gerade passiert war.

Eleonore Werthmann stützte ihn, was ihn für einen Augenblick innehalten ließ. Wann hatte ihn zum letzten Mal jemand am Arm gehalten, der kein Arzt oder Pfleger war? Er verscheuchte den Gedanken und fragte: »Wer hat geschossen?«

»Der Polizist«, antwortete Eleonore Werthmann ruhig, »in die Luft. Sie sind sofort umgefallen. Ich dachte, das Projektil hätte Sie getroffen. So ein Wahnsinn. Das passiert wohl öfter, als man glaubt. Irgendein Idiot schießt in die Luft, und die Kugel …«

Baran unterbrach sie schroff: »Wollen Sie den Polizisten als Idioten hinstellen? Er hat wahrscheinlich nur seine Pflicht getan. Es muss einen Tumult gegeben haben. Ich habe Körper gesehen, die ineinander verkeilt waren.«

»Zwei Marktfrauen sind miteinander in Streit geraten, weil irgendein Gemüse zu billig angeboten worden ist. Jedenfalls haben sich daraufhin ihre Männer eingemischt, und es gab eine Rangelei. Nichts von Bedeutung.«

Baran war es peinlich, dass er gegenüber der jungen Frau Schwäche gezeigt hatte. Er glaubte sein Kriegstrauma längst überwunden zu haben, aber manchmal, in unvorhersehbaren Situationen, kam es ihm so vor, als ob ein Schalter in seinem Gehirn umgelegt und er wieder in seinen letzten Kampf zurückkatapultiert wurde, den er jedes Mal aufs Neue verlor. Noch ein wenig geschwächt stützte er sich an der Wand eines Gebäudes ab. Ein penetranter Fischgeruch stieg ihm in die Nase und brachte ihn vollends ins Hier und Jetzt zurück. Sie befanden sich vor der Seefischhalle der Deutschen Dampffischerei »Nordsee«.

»Lassen Sie uns gehen, Fräulein Werthmann«, bat Baran, und Eleonore Werthmann nickte.

Sie gingen weiter.

»Wenn ich etwas für Mendel Hirsch tun soll, muss ich mehr über ihn wissen«, sagte Baran, der mit jedem Schritt und jedem Atemzug seine Lebenskraft zurückgewann.

Eleonore Werthmann dachte einen Augenblick nach, ehe sie antwortete. »Dr. Stern meint, man würde Mendel Diebstahl vorwerfen. Diebesgut wurde bei ihm gefunden. Ich kenne Mendel seit zwei Jahren. Soviel ich weiß, verdient er das Geld für sein Studium mit ehrlicher Arbeit. Er ist handwerklich sehr geschickt und nimmt die unterschiedlichsten Aufträge an.«

Und spioniert dabei die Wohnungen aus, dachte Baran, für den sich die Verdachtsmomente gegen Hirsch nicht abgeschwächt hatten.

Ein Einbeiniger stand mit einer zerschlissenen Uniformjacke an einer Hausecke und bedeutete Baran, er solle ihm eine Zigarette spendieren, aber Baran rauchte nicht. Zur Verblüffung des Mannes nahm Eleonore Werthmann zwei Zigaretten aus ihrem silbernen Etui und gab sie ihm.

»Haben Sie Martha gekannt?«, wechselte Baran das Thema. Ein kalter Windstoß blies ihm ins Gesicht.

»Mendel hat ein paar Mal von ihr erzählt, aber ich habe sie nie kennengelernt. Es war eigenartig, er sprach von ihr, als würde er sie ewig kennen, und dann wieder …«

Eine Droschke ratterte an ihnen vorüber und verschluckte die letzten Worte.

»Dann wieder?«, fragte Baran nach.

»Dann wieder erzählte er, dass sie sich erst seit Kurzem kannten. Sie verbrachten viel Zeit miteinander.«

»Er war verliebt in sie.« Dies war mehr eine Behauptung als eine Frage. Eleonore Werthmann blieb mitten auf der Salztorbrücke stehen.

»Nein.«

Baran hielt seinen Hut fest, damit ihn der Wind nicht wegwehte.

»Woher wollen Sie das wissen?«

»Ganz einfach, weil er es mir gesagt hat.«

»Was hat er Ihnen gesagt?«

»Dass Martha eine Freundin ist, mehr nicht. Er liebt eine andere.«

»Und wen?«

»Ich weiß es nicht. Aber ich hab so eine Ahnung.«

Barans Hut flog in hohem Bogen über den Donaukanal davon.

»Sie meinen, er ist verliebt in Sie?«

Die junge Frau gab keine Antwort, überquerte rasch die Brücke und blieb vor einem luxuriösen Automobil stehen. Ein Mann mit Chauffeurmütze stieg aus, verbeugte sich und hielt die Beifahrertür auf.

»Gnädiges Fräulein.«

»Einen Moment, Emil. Ich verabschiede mich nur noch vom Herrn Kommissär.«

Sie reichte Baran die Hand, dem die Überraschung anzusehen war.

»Sie können Eifersucht als Motiv streichen, Herr Kommissär.«

»Wir haben noch viel zu besprechen«, sagte Baran, dem nichts Besseres einfiel. Eleonore Werthmann stieg in den Wagen. Er wollte den Hut lüpfen und griff ins Leere.

* * *

Baran ging nicht zurück ins Sicherheitsbüro, sondern ins Café Siller am Schwedenplatz, wo Meisel und er manchmal ihr Mittagessen einnahmen. Dort konnte man sich ungestört austauschen.

Das Café war gut besucht, und es dauerte nicht lange, bis er Meisel an einem der Tische entdeckte. Neben ihm saß ein junger muskulöser Mann, ein Stadtschutzmann in Uniform mit der rot-weiß-roten Armbinde. Er hatte sich Gulasch bestellt und wischte sich mit einer Serviette über den Mund. Meisel hatte bislang nur ein Bier vor sich stehen.

»Herr Kommissär Baran«, sagte er, »und das ist der Herr Stadtschutzwachmann Suchy. Wir kennen uns vom Boxclub.«

Der angesprochene Suchy grüßte freundlich.

»Herr Kommissär. Habe die Ehre. Sind Sie auch wegen des Gulaschs hier?«

Baran setzte sich zu ihnen. »Was Gulasch betrifft, bin ich ein wenig verwöhnt.«

Meisel grinste und ergänzte: »Suchy, du solltest auch aufpassen. Hab grad in der Zeitung gelesen, dass vorgestern eine arme alte Frau erstickt ist, weil sie in ihrer Not und vor lauter Hunger ihr Gulasch zu schnell gegessen hat.«

Suchy ließ sich nicht beirren und tunkte seine Semmel in die Soße.

»Hab ich auch gelesen. Tragisch. Wie eng doch bittere Armut und Reichtum beieinanderliegen.«

Er deutete auf eine gut gekleidete und heitere Gesellschaft, die ein paar Tische weiter Champagner schlürfte. Dann sagte er laut, sodass es das halbe Lokal hören konnte: »Vorgestern habe ich eine Frau vom Selbstmord abgehalten, die sich in den Kanal stürzen wollte. Ihr Mann ist im Krieg gestorben, ihr einziges Kind vor ein paar Jahren. Sie selbst ist lungenkrank, hält sich mit Nähen am Leben, und dann wird ihr die Wohnung gekündigt. Wahrscheinlich von Leuten wie denen da.«

Einer der Herren der noblen Gesellschaft drehte sich zu ihnen um, konnte jedoch von einem diensteifrigen Kellner beruhigt werden, der daraufhin Suchy einen verständnisheischenden Blick zuwarf.

»Schon gut, Herr Franz, ich bin schon still«, brummte Suchy und bestellte für Meisel auch ein Gulasch, während Baran sich für eine Melange und einen Topfenstrudel entschied.

Suchy biss in seine Semmel und wandte sich anschließend wieder Meisel zu.

»Seid ihr für die Leiche zuständig, die Nackerte am Fischmarkt? Glaubt ihr, dass die Juden was damit zu tun haben?«

»Wie kommst du auf die Juden?«, fragte Meisel.

»Na ja, die Tote ist Jüdin, und gestern hat es einen ziemlichen Tumult auf der Mazzesinsel gegeben. Man hat den Mörder schon verhaftet, hab ich gehört.«

Suchy nahm einen großen Schluck von seinem Bier. Baran schwieg stoisch, und Meisel ließ sich die Überraschung nicht anmerken.

»Du bist ja gut informiert, Suchy«, meinte er.

»Ich kenne die Gegend. Wenn da was passiert, krieg ich das meistens mit.«

Herr Franz brachte Kaffee und Topfenstrudel. Während Baran die Mehlspeise kostete, nahm Meisel einen Schluck von seinem Bier und holte dann eine Zeichnung aus seiner Jackentasche. Zu Barans Erstaunen stellte sie

Mendel Hirsch detailgetreu dar. An Meisel war wirklich ein Zeichner verloren gegangen.

»Kennst du den? Könnte was mit dem Mord zu tun haben«, fragte Meisel. Suchy sah sich das Bild an und hätte sich fast an seinem Gulasch verschluckt.

»Hast du das gezeichnet? Respekt. Wie soll der heißen?«

»Mendel Hirsch«, antwortete Baran. »Vielleicht ein kleiner Dieb, der uns bisher nicht aufgefallen ist.«

Suchy betrachtete die Zeichnung genauer, schüttelte dann den Kopf.

»Keine Ahnung. Aber Informanten gibt es genug im Grätzel. Ich hör mich auf jeden Fall mal um, versprochen.«

Baran nutzte die Gelegenheit und schob seinerseits Suchy den Zeitungsausschnitt hin, der den Mann mit den blauen Augen zeigte.

»Noch ein Verdächtiger?«, fragte Suchy.

»Ja, aber in einer anderen Sache. Bitte lesen Sie.«

Suchy überflog den Beitrag und versprach, sich auch in dieser Angelegenheit umzuhören. Dann steckte er den Zeitungsausschnitt und die Zeichnung ein, trank sein Bier aus und legte Geld auf den Tisch.

»Was kostet das Gulasch?«, fragte er.

»Wenn's mit der Inflation so weitergeht, bald tausend Kronen«, antwortete Meisel. »Aber du bist eingeladen.«

Suchy bedankte sich und verabschiedete sich mit einem Händedruck von Baran und Meisel.

»Lass von dir hören, wenn du was erfährst!«, schärfte Meisel ihm noch einmal ein.

»Versprochen«, antwortete Suchy und steckte rasch seine Kronenscheine wieder ein.

Als Meisel und Baran das Café verließen, schlug ihnen ein böiger, kalter Wind entgegen. Baran vergrub seine Hände in den Manteltaschen.

»Die Fingerabdrücke stimmen überein«, bemerkte Meisel trocken, als sie sich dem Sicherheitsbüro näherten.

»Ich habe mir schon so was gedacht«, antwortete Baran. »Auf dem Diebesgut und dem Brecheisen?«

»Auf dem Brecheisen sind keine Spuren. Da hat er wohl Handschuhe getragen. Aber dafür jede Menge auf dem Diebesgut. Ich fürchte, der gute Mendel Hirsch ist ziemlich am Arsch.«

Baran hätte es nie so wie Meisel ausgedrückt, aber im Augenblick wäre ihm nichts Besseres zu sagen eingefallen. Von seiner Begegnung mit Eleonore Werthmann erzählte er nichts, weil er erst sein Gehirn entrümpeln und die Spreu vom Weizen trennen musste.

* * *

Als Baran am Nachmittag den Bericht der Gerichtsmedizin über Martha Halpern las, hörte er im Geiste schon die Vorwürfe, die die Anklage gegen Hirsch erheben würde. Martha war durch einen gezielten Schlag auf den Hinterkopf betäubt, danach mit einer Tatwaffe, höchstwahrscheinlich mit einer Brechstange, erschlagen worden. Welcher Schlag schließlich tödlich gewesen war, konnte man nicht mehr eruieren. Auch nicht, wie viele Schläge das Opfer abbekommen hatte. Allerdings, so merkte der Bericht an, seien es viele gewesen, präzise ausgeführt. Warum?, überlegte Baran. Eines war klar, um eine Tat im Affekt handelte es sich nicht. Glaubte er Eleonore Werthmann, dann schied auch Eifersucht als Motiv aus, was Baran bislang favorisiert hatte. Der Bericht war mit Dr. Alfred Bernstein unterzeichnet.

Eine Zeit lang blieb Baran noch im Büro und schickte einen Beamten in die Archive, um sich zu vergewissern, dass Mendel Hirsch für die Wiener Kriminalpolizei ein unbeschriebenes Blatt war. Ein anderer sollte Erkundigungen an der Universität einziehen.

Dann endlich tat er das, was er sich schon die ganze Zeit vorgenommen hatte, und suchte die Kollegen auf, die Hirschs Wohnung durchsucht hatten. Der Polizeifotograf war Baran seit Längerem bekannt, außerdem waren zwei Kollegen von der Mordgruppe dabei gewesen, und zwei, die die Beweise gesichert hatten. Die Inspektoren Stanzl und Pirker teilten sich ein kleines Büro. Sie waren alte Hasen bei der Mordgruppe und begannen, sich langsam in ihrem Aussehen und Verhalten zu ähneln, wie Menschen, die lange zusammenleben. Beide waren schlaksig, trugen einen kurz geschnittenen Oberlippenbart und bekamen allmählich schütteres Haar.

»Habe die Ehre, Herr Kommissär«, sagte Pirker, als Baran eintrat. Stanzl begnügte sich mit: »Herr Kommissär.«

»Ihr wisst, warum ich hier bin«, kam Baran gleich zur Sache. »Das Brecheisen und das Diebesgut unter den Dielen bei Hirsch. Wie seid ihr so schnell darauf gestoßen?«

Pirker richtete sich auf und streckte stolz seine Brust vor. »Mit Verlaub, ich habe das entdeckt. Als wir reinkamen, fiel uns gleich auf, dass der Tisch nicht an seinem Platz stand. Der Boden war seltsam uneben, und dann war es eigentlich sonnenklar. Also, wenn Sie mich fragen, Herr Kommissär, dann hatte der Hirsch da erst vor Kurzem die Sachen versteckt. Ihr habt ihn erwischt, bevor er ordentlich aufräumen konnte. Zu unserem Glück.«

»Und warum habt ihr nicht mehr weitergesucht?«, fragte Baran nach.

Pirker und Stanzl sahen sich an.

»Der Oberkommissär«, erwiderte Stanzl, »hat uns ausdrücklich aufgetragen, gleich ins Sicherheitsbüro zurückzukommen, wenn wir was gefunden haben. Und wir haben ein blutverschmiertes Brecheisen gefunden.«

»Das Versteck befand sich eindeutig unter den Dielen«, sprang Pirker seinem Kollegen bei. »Und die Sachen, die er gestohlen hat, auch.«

Baran spürte, dass er hier nicht weiterkam, und verabschiedete sich von den beiden. Ein eigenartiges Gefühl machte sich in der Magengegend bemerkbar. Irgendwie liefen die Ermittlungen zu glatt, fügten sich die Steine zu schnell ineinander. Im Augenblick hätte er keine einzige Krone darauf gewettet, dass Mendel Hirsch je wieder eine Minute in Freiheit verbringen würde. Wäre die Todesstrafe nicht 1920 abgeschafft worden, hätte man diesen jungen Mann wohl bald baumeln sehen.

Heute Abend hatte Baran einen Termin und musste vorher noch etwas erledigen, deshalb fuhr er nach Hause. Da er morgens mit Meisel ins Büro gefahren war, musste er wohl oder übel die Straßenbahn nehmen, die heillos überfüllt war. Baran konnte kaum atmen. Enger Raum und viele Menschen, das war ihm heute schon einmal zum Verhängnis geworden. Er schloss die Augen, ließ sich wie auf einer Woge durch die Straßen und Kurven treiben, während er versuchte, seinen Gedanken freien Lauf zu lassen. Er musste an Suchy und sein Gulasch denken. Früher hatten sie eine Köchin gehabt, Ilona, die ein ausgezeichnetes Pörkölt zubereiten konnte. Dass die Wiener Pörkölt Gulasch nannten, war eine Sache, dass sie Ilonas Kochkunst nicht erreichten, eigentlich unverzeihlich. Szonja hatte immer gelacht, wenn Baran sich mit Pörkölt bekleckert hatte. Er sah den strengen Blick seines Vaters vor sich, und das sanfte Lächeln seiner Mutter. Jedes Mal hatte sie ihm ein frisches Hemd angezogen und einen Kuss gegeben.

Baran war so in seine Erinnerungen versunken, dass er nicht merkte, wie die Straßenbahn sich leerte, und fast seine Haltestelle, den Himmelmutterweg, verpasst hätte.

* * *

Baran packte die Fotos, die Meisel ihm am Morgen gegeben hatte, in seine Aktentasche und ging zu Fuß zu der vom Fiaker Steinwender angegebenen Adresse in der Andergasse in Dornbach. Wien war eine Großstadt, die an die zwei Millionen Einwohner zählte, und dennoch eine kleine Welt. Mehr als einmal hatte Baran erlebt, dass Menschen, die er bei seinen Ermittlungen aufsuchte, ganz in der Nähe wohnten, ohne dass er ihnen je begegnet wäre. Schon häufiger war er an dem einstöckigen, gemütlich wirkenden barocken Haus vorbeigekommen. Das große offene Tor führte in einen gepflasterten Innenhof mit einem Pferdestall, vor dem ein junger Mann gerade seinen Wallach striegelte. Baran erkannte Karl Steinwender und sein Pferd Victor sofort wieder.

»Ah, der Herr Kommissär«, begrüßte ihn Steinwender. »Ich habe meine Aussage gemacht. Haben Sie ihn etwa auch schon geschnappt, den seltsamen Herrn?«

»Herr Steinwender, meine Verehrung, ich muss Sie enttäuschen«, antwortete Baran. »Sie könnten mir aber eine große Hilfe sein und sich die Fotos ansehen, die ich in meiner Tasche habe.«

Augenscheinlich interessierte sich nicht nur der Fiaker Steinwender für die Fotos, sondern auch Victor, der gleich die ganze Aktentasche gern darauf untersucht hätte, ob sie bissfest war und vielleicht irgendwelche Leckereien enthielt.

Baran streichelte ihn am Hals und sprach leise eine Weile mit ihm, wobei Victor zweimal laut wieherte, als würde er über einen Witz lachen. In der Zwischenzeit schaute Steinwender sich die Fotos an.

Nach einer Weile steckte er sie zurück in die Tasche, nur eines behielt er in der Hand.

»Haben Sie etwas gefunden?«, fragte Baran voller Neugier, während Victor ihn, sich wohl vernachlässigt fühlend, in die Seite stupste.

»Ja, ich bin mir sogar ziemlich sicher, dass es der da war, mit dem Herr Veith noch ein paar Worte gewechselt hat.«

Baran ignorierte, dass Victor an seiner Manteltasche knabberte, und drehte das Foto um. *Konstantin Erlbacher, mehrfach vorbestraft wegen Diebstahls* stand da, dann folgten Zahlen, die wohl auf die Inhaftierung des Mannes verwiesen. Endlich dämmerte Baran, warum man bei Veith kein Portemonnaie gefunden hatte.

»Sie haben mir sehr geholfen«, sagte er, nahm seine Aktentasche, befreite sich mit gutem Zureden von Victor und versprach ihm, nächstes Mal mit ein paar Karotten wiederzukommen. Das würde allerdings noch eine Weile dauern.

* * *

Zu Hause meldete Baran sich telefonisch im Sicherheitsbüro und setzte seine Kollegen auf den Wiederholungstäter Konstantin Erlbacher an, der schleunigst ausfindig gemacht werden sollte. Er erkundigte sich außerdem, ob es Neuigkeiten zu Mendel Hirsch und seinen universitären Studien gäbe. Die Antwort war leider nein.

Dann machte er sich frisch, legte seinen Smoking an und fuhr zur Oper. Baran war früh dran und ging direkt zu den Garderobenräumen der Künstler. In den Gängen begegnete er einigen jungen Tänzerinnen und Tänzern in winzigen Kostümen, die sichtlich nervös schienen, kein gutes Omen für die Aufführung. Auf gut Glück öffnete er eine Tür und stand einem nackten Herrn gegenüber, der ihn von oben bis unten musterte.

»Fanny«, stammelte Baran und erntete ein Schmunzeln.

»Da bist du falsch, Hübscher«, bekam er zur Antwort,

»die Mädels sind gegenüber. Aber pass auf, die sind kratzbürstig.«

Baran schloss die Tür hinter sich und atmete tief durch. Diesmal klopfte er zuerst, bevor er eintrat.

»*Tessék*!«

Eine ungarische Einladung durfte man nicht ausschlagen. Zu Barans Erleichterung waren die beiden jungen Damen am Umkleidetisch zumindest leicht bekleidet. Er kam gleich zur Sache und fragte auf Ungarisch: »*Fannyt keresem.*«

Beide Mädchen zuckten mit den Schultern.

»Sie ist verschwunden! Abgehauen!«, vernahm er hinter sich eine vertraute Stimme. Heinrich Kröller fuchtelte mit beiden Armen.

»Es wird schiefgehen. Ich weiß es. Sie muss eine wichtige Passage tanzen. Wenn sie nicht kommt, muss ich in der nächsten halben Stunde alles umstellen, das ist eine Katastrophe, eine absolute Katastrophe. Dabei war sie heute Vormittag so konzentriert. Oh, mein Gott!«

»Sie war also hier, heute Vormittag?«, hakte Baran ein. »Wie lange denn?«

»Wie lange, wie lange?!« Kröller lief aufgeregt im Kreis. »Bis die Probe vorbei war, sicher bis Mittag.«

»Dann wird sie wieder auftauchen«, sagte Baran zuversichtlich.

Und tatsächlich stand Fanny plötzlich in der Tür, entschuldigte sich mit leiser Stimme bei Kröller für die Verspätung und wischte sich eine Träne aus dem Augenwinkel. Sie grüßte Baran freundlich und fragte: »Haben Sie den Täter schon gefasst?«

Baran wollte ausweichend antworten, aber Kröller war so vollkommen aus dem Häuschen, dass Fanny noch nicht umgezogen war, dass er sie auf nach der Vorstellung vertröstete. Die beiden Mädchen in der Garderobe unterhielten sich währenddessen angeregt über Baran und warfen ihm immer wieder Blicke zu. Rasch verließ dieser den Garderobenraum und ging zur Kasse, um die ihm von Kröller versprochene Freikarte einzulösen. Obwohl er ein häufiger Gast in der Oper war, hatte er die rundliche, ältere Frau an der Kasse noch nie gesehen. Sie blickte ihn eindringlich an.

»Mit Verlaub, Sie sehen gar nicht aus wie ein Polizist«, sagte sie. »Sehr schick und teuer, was Sie anhaben. Ich verstehe nicht, warum Sie eine Freikarte wollen. Oder ist der Frack da geliehen, und Sie sind ein Hochstapler?«

Baran versuchte, ruhig zu bleiben.

»Hören Sie! Herr Kröller hat …«

»Ah, der Herr Kröller hat Ihnen eine Freikarte versprochen. So, so«, unterbrach sie ihn. »Sagen Sie doch gleich, der Maestro persönlich. Hören Sie, davon weiß ich nichts.«

Hinter Baran hatte sich inzwischen eine beträchtliche Schlange gebildet, er zückte sein Portemonnaie.

»Passen Sie auf, dann zahle ich eben meine Karte selbst.«

»Das könnte Ihnen so passen. Alles reserviert. Heute ist Premiere. Aber Sie können gern ein anderes Mal wiederkommen, ein so großer Erfolg wird das eh nicht. Dann sind genug Plätze frei, aber heute leider nicht.«

Baran, der ein geduldiger und gut erzogener Mensch war, wurde nun von hinten beschimpft und auf wenig höfliche Weise aufgefordert, sich zu beeilen oder am besten gleich nach Hause zu gehen. Auf einmal kam ein gebückter, älterer Herr in Livree auf ihn zu. Baran erkannte ihn sofort, er war ein Urgestein an der Oper. Soweit er sich erinnerte, hieß er Emmerich, und er hatte ihn bereits kennenlernen dürfen, als er noch Baron von Baranyi war und mit seinen Eltern große Aufführungen mit Gustav Mahler besuchte.

»Danke, Anna, dass du ausgeholfen hast«, sagte der Mann zu der Frau an der Kasse, die ihm sofort ihren Platz überließ, nicht jedoch, ohne ihn auf den etwas dubiosen Herrn aufmerksam zu machen, der keine Karte besaß.

»Aber Anna, das ist der Herr Baron, der kommt oft zu uns.«

Sie zuckte mit den Achseln.

»Na ja, davon kann man sich heute auch nix mehr kaufen. Habe die Ehre.«

Während die beleibte Frau Anna abtrat, entschuldigte sich der Mann bei Baran und überreichte ihm eine Karte, die er aus einer Schublade geholt hatte.

»Viel Vergnügen, Herr Baron, und auf bald.«

Baran bedankte sich und suchte rasch seinen reservierten Platz auf, das Gemurmel hinter ihm ignorierend.

Er saß in der zweiten Reihe Parterre und konnte damit die Bühne überblicken. Gespannt wartete er auf den Beginn der Vorstellung von *Josephs Legende* und fragte sich, wie der biblische Stoff wohl umgesetzt werden würde. Allerdings stand die Aufführung unter keinem guten Stern.

Der erste Akt begann. Verschleierte und unverschleierte Tänzerinnen wechselten sich in ekstatischem Tanz auf der Bühne ab. Frivole Gebärden, die, gelungen oder nicht, nichts anderes ausdrücken sollten als Wollust. Plötzlich löste sich aus der Mitte der Tänzerinnen Fanny, deren glühende Liebessehnsucht den Tanz der Dienerinnen verblassen ließ und wahre Gefühle zum Ausdruck brachte. Während er dem Tanz zusah, bei dem Fanny entrückt von der Welt nackt über das Parkett schwebte, kam ihm plötzlich ein Gedanke, und Baran wäre am liebsten aufgesprungen. Doch er blieb artig sitzen und ertrug die pathetisch-schwülstige Darbietung.

Nur das Bühnenbild fand er großartig, vor allem, als der biblische Joseph in den Kerker verbannt und mit Feuer und Eis gefoltert wurde. Für wenige Augenblicke konnte Baran sich einfühlen. Nachdem Joseph endlich von einem Engel in silberner Rüstung befreit worden war, sprang Baran von seinem Stuhl auf und drängte sich an den Zuschauern vorbei, um Fanny an der Garderobe abzufangen. Mäßiger Applaus und vereinzelte Unmutsäußerungen waren zu hören.

Diesmal hatte Baran vorsorglich Taschentücher mitgebracht, und es stellte sich heraus, dass er sie auch brauchte. Denn als Baran forsch klopfte und, ohne eine Antwort abzuwarten, in die Garderobe trat, ging Fanny sogleich zu ihm und legte bitterlich weinend den Kopf an seine Schulter.

»Ich vermisse sie so sehr«, sagte sie, nachdem sie sich

mehrfach geschnäuzt und ein wenig beruhigt hatte. Dann berichtete sie ihm, dass sie ziellos durch die Straßen geirrt sei, unentschlossen, verängstigt, ehe sie den beherzten Entschluss gefasst habe, doch zur Oper zu gehen.

»Ich habe gehofft, dass Sie da sein würden, Herr Kommissär.«

»Mendel Hirsch ist verhaftet worden«, sagte Baran frei heraus.

»Mendel?«, erwiderte Fanny. »Oh mein Gott! Hat er sie …«

»Es sprechen einige Indizien gegen ihn, mehr kann ich nicht sagen. Was wissen Sie von ihm und Martha?«

Zu Barans Überraschung zog Fanny eine Packung Zigaretten aus ihrer Handtasche und zündete sich eine an. Nachdem sie einen tiefen Zug genommen hatte, sagte sie: »Er soll das getan haben? Es gibt also Beweise?«

Baran nickte nur als Antwort, weil er nicht etwas erläutern wollte, wozu er nicht befugt war. Die Zigarette schien Fanny etwas zu beruhigen.

»Ich hätte sie davon abhalten sollen, sich mit ihm zu treffen«, sagte sie und sah Baran verzweifelt an. »Dann würde sie noch leben.«

»Sie haben keine Schuld«, erwiderte er ruhig und sah ihr in die Augen. »Es war ihr Leben.« Die letzten Worte galten nicht nur der jungen Frau, sondern auch ihm selbst. Auch er hatte seine Schwester nicht daran hindern können, nach Wien abzureisen und ihre Brücken hinter sich abzubrechen.

Eine Weile standen sie schweigend da.

»Danke«, flüsterte sie dann und gab Baran einen Kuss auf die Wange.

»Einige von uns gehen noch etwas trinken und wollen in Erinnerung an Martha anstoßen. Möchten Sie uns begleiten, Herr Kommissär?«

Baran lehnte dankend ab und verabschiedete sich von ihr. Als er die Garderobentür schließen wollte, sagte Fanny hinter ihm plötzlich: »Sie haben kein Wort darüber verloren, ob ich Ihnen heute gefallen habe.«

»Sie waren hinreißend, Fräulein Fanny«, sagte er, was der Wahrheit entsprach.

Aber von seinen Gedanken, die ihm, während sie tanzte, durch den Kopf gegangen waren, verschonte er sie vorerst. Als er die Tür schloss, sah er aus den Augenwinkeln, wie sie die Zigarette ausmachte, als würde sie ein bösartiges Ungeziefer zerdrücken.

* * *

Baran wollte noch nicht nach Hause gehen, er brauchte ein wenig Zeit für sich, einen Spaziergang, danach ein starkes Getränk. So blieb er schließlich vor dem Eingangsportal mit den vier Marmorpfeilern der American Bar auf der Kärntner Straße stehen. Darüber prangte ein großes Glasmosaik mit der Flagge der USA und dem Namen der Örtlichkeit: *Kärntner Bar*. Der Innenraum war genau genommen winzig, wirkte durch die Marmorplatten auf dem Boden und an der Decke und vor allem durch die verspiegelten Innenwände jedoch wesentlich größer. Messing, Mahagoni und Onyx verliehen der Bar Würde und Stil. Baran gelang es, eine der begehrten

Sitznischen zu ergattern, obwohl der Raum sich bereits füllte. Es war Samstagabend, und die Wiener gingen aus. Ob arm oder reich, ob Kabarett oder Oper, ob ein Bier im Beisl oder ein Tafelspitz im Restaurant, alles war besser, als zu Hause auf bessere Zeiten zu warten. Die Krone, die man heute ausgab, konnte morgen von der Inflation nicht mehr gefressen werden. Sei's drum, ein Glas konnte nie schaden. Baran gönnte sich einen der berühmten Cocktails, den er sich auf Empfehlung des Kellners mischen ließ.

Der Lärmpegel war hoch, immer mehr Menschen in schöner Abendgarderobe drängten herein. In dem ohnehin beengten Raum stand ein Klavier, an dem ein beherzter Alleinunterhalter saß, ein blutjunger Mann, der sich als Ferry Wunsch vorstellte.

Baran folgte Gesprächen und beobachtete die Gäste, während er sich auf seine Atmung konzentrierte. Nach einem weiteren Cocktail war Ferry Wunsch von amerikanischen Rhythmen zum Wienerlied übergegangen und spielte *Jetzt trink ma no a Flascherl Wein*. Es fiel Baran zunehmend schwerer, die Kontrolle zu behalten. Einmal schon hatte er sie heute verloren.

Er belauschte die Unterhaltung zweier Kellner, die nicht weit von ihm Getränke einschenkten.

»Hast du gehört, ob man sie diesmal geschnappt hat?«, fragte der eine. »Bei uns hat sie fünfhunderttausend Kronen mitgehen lassen. Über zwei Millionen sollen es insgesamt sein, Geld, Schmuck, Wertsachen. Der Franzl, du weißt schon, hat mir erzählt, dass sie ihr in einem Kaffeehaus aufgelauert haben. Da hat ihr Liebhaber schon gewartet. Kannst du dir das vorstellen? Eine riesige Reisetasche hat der dabeigehabt. Aber er hat Wind bekommen und ist davongerannt. Über alle Berge. Und sie ist gar nicht aufgetaucht. Die Frau ist ein Phantom, hat hundert Namen und verschwindet, sobald man glaubt, man könnte ihr eine Falle stellen.«

Baran hätte gern noch mehr erfahren, aber eine Frau mit einer Fuchsstola und einem vollen Glas Champagner in der Hand stieß ihm aus Versehen den Ellenbogen in die Seite und rutschte aus. Als er sie auffing, bespritzte sie ihn mit Alkohol. Einen Augenblick lang sah er in die Glasaugen des Fuchses, dann beschloss er, seine Rechnung zu begleichen.

Obwohl er es länger als eine Viertelstunde in einem engen Raum mit vielen Menschen ausgehalten und somit den Kampf mit sich selbst gewonnen hatte, war sein Hemd durchgeschwitzt, und sein Anzug roch nach Alkohol.

Als Baran zu Hause angekommen war, hängte er ihn an einen Haken auf die von wildem Wein umrankte Loggia.

Nach einem Bad wollte er in dem großen Himmelbett, wo er seit Jahr und Tag nur eine Seite benutzte, den ganzen Tag noch einmal Revue passieren lassen, aber er schlief augenblicklich ein.

In seinem Traum standen die unterschiedlichsten Menschen in einem Zimmer, Onkel Hirsch, Mendel, Fanny, Eleonore Werthmann, Oberkommissär Zeller, und redeten wild durcheinander. Onkel Hirsch, der sich auf Eleonore Werthmann stützte, zeigte auf einen riesigen Krater im Boden, der in eine brodelnde Unterwelt führte, und wiederholte ständig: »Wahrheit in der Lüge«. Aber Zeller drohte ihm mit einer riesigen Brechstange, von der Blut in die Tiefe tropfte, wo sich ein Feuer davon zu ernähren schien und immer wieder aufloderte. Der winzige Raum füllte sich auf einmal mit Tänzern, die nackt um die Flammen kreisten, mittendrin Fanny. Der an einen Stuhl gefesselte Mendel stammelte, er sei unschuldig, worauf die anderen in ein wieherndes Lachen ausbrachen. Ihre Münder verzerrten sich, wurden zu bleckenden Pferdegebissen, ehe plötzlich Stille eintrat und alle in ihren Bewegungen erstarrten. Der Krater schloss sich langsam, während die Leute gleichzeitig schrumpften und sich auflösten. An ihrer Stelle erschien die Silhouette einer jungen Frau, die immer näher kam. Szonja.

»Konzentrier dich!«, sagte sie in einem strengen Befehlston.

WIEN, SONNTAG, 19. MÄRZ 1922

»Konzentrier dich!«, sagte Baran zu sich selbst, als er gegen sieben Uhr aufwachte. Die Silhouette seiner Schwester war im Traum so schnell verschwunden, wie sie erschienen war, aber ihre Worte klangen deutlich in ihm nach.

Eine Tasse Kaffee und zwei Spiegeleier sollten den Geist stärken. Hühner gab es genug in der Umgebung, genauso wie Gärten, in denen die Menschen mit Erfindungsreichtum und Fleiß dafür sorgten, dass etwas zu essen auf den Tisch kam. Baran besaß einen großen Garten, den seine Haushälterin Hilda mit viel Liebe betreute und dort allerlei Gemüse zog, während er sich selbst auf die Kultivierung von Rosen beschränkte, wenn es die Zeit zuließ. Blühende Pflanzen erinnerten ihn an das Leben.

Der Morgen war frostig und verlangte nach Kaminfeuer. Baran knüllte Papier zusammen und zündete den Ofen an.

Dann widmete er sich wie immer der Zeitungslektüre. Auf der Suche nach seiner verschwundenen Schwester überflog er häufig nur die Schlagzeilen und selektierte sie mit geübtem Blick. Heute ging es um die Lage in Albanien, den ersten christlich-sozialen Parteitag im

Burgenland, um die Regel, dass nicht mehr als zwei ausländische Spieler in einem Fußballclub spielen durften. Mit einem Mal fiel Barans Blick auf einen Zeitungsartikel, in den er sich stirnrunzelnd vertiefte.

Er sah auf. »Konzentrier dich!«, hatte ihm seine Schwester im Traum gesagt. Er musste an das Gespräch der Kellner in der American Bar denken und rief sofort im Sicherheitsbüro an und verlangte einen Inspektor Scheiblecker, der über Barans Ausführungen sehr erstaunt war. Aber wenn es stimmte, hatte Baran bei ihm eine Einladung zum Essen gut.

Wenig später stand er vor der Wohnung von Franziska Hartmann in der Leopoldstadt und atmete tief durch. Kurz schweifte sein Blick über den Hof zur Wohnung von Onkel Hirsch. Er würde ihm gleich noch einen Besuch abstatten, wenn das hier erledigt war. Er klopfte laut.

»Sind Sie es?«, kam von der anderen Seite der Tür. Baran war sich ziemlich sicher, dass nicht er gemeint war. Obwohl er nicht antwortete, öffnete sich die Tür nach einigen Sekunden. Sie sah sichtlich überrascht aus.

»Ach, Sie? Ich …«

»Dachte mir auch schon, dass Sie jemand anderen erwartet haben, Fräulein Hartmann.«

Sie sah heute weitaus adretter aus als bei ihrer letzten Begegnung am Freitagabend. Sie trug für die Jahreszeit ein zu dünnes Kleid mit Blumenmustern, dazu eine Perlenkette, hatte ihre Haare aufgesteckt und die Lippen geschminkt. Neben ihr stand eine prall gefüllte Reisetasche. Ihre beider Blicke fielen darauf.

»Ich besuche meine Tante in Salzburg. Für ein paar Tage. Ich dachte, Sie sind der Fiaker, der mich zum Bahnhof bringt«, kam sie Barans Frage zuvor.

»Fräulein Hartmann, ich fürchte, daraus wird nichts.«

»Wollen Sie mich davon abhalten, Herr Kommissär?«

Baran schloss die Tür hinter sich und legte den Hut auf dem leeren Stuhl ab.

»Das letzte Mal, als ich hier war, lag ihre Dienstmädchenkleidung auf dem Stuhl«, sagte er und blickte ihr in die Augen. Sie flackerten leicht.

»Manchmal übersieht man die Dinge, weil man in seinen Gedanken zu sehr mit anderem beschäftigt ist. Aber es sind die Details, Fräulein Hartmann, die Details.«

»Sie reden mir ein bisserl zu kompliziert, Herr Kommissär. Ich bin eine einfache Frau, und ich versteh nicht, warum Sie überhaupt zu mir gekommen sind. Oder wollen Sie Ihr Geld zurück? Ich fürchte, ich hab's bereits ausgegeben.«

Baran machte eine abwehrende Handbewegung. »Das spielt jetzt wirklich keine Rolle. Es geht um Ihre Dienstmädchenschürze, dazu das Fleisch, das Heizmaterial. Ich hätte mir nichts dabei gedacht, wenn ich nicht gestern Abend zufällig ein Gespräch mit angehört und heute einen Zeitungsausschnitt gelesen hätte.«

Franziska Hartmann setzte sich. Offensichtlich erkannte sie, dass sie dieses Gespräch nicht so schnell beenden konnte.

»Und was stand heute Morgen in der Zeitung?«, fragte sie.

Statt einer Antwort legte Baran den Zeitungsausschnitt, den er vorsorglich eingesteckt hatte, auf den Tisch.

»Hören Sie genau zu. Ich zitiere: ›Wenn jemand in der Zeitung inseriert, dass er eine Bedienstete sucht, meldete sich darauf öfters eine jüngere Frau, die ihre Zeugnisse vorlegte … Geschädigte werden gebeten, sich im Sicherheitsbüro …‹«

»Worauf wollen Sie hinaus?«, unterbrach ihn Franziska Hartmann.

Baran fuhr unbeirrt fort: »›Man ist ihr seit einiger Zeit auf der Spur, hätte sie beinahe geschnappt, nachdem sie wieder eine Frau, bei der sie in Diensten war, bestohlen hat. Die Kollegen gehen davon aus, dass sie um die eine Million Kronen erbeutet hat. Es ist ganz einfach. Man weist Referenzen vor, erzählt eine herzzerreißende Geschichte von einer schwerkranken Mutter, Tante oder Oma, und erschleicht sich das Vertrauen der Dienstgeber. Zuerst arbeitet man überaus fleißig, und dann, von einer Sekunde auf die andere, verschwindet man mit Geld, Silber, Halsketten und Taschenuhren.‹ Soll ich weiterlesen, oder verstehen Sie, warum ich hier bin?«

»Ich weiß überhaupt nicht, was Sie meinen«, antwortete sie und warf Baran einen frechen Blick zu. Ihr Widerstand überraschte ihn nicht, genauso wenig, wie er daran zweifelte, dass die Frau genau wusste, worauf er hinauswollte.

»Die Sachen, die bei Mendel Hirsch gefunden wurden, stammen von Diebstählen. Irgendjemand hat sie dort hingelegt. Gemeinsam mit einem blutverschmierten Brecheisen. Ich habe mir die ganze Zeit den Kopf zermartert. Dabei lag es so nahe, im wahrsten Sinne des Wortes in der Nachbarschaft.«

Franziska Hartmann stand wie versteinert da und sah ihn trotzig an. Er bemerkte, wie sie die Faust ballte.

»Das ist doch nicht Ihr Ernst. Sie beschuldigen mich, eine Diebin zu sein und die Sachen bei Mendel … also, das ist doch die Höhe! Ich arbeite als Dienstmädchen, weil ich mir mein Geld verdienen muss. Wissen Sie, wie viele Dienstmädchen es in Wien gibt? Wollen Sie alle beschuldigen und verhaften, weil sie Brennholz und ein Stück Fleisch gekauft haben?«

Baran ging nicht darauf ein.

»Die Frau, die gesucht wird«, erwiderte er, »hat viele Namen, und vermutlich einen jungen Liebhaber. Das weiß ich von dem Inspektor, der den Fall bearbeitet. Eine der Geschädigten hat die beiden zufällig zusammen gesehen und die Polizei alarmiert, aber die Kollegen kamen wieder einmal zu spät. Ich bin mir sicher, dass die Frau Mendel Hirsch und Sie wiedererkennen wird. Genauso wie die vierzig anderen Dienstgeber, die Sie bestohlen haben, Fräulein Hartmann, oder wie immer Sie wirklich heißen mögen. Ich verhafte Sie wegen Diebstahls und falscher Zeugenaussage und …«

Die letzten Worte gingen in schallendem Gelächter unter. Baran reichte es. Er zog die auf dem Boden stehende Reisetasche zu sich und öffnete den Bügelverschluss.

»Nein!«, schrie sie, als Baran die Tasche aufklappte. Aber es war zu spät. Der Inhalt übertraf alle seine Erwartungen. Vorsichtig nahm er mithilfe seines Taschentuches eine der Perlenketten heraus.

»Wem diese schöne Kette wohl gehört?«, fragte er, während er das wertvolle Stück betrachtete. Obenauf lag eine Bahnfahrkarte.

Franziska Hartmanns Blick wanderte zur Tür.

»Es hat keinen Zweck, Fräulein Hartmann«, sagte Baran. »Die Kollegen stehen unten und warten auf Sie. Es wäre klüger, Sie würden mir die Wahrheit erzählen.«

Er überlegte, ob er ihr vielleicht irgendeine positive Perspektive geben könnte. Aber dann hätte er wohl lügen müssen, und Frau Hartmann sah nicht so aus, als würde sie irgendetwas glauben, was ihr ein Polizist versprach. Also schwieg er. Baran glaubte zu sehen, wie sie sich eine Träne aus dem Augenwinkel wischte, aber er konnte sich auch irren. Im Zimmer war es düster, genauso wie die Stimmung, die sich wie Nebel langsam ausbreitete.

Zaghaft begann sie zu sprechen, zuerst leise: »Wissen Sie, wie es sich anfühlt, wenn man jeden Tag in einer anderen Wärmstube übernachtet?« Dann kehrte mit einem Mal ihre Kraft zurück, und sie fuhr erbost fort: »Nein, ich glaube, Sie haben davon keine Ahnung. Sie sind was Besseres. Das erkennt man schon an Ihrer Sprache. Wie Sie reden, wie Sie herumstolzieren. Haben Sie überhaupt schon einmal das Bett mit einem Haufen Ungeziefer geteilt, gesehen, wie die Ratten Ihr Brot anknabbern? Es ist einfach ungerecht.«

Es war natürlich nicht das erste Mal, dass Baran sich solchen verbalen Angriffen ausgesetzt sah. Die Not so vieler Menschen und der Reichtum einiger weniger hatte seit jeher die Gemüter erhitzt und Konflikte geschürt. Die einen wurden im Dreck geboren, die anderen in goldverzierten Wiegen. Im Krieg hatte Baran die einen wie die anderen schreien, wimmern, sterben sehen. Aber vom Krieg wollte er nicht reden, und nicht vom Feuer, das sein Elternhaus in Asche verwandelt hatte, von seinen toten Eltern oder seiner vermissten Schwester. Das alles würde nichts zählen angesichts der Ungerechtigkeit, die Franziska Hartmann beschwor und ihr als Vorwand diente, die Welt dafür zu bestrafen, dass sie im Schatten und nicht im Licht geboren worden war.

»Wollen Sie mir allen Ernstes weismachen, dass Sie sich nur das geholt haben, was Ihnen zusteht?« Baran wies auf die Tasche. Er bekam keine Antwort, weil Franziska Hartmann in ihrer Kommode etwas zu suchen schien. Baran stellte sich hinter sie, falls sie auf dumme Gedanken kam, ihn mit einem Messer oder mit einem geladenen Revolver bedrohen wollte, aber stattdessen förderte sie ein vergilbtes Foto von einem Jungen zutage.

»Nein. Das ist der Grund. Er heißt Egon. Er ist jetzt sechs und lebt im Zentralkinderheim in Gersthof. Ich will ihn bei mir haben.«

Sie drückte das Foto an sich. »Haben Sie Kinder, Herr Kommissär?«

Baran schüttelte nur leicht den Kopf und beeilte sich, eine Frage zu stellen. »Und Mendel Hirsch? Er ist doch nicht der Vater?«

»Aber nein, Herr Kommissär. Wo denken Sie hin. Sein Vater ist gestorben, hat sich totgesoffen. Und das geschieht ihm recht. War kein Guter, glauben Sie mir, alles andere als das. Mendel und ich wollten neu anfangen, mit dem Buben, weit weg von hier, in Italien, am

Meer. Ich war noch nie am Meer. Mendel wollte diese Sachen da zu Geld machen.«

»Aber es ist etwas dazwischengekommen.«

»Etwas dazwischengekommen? Wie das bei Ihnen klingt. Ja, diese Schlampe ist dazwischengekommen.«

Wie schnell sich ein Gefühlszustand ändern konnte. Hatte Franziska Hartmann auf Baran gerade noch verbittert und auch etwas resigniert gewirkt, so glühte ihr Gesicht jetzt vor Zorn.

»Hat die Schlampe auch einen Namen?«, fragte Baran betont ruhig.

»Diese Tänzerin«, antwortete sie lapidar.

Franziska Hartmann konnte damit nur Martha meinen. Die losen Steine fügten sich langsam zusammen.

»Deshalb kam es also zum Streit, am Donnerstag«, sagte Baran. »Onkel Hirsch hat Stimmen gehört und geglaubt, dass Mendel mit Martha gestritten hat, aber er hört nicht mehr so gut.«

Trotzig verschränkte Franziska Hartmann die Arme. »Er hat mir eröffnet, dass er mit ihr weggehen würde, mit ihr, nicht mit mir. Ich sollte mich um seinen kranken Onkel kümmern. Können Sie sich das vorstellen? Sagt mir ins Gesicht, dass er eine andere hat, und besitzt auch noch die Frechheit, mir seinen Onkel aufzuhalsen. Der alte Mann hasst mich, und ich rede nicht mit ihm.«

»Und dann haben Sie Martha umgebracht und später das Brecheisen bei Mendel versteckt, um ihn zu belasten«, sagte Baran.

Mit offenem Mund starrte sie ihn an.

»Getötet? Martha? Wen zum Teufel meinen Sie?«

Das vorsichtig errichtete Gebäude aus Logik und Schlussfolgerungen fiel wieder in sich zusammen.

»Ich dachte, Martha …«, stammelte Baran.

»Aber nein. Wieso Martha?«

»Martha Halpern ist die Tote, die mit dem Brecheisen erschlagen wurde, das wir bei Mendel Hirsch gefunden haben. Wir reden doch von ihr, oder?«

Franziska Hartmann wurde kreidebleich, begann leise zu weinen und dann immer lauter zu schluchzen. Als sie sich wieder etwas gefasst hatte, wischte sie sich mit dem Ärmel ihres Kleides über das Gesicht.

»Was ist passiert?«, fragte sie.

Sie setzte sich aufs Bett, und Baran erzählte ihr von dem Mord an Martha Halpern.

»Er hat geschrieben, dass die Tänzerin tot ist«, sagte sie.

»Wer hat das geschrieben? Mendel?«

Franziska Hartmann schüttelte den Kopf und holte tief Luft.

»Das Brecheisen. Ich habe es dort hingelegt«, flüsterte sie. Dann stand sie auf, ging wieder zur Kommode, öffnete mit einiger Mühe eine Schublade und holte ein Kuvert heraus.

»Das lag vor der Tür, einen Tag bevor Sie und der Glatzkopf zu mir gekommen sind und nach Mendel gefragt haben.«

Mit seinem Taschentuch in der Hand öffnete Baran behutsam das Kuvert und nahm die Karte heraus. Es war eine Ansichtskarte mit dem Motiv des Schlosses Miramare bei Triest. Er drehte sie um und las.

In diesem Moment klopfte es an der Tür. Franziska Hartmann erstarrte, und Baran ärgerte sich, weil er noch lange nicht fertig war mit der Befragung.

»Herr Kommissär, sind Sie dadrin?«, wollte eine bekannte Stimme wissen.

»Ja, Meisel, kommen Sie rein«, antwortete Baran. »Und Inspektor Scheiblecker auch.«

Wenig später war das Zimmer voller Menschen. Scheiblecker, der zufrieden nickte, redete auf Franziska Hartmann ein, dankte dann Baran überschwänglich und wiederholte die Essenseinladung.

Baran reagierte nicht. Denn er las zum wiederholten Mal den Text, der auf der Karte stand, und begriff, dass sie ganz von vorne beginnen mussten.

* * *

Während Baran und Meisel im Sicherheitsbüro auf Mendel Hirsch, den sie zum Verhör abholen ließen, warteten, las Baran den in feiner schwungvoller Handschrift geschriebenen Text noch einmal laut vor: »›Wenn Sie diese Zeilen lesen, haben Sie das Paket geöffnet. Damit haben Sie den ersten Schritt gewagt und eine Belohnung verdient. Sie nehmen sich das Fleisch und die Markknochen. Sie werden sich die Rindssuppe schmecken lassen. Sind Sie bereit für den zweiten Schritt? Ich bin mir sicher, Sie sind es. Es ist nicht viel zu tun. Legen Sie den Rest des Pakets in das gewohnte Versteck. Sie wissen schon. Sie können sich vor der Tür gern umsehen, aber ich bin nicht mehr in der Nähe. Vertrauen Sie mir. Ich bin ein Freund. Wenn Sie diese Kleinigkeit erledigt haben, dann werden Sie wissen, dass Sie eine Sorge, diese furchtbare Tänzerin und entsetzliche Betrügerin, los sind. Eine große Belohnung wartet auf Sie, wenn Sie morgen früh das nächste Paket öffnen.‹ Hier endet es.« Baran drehte und wendete die Karte mit behandschuhten Händen hin und her und suchte mit der Lupe vergeblich nach weiteren Hinweisen.

»Eine schöne Handschrift«, urteilte er. »Aus gutem Haus, keine Rechtschreibfehler, gute Tinte, eine sichere Feder. Sonst irgendwelche Ideen?«

Meisel nahm den Ball auf. »Jemand, der etwas gegen Hirsch hat. Und Martha hasste. Betrügerin, schreibt er. Wieso? Vielleicht war es doch Eifersucht? Außerdem«, fügte er hinzu, »muss es ein zweites Schreiben geben, das sie uns unterschlagen hat.«

»Im nächsten Paket war wohl Geld«, sagte Baran. »Mit einem Teil hat sich Fräulein Hartmann das Kleid gekauft, das sie heute getragen hat. Es sah nagelneu aus. Und in der Tasche mit dem Diebesgut war eine Fahrkarte nach Triest, passend zur Karte. Wäre ich nicht gekommen, hätte der Plan aufgehen können, und Hirsch säße vermutlich für immer hinter Gittern.«

»Eigenartig«, meinte Meisel, »dass sie nicht eher gefahren ist. Wie konnte sie sicher sein, dass Hirsch sie nicht verrät? Er muss sie doch gehasst haben.«

»Das werden wir wohl gleich von ihm selbst erfahren. Wären Sie so gut und bringen in der Zwischenzeit die Reisetasche von Fräulein Hartmann zu den Kollegen vom Erkennungsamt? Bei Ihnen weiß ich sie in guten Händen.«

Meisel lächelte. Er mochte die vornehme Art des Kommissärs, der selbst Dienstaufträge noch in Freundlichkeiten verpacken konnte.

Kaum war er aus der Tür, klopfte es laut. Baran sagte: »Ja?«, worauf ein uniformierter Polizist vorsichtig die Tür öffnete und erklärte: »Der Erlbacher wäre da. Sie haben ihn sprechen wollen. Er bestreitet übrigens alles.«

Baran musste kurz überlegen, wer Erlbacher war, und ihm fiel wieder das Foto ein, auf dem der Fiaker den Mann erkannt hatte. Als wäre der Fall Martha Halpern nicht schon verzwickt genug, musste er sich nun auch noch mit dem Tod von Oskar Veith beschäftigen.

Konstantin Erlbacher war eine stattliche Erscheinung, mit gezwirbeltem Oberlippenbart, kurzem grauem Haar, allerdings waren seine Kleider stark abgetragen, und er dünstete einen unangenehmen Geruch aus. Allzu viel brachten seine Gelegenheitsdiebstähle wohl nicht ein. Als Stammgast bei der Polizei hielt er sich nicht mit Floskeln auf.

»I bin unschuldig. Auf jeden Fall, Herr Kommissär«, sagte er.

Baran bot ihm einen Stuhl an.

»Herr Erlbacher, machen wir es kurz«, bemühte auch er sich, die Sache nicht unnötig in die Länge zu ziehen, zumal der Geruch, den der Mann verströmte, wirklich erbärmlich war.

»Oskar Veith wurde am Freitagmorgen von einer Straßenbahn tödlich verletzt. Ich weiß, dass Sie dort waren. Ich möchte Ihnen ein kleines Geschäft vorschlagen.«

Erlbacher schaute misstrauisch drein, was angesichts

seiner Erfahrungen mit der Exekutive verständlich war. Aber es klang doch zu verlockend, um gleich abzulehnen.

»Ein Angebot? Was für ein Angebot? Sie woll'n mich doch papierln, Herr Kommissär.«

Papierln war ein Wort, das Baran erst lernen musste, obwohl seine Mutter als Deutschösterreicherin von seiner Geburt an Deutsch mit ihm gesprochen hatte. Aber in ihrem Wortschatz hieß das *hinters Licht führen* oder noch besser *düpieren*.

»Nein, Herr Erlbacher«, erwiderte Baran, wobei er das Herr betonte, »das ist vollkommen ernst gemeint. Sie sagen mir alles, was Ihnen aufgefallen ist bei der Haltestelle, und dafür vergesse ich die Brieftasche von Herrn Veith. Ich nehme an, sie war ohnehin nicht prall gefüllt. Das hätte nicht zu dem Herrn gepasst, den ich als recht sparsam in Erinnerung habe.«

»Ein Tausender«, platzte Erlbacher heraus, »aber Sie werden S' mir eh nit glauben. Er hat mir selber g'sagt, i soll's nehmen.«

Baran blickte ihn erstaunt an. »Was, Herr Veith hat Sie aufgefordert, das Portemonnaie zu nehmen? Was Klügeres fällt Ihnen nicht ein?«

»I hab's g'wusst, dass Sie mir nit glauben. Aber so war es. Wie er da am Boden g'legen is', da bin i glei hin zu ihm – is' ja Christenpflicht, dass ma hülft in so einer Situation – aber i hab g'sehn, dass es da nimmer mehr viel zum Helfen gibt. Dann hat er mi ang'schaut, zuerst ganz g'schreckt, aber dann hat er den Mund aufg'macht und leise g'sagt: ›Nehmen Sie das, bitte, schnell!‹, hat er g'sagt. Was hätt i da tun soll'n?«

So unglaublich die Geschichte klang, Baran kam ins Grübeln. Den Brieffetzen, den Veith offenbar krampfhaft in der Hand gehalten hatte, und die eigenwillige Aufforderung an Erlbacher.

»Und dann haben Sie die Brieftasche eingesteckt?«, fragte Baran.

»Na ja, schon. I hab's halt schnell g'nommen, weil dann is' eh glei a anderer Herr 'kommen und hat g'holfen.«

»Ein anderer Herr?« Baran zog verblüfft die Augenbrauen hoch. »Wie hat denn dieser Herr ausgesehen?«

Erlbacher richtete sich auf, worauf sich erneut eine übelriechende Dunstwolke ausbreitete und Baran die Luft anhielt.

»Sehr groß, so um die vierzig, mit einem edlen Mantel, den er sich sicher versaut hat, wie er ihn hat stützen woll'n. I hab g'laubt, das is' a Arzt, weil er ihn abgegriffen hat, den armen Menschen, ob noch was zu machen is', aber dann is' er aufg'standen und hat mich g'sagt, dass ma nix mehr tun können. Ganz kalt is mir worden, wie er mich so ang'schaut hat.«

Baran suchte in seiner Jackentasche nach dem Zeitungsausschnitt, auf dem der Blauäugige zu sehen war, und legte ihn auf den Schreibtisch.

»Jessas, Maria und Josef«, rief Erlbacher, »das is' er. Sein Blick, wissen S', der hat durch einen durchg'schaut. Das is' er. So unheimlich.«

»Wir werden die Aussage protokollieren, Herr Erlbacher«, sagte Baran.

»Muss das sein?«

»Ja, das muss sein.«

Zwanzig Minuten später lag ein schriftliches Protokoll vor, und Baran entließ den vom Geruch schon ziemlich mitgenommenen jungen Mann, der es geschrieben hatte.

»Sie dürfen gehen, Herr Erlbacher«, sagte er. »Gehen Sie mit Gott, aber gehen Sie!«

»Den Blauäugigen möcht i nie wieder treffen«, murmelte Erlbacher, als er hinausging. »Nie wieder.«

* * *

Mendel Hirsch sah erschöpft und abgezehrt aus. Der Schlafmangel machte ihm offenbar sehr zu schaffen. Zwei Uniformierte setzten ihn auf einen Stuhl. Sie waren nicht allein gekommen. Sein Anwalt Dr. Stern war anwesend, und auch Zeller, dessen Sorgenfalten sich vervielfacht hatten. Vor der Tür hatte Meisel derweil ein hitziges Wortgefecht mit einer Frau, deren Stimme Baran wohlbekannt war. Eleonore Werthmann wollte sich partout nicht von Meisel abwimmeln lassen, doch dann ging der Oberkommissär dazwischen und sprach ein Machtwort. Baran mischte sich vorsorglich nicht ein.

Als Hirsch endlich, umringt von Männern, verschüchtert in dem engen Raum saß, mokierte sich der Anwalt zuerst über die schlechte Luft.

»Extra für unsere liebsten Gäste«, kam Meisel einem Erklärungsversuch Barans zuvor.

Der hätte lieber allein mit Hirsch gesprochen, aber das ließ sich im Augenblick schwer durchführen. Also versuchte er, die anderen zu ignorieren, und konfrontierte den Verdächtigen mit der handgeschriebenen Karte, deren verblüffenden Inhalt er laut vorlas.

Als er fertig war, drängte sich Zeller vor und hätte Baran die Karte am liebsten aus der Hand gerissen.

Doch dieser warf ihm einen strengen Blick zu und sagte: »Wir werden die Karte gleich zur Überprüfung von Fingerabdrücken den erfahrenen Kollegen überlassen. Vorerst kann ich nur so viel sagen. Eine Franziska Hartmann, Nachbarin von Mendel Hirsch, hat diese Karte vor ihrer Wohnung vorgefunden, am Abend, als Martha Halpern ermordet wurde. Es muss gegen zehn gewesen sein, weil der Onkel von Mendel Hirsch zu dem Zeitpunkt jemanden die Treppen hinuntergehen hörte. Das war sehr wahrscheinlich nicht Martha, wie er glaubte, sondern der Mann, der das Paket hinterließ. Darin befanden sich ein Stück Rindfleisch und diese Karte.«

Dr. Stern räusperte sich und sagte: »Wer immer diese Karte geschrieben hat, es dürfte jetzt wohl klar sein, dass Herr Hirsch das Fräulein Halpern nicht ermordet hat.«

»Mendel Hirsch hat niemanden umgebracht«, pflichtete Baran ihm bei, »auch wenn er ein Hitzkopf ist. Außerdem versteht er es, Frauen in seinen Bann zu ziehen.«

Noch während er sprach, kippte Hirsch von seinem Stuhl.

Minuten später hatte er sich wieder gefangen, immer noch benommen, aber die Ohnmacht war vorüber. Meisel zeigte sich von der fürsorglichen Seite und brachte dem jungen Mann ein Glas Wasser, das dieser sofort austrank.

»Ich werde aussagen«, sagte er dann. »Alles, was ich getan habe. Aber ich bitte Sie, retten Sie Fanny. Ich glaube, sie ist in Gefahr.«

Fanny? Baran griff sich an die Stirn. Fanny, Fanny, Fanny. Es fiel ihm wie Schuppen von den Augen. Plötzlich zeigte sich alles in neuem Licht. Franziska Hartmann hatte die ganze Zeit von der Tänzerin gesprochen, nie von Martha, und als Baran Martha erwähnte, war sie in Tränen ausgebrochen.

Zeller zupfte nervös an seiner Krawatte, der Rechtsanwalt starrte Mendel Hirsch verwirrt an, während Meisel etwas vor sich hin murmelte.

»Hören Sie«, ergriff Baran das Wort, »sagen Sie uns endlich die Wahrheit.«

Hirsch war anzusehen, wie sehr er um Worte rang und dabei versuchte, ruhig und konzentriert zu bleiben.

»Ich habe Fanny bei Martha kennengelernt. Sie waren sich ähnlich und doch unterschiedlich. Ich kann es nicht sagen warum, aber Fanny hat mich vom ersten Augenblick an fasziniert. Ich muss gestehen, dass ich mich sofort in sie verliebt habe. Wir waren dann ein paarmal im Kaffeehaus, spazieren, haben über unsere Kindheit gesprochen, über das Leben, die Zukunft. Sie war ein einziges Mal bei mir. Wir haben Tee getrunken, geplaudert, gelacht. Dann ist Maria aufgetaucht und hat ein Theater gemacht.«

»Maria?«

»Maria, Mizzi Wotruba. So heißt Fräulein Hartmann mit richtigem Namen. Sie hatte ein verdammt schweres Leben. Von Masel keine Rede. Es war mies von Anfang an. Ich habe ihr die Wohnung verschafft, wollte ihr helfen, ein normales Leben zu führen und wieder auf die Beine zu kommen. Wir wollten eigentlich weggehen, gemeinsam mit Onkel Hirsch, irgendwo neu anfangen.«

»Maria hat Sie geliebt?«, hakte Baran nach.

Hirsch nickte. »Ich habe sie auf der Straße aufgelesen, halb verhungert und erfroren. Sie wissen nicht, was diese Frau mitgemacht hat. In einer anderen Welt hätte sie studiert, wäre eine Dame von Welt geworden. Sie ist ausgesprochen klug. Aber sie ist nie rausgekommen aus dem Morast. Und immer wenn sie Halt gesucht hat, ist sie wieder abgerutscht.«

»Der Halt waren Sie«, sagte Baran. »Aber Sie haben sie auch abrutschen lassen.«

»Ja, das habe ich. Als Fanny auftauchte, war alles anders.«

»Sie wollten also mit der Beute abhauen, die Mizzi Wotruba für Sie ergaunert hat. Sie sind ja ein besonderes Früchtchen«, blaffte Zeller und erntete dafür Protest von Dr. Stern.

Baran versuchte, die Wogen zu glätten. »Reden wir über Fanny. Sie haben also Angst um sie. Warum?«

»Ich hatte einfach eine Ahnung.« Hirsch klang verzweifelt. »Fanny war völlig aufgelöst in den letzten Tagen. Sie meinte, dass ihr jemand nach der Probe gefolgt ist. Es war mehr ein Gefühl. Einmal saßen wir in einem Kaffeehaus, und sie glaubte, dass uns ein Mann durch die Scheiben beobachtet. Als ich geschaut habe, war er weg. Nach Marthas Ermordung habe ich überhaupt nichts mehr verstanden. Martha, sie war eine so liebe

Freundin. Ich konnte doch nicht ahnen, dass es um Fanny ging.«

»Sie meinen, dass der Mörder die beiden Mädchen verwechselt hat?«, fragte Baran.

»Es muss so sein. Mein Gott, die Fanny hat einiges erlebt, genauso wie die Martha. Sie mussten sich durchschlagen. Haben Dinge getan, auf die sie nicht stolz sind.«

Genervt, weil Hirsch ständig um den heißen Brei herumredete, erwiderte Baran: »Martha und Fanny haben ihr Geld nicht nur an der Oper verdient. Das haben wir schon kapiert. Und sie haben wahrscheinlich auch nicht als Bedienerinnen gearbeitet.«

Hirsch bekam einen roten Kopf. »Sie waren doch keine Huren. Weder die Martha noch die Fanny. Sie haben getanzt. Die Fanny hat mir versichert, dass …«

»Wo?«

»Ich weiß es nicht. Sie wollte nicht darüber reden.«

Baran schaute kurz zu Meisel, der lange Zeit bei der Sittenpolizei gearbeitet hatte. Der verzog keine Miene.

Hirsch wiederholte: »Ich weiß es wirklich nicht. Hören Sie, das ist alles Vergangenheit. Sie hat mir nichts Näheres darüber erzählt. Aber ich kann zwei und zwei zusammenzählen und denke, dass es jemanden geben muss, in dieser Vergangenheit, der ihr Angst macht. Deshalb hat sie auch zugestimmt, mit mir wegzufahren, alles hinter sich zu lassen. Gleich nach der Premiere wollten wir fahren.«

»Und was war mit Martha? Hat Fanny sie nicht einweihen wollen?«

»Nein, das habe ich auch nicht verstanden. Sie wollte, dass Martha nichts von alldem erfährt«, antwortete Hirsch.

»Die Mizzi hättest du in die Wüste geschickt«, grummelte Meisel, der bislang still dagesessen war.

»Hören Sie, ich hätte nichts von dem angerührt, was die Mizzi nach Hause gebracht hat. Ich habe es ihr so oft ausreden wollen, habe sie gewarnt, dass es kein gutes Ende nehmen wird. Sie wollte nichts davon wissen. Zum Schluss hat sie mich wohl gehasst. Aber das ist jetzt nicht wichtig. Sie müssen sich um Fanny kümmern, ich bitte Sie!«

Zumindest in diesem Punkt widersprach keiner der Anwesenden.

Dennoch konnte Baran sich nicht verkneifen zu fragen: »Wissen Sie eigentlich, wer uns auf Sie gebracht hat, Herr Hirsch?« Der junge Mann schüttelte den Kopf.

»Fanny war es. Fanny hat mir Ihren Namen genannt. Sie hat angedeutet, dass Sie und Martha …«

»Das ist eine Lüge!«, schrie Hirsch, der aufspringen wollte, aber von dem kräftigen Wachbeamten zurückgehalten wurde.

»Es ist die Wahrheit. Fanny hat Sie ans Messer geliefert. Und ich möchte nur allzu gern wissen, warum.«

»Eine Lüge!«, stammelte Hirsch noch einmal, diesmal leiser, »das kann nicht stimmen. Nicht Fanny. Sagen Sie mir, dass das nicht wahr ist!«

Aber Baran blieb ruhig und mit unbeweglichem Gesicht sitzen. Irgendetwas an Mendel Hirsch missfiel ihm, kam ihm falsch vor. Dann dachte er an Eleonore Werthmann, die sich einbildete, dass Mendel Hirsch in sie verliebt war. Er stand auf und ging hinaus.

* * *

»Fanny Pinsker hat mich die ganze Zeit belogen«, sagte Baran empört, als er mit Meisel das Sicherheitsbüro verließ. Rayonsinspektor Müller hatte vorhin am Telefon ausdrücklich versichert, dass im Sechs-Schimmel-Hof keine Fanny Pinsker anzutreffen sei. Er beteuerte, persönlich vor der Wohnung zu warten, falls die Dame einträfe. Baran war sich sicher, dass er nicht allein warten musste, sondern einen Flachmann als Begleiter dabeihatte.

Während er sich Müller dabei vorstellte, wie er einen gehörigen Schluck Schnaps trank, tauchte plötzlich ein Kollege aus der Mordgruppe mit einem Telegramm auf, das an Baran adressiert war und von großer Wichtigkeit zu sein schien. Darin stand: *Es gibt etwas, das Sie wissen sollten. Trauen Sie niemandem. Und gehen Sie in eine Wohnung in der Schumanngasse. Sie gehört einem Freund, einem Tänzer. Fragen Sie ihn. Ich trauere um Martha. Ein Freund aus der Oper.*

Baran las Meisel das Telegramm laut vor, und bevor dieser etwas sagen konnte, trafen sie auf Eleonore Werthmann, die nervös auf dem Gang auf und ab lief. Als sie Baran erblickte, kam sie auf ihn zu.

»Was ist mit Mendel? Reden Sie, bitte!«

Baran bat Meisel, vorzugehen, was dieser mit einem brummeligen, unverständlichen Kommentar quittierte.

Er wandte sich wieder an die junge Frau: »Fräulein

Werthmann, Sie haben sich geirrt. Mendel Hirsch ist nicht verliebt in Sie.«

Sie erstarrte und wurde kreidebleich. Barans Worte trafen sie offensichtlich mitten ins Herz.

»Wovon reden Sie? Sagen Sie schon«, stammelte sie.

Baran antwortete nicht, sondern fragte: »Hat er Ihnen von Fanny Pinsker erzählt?«

»Fanny Pinsker? Das ist eine Freundin von Martha. Was hat sie mit der Sache zu tun?«

»Das erkläre ich Ihnen ein anderes Mal, jetzt muss ich gehen.«

Baran ließ Eleonore Werthmann, die vor Schreck nichts mehr zu antworten wusste, stehen, aber er war bereits gewohnt, dass sie ihm hinterherlief.

»Sie haben schon Nerven, Herr Kommissär«, rief sie mit ärgerlicher Stimme. Die Blässe in ihrem Gesicht war einem frischen Rot gewichen.

»Ich erkläre es Ihnen, versprochen«, gab Baran zurück, »aber nicht jetzt. Ich muss Fanny finden. Es könnte dabei um Leben und Tod gehen.« Und weil er merkte, wie aufgeregt sie war, fügte er hinzu: »Mendel Hirsch hat keinen Mord begangen, Fräulein Werthmann.«

Die Nachricht beruhigte sie ein wenig. »Dann kommen Sie heute Abend zu mir, wenn Sie es einrichten können«, sagte sie. »Mein Vater gibt eine Soiree. Kommen Sie ins Palais am Beethovenplatz. Sie können es nicht verfehlen.«

Baran nickte und verabschiedete sich hastig. Meisel wartete bereits beim Wagen.

»Nach Strich und Faden belogen«, sagte er, nachdem

Baran das Automobil gestartet hatte. »Dabei waren wir stehen geblieben, und dann kommt diese hübsche Dame und macht dem Herrn Kommissär …«

»Meisel! Beherrschen Sie sich. Konzentrieren wir uns auf Fanny. Wenn es stimmt, was Hirsch sagt, dann hat sie irgendwelche Leichen im Keller. Wir müssen mehr über ihre Vergangenheit in Erfahrung bringen. Auf jeden Fall hat sie geglaubt, Hirsch würde mit ihr abhauen, könnte ihr helfen, ein neues Leben anzufangen, frei von Angst.«

Skeptisch kratzte Meisel sich an der Glatze. »Also, ohne sie wären wir doch gar nicht auf Hirsch gekommen. Warum sollte sie ihn anschwärzen? Fanny hat ihn uns auf dem Tablett serviert.«

»Darüber denke ich schon die ganze Zeit nach. Warum will sie zuerst weg und liefert ihn dann ans Messer, als Martha tot ist?«

»Marthas Tod hat etwas verändert.«

»Sie will nicht mehr weg, tanzt mit einer Inbrunst, wie ich das noch nie gesehen habe«, meinte Baran. »Nein, ich verstehe das nicht, Meisel. Auf jeden Fall müssen wir sie finden. Ich habe eine Menge Fragen an sie.«

»Und wir fahren jetzt zu dieser Adresse?«, fragte Meisel genervt.

»Natürlich. Oder haben Sie etwas Besseres vor?«

Baran erwartete keine Antwort und fuhr los.

In der Schumanngasse im 18. Bezirk parkten sie direkt vor der in neugotischem Stil erbauten Lutherkirche, ein untrügliches Zeichen, dass hier eine evangelische Gemeinde in Wien ein stolzes Gotteshaus besaß. Obwohl in dem großen Habsburgerreich verschiedene Religionen nebeneinander existierten, war doch deren Gleichberechtigung ein erst vor wenigen Jahrzehnten erstrittenes Gut und die Gleichwertigkeit bestenfalls ein frommer Wunsch.

Die angegebene Adresse befand sich auf der anderen Straßenseite. Das dreistöckige Gründerzeithaus besaß hübsche Erker und einen mit Anklängen an alte ägyptische Architektur versehenen Eingangsbereich, der in seiner nicht überladenen Schönheit Baran sehr gefiel. Sie stiegen die Treppe in den zweiten Stock hinauf und klopften an die hohe, rot gestrichene Wohnungstür. Zu ihrer Überraschung wurde sie von einem jungen, glattrasierten Mann in einem Kimono mit Blütenmuster geöffnet.

»Ach, nur herein, ihr Lieben, wir haben euch schon erwartet«, sagte er freimütig, was Baran und Meisel in Verlegenheit brachte. Sie gingen den schmalen Flur entlang und betraten ein Wohnzimmer, das äußerst geschmackvoll mit asiatischen Möbeln ausgestattet war. Auf einem Sofa räkelte sich ein junger Mann, der im Unterschied zu dem anderen allerdings nur eine Unterhose trug und Baran an die Statue eines griechischen Athleten in einem Museum erinnerte.

»Nicht so schüchtern«, sagte er und richtete sich auf. »Wir warten schon eine Weile auf euch. Ihr seid ja wirklich schnuckelig.« Er führte Daumen und Zeigefinger zum Mund und deutete ein Küsschen an.

Baran machte sich weniger Gedanken um sich als um Meisel. Aber er unterschätzte ihn wieder einmal.

»Na, mein Süßer, was hast du denn von uns erwartet?«, gab Meisel mit zuckersüßer Stimme zurück.

»Es ist schon alles vorbereitet«, antwortete der Mann im Kimono. »Fotokamera, Stativ, das richtige Licht. Wenn ihr wollt, können wir loslegen. Hast du keine Requisiten dabei? Ich dachte, wir machen es in Uniform. Darin siehst du bestimmt unwiderstehlich aus. Mein Gott, diese Muskeln.«

Baran warf einen Blick auf Meisel, der übers ganze Gesicht grinste, und unterbrach das Schauspiel, ehe es womöglich ausuferte.

»Ich bin Kommissär Baran, und das ist Bezirksinspektor Meisel. Wir …«

Die folgenden Worte gingen im Gelächter der beiden Männer unter. Der fast Nackte klopfte sich dabei auf die Oberschenkel.

»Das ist ja umwerfend, genial. Du bist so was von in der Rolle. Kommissär Baran. Was für ein Name. Setz dich doch!«

Meisel prustete los und hielt sich die Hand vor den Mund. Baran lief rot an und zückte seinen Dienstausweis, worauf die beiden leicht bekleideten Männer die so täuschend echt aussehende Kokarde bewunderten.

»Mein Gott, Meisel, tun Sie doch was«, sagte er hilflos.

Nachdem sein Kollege sich endlich beruhigt hatte, verkündete er unmissverständlich mit ernster Stimme: »Hiermit verhafte ich Sie nach § 129 Ib des Strafgesetzbuches wegen Unzucht wider die Natur mit Personen desselben Geschlechts, was mit schwerem Kerker von einem bis fünf Jahren bestraft wird.«

Langsam dämmerte es den beiden Herren, dass sie hier keine Schau geboten bekamen.

Der Mann im Kimono zog den Gürtel straffer, der andere griff sich eine Decke. Meisel war anzusehen, dass er dieses Spiel noch gern ein wenig weiter getrieben hätte, doch Baran schritt ein und sagte: »Meine Herren, beruhigen Sie sich. Wir sind nicht wegen irgendwelcher Paragraphen hier, sondern weil uns ein Vögelchen etwas geflüstert hat.«

»Ein Vögelchen?«, fragte der Mann im Kimono interessiert. Baran überlegte sich, ob die Wortwahl klug war, und zeigte dem Mann das Telegramm, das er erhalten hatte. Dieser reichte es seinem Freund. Die beiden Männer sahen sich an.

»Mein Gott, man wird überall beobachtet«, sagte der mit der Decke. »Das kommt sicher von diesem Sascha, ach, du weißt schon ... Nun ja, wir kennen Martha und Fanny ganz gut. Ich heiße übrigens Thomas Steiner, und das ist Peter Slama. Aber als Tänzer nennen wir uns Sergej«, er zeigte auf den Mann im Kimono, »und Ivan. Was Martha und Fanny angeht, so haben sie nicht viele Freunde, müssen Sie wissen. Keine Familie mehr. Und, glauben sie mir, die Tänzer sind eine Horde von Raubtieren, die sich gegenseitig zerfleischen. Eifersucht, Missgunst, Neid, Hass, was fehlt noch? Ach ja, die Hinterlist und das bösartige Gerücht. Wir haben genug davon.«

Sein Gesichtsausdruck hatte sich verändert, und er wirkte nun ernst und nachdenklich. »Was mit Martha passiert ist, ist so schrecklich. Wer tut so was? Sie meinen doch nicht, dass jemand aus der Oper ...? Nein, das kann ich mir nicht vorstellen. Außerdem dachte ich, Sie hätten schon einen Verdächtigen.«

»Wir sind vorsichtig mit Verdächtigungen«, antwortete Baran. »Und wir können jede Information brauchen. Alles, was Sie über Martha und Fanny wissen, könnte uns helfen. Außerdem suchen wir Fanny, müssen dringend mit ihr sprechen.«

»Die Fanny. Sie ist großartig«, schwärmte Sergej. »Sie hätten sie sehen sollen, gestern, in der Oper. Diese Banausen, haben sogar noch gebuht nach der Vorstellung.«

Dann dämmerte ihm, was Baran angedeutet hatte: »Was heißt, Sie suchen sie? Glauben Sie am Ende, dass der Mörder es etwa auch auf die Fanny abgesehen hat? Das wäre ja entsetzlich.«

»Auf jeden Fall müssen wir sie finden«, erwiderte Baran, »und wenn Sie etwas wissen, dann bitte raus damit.«

Sergej und Ivan sahen sich an, dann sprachen sie abwechselnd, ohne sich jeweils zu unterbrechen, wie ein eingespieltes Paar.

»Bessere Freundinnen kann man sich nicht vorstellen. Manchmal war es fast schon unheimlich, wie unzertrennlich sie waren.«

»Und mit welcher Bravour sie tanzen.«

»Ehrgeizig sind sie, das muss man sagen. Aber ohne Ehrgeiz kommst du nirgendwo hin.«

»Wobei die Martha ein klein wenig ehrgeiziger war.«

»Wild und ungestüm, die beiden. So was von energiegeladen.«

»Die Fanny vor allem, musst du zugeben. Manchmal

ist sie schon sehr aufbrausend, wenn etwas nicht nach ihrem Kopf geht.«

»Die beiden haben schließlich um dieselben Rollen gestritten.«

»Martha haben die Kritiker in den Zeitungen immer in höchsten Tönen gelobt.«

»Fanny auch, aber nicht ganz so häufig.«

»Das eine oder andere Mal wird das Fanny schon geärgert haben. Dann war sie ein, zwei Tage unleidlich.«

»Dann hat die Martha sich hierher zurückgezogen, bis die Fanny sich wieder beruhigt hat.«

Ein Refugium also. Was bedeutete das? Ging es nur um einen harmlosen Streit, oder war es mehr? Baran konnte sich nicht vorstellen, dass Fanny selbst solch einen Mord plante und auf eine so perfide Weise umsetzte. War sie dermaßen kaltblütig und eine so glänzende Schauspielerin, die alle hinters Licht führte und für ihre Zwecke zu missbrauchen vermochte? Aber was wäre dann das Motiv? Baran ertappte sich bei dem Gedanken, was er wohl an der Stelle von Fanny angestellt hätte, um eine lästige Konkurrentin zu beseitigen. Doch nein, einen Mord traute er ihr nicht zu. Dann fiel ihm wieder Onkel Hirsch ein, der im Traum von der Wahrheit in der Lüge gesprochen hatte. Schon drehten sich seine Überlegungen wieder im Kreis. Das Medaillon mit den beiden jungen Frauen und die seltsame Karte an Mizzi Wotruba alias Franziska Hartmann. Fanny und Martha, die in Bars tanzten. Fanny, die an das gestohlene Geld von Hirsch wollte und ihn dann aber bei der Polizei anschwärzte. Das ergab alles keinen Sinn.

Ivan riss Baran aus seinen Gedanken.

»Es ist so furchtbar. Der Martha war das gute Leben nicht vergönnt.«

»Das gute Leben?«, fragte Baran, jetzt wieder ganz Ohr.

»Sie lebte doch seit Kurzem in einer schönen Villa am Stadtrand. Mit Garten, Marmor und Engerln. Mein Gott, auf die Butterseite ist die gefallen, die Martha«, antwortete Sergej.

Barans Verwirrung mischte sich mit dumpfen bösen Ahnungen.

»Sie lebte in einer Villa?«

Sergej nickte. »Ja, mit ihrem Verlobten.«

Baran glaubte, sich verhört zu haben.

»Ihrem Verlobten, haben Sie gesagt. Habe ich das richtig verstanden? Wer ist dieser Mann?«

»Keine Ahnung. Sie hat doch so ein Geheimnis um ihn gemacht. Oh, mein Gott, Sie meinen, der Verlobte hat sie umgebracht?«

»Wir meinen gar nix«, entgegnete Meisel schroff. »Ihr habt also keine Ahnung, wer der Verlobte von Martha ist.«

Sie sahen sich an, dann antwortete Sergej: »Nein. Das wissen wir nicht. Wir hätten auch nie gefragt. Wir sind nicht neugierig, Herr Inspektor. Wir wissen nur, dass sie ihn in einer Bar kennengelernt hat, vor ein paar Wochen.«

»Vor ein paar Wochen?«, sagten Meisel und Baran wie aus einem Mund. Es gab also keineswegs nur ein Vorleben, wie sie Mendel Hirsch glauben machen wollte.

»Ja. Sie hat getanzt. Sie hatte diese Phase, die Martha, diese schöpferische Phase. Da wollte sie sich neu entdecken, weg von der Oper. Aber das hat sie hinter sich gelassen.«

»Getanzt? In einer Bar? In einer schöpferischen Phase?« Die Fragen sprudelten unkontrolliert aus Baran heraus, wobei sich langsam ein neues Gesamtbild zusammensetzte.

»Sie hat also in einer Bar getanzt und dort ihren Verlobten kennengelernt. Und ist dann mit ihm in eine Villa gezogen. Und seitdem tanzte sie nicht mehr in Bars. Habe ich das richtig verstanden?« Die beiden Männer nickten.

Auf einmal klopfte es an der Wohnungstür.

»Das werden wohl jetzt die richtigen Fotomotive sein«, feixte Meisel.

Bevor sie gingen, schärfte Baran den beiden Tänzern ein, dass sie sich bei ihm oder Meisel, jedoch keinesfalls bei Oberkommissär Zeller melden sollten, falls ihnen noch etwas einfalle.

Baran und Meisel verabschiedeten sich und öffneten die Tür. Draußen standen zwei hagere, jüngere Männer in Polizeiuniformen, die ihnen zu klein waren und in denen sie wie Vogelscheuchen aussahen. Meisel grinste unanständig, und Baran lüpfte seinen Hut.

»Ach, noch etwas.« Baran drehte sich noch einmal um. »Dieser Sascha, den Sie erwähnt haben, von dem Sie meinen, dass er uns das Telegramm geschickt hat. Wo kann ich den finden?«

»Das ist einer unserer Ballettmeister. Und ein eifersüchtiger Mensch.« Sergej kicherte. »Er ist wahnsinnig verliebt in den Ivan und hat überhaupt nicht verstanden, warum wir so gut mit Martha konnten. Hat sie, wo immer es ging, schlechtgemacht.«

Ivan schickte sich an, seine Version der Geschichte zu erzählen, aber Baran ließ es nicht dazu kommen. Er hatte genug gehört. »Hat Sascha einen Nachnamen?«, fragte er.

»Natürlich. Werner. Komisch, nicht? Sascha Werner.«

Wortlos schloss Baran die Wohnungstür. »Was halten Sie davon, Meisel?«, fragte er, als sie ins Auto stiegen.

»Von Fotos mit den beiden? Nicht viel.«

»Meisel! Ich rede von der Sache mit Martha. Fanny hat mir weisgemacht, dass sie gemeinsam mit Martha in der Wohnung im Sechs-Schimmel-Hof wohnt. Hat kein Wort von diesem ominösen Verlobten erzählt. Warum nicht?«

Meisel überlegte nicht lange. »Also einmal angenommen, die Martha hat einen reichen Gönner kennengelernt, mit Villa und allem, was dazugehört, vielleicht hat die Fanny sie deshalb bis aufs Blut gehasst.«

»Und dann erschlägt sie sie und hängt es Mendel Hirsch an? Lässt uns glauben, dass sie eigentlich das Opfer war? Wickelt das Brecheisen in ein Paket, schreibt diesen Brief, schickt alles mit einem Batzen Rindfleisch an die Hartmann, also Mizzi Wotruba, weil sie ein Bauernopfer braucht? Das ist doch etwas zu viel des Guten, Meisel«, meinte Baran.

»Kriminelle Energie, Herr Kommissär. Eifersucht, Hass und Neid.«

»Meisel, ich kann nicht glauben, dass dieses zarte Wesen zu so einem Mord fähig ist.«

Baran musste an Fannys virtuose, grazile, tanzende Bewegungen denken. Es widerstrebte ihm, sich diese junge Frau mit einer Brechstange in den Händen vorzustellen.

»Vielleicht hat sie einen Komplizen gehabt«, erwiderte Meisel. »Einen, den sie vielleicht von früher kennt.«

»Ja, möglich. In jedem Fall müssen wir sie finden, und unbedingt auch Marthas ominösen Verlobten.«

Meisel stimmte zu. »Aber wir können nicht alle Villen in Wien abklappern, die ein paar Engelsfiguren im Garten stehen haben.«

»Das wird nicht nötig sein«, antwortete Baran, »das übernehmen die Rayonsinspektoren. Wir werden ein paar Tausend Leute mit der nötigen Beschreibung ausstatten und informieren. Das sollten wir gleich erledigen.«

»Ich kümmere mich darum«. Meisel betonte das Ich. »Die Geschichte von einem reichen Mann und einer Tänzerin, die sich in einer schöpferischen Phase befindet. Das stinkt doch. Das gibt es nur in einem Roman oder in einem dieser Filme, die sie wie verrückt drehen. Das wirkliche Leben ist ein wenig nüchterner, und brutaler.«

Baran wusste, worauf Meisel anspielte. In den Jahren bei der Sittenpolizei hatte er vieles gesehen, zu viel, sodass die Mordgruppe für ihn fast eine Erholung war.

»Ich höre mich auf jeden Fall in den Bars um, wenn es Ihnen recht ist.« Baran hatte nichts einzuwenden.

»Das wollte ich gerade vorschlagen«, sagte er. »Und ich hoffe, ich kann Ihnen das getrost überlassen. Ich habe heute nämlich auch noch etwas zu erledigen in der Welt der Reichen und Schönen.«

Meisels verdutztes Gesicht gefiel Baran in diesem Augenblick besser als sein ständiges Grinsen.

* * *

Seybolds Chatham Bar lag in der Dorotheergasse nicht weit vom Stephansdom und ganz nahe zum Graben, jener mondänen Straße, wo seit Jahrhunderten nicht nur die wohlhabenden Wienerinnen und Wiener promenierten, sondern auch Damen, die bestimmte Dienstleistungen anboten. Inspektor Meisel hatte sich in seiner Zeit bei der Sittenpolizei berufsmäßig viel in dieser Umgebung aufgehalten und dabei zahlreiche Amtshandlungen vorgenommen, die von Verwarnungen über Ohrfeigen bis hin zu Verhaftungen reichten. Er war streng und konnte unfreundlich sein, eines war er jedoch nie, sadistisch oder korrupt. Deshalb hatte er sich in der Welt der Dirnen und Strizzis, wie die kleinen Zuhälter in Wien heißen, einen guten Ruf erworben. Man liebte ihn zwar nicht, aber man respektierte ihn. Nicht selten war er in der *Chatham Bar* gewesen, wo es neben dem mondänen Barbetrieb für die Männer mit den dicken Portemonnaies auch Separees gab, in denen man der Lust frönen konnte.

Glücklicherweise war heute der schöne Gernot Türsteher. Gernot trainierte im gleichen Boxstudio wie Meisel. Er brachte zarte achtzig Kilo auf die Waage, aber seine Schnellkraft war unübertroffen, weshalb ihn Meisel im Boxring fürchtete.

Gernot begrüßte ihn dementsprechend mit einem noch breiteren Grinsen, als es Meisel je zustande gebracht hätte.

»Sag nicht, dass sie dich wieder zur Sitte versetzt haben.«

Anstelle einer Antwort holte Meisel das Medaillon, das ihm Baran mit der Auflage, gut darauf aufzupassen, gegeben hatte, aus seiner Sakkotasche und zeigte es dem überraschten Gernot.

»Kennst du eine von den beiden? Die Linke von ihnen heißt Martha, ist vor ein paar Tagen tot aufgefunden worden. Hast du vielleicht in der Zeitung gelesen. Am Donaukanal.«

»Ich les keine Zeitung«, sagte Gernot. »Aber die kommen mir nicht bekannt vor. Waren nicht hier. Aber frag den Oberst, der kennt sie vielleicht. Ich war ein paar Monate nicht da, hatte was Besseres, aber na ja, die Zeiten sind schlecht.«

Bevor er über sein Leben zu erzählen begann, drängte sich Meisel mit einem angedeuteten Gruß durch die Tür. Wie üblich waren die mit weißen Tischtüchern eingedeckten Marmortische alle besetzt, der Lärmpegel hoch und die Luft schwanger von Zigarren- und Zigarettenrauch. Zusammen mit dem weiblichen Parfümduft ergab das eine Geruchsmischung, die Meisel noch nie hatte leiden können. Ein Pianist und ein Sänger bemühten sich nach Kräften, das Gekicher der Damen zu übertönen. Meisel steckte sich eine Nil an und ging zielstrebig auf einen älteren Kellner mit gezwirbeltem Oberlippenbart zu, der gerade ein paar Getränke mixte.

Sein Erscheinungsbild erinnerte tatsächlich an einen Offizier.

»Oh, g'schamster Diener, der Meisel. Warst ewig lang nimmer da. Haben s' dich wieder zur Sitte gesteckt«, begrüßte der Oberst ihn.

Bereits zum zweiten Mal machte jemand solch eine Bemerkung, was nicht unbedingt zur Verbesserung von Meisels Laune beitrug.

»Oberst, halt die Pappen«, erwiderte Meisel. »Der Gernot meint, du hättest vielleicht eine von den beiden hier schon mal gesehen.«

Er zeigte ihm das Medaillon.

»Wer soll das sein? Zwei Grabennymphen? Glaubst etwa, ich kenn alle? Nein, sagt ma nix.«

»Anschauen!«, befahl Meisel und hielt ihm das Medaillon noch einmal unter die Nase. »Die Rechte heißt Fanny Pinsker, und die Linke hat Martha geheißen, Martha Halpern.«

»Ui Jegerl!«, meinte der Oberst und hielt für einen Moment in seiner Tätigkeit inne. »Das ist die Tote aus dem Donaukanal.« Er las also Zeitung.

»Wie kommst du drauf, dass die bei uns gearbeitet hätten?«, fragte er neugierig.

»Ich habe nicht gesagt, dass sie hier gearbeitet haben. Ich hör mich nur um. Die Martha hat beim Tanzen einen reichen Mann kennengelernt. Wo lernt man schon reiche Männer kennen heutzutage.«

Der Oberst zuckte nur mit den Schultern. »Da wirst du bei uns nicht fündig. Aber du kannst dich ja hinten umschauen. Kennst dich eh aus in den Separees.«

Meisel ließ die Bemerkung unkommentiert und verabschiedete sich. Beim Hinausgehen fiel sein Blick auf das kubistische Bild an der Wand hinter dem Klavierspieler, und er schüttelte den Kopf.

»Mies«, sagte er zum Pianisten, der ihm, eine Zigarette im Mundwinkel, zunickte, während der Sänger Meisel einen strengen Blick zuwarf, weil er ihn in seiner Konzentration störte.

An der frischen Luft atmete Meisel tief durch. Wie es der Zufall wollte, bog ein Mann in seinem Alter in die Dorotheergasse ein, fein in dunklem Zwirn gekleidet, mit einem weißen Schal. Sein Oberlippenbart war hauchdünn, was ihm eine verwegene Note verlieh.

»Na, da schau her, der Herr Inspektor«, sagte er. »Lange nicht gesehen. Die Kartenrunde vermisst dich.«

Der Mann schüttelte Meisel herzlich die Hand.

»Grüß dich, Leo. Du hast heute Glück gehabt, so wie du ausschaust. Ich möcht nicht wissen, wo du gespielt hast.«

»Ein bisserl verloren, einen Batzen gewonnen.« Er lachte. »Wahrlich ein Glückstag. Gehst mit auf ein Vierterl?«

»Kommt drauf an, wo. Das Sacher kann ich mir nicht leisten«, erwiderte Meisel.

»Ah gäh, erstens bist du eingeladen, zweitens gehen wir zum Schöntann. Hat letztes Jahr aufgesperrt. Recht schick, muss ich sagen.«

Von Schöntann hatte Meisel noch nie gehört, was nichts heißen musste. Schließlich war er alles andere als ein Mann, der sich in der noblen Gesellschaft aufhielt.

Eine Kartenpartie in seinem Stammwirtshaus war ihm lieber als eine Champagnerrunde. Leo Kronreif, den jeder nur Leo nannte, wohnte zwar wie Meisel in Ottakring, einem typischen Arbeiterbezirk, war in Hinblick auf die feine Gesellschaft aber wesentlich flexibler. Als passionierter Spieler konnte er nach einer Flaute wochenlang abtauchen, dann vorsichtig ein offiziell verbotenes Stoßspiel im Hinterzimmer eines Wirtshauses anregen, und, ein wenig finanziell erholt, sein Glück auf der Trabrennbahn oder bei anderen weniger mondänen Wetten versuchen. Meist erfolglos. Aber es gab offenbar Ausnahmen, sonst hätte der gute Leo Meisel jetzt nicht eingeladen.

Auf dem Weg durch die Dorotheergasse fragte Meisel: »Wer ist dieser Schöntann?«

»Ach, du kennst den Schöntann nicht? Ein verarmter Adeliger. Ein Graf, glaube ich. Aber jetzt ist er mehr im Vergnügungsgeschäft. Hat auch was im Prater. Musst unbedingt einmal hin. Aber wir sind gleich da.«

»*Shimmy*«, las Meisel laut, als sie vor dem Eingang der Bar standen. »Was soll das sein?«

Leo lachte. »Ein Tanz, lieber Meisel, ein Tanz. Was Amerikanisches. Du wackelst wahnsinnig mit der Hüfte und dann schleuderst du die Schultern hin und her. So etwa.«

Leo führte einen Tanz auf, der auch den livrierten Türsteher zum Prusten brachte.

Meisel zeigte ihm einen Vogel.

»Die Herrschaften können auch drinnen üben«, verkündete der amüsierte junge Mann am Eingang.

»Na, das tät Ihnen so passen«, antwortete Leo und betrat das Lokal.

Ein roter Vorhang hielt die Kälte draußen. Drinnen wurden ihnen von einer jungen Frau in schwarzer Dienstkleidung mit weißer Spitzenschürze die Mäntel abgenommen. Selbst Meisel, der in solchen Sachen sehr abgebrüht war, würdigte das Fräulein mit den dunklen, frechen Augen und dem äußerst hübschen Gesicht eines zweiten Blickes, den diese kurz erwiderte und dabei, zumindest schien es Meisel so, leicht errötete. Manche Frauen wirkten eben auch in Dienstgarderobe überaus adrett und ansehnlich.

Ihnen eröffnete sich eine Welt aus Holz, Plüsch, Chrom und Gold. Auf der rechten Seite befand sich die eigentliche Bar mit verchromten Handläufen, die im Licht blitzten. An der Decke war mit bunten Steinen ein Sternenhimmel nachgeahmt worden, der durch die Beleuchtung eine vollkommene Illusion der Milchstraße bot.

Die Gäste saßen auf Sofas und Sesseln an der holzvertäfelten Wand.

Im hinteren Bereich gab es eine kleine Bühne, auf der zwei Sängerinnen standen und ein Lied trällerten, begleitet von drei Musikern an Schlagzeug, Saxophon und Kontrabass. Meisel musste zugeben, dass ihm der Laden und vor allem die Musik gefiel.

»Na, was denkst, Meisel?«, sagte Leo. »Sitzt sich bequem, gell? Und die Katzen da sind nix gegen die überwuzelten Mädels vom … Ah, jetzt hätt ich fast vergessen, dass du ja einer von der Sittenpolizei bist.«

»Warst«, korrigierte Meisel ihn. »Und wenn du auf die hübsche Garderobenfrau anspielst, kann ich dir nicht widersprechen. Aber sag, weil wir schon davon reden. Der Laden hier hat doch kein Hinterzimmer, du weißt schon?«

»Hinterzimmer«, wiederholte Leo, wurde dann aber von einem streng frisierten Kellner unterbrochen, der in seiner weiß-schwarzen Livree mit sauberen Servierhandschuhen höflich die Bestellung aufnahm.

»Zwei Bier«, sagte Meisel, aber Leo ging ihm sofort dazwischen. »Ah gäh, zwei von den speziellen, den guten Franzosen.«

Der Kellner nickte, und Meisel erinnerte sich, dass er ja eingeladen war.

»Da drüben am Tisch sitzt der Schöntann«, sagte Leo und deutete ungeniert auf einen schlanken, perfekt gekleideten Herrn mit exakt gestutztem Knebelbart, der nun auf sie aufmerksam wurde, aufstand und auf sie zukam.

»Herr Leo, schön, Sie zu sehen. Und Sie haben einen Freund mitgebracht, sehr angenehm.« Schöntann, dessen Stimme warm und wohltuend klang, reichte Meisel die Hand. »Gestatten, Otto Schöntann mein Name.« Meisel wollte sich seinerseits vorstellen, aber der andere kam ihm zuvor.

»Warten Sie, lassen Sie mich raten. Sie waren heute schon unterwegs und haben den Herrn Leo getroffen. Das *Shimmy* kannten Sie vorher nicht. Zu meinem Bedauern. Leo hat Sie überredet, mitzukommen. Sie waren vorher … nun … nicht im Moulin Rouge, dafür wären

Sie zu früh hier, oder hat Ihnen die Aufführung nicht gefallen, nein … also ich vermute, ein Lokal in der Nähe. Sehr viel Parfüm. Die *Chatham Bar*, würde ich meinen.«

Meisel hörte gespannt zu. Es war durchaus amüsant, Schöntann dabei zu beobachten, wie er mit wechselndem Mienenspiel kombinierte und dann die richtigen Schlüsse zog. Er war noch nicht fertig.

»Sie haben in der *Chatham Bar* nichts getrunken, ich vermute, auch nichts gegessen. Sie sind beruflich unterwegs. Herr Inspektor?«

»Wollen Sie mir in meinem Beruf Konkurrenz machen?«, feixte Meisel.

»Mitnichten, Herr Inspektor. Man bekommt nur ein wenig Erfahrung, wenn man länger … Aber was sag ich Ihnen das.«

Der Kellner brachte zwei Gläser Rotwein und stellte für Schöntann ein Glas Champagner auf den Tisch. »Auf Ihr Wohl«, sagte Schöntann und betrachtete das Gesicht des Inspektors, der nicht wie Leo einen großen Schluck nahm, sondern zuerst das Glas schwenkte, das Bouquet roch und erst dann daran nippte. Kurz darauf trat ein Herr in einem etwas abgetragenen grauen Anzug an ihren Tisch. Im Schlepptau hatte er eine junge Frau mit ziemlich ausladendem Dekolleté, die bereits etwas beschwipst wirkte. Leo stand auf und umarmte den Mann. Das aufdringliche Parfüm der jungen Dame, die Meisel einen anzüglichen Blick zuwarf, drückte diesem kurz die Luft ab.

»So leid es mir tut, mein lieber Freund«, sagte Leo und schüttelte Meisel die Hand, »aber ich muss meinem lieben Cousin, dem Adi, und seiner charmanten Begleitung jetzt Gesellschaft leisten.«

Leo verabschiedete sich auch von Schöntann, der ihm ein etwas gequältes Lächeln schenkte.

»Vorzüglich«, meinte Meisel, der sich für ein paar Augenblicke vom Geschmack des Weins verzaubern ließ und dabei den Geruch des Parfüms zu verdrängen versuchte. Da er nun mit Schöntann allein war, kam er rasch zur Sache, legte das Medaillon auf den Tisch und öffnete es. »Das sind Martha Halpern und Fanny Pinsker. Kennen Sie eine von ihnen? Waren sie mal hier oder haben sogar hier gearbeitet? Getanzt?«

Schöntann nahm das Medaillon zur Hand.

»Zu viele Fragen auf einmal, Herr Inspektor. Ich kenne Ihren Namen noch gar nicht.«

»Meisel«, antwortete dieser rasch, während sein Gegenüber das Medaillon betrachtete.

»Solche Medaillons findet man selten«, meinte Schöntann. »Haben Sie es sich je genauer angesehen, Herr Inspektor? Gold. Mit feinsten Gravuren. Ein Wappen. Eigenartig. Sehen Sie?«

Meisel, der seit einiger Zeit mit altersbedingter Weitsichtigkeit zu kämpfen hatte, hielt das Medaillon in einiger Entfernung von sich. »Ich sehe nichts, Herr Schöntann. Aber die Mädchen … Sie müssen die Fotos …«

»Ausgekratzt. Es war wohl einmal ein Tier, verschlungen, ein Name. Nicht mehr zu entziffern. Schade.«

»Die Fotos«, beharrte Meisel, nun schon etwas ungeduldig.

»Ich lese Zeitung, Herr Inspektor Meisel. Ich weiß,

dass eine junge Dame zu Tode gekommen ist, die Martha Halpern heißt. Ein großer Verlust für das Ballett, habe ich gelesen, sehr ergreifend. Und nein …« – Schöntann nahm einen Schluck vom Champagner – »… eine Martha Halpern hat hier nie gearbeitet. Und auch keine Fanny Pinsker. Ich merke mir alle Namen, auch wenn sich hier die Künstler geradezu die Klinke in die Hand geben. Wenn Sie wüssten, wie viele Menschen sich darum bemühen, ein Engagement zu bekommen.«

Meisel nahm das Medaillon an sich und wollte gerade etwas erwidern wie »Wäre ja zu einfach gewesen!«, als Schöntann seufzte und sagte: »Tot ist sie. Mein Gott, wie schade. Aber Martha Halpern hat sie sich nicht genannt, sondern Magda. Einfach nur Magda.«

Mit einem Ruck richtete Meisel sich auf und hätte fast seinen Wein verschüttet. »Sie hat hier getanzt?«

»Ja«, antwortete Schöntann ruhig, während er langsam seine noch nicht einmal halb gerauchte Zigarette ausdämpfte. »Sie hat einen Solotanz hingelegt, der die Leute absolut begeistert hat. Aber ich muss ein wenig ausholen.«

Er winkte dem Kellner, der Champagner und Rotwein nachschenkte. Meisel war bereits genervt von Schöntanns Unart, nicht zügig zur Sache zu kommen, sondern das Gespräch in die Länge zu ziehen und mit theatralischen Gesten zu unterbrechen. Immerhin ging es hier um die Aufklärung eines Mordes. Aber er war auch erfahren genug, sich seine Ungeduld nicht anmerken zu lassen.

Schöntann lehnte sich zurück und fuhr endlich fort.

»Ich muss Ihnen nicht erzählen, werter Herr Inspektor, dass Sie heute nicht weit zu gehen brauchen, um Nackttänzerinnen zu bewundern. Die Leute haben keine Ahnung von der Kunst. Haben Sie schon von Anita Berber gehört?« Schöntann erntete nur einen fragenden Blick.

»Ich wusste es. Vollendete Kunst, großartige Choreografien, glauben Sie mir, das geht vor einem sabbernden Pöbel vor die Hunde. Deshalb habe ich beschlossen, dass in meiner Bar keine Tänzerinnen auftreten, die alle Hüllen fallen lassen. Die Zeit ist noch nicht reif für die wirklich freie Kunst, für das Vollendete, für die Wahrheit, die immer nackt ist.«

Schöntann machte eine ausschweifende Geste, die Meisel veranlasste, sein Weinglas in Sicherheit zu bringen.

»Die Martha, pardon, die Magda, hat also hier nicht nackt getanzt«, brachte Meisel auf den Punkt, was er verstanden zu haben glaubte.

»Aber natürlich hat sie.«

»Wie bitte?« Meisel spuckte die beiden Worte aus, war nahe daran, Schöntann an seinem maßgeschneiderten Anzug zu packen. Der ließ sich nicht aus der Ruhe bringen.

»Magda war einmalig. Ausdrucksstark. Intensiv. Sie hat auf einer drehenden Scheibe getanzt. Nein, nicht getanzt. Sie hat eine Geschichte erzählt. Eine Geschichte von Liebe und Sehnsucht, von der Freiheit der Gedanken und der Gefühle. Von einem Menschen, der sich aufmacht, um sich zu befreien. Ja, das hat sie mir erzählt.«

»Ihnen?«, warf Meisel ein.

»Mir. Sie hat allein für mich getanzt. Glauben Sie wirklich, ich hätte sie den Geiern dort zum Fraß vorgeworfen?«

Schöntann blickte zu den voll besetzten Tischen, die direkt vor der Bühne standen. Nur wenige Gäste achteten auf die Musiker, die ihr Programm mit großem Eifer zum Besten gaben. Einige allerdings tanzten gerade Foxtrott. Meisel wandte sich wieder Schöntann zu.

»Magdalene, ich meine, Magda, Martha, mein Gott, verdammt, sie hat nur für Sie getanzt. Was heißt das?«, fragte er etwas ungehalten.

»Ganz einfach. Sie hat zur Probe vorgetanzt, und ich habe entschieden, dass sie damit nicht auf die Bühne geht. Schweren Herzens, glauben Sie mir. Aber es ging nicht anders.«

»Also ist sie hier nicht aufgetreten?«

»Doch, natürlich.« Meisel war der Verzweiflung nahe, stürzte seinen Wein ganz gegen seine Trinkprinzipien hinunter und starrte Schöntann an, der dem stets aufmerksamen Kellner ein Zeichen gab, dass das Glas leer war.

»Aber nicht nackt. Und mit einem anderen Programm. Sie hat nur einen Abend lang getanzt, in einem Traum aus Spitze und Pailletten. Es war ein voller Erfolg. Ich glaube, sie hat sogar ein Lied gesungen. Aber ich erinnere mich nicht mehr, welches.«

»Wann war das?«, fragte Meisel, der nun endlich das Gefühl hatte, einen Schritt weitergekommen zu sein.

»Vor ein paar Wochen, am 27. Januar. Ich habe ein

gutes Gedächtnis, was Zahlen betrifft. Am 28. hatten wir eine geschlossene Veranstaltung und ...«

»Am 27. also. Und danach? Wenn sie so gut war, warum ist sie dann nicht öfter aufgetreten?«

Schöntann atmete tief durch. »Sie wollte nicht mehr wiederkommen. Es war ihre Entscheidung. Sie sagte, sie hätte etwas anderes ausprobieren wollen, eine neue Erfahrung machen, etwas in der Art. Sie wollte einmal eine berühmte Tänzerin werden. Ja, selbstbewusst war das Mädel. Aber sie müsste erst noch ihren Platz finden. Sie hatte doch auch ein Engagement in der Oper. Mein Gott, wie schade um dieses begabte Mädchen. Die Welt ist so ungerecht.«

Meisel konnte nur nicken. Dann fragte er: »An dem Abend, als Magda hier getanzt hat, ist Ihnen da ein Mann aufgefallen, der ihr Avancen gemacht hat? Anscheinend hat sie ihren Verlobten in einer Bar kennengelernt.«

Schöntann schien eine Weile zu überlegen, ehe er antwortete.

»Jetzt, wo Sie es ansprechen, Herr Inspektor. Da gab es vielleicht jemanden. Aber ich habe natürlich keinen Namen. Ein nicht mehr ganz junger Mann, gut gekleidet, attraktiv, mit gepflegtem Vollbart. Hat mit dem Champagner nicht gegeizt.«

Meisel notierte die Angaben sorgfältig in sein Notizbuch, aber er zweifelte, dass man damit viel anfangen konnte.

»Jetzt fällt es mir wieder ein«, sagte Schöntann plötzlich. »Ich habe ein paar Worte aufgeschnappt. Er hat irgendetwas von Patienten erzählt und von einem Krankenhaus. Hilft Ihnen das?«

»Ein Arzt?«

»Vielleicht, wahrscheinlich. Er hat nicht wie eine Krankenschwester ausgesehen.« Schöntann nahm lächelnd einen Schluck vom Champagner. Diese überhebliche Mimik bei alten Adeligen konnte Meisel auf den Tod nicht ausstehen. Gott sei Dank war Baran solch eine herablassende Attitüde fremd, was er sehr an ihm schätzte. Von Schöntann würde er wohl nichts mehr erfahren, was ihm weiterhelfen konnte. Immerhin war der Besuch in diesem Lokal nicht umsonst gewesen, weshalb er Leo dankbar war, der sich ein paar Tische weiter sehr gut zu amüsieren schien. Da fiel ihm ein, dass Leo die Rechnung übernehmen wollte. Meisel kramte etwas verlegen in seinen Hosentaschen und suchte nach seinem Portemonnaie. Schöntann lächelte.

»Sie sind selbstverständlich eingeladen, Herr Inspektor. Schließlich sind Sie in einer sehr wichtigen Sache unterwegs. Ich hoffe übrigens, dass Sie das Fräulein Pinsker finden. Sie suchen sie doch, nicht wahr?«

Meisel war die detektivische Ader dieses Herrn Schöntann unheimlich, und er antwortete nicht direkt, sondern spielte den Ball zurück. »Bitte informieren Sie mich, wenn Ihnen noch etwas einfällt, das Martha und den ominösen Herrn betrifft, ja?«

Schöntann versprach es und reichte Meisel die Hand. Sein Händedruck war kräftig, und sein Blick strahlte Entschlossenheit aus. »Und noch etwas«, sagte er zum Abschied. »Ich habe mitbekommen, dass Sie sich für den Shimmy interessieren. Wir haben nächste Woche eine Tanzveranstaltung, und ich lade Sie gern dazu ein. Hier, ich schreibe es Ihnen in Ihr Notizbuch.«

Meisel ließ es geschehen, steckte sein Notizbuch wieder ein und ergriff das Medaillon. Vor der Tür, wo ihm der eisige Wind entgegenschlug, drehte er es um. Im Licht der Straßenlaterne konnte er es deutlich erkennen. Jemand hatte sich die Mühe gemacht, das Tier und die Initialen aus dem Wappen zu kratzen, aber es war ihm nicht ganz gelungen. Mit etwas Fantasie konnte man den Drachen noch erkennen.

* * *

Baran rief von zu Hause im Sicherheitsbüro an, um sich danach zu erkundigen, ob sich irgendjemand auf das Bild von dem Blauäugigen in der Zeitung gemeldet hatte.

»Herr Kommissär«, sagte der Beamte am anderen Ende, »genau dreizehn Aussagen, protokolliert und…«

»… auf meinem Schreibtisch morgen«, unterbrach ihn Baran. »Ist was von Bedeutung dabei?«

»Ähm, Herr Kommissär, meiner bescheidenen Meinung nach nein. Zehn der Aussagen beziehen sich auf den Vorfall an der Straßenbahn, bei dem Herr Veith ums Leben gekommen ist. Der Mann wurde eindeutig erkannt. Die meisten sagen, er hat wohl helfen wollen. Und drei weitere Zeugen wollen den Mann einmal beim Heurigen, einmal in der Oper und einmal im Ronacher gesehen haben. Das war es.«

Baran bedankte sich und legte auf. So auffällig der

Mann auch zu sein schien, wollte man dem Fiaker oder Erlbacher Glauben schenken, so unsichtbar bewegte er sich durch die Stadt.

Baran hatte keine Zeit mehr, weiter über den Blauäugigen nachzugrübeln. Er musste sich noch umziehen und dann zu der Soiree.

* * *

Das imposante Palais am Beethovenplatz war einer jener protzigen Neorenaissancepaläste, deren strenge Form Baran nicht gefiel. Er liebte es verspielter.

Er stieg die Marmortreppen mit den korinthischen Säulen in die Beletage. Ein livrierter Diener sorgte dafür, dass die Gäste sich nicht verliefen. Baran war sichtlich zu spät, aber Eleonore Werthmann hatte keine Zeit angegeben.

Baran betrat einen großen Saal, in dem bereits an die dreißig Besucher der Soiree andächtig der Musik von Schumann lauschten. Er setzte sich möglichst geräuschlos auf einen der goldenen Stühle und ließ seinen Blick über die eindrucksvolle Holzdecke schweifen, hielt sich jedoch nur kurz damit auf, da er zu seiner Überraschung Eleonore Werthmann am Flügel erblickte. Leider spielte sie bereits die Schlussakkorde der Toccata op. 7, und Applaus brandete auf. Die meisten der festlich gekleideten Damen und Herren beeilten sich, Eleonore Werthmann persönlich zu gratulieren. Baran, im klassischen schwarzen Smoking mit hellem Gilet und Fliege, beobachtete aus sicherer Distanz, wie sich die junge Frau im spitzenbesetzten goldenen Abendkleid, das ein Gürtel mit langen modischen Fransen zierte, mehrmals verlegen eine Strähne ihrer pechschwarzen Kurzhaarfrisur aus der Stirn strich. Als die Gratulanten endlich von ihr abließen und sich an den reichhaltig aufgetürmten Speisen im angrenzenden Raum gütlich taten, wagte Baran es vorerst nicht, seine geschützte Position hinter einem riesigen Blumenarrangement aufzugeben, da gerade Eleonore Werthmanns Vater auf sie zukam und sie umarmte. Rudolf Werthmann, von dem Baran wusste, dass er sich in der Monarchie stolz Ritter von Werthmann nennen durfte, war ein mittelgroßer, nicht ganz schlanker Mann mit penibel gestutztem Oberlippenbart.

»Du warst wieder großartig, mein Kind«, sagte er.

»Ich hab dir schon das letzte Mal gesagt, dass ich mich ganz dem Studium widmen möchte«, erwiderte Eleonore Werthmann.

Zärtlich strich Rudolf Werthmann seiner Tochter über die Wange.

»Ich weiß.« Es klang eher traurig.

»Es tut weh, seine geliebte Tochter mit jedem Tag, den sie älter wird, mehr zu verlieren. Mein Wunderkind am Klavier ist flügge geworden und bildet sich partout ein, Anwältin zu werden, damit sie der Menschheit helfen kann. Mein Liebling, ist die Musik nicht auch ein Geschenk an die Menschheit, ohne die sie nicht leben kann, wie die Literatur und die Malerei?«

Baran hatte gelesen, dass Rudolf Werthmann all seine freie Zeit der Malerei widmete, nicht als Künstler, wohl aber als Mäzen und Sammler. Auch hier, an den holzgetäfelten Wänden des großen Salons, hingen einige der

Bilder seiner Lieblingsmaler. Eleonore Werthmann löste sich von ihrem Vater und stellte sich aufrecht vor ihn hin, um ihren Worten Gewicht zu verleihen.

»Ach, Papa, ich habe es einfach satt, mit fröhlicher Miene das künstlerische Talent für wohlgenährte Reiche zu spielen, die sich bei uns ihre ohnehin schon feisten Leiber vollstopfen, während draußen die Menschen hungern. Übrigens unsere Glaubensbrüder und -schwestern.«

Werthmann schien die Position seiner Tochter schon zu gut zu kennen und widersprach ihr nicht.

»Ich verstehe dich, mein Liebes«, sagte er, »aber du übersiehst, dass es diese – wie du sie nennst – wohlgenährten Reichen mit feisten Leibern sind, die tagtäglich dafür sorgen, dass den Armen geholfen wird. Sie haben kein steinernes Herz. Viele von ihnen waren selbst einmal arm und kennen Hunger nur zu gut.«

»Ja? Sie spenden, weil sie ihr Gewissen beruhigen wollen. Aber sie können diesen Menschen nicht in die Augen schauen. Stattdessen vertiefen sie sich lieber in Aktienkurse und ihre Dividenden.«

Baran, der sich hinter dem Blumenarrangement langsam unwohl fühlte, trat ein paar Schritte vor und räusperte sich. Vater und Tochter Werthmann drehten sich zu ihm um. Er meinte, den Anflug eines Lächelns im Gesicht von Eleonore Werthmann zu erkennen.

»Herr Kommissär«, sagte sie. »Ich dachte nicht, dass Sie tatsächlich kommen würden.«

Baran küsste verhalten ihre Hand, und Eleonore Werthmann stellte die beiden einander vor. Rudolf Werthmann wirkte überrascht.

»Mit Verlaub, Herr Kommissär. Nach den Erzählungen meiner Tochter hätte ich Sie mir anders vorgestellt.«

Eleonore Werthmann errötete, und Baran goss noch ein wenig Öl ins Feuer.

»Wie darf ich das verstehen?«, fragte er.

Werthmann war offensichtlich ein Mann mit Humor und ließ sich von den eindeutig warnenden Blicken seiner Tochter nicht irritieren.

»Nun, ich hatte mir einen rohen Klotz vorgestellt, aber Sie sehen eher wie ein fein behauener Stein aus. Mit Ecken und Kanten glaube ich, wie es sich gehört.«

Freundschaftlich klopfte er Baran auf die Schulter, was diesen ein wenig überraschte.

»Ich fürchte, ich muss mich um meine Gäste kümmern«, sagte er dann und ließ seine Tochter mit Baran allein.

»Ich war zu spät, tut mir sehr leid. Sie spielen großartig«, sagte Baran.

Die junge Frau ging nicht darauf ein. »Ich bin wütend«, sagte sie stattdessen, und ihr Gesicht wurde rot.

»Fräulein Werthmann, ich hoffe doch, dass nicht ich der Grund Ihrer Erregung bin«, erwiderte Baran.

»Ich sagte Wut, nicht Erregung«, korrigierte sie ihn, nun schon etwas lauter. »Er hat mich belogen.«

Sie redete also von Mendel Hirsch.

»Die ganze Zeit über hat er mir etwas vorgemacht, dieser kleine Ganove. Wenn er wenigstens den Mut besessen hätte, selber einzubrechen, wenn er eine Bank ausgeraubt hätte, aber eine Frau zu benutzen, um …«

»Er sagt, dass es ihre Idee war, nicht seine«, unterbrach Baran sie und stellte erstaunt fest, dass er dabei war, Hirsch zu verteidigen. Bei Eleonore Werthmann erntete er dafür Verwunderung.

»Ach, das überrascht mich jetzt aber«, sagte sie. »Plötzlich glauben Sie ihm seine Lügen, obwohl Sie ihm zuvor einen Mord zugetraut haben. Herr Kommissär, ich bin mehr als erstaunt.«

Bevor er dazu kam, etwas zu erwidern, sprach sie weiter: »Nun, ich tue Ihnen vielleicht unrecht. Ohne Sie würde ich mir wohl immer noch Illusionen über diesen Menschen machen. Ich müsste Ihnen eigentlich dankbar sein. Ja, ich bin Ihnen dankbar dafür, dass Sie mir geholfen haben, die Dinge im richtigen Licht zu sehen. Ich habe jetzt jedenfalls genug von den Männern.«

Sie sagte es so forsch und überzeugend, dass Baran sich fragte, wie nahe sie wirklich diesem Hirsch gestanden hatte.

»Sie haben versprochen, mir alles zu erzählen«, fuhr Eleonore Werthmann fort.

»Und ich hatte den Eindruck, Sie wüssten schon alles.«

Es war eigenartig, aber irgendwie arteten ihre Gespräche immer in kleine Scharmützel aus. Baran beabsichtigte das keineswegs, aber es ergab sich so. Ihre Rede führte zur Gegenrede, ihre Frage zur Gegenfrage. Das Seltsame war, dass Baran es nicht als unangenehm empfand. Er konnte allerdings nicht einschätzen, was Eleonore Werthmann darüber dachte. Im Augenblick jedenfalls hatte er den Eindruck, dass sie ärgerlich war.

»Ja, Dr. Stern hat mich über das Nötigste informiert«,

sagte sie jetzt. »Sonst wüsste ich ja nicht, dass Mendel sich gleich mit zwei Frauen herumtrieb. Wer weiß, vielleicht ist das nur die Spitze des Eisbergs. Ich will es mir nicht ausmalen. Sie hingegen rennen entweder davon, wenn wir uns sehen, oder Sie fallen in Ohnmacht. Mit Verlaub, Herr Kommissär, aber solche Verhaltensweisen kenne ich eher von meinen ehemaligen Mitschülerinnen aus dem Lycée, nicht von einem erwachsenen Mann.«

Diesmal schoss sie also nicht nur mit leichter Munition, sondern mit einer schweren Granate. Baran war auf solch einen verbalen Schusswechsel nicht vorbereitet und musste diesbezüglich erst aufrüsten. Aber dazu blieb keine Zeit. Als Leutnant hatte er seinen Soldaten früher geraten, in einem solchen Fall Deckung zu suchen, er selbst war jedoch stets todesmutig als Erster in das Gefecht geprescht. Im Nachhinein wunderte er sich, dass er diesen Krieg überlebt hatte. Jetzt ging es jedoch nur um einen kleinen persönlichen Schlagabtausch zwischen einer zugegeben äußerst selbstbewussten jungen Dame und einem Kriminalkommissär. Genau darauf besann sich Baran.

»Es ist mir nicht gestattet, Fräulein Werthmann, während einer laufenden Ermittlung Informationen jedweder Art an Dritte weiterzugeben, schon gar nicht, wenn diese, wie in Ihrem Fall, in einem ungeklärten persönlichen Verhältnis zu dem Verdächtigen stehen.«

»Nicht gestattet? Pah!«, entgegnete sie. »Ich glaube eher, dass Sie Probleme haben, Frauen als Ihresgleichen zu akzeptieren. Dr. Stern hätte die Auskunft wohl ohne Weiteres bekommen.«

»Dr. Stern ist Rechtsanwalt und der Vertreter von Herrn Hirsch. Und Sie, Fräulein Werthmann, sind noch keine Rechtsanwältin. Außerdem habe ich mit Dr. Stern bislang nur einen Satz gesprochen, falls Sie das beruhigt.«

»Es beruhigt mich keineswegs. Aber mich würde beruhigen, wenn ich erfahren würde, mit welchem Mann ich mich da beinahe eingelassen hätte.«

Sie hatte aufgehört zu schießen und versuchte es jetzt mit Diplomatie, was ihr, so dachte Baran, gut stand.

»Mendel Hirsch, so viel darf ich wohl sagen, hat es anscheinend mit der Treue nicht so ernst genommen. Aber ich glaube, dass er eine Frau besonders ins Herz geschlossen hat, und das sind leider nicht Sie, Fräulein Werthmann.«

Diese Bemerkung war nicht besonders feinfühlig, aber sie schien es ihm nicht übelzunehmen.

»Diese Fanny also«, kombinierte sie messerscharf. »Er hat mir nie viel von ihr erzählt. Dr. Stern meinte, sie wäre die beste Freundin von Martha gewesen. Und Mendel denkt, dass sie vielleicht auch in Gefahr ist. Aber weshalb bloß? Warum musste Martha sterben? Wäre es etwa möglich, dass … sahen sich die beiden ähnlich?«

Eleonore Werthmann stellte Fragen, die auch Baran schon beschäftigt hatten.

»Sie sahen sich ähnlich«, sagte er. »Aber es ergibt trotzdem keinen Sinn.« Baran blieb bewusst etwas in der Schwebe.

»Und wenn der Mörder sie verwechselt hat, weil er sie nicht persönlich kannte?«, hakte Eleonore Werthmann ein. »Wenn es ein gedungener Mörder war. Dann wäre es doch möglich.«

Diesmal konnte Baran freiheraus antworten: »Ein gedungener Mörder hätte sie erschossen oder erstochen, aber nicht so brutal misshandelt. Warum? Nein, das passt nicht.«

»Oh, mein Gott, Sie meinen doch nicht, dass diese Fanny selbst …«

»Wir können nichts ausschließen. Ich würde gerne bessere Nachrichten verkünden, aber im Augenblick tappen wir noch im Dunkeln. Und Ihr Freund Hirsch war lange auch keine große Hilfe. Immer wieder mussten wir ihm jedes Wort einzeln aus der Nase ziehen.«

»Mein Freund ist er bestimmt nicht«, gab Eleonore Werthmann hastig zurück. »Aber Sie haben recht, er redet überhaupt nicht viel und gern. Obwohl wir viel mehr miteinander hätten reden sollen. Vielleicht wäre mir dann eher klar geworden, welche Art von Mann Mendel ist. Ich möchte Ihnen eine Frage stellen. Versprechen Sie mir, Sie wahrheitsgemäß zu beantworten.«

»Nur zu«, antwortete Baran.

»Wann haben Sie gemerkt, dass Mendel nicht derjenige ist, der er vorgibt zu sein?«

Baran lächelte, gute Frage. »Um ehrlich zu sein, erst als ich in seiner Wohnung war und seine Bücher durchgesehen habe. Bei seiner ersten Vernehmung hat er davon gesprochen, dass er am Tag des Mordes intensiv gelernt hat. Er erwähnte ein Lehrbuch eines Herrn Mehring über Innere Medizin. Doch dieses Buch stand gänzlich unberührt in seinem Regal. Keine Eselsohren, keine Einträge, keine Flecken. Ich glaube, er hat es nicht benutzt. Wir haben uns an der Universität erkundigt. Man hat dort bestätigt, dass Mendel als Student eingeschrieben ist, aber er hat seit einem Jahr keine Prüfungen mehr abgelegt.«

»Oh«, sagte Eleonore Werthmann, nichts weiter. Sie musste diese Information wohl erst einmal verdauen.

»Man sollte immer auf die kleinen Dinge achten, Fräulein Werthmann, auf die Töne zwischen den Noten sozusagen«, meinte Baran.

In diesem Moment kam Werthmann wieder zurück und forderte seine Tochter freundlich und mit Nachdruck auf, sich unter die Gäste zu mischen.

»Sie übrigens auch, Herr Kommissär. Ich bestehe darauf«, fügte er hinzu.

Die Gäste an den Tischen unterhielten sich lebhaft. Mit einem Mal kam ein wohl bekanntes Gesicht auf Baran zu und begrüßte ihn.

»Ah, Herr Dr. Bernstein«, sagte er, »freut mich, Sie zu sehen. Die Welt ist doch sehr klein, nicht wahr?«

»Zweifellos, werter Herr Kommissär. Haben Sie denn Ihren Mörder schon in Gewahrsam? Und wie geht es dem armen Mädchen? Wie hieß sie doch gleich? Fanny, glaube ich.«

»Fanny, ja. Leider kann ich dazu nicht viel sagen. Ich glaube nicht, dass der Verdächtige, den wir inhaftiert haben, der Mörder ist. Und Fanny … nun … ist von der Statur her wahrscheinlich gar nicht dazu fähig, solch einen Mord zu begehen. Aber mehr kann ich beim besten Willen nicht sagen. Ich möchte mich aber noch einmal bei Ihnen für die überaus rasche Erledigung der Untersuchung unserer Toten bedanken.«

»Eine unschöne Sache, zweifellos. Ich mache derlei Obduktionen kaum noch, möchte mich stärker der Wissenschaft widmen. Aber Hofrat Haberda hat mich gebeten, in diesem Fall eine Ausnahme zu machen. Es ist immer tragisch, wenn Menschen auf so brutale Weise, in der Blüte ihrer Jahre, aus dem Leben gerissen werden.«

Bernstein schien wirklich betroffen. Viel zu viele Menschen stumpften ab, verloren die Empathie, wurden langsam zu funktionierenden Maschinen.

»Ich kann Ihnen da wohl nicht widersprechen, Dr. Bernstein«, sagte Baran. »Umso wichtiger ist Ihre Aufgabe als Pathologe. Denn die Geschichten, die uns die Toten erzählen, helfen, so manches Leben zu retten.«

»Ihr Wort in des Ewigen Ohr, lieber Herr Kommissär. Aber sagen Sie mir, was Sie hierher verschlagen hat. Sie handeln doch nicht etwa heimlich mit Eisen, Kohle oder am Ende gar mit noch Schmutzigerem, Anleihen oder Aktien, wie diese Herren dort am Tisch?«

Bernstein zeigte dezent auf eine Herrenrunde, die Werthmann in Beschlag genommen hatte. Anscheinend versuchte der Arzt, ihn aus der Reserve zu locken, und Baran wies schnell auf einen anderen Tisch. »Und diese Herrschaften dort, handeln die etwa auch mit Kohle?«

»Nein, mein Lieber, die handeln mit dem Wort. Die auf der linken Seite werden morgen etwas Negatives schreiben, und die auf der rechten etwas Positives. Sie müssen wissen, dass Herr Werthmann heute gedenkt, die Gründung der Werthmann-Bank bekannt zu geben.

Deshalb sind sie gekommen, und natürlich wegen des Essens. Ein gutes Stichwort übrigens. Sie sollten sich etwas nehmen, bevor es weg ist. Ich muss mich leider wieder ein wenig um meine Gesellschaft kümmern. Kommen Sie doch, setzen Sie sich eine Weile zu uns.«

Baran wäre gern etwas für sich geblieben, aber er konnte Bernstein den Wunsch schlecht abschlagen. Also ging er mit ihm an den Tisch, an dem drei Herren angeregt diskutierten. Bernstein stellte alle vor: »Herr Dr. Robert Stricker, seines Zeichens Vorstandsmitglied der Wiener jüdischen Kultusgemeinde, Obmann der Jüdischnationalen Partei, Herausgeber der *Wiener Morgenzeitung*.« Der Mann, Baran schätzte ihn auf Anfang fünfzig, mit der runden Brille und dem buschigen Oberlippenbart, der einen auffallenden Kontrast zu seinem schütteren Haupthaar bildete, lächelte gequält. Es gefiel ihm wohl nicht, dass Bernstein ihn gerade in seinem Redefluss unterbrach. Aber dieser ließ sich nicht beirren und wies auf seinen Tischnachbarn, einen etwa vierzigjährigen Herrn, der Baran vor allem wegen seines strengen und zugleich traurigen Blicks auffiel: »Arthur Freud, ebenfalls Redakteur bei der *Wiener Morgenzeitung*. Und zu guter Letzt unser streitbarer Schriftsteller Hugo Bettauer, der gerade einmal wieder Anlass zur Diskussion gibt.«

Baran setzte sich, und Bettauer, der als Einziger glattrasiert war, sah ihn neugierig an.

»Mein Gespür sagt mir, dass Sie ein Geheimnis mit sich herumschleppen. Eine verbotene Liebe, sie ist gebunden, gehört einem stinkreichen Bankier, der sie nicht freigibt. Sie sinnen auf ein Verbrechen, aber Ihre gute Erziehung steht Ihnen im Weg. Blaues Blut, natürlich. Na, was sagen Sie?«

Baran überlegte kurz, ob ihm der Schriftsteller Bettauer nicht doch schon einmal untergekommen war, konnte sich jedoch nicht erinnern. Seine Spekulationen amüsierten ihn, und er hob die Hand, als Bernstein Bettauer in die Schranken weisen wollte.

»Lieber Dr. Bernstein. Lassen Sie mich antworten. Fast alles stimmt, nur müssen Sie aus dem Bankier ein Mitglied des Hochadels machen.«

»Ha«, jubelte Bettauer, »ich hatte recht. Ich sollte es mir notieren, für ein künftiges Projekt.«

»Kann es noch schlimmer kommen als jetzt?«, seufzte Stricker. »Mit Ihrem Roman *Die Stadt ohne Juden* haben Sie ja schon den Vogel abgeschossen.«

»Eine Stadt ohne Juden?«, fragte Baran. »Sie reden doch nicht von Wien, oder?«

»Und ob«, antwortete Stricker. »Gehen Sie mal mit offenen Ohren durch die Stadt, werter …«

Baran erinnerte sich, dass ihn noch niemand vorgestellt hatte, und Bernstein, der diesen Fauxpas ebenso bemerkte, holte es nach.

»Also, Herr Kommissär«, fuhr Stricker fort, »dann wissen Sie es ja aus eigener Erfahrung. Die meisten Leute in Wien würden es doch begrüßen, wenn sie weg wären, die Schmarotzer und Schieber, die Ganoven und großen Gauner, die Kapitalisten und Kriegsgewinnler. Und bei Bettauer passiert das tatsächlich. Eine Stadt ohne Juden, ein Paradies.«

»Und darüber haben Sie vorhin diskutiert?«, fragte Baran.

»Mitnichten«, antwortete Stricker, »mitnichten. So weit waren wir uns alle einig, dass das noch kommen kann, kommen wird, pardon. Nein, wir haben über das Ende des Romans diskutiert. Weil unser lieber Bettauer davon ausgeht, dass die Wiener alle erkennen werden, dass das Leben ohne Juden unmöglich ist. Dass sie die so verhassten Juden wieder zurückhaben wollen.«

»Ohne Juden Ödnis. Keine funktionierende Wirtschaft, Medizin, keine Kultur, kein Witz, vor allem aber kein Kaffeehaus. Stellen Sie sich Wien ohne Kaffeehäuser vor, nur mit Bierhallen«, ergänzte Bettauer.

Arthur Freud, der bislang nur zugehört hatte, schüttelte energisch den Kopf. »Sie irren sich, Bettauer, Sie irren sich. Die Wiener ersaufen lieber im Bier, als die Juden wieder zurückzuholen. Auch nicht diejenigen, die glauben, sich als Christen unauffällig unter sie mischen zu können.«

»Oh, oh, nicht so böse, lieber Arthur«, warf Bernstein ein. »Wir wollen doch hier zivilisierte Menschen bleiben und niemanden angreifen. Herr Bettauer hat zweifellos seine Gründe gehabt, sich zum evangelischen Glauben zu bekennen, wir wollen darüber nicht urteilen.«

»Nein, darüber nicht«, meinte Stricker und warf Bettauer einen verächtlichen Blick zu, ehe er weitersprach: »Aber was ist mit der Naivität der Juden in diesem Land? Sehen Sie sich doch den guten Werthmann an, der immer noch glaubt, dass man es sich als Jude hier gut einrichten kann, wenn man nur ja nicht aneckt. Das

Gegenteil ist der Fall. Man muss die Rechte der Juden einfordern, muss den Antisemitismus anprangern und gleichzeitig dafür eintreten, dass Juden wie alle anderen Nationen der Welt in einem eigenen Staat leben können.«

Bernstein widersprach: »Wie, lieber Dr. Stricker, wollen Sie denn sinnvoll begründen, dass die Juden in Österreich nicht benachteiligt werden dürfen, wenn Sie gleichzeitig propagieren, dass die eigentliche Heimat irgendwo im Orient ist? Schon jetzt wollen die Leute alle Ostjuden nach Polen schicken. Fehlt noch, dass Sie auch uns Westjuden nach Palästina wünschen.«

»Was reden Sie immer von Ost- und Westjuden, Bernstein? Juden sind es, Juden wie Sie und ich. Sagen Sie mir einmal, lieber Herr Kommissär Baran, woher kommen Sie? Ihrem leichten Akzent nach sind Sie in Ungarn geboren.«

Baran bejahte. »Oh ja, an der Theiß. Aber meine Mutter stammte aus Wien, und meine Großeltern irgendwo aus der Gegend um Brody.«

»Dann sind Sie ja ein waschechter Österreicher«, meinte Arthur Freud. »Ich komme aus Ungarisch Brod. Und der Stricker ist in Brünn geboren. Und Sie, Dr. Bernstein?«

»In Waidhofen an der Ybbs.«

»Oje«, krächzte Stricker, der ein Lachen nur schwer unterdrücken konnte, »und dann reden Sie von Palästina.«

Baran war irgendwie erleichtert, dass sich die Stimmung, allerdings auf Kosten des armen Bernstein, sichtbar entspannte und allgemeines Gelächter einsetzte.

Denn er spürte, dass zwischen diesen Menschen eine Spannung herrschte, die über das rein Sachliche hinausging. So unterschiedlich die Menschen hier auch waren, es einte sie doch ein Band, das manchmal fester und manchmal loser geknüpft war. Gleichzeitig strapazierten sie seine Dehnfestigkeit bis zum Äußersten.

Die Diskussion wäre wohl noch eine Weile weitergegangen, wenn Bettauer sie nicht abrupt unterbrochen und Baran aufgefordert hätte, endlich sein Geheimnis von der verbotenen Liebe preiszugeben.

Baran errötete, weil er sich nicht sicher war, welche Geschichte er in dieser Gesellschaft präsentieren sollte. Eine, die die Stimmung hob, oder eine, die der Wahrheit entsprach? Er entschied sich für Letzteres.

»Meine Schwester ist vor neun Jahren spurlos verschwunden. Sie hieß Gräfin Szonja von Waldstetten. Am Tag, als sie verschwand, war niemand Geringerer als der Thronfolger Franz Ferdinand bei ihr und ihrem Mann zu Gast. Er wollte einen kapitalen Hirsch schießen. Wie ich hörte, ist es ihm gelungen. Ich werde nicht eher ruhen, bis ich Gewissheit habe, was mit ihr geschehen ist. Und sollte jemand ihr etwas angetan habe, werde ich denjenigen jagen und wie einen Hirsch zur Strecke bringen.«

Baran hatte alle möglichen Reaktionen erwartet, nur nicht dieses durchdringende Schweigen, das ihm ewig vorkam, ehe es Bernstein brach. »Sie haben eine Szonja erwähnt, als ich die Leiche von Martha Halpern am Donaukanal untersucht habe. Jetzt verstehe ich. Sie dachten, die Tote könnte vielleicht Ihre Schwester sein.«

»Ja. Es gibt nichts Schlimmeres als diese Ungewissheit.«

»Aber Sie haben immer noch Hoffnung.« Bernstein wollte gerade ansetzen, als Bettauer ihm unhöflich dazwischenfuhr und sagte: »Waldstetten, sagen Sie. Ich erinnere mich an einen Waldstetten, der ein Kriegstreiber war. Er hätte uns gern alle schon 1908 in Serbien verbluten sehen.«

»Das war der Vater«, antwortete Baran kurz.

Bettauer schien wieder nachzudenken. »Werde ich jetzt alt«, sagte er dann, »weil ich die Dinge so schnell vergesse? Hm, Waldstetten. Ja, das ist doch jener Graf, den der Schlag getroffen hat.«

Baran nickte. »Ein schlimmes Schicksal. Ich habe ihn nicht mehr befragen können, genauso wenig wie die drei Freunde, die auf dem Jagdausflug dabei waren. Sie sind alle drei im Krieg gestorben, wie auch die meisten Polizisten, die auf den Fall angesetzt waren. Was mir bleibt, sind Akten und Protokolle.«

Alle am Tisch schwiegen einen Augenblick. Dann durchbrach Bettauers laute Stimme die Stille. »Das ist eine tolle Geschichte. Der Kommissär und das Verbrechen. Wäre es nicht ein passender Titel für meinen nächsten Roman?«

Baran zwang sich zu einem Lächeln. Dann stand er auf und verabschiedete sich von den Herren, die ihm höflich zunickten. Als ein Livrierter mit einem Tablett vorbeikam, nahm er sich schnell ein weiteres Glas Champagner. Es wären wohl drei geworden, wäre nicht Eleonore Werthmann auf ihn zugetreten. In ihrem Blick lag keine Wut mehr.

»Das mit Ihrer Schwester tut mir leid, ich habe es zufällig mit angehört.«

»Ich vermisse sie sehr«, erwiderte Baran, der das Champagnerglas zur Seite gestellt hatte.

»Wollen Sie mir erzählen, was passiert ist?«, fragte sie und legte die Hand auf seinen Arm. Das Bedürfnis, sich ihr anzuvertrauen, wurde übermächtig, und er erzählte ihr alles, angefangen von der Feindschaft zwischen der Familie Baranyi und der Familie Waldstetten, der Begegnung des jungen Waldstetten mit Szonja auf dem Frühlingsball, von Szonjas Heirat nach Wien und den Umständen ihres anschließenden Verschwindens.

Baran hatte ohne Pause gesprochen und hielt plötzlich inne. Er spürte, wie ihn das Reden befreite.

»Sprechen Sie weiter, bitte«, bestärkte Eleonore ihn. »Ich ahne, dass das noch nicht alles ist, was Sie bedrückt.«

»Wie recht Sie haben«, erwiderte Baran. »Es ist keineswegs alles. In den Monaten der Ungewissheit ohne irgendein Lebenszeichen Szonjas war meine Mutter untröstlich. Unser Vater hingegen verhärtete sich noch mehr und vergrub sich in seinen Pflichten. Er hat mir die Sorge um die Mutter überlassen. Sie ist nicht mehr aus dem Haus gegangen, also war ich auch gefesselt. Zumindest redete ich mir später ein, ich hätte nicht mehr tun können, weil …«

»Es war nicht Ihre Schuld. Weder, dass Ihre Schwester verschwunden ist, noch an dem …«

»… was danach kam, meinen Sie«, unterbrach Baran sie. »Danach kam der Tod. Zuerst der des Thronfolgers.

Danach die Kriegserklärung. Für meinen Vater wurde alles zu viel. Aus lauter Verzweiflung hat er sich und meine Mutter erschossen, wobei durch ein Versehen eine Petroleumlampe umgefallen und daraufhin unser Haus abgebrannt ist. Für meine Eltern kam jede Hilfe zu spät.«

Baran atmete tief durch und blickte Eleonore in die Augen.

»Jetzt verstehe ich«, sagte sie, »warum Sie bei der Polizei sind. Sie suchen nicht nur nach Ihrer Schwester. Sie ertragen die Ungewissheit nicht. Sie suchen nach Klarheit, nach der Beantwortung Ihrer Fragen. Sie suchen sich selbst.«

Der letzte Satz war ihr herausgerutscht.

»Oh, verzeihen Sie, da bin ich wohl zu weit gegangen.«

»Nein, Fräulein Werthmann«, erwiderte Baran. »Sie haben etwas ausgesprochen, was mich schon länger beschäftigt. Ich frage mich, ob ich Szonja nicht finden kann, weil ich zu viel mit mir selbst beschäftigt bin.«

Eleonore antwortete nicht darauf. Eine Weile herrschte Schweigen. Im Augenblick gab es zu dieser Sache nichts mehr zu sagen.

»Es ist Zeit zu gehen«, sagte Baran dann. »Ich habe einen komplizierten Fall zu lösen. Die Suche nach Antworten, von der Sie gesprochen haben, sie betrifft auch Martha und Fanny. Wir irren umher. Ich glaube, dass wir einer Antwort noch nicht nahe sind.«

»Sagen Sie mir, wie ich helfen kann.«

»Sie haben mir bereits sehr geholfen, Fräulein Werthmann. Sie haben zugehört. Und was diesen Fall betrifft, so fürchte ich, dass Sie nichts tun können.«

»Aber vielleicht gestatten Sie es ja«, antwortete Eleonore, und ihre Stimme klang ein wenig strenger als zuvor.

»Auch darüber werde ich nachdenken«, sagte Baran, nahm ihre Hand in seine und verabschiedete sich mit einem Handkuss.

WIEN, MONTAG, 20. MÄRZ 1922

Auch in dieser Nacht erschien Szonja Baran in einem Traum. Doch diesmal forderte sie ihn nicht auf, sich zu konzentrieren, sondern führte ihn an den Fluss, die Theiß in der Nähe des Guts der Baranyis. Sie liefen barfuß über die Felder und durch den Wald ans Ufer, und Szonja sprang als Erste ins Wasser. Baran wollte ihr folgen, aber er konnte sich nicht bewegen, seine Beine nicht heben. Er musste zusehen, wie sie weiter und weiter hinausschwamm und dann verschwand. Obwohl er schrie, drang kein Laut aus seinem Mund. Schließlich sah er sie, wie sie auf dem Rücken im Wasser lag und ihn mit toten Augen anblickte.

Mit einem Schrei wachte Baran auf. Sein Nachthemd war nass von Schweiß, und sein Puls raste. Er stand auf, atmete ein paar Mal tief durch und wollte ins Badezimmer gehen, als das Telefon läutete. »Wir haben sie gefunden«, rief Meisel in den Hörer. Es knackte, und die nächsten Worte konnte Baran nicht verstehen. Das 20. Jahrhundert war eine Zeit der großen Umwälzungen. Kaiser und Könige wurden vom Thron gestoßen, Frauen saßen im Parlament, man rühmte sich neuester Erfindungen, dachte Baran verärgert, aber man war nicht einmal in der Lage, störfreie Telefonanlagen zu bauen.

Er rief im Sicherheitsbüro an. Eine verschlafene Frauenstimme meldete sich, und er kam gleich zur Sache. »Kommissär Baran. Ich suche Bezirksinspektor Meisel.«

Mit einem Mal klang die Stimme wacher und freundlicher: »Er hat versucht, Sie zu erreichen, Herr Kommissär. Er hat mir aufgetragen, Ihnen zu sagen, also, falls Sie anrufen, dass Sie an den Donaukanal kommen sollen. Sie wüssten schon, wohin.«

Baran sah das Traumbild von seiner Schwester vor sich und hatte eine schreckliche Vorahnung. Er war bereits in seinen Mantel geschlüpft, bevor er den Hörer richtig aufgelegt hatte. Zu allem Überfluss schien auch das Auto zu streiken, obwohl es weder regnete noch kalt war. Wütend trommelte er ein paar Mal auf das Lenkrad, besann sich dann aber und versuchte es mit gutem Zureden. Kurz darauf begann der Motor zu schnurren wie eine Katze.

Als er beim Fischmarkt am Donaukanal eintraf, fand er den völlig aufgelösten Leopold Brandstetter vor, der ihm entgegenkam. Seine Gesichtsfarbe war grau.

»Herr Kommissär. Die wollen mich ruinieren. Die haben es auf mein Geschäft abgesehen. Ich muss zusperren. Dabei hat das Geschäft zwei Kaiser und einen Krieg überlebt.«

Gleich hinter Brandstetter tauchte Meisel auf, der auch bereits ziemlich erschöpft wirkte.

»Wenigstens können wir die Suche nach Fanny einstellen und wissen, dass sie nicht die Mörderin war«, sagte er statt einer Begrüßung.

Baran antwortete nicht, sondern bahnte sich einen Weg durch die Uniformierten zu dem Fischbehälter, wo bereits der Fotograf mit seiner Spezialkamera hantierte, die vom jetzigen Leiter des Erkennungsamtes für Tatortaufnahmen entwickelt worden war. Baran winkte ihn zur Seite.

»Machen Sie eine Pause, ich muss mal kurz mit der Dame allein sein.«

Der angesprochene junge Mann machte noch ein Foto.

»Lassen Sie sich Zeit«, sagte er. »Ich bin eh schon fertig mit den Bildern. A schene Leich', hätt meine Mutter g'sagt.«

Baran blickte in Fannys leere Augen. Die junge Frau lehnte inmitten toter Fische an dem Behälter, fast genau dort, wo am Freitag auch Marthas Leichnam gefunden worden war. Sie war nackt und auf den ersten Blick körperlich unversehrt. Baran kniete sich hin. Dann fühlte er es.

»Er hat ihr das Genick gebrochen und sich nicht die Mühe gemacht, sie zu verunstalten«, sagte Baran mehr zu sich selbst.

»Dafür hat er sich die Mühe gemacht«, erwiderte Meisel hinter ihm, »die Fische aus den Behältern zu holen und neben ihr zu verteilen. Eine Botschaft?«

»Ja. Eine Botschaft. Genau wie beim letzten Mal, nur anders. Meisel, was steckt dahinter?«

Baran erwartete keine Antwort von seinem Kollegen und beugte sich zum Gesicht der Toten, strich ihr Haar zur Seite, untersuchte ihre Fingernägel, aber er fand nichts. Keinen weiteren Hinweis, den der Mörder hinterlassen hatte. In ihrer beinahe unberührten Schönheit erschien Fanny Baran fast noch fremder als Martha, die er nur tot und mit völlig entstelltem Gesicht gesehen hatte. Fanny hingegen hatte er tanzen sehen, gespürt, wie sie ihn unweigerlich in ihren Bann zog, als sie sich bewegte und einer Kunstfigur Leben einhauchte, die sonst belanglos geblieben wäre.

»Was hast du angestellt?«, fragte er leise.

»Haben Sie etwas gesagt?«, hörte er hinter sich eine Stimme.

»Dr. Bernstein. Fast schon unheimlich, wie oft wir uns begegnen«, meinte Baran.

»Nichts für ungut, werter Herr Kommissär, mir wäre es auch lieber, wir könnten uns solche Begegnungen sparen. Aber Hofrat Haberda besteht darauf, dass ich Sie in diesem Fall unterstütze. Schließlich habe ich das Mädchen ja gewissermaßen persönlich gekannt. Sehr traurig, was ich da sehen muss.«

Bernstein beugte sich ebenfalls über die Leiche und betastete sie.

»Neulich, als Sie mit Fanny gesprochen haben, hat sie da irgendetwas gesagt, was uns weiterhelfen könnte?«, fragte Baran den Pathologen.

»Sie meinen, als wir Jiddisch gesprochen haben. Nein, nichts, was für den Fall von Interesse sein könnte. Sie war sehr traurig, hat Martha sehr gerngehabt. Aber sie hat auf mich nicht so gewirkt, als hätte sie Angst um ihr eigenes Leben.«

»Das hätte sie wohl haben sollen«, sagte Baran, stand

auf und wollte sich gerade von Bernstein verabschieden, als ihm noch etwas einfiel: »Es war doch derselbe Täter?«, fragte er. Seine Stimme klang fast flehentlich.

Bernstein blickte ihn erstaunt an. »Sie erwarten darauf doch wohl keine vernünftige Antwort, oder?«

»Nein, natürlich nicht. Ich habe nur für einen Augenblick gehofft … Wir sehen uns sicher bald wieder, Dr. Bernstein. Ich danke Ihnen.«

»Auf Wiedersehen, Herr Kommissär«, antwortete Bernstein.

Baran nahm Meisel zur Seite, und sie entfernten sich ein paar Schritte. Baran atmete die kühle Brise ein, die vom Ufer her wehte. Es roch beileibe nicht nach Rosen, aber die Mischung aus feuchtem Gras, den Wasserpflanzen und dem sanft fließenden Gewässer wirkte belebend nach dem penetranten Fischgeruch, der ihm eben noch die Sinne vernebelt hatte.

»Meisel, ich wollte noch wissen, was Sie bei Ihrem gestrigen Streifzug durch die Bars erfahren haben.«

Meisel atmete tief durch. »Ich mache es kurz. Ich war zuerst in der *Chatham Bar*, ohne Erfolg. Dort konnte sich keiner an die beiden Mädeln erinnern. Eigentlich wollte ich danach noch ins *Savoy* und in die *Residenz-Bar*. Ich dachte mir, dass es eine lange Nacht werden könnte, wenn ich alle Bars abklappern muss. Dann habe ich den Leo getroffen, also einen …«

»Sie wollten es kurz machen, Meisel!«, unterbrach ihn Baran.

»Also gut. Nun, der Leo hat mich in eine Bar namens *Shimmy* geführt. Ist ein recht feiner neuer Laden. Der

Besitzer, ein gewisser Schöntann, ist ein ziemlich komischer Kerl. Hat mich gleich durchschaut und mir erstaunliche Fragen gestellt. Auf jeden Fall weiß ich jetzt, dass Martha vor Kurzem dort getanzt hat. Und dass sie dort einen Mann kennengelernt hat. Schöntann meinte, dass es ein Arzt sein könnte.«

»Ein Arzt?«

»Ja. Schöntann beschrieb ihn als älteren, bärtigen Mann, der offenbar über Medizin gesprochen hat.«

Baran blieb stehen, kratzte sich an der Schläfe.

»Ein Arzt mit einer Villa am Stadtrand. Das würde die Suche einschränken.«

»Auf jeden Fall.«

»Und dieser Schöntann ist vertrauenswürdig?«

Meisel tippte sich mit dem Zeigefinger an die Stirn. »Der Mann ist exzentrisch, verrückt, von sich eingenommen, prahlt mit seiner Intelligenz. Ein typischer Adeliger …«

Er verstummte, weil er sich wieder bewusst wurde, wer sein Gesprächspartner war. Doch Baran schien es ihm nicht übelzunehmen.

»Also vertrauenswürdig«, antwortete er und ging langsam weiter.

* * *

Oberkommissär Zeller tobte. »Eine Großfahndung nach einem Arzt, der in einer Villa wohnt? Die Aussage eines Barbesitzers, eines Adeligen, der auch noch eine Schießbude am Prater betreibt? Mehr haben Sie nicht? Ah, doch, natürlich. Eine weitere Leiche haben Sie. Ein armes, unschuldiges Mädchen, das Sie nicht haben beschützen können. Die Presse wird uns zerlegen. Und unsere Oper. Wer will denn noch in der Oper tanzen, wenn jeden Tag ein Ensemblemitglied ums Leben kommt? Bald wird in der Stadt die Angst vor einem Mörder umgehen, der junge Mädchen tötet. Können Sie sich das vorstellen, Baran?«

Dieser musste daran denken, dass Zeller vor wenigen Tagen Martha Halpern abfällig als Jüdin aus Galizien bezeichnet hatte. Jetzt kam der Wind von woanders, vermutlich von ganz oben.

»Hat Sie der Herr Bundeskanzler, unser verehrter Herr Polizeipräsident, persönlich angerufen?«, fragte Baran mit ironischem Unterton.

Zeller antwortete nicht, lief aber rot an und wechselte das Thema.

»Sie finden mir den Mörder, und rasch, wenn ich bitten darf.«

»Dann veranlassen Sie, dass alle verfügbaren Polizisten nach einem Arzt suchen, der in einer Villa mit Engerln im Garten wohnt«, sagte Baran ruhig und blickte Zeller in die Augen.

»Raus hier!«, schrie sein Vorgesetzter. Baran und Meisel verließen das Büro und hörten, wie Zeller laut nach seiner Sekretärin rief.

»Gut«, sagte Meisel mit einem Grinsen. »Fräulein Hertha leitet die Großfahndung ein.«

Baran war leider nicht nach Lachen zumute, aber immerhin rang ihm die Bemerkung Meisels ein Lächeln ab.

»Ich möchte mit diesem Schöntann sprechen«, sagte er.

»Recht unwahrscheinlich, dass wir ihn jetzt in der Bar antreffen. Die macht erst abends auf«, bemerkte Meisel mit einem Blick auf seine Taschenuhr. Es war gerade mal zehn.

»Schießbude«, erwiderte Baran. »Schießbude hat unser Herr Oberkommissär gesagt. Das wäre doch eine willkommene Abwechslung im tristen Alltag eines Kriminalbeamten. Und auf dem Weg dorthin erzählen Sie mir alles über diesen Herrn von Schöntann. Vorher aber will ich Ihre Einschätzung zu den beiden Morden. Der Fisch …«

Baran roch an seinem Anzug.

»Die Schuhe«, antwortete Meisel. »Es sind die Schuhe, die so stinken.«

Baran wischte sie notdürftig mit einem Taschentuch ab.

»Sie fragen mich, was ich denke?«, fuhr Meisel fort. »Ehrlich gesagt habe ich Fanny den Mord an Martha zugetraut. Ein gerissenes Luder, dachte ich. Da lag ich vielleicht falsch. In einem Kartenspiel hätte ich wohl definitiv meine letzte Krone verspielt. Also auf ein Neues. Im Augenblick ist der Verlobte von Martha die Karte, die ich gern aufdecken möchte.«

Baran nickte.

»Was die Vorgehensweise des Mörders betrifft, so glaube ich, dass er das Gesicht von Martha zerstört hat, weil sie etwas gesehen hat, was sie nicht sehen sollte. Ihren Mund hat er nicht angerührt. Vielleicht heißt das, dass sie nicht geredet hat, oder aber nicht mehr reden konnte. Ich denke, es war Letzteres. Und der Fisch. Also Fisch stinkt, nicht wahr? Fanny hat etwas gemacht, was zum Himmel stinkt. Aber was?«

»Da wären wir wieder bei Fanny. Sie hat Mendel Hirsch verraten. Hat uns belogen, was die Beziehungen von Martha anging. Hat …«

»Schon gut, Meisel. Sie haben ja recht. Wenn ich jetzt darüber nachdenke, hat Fanny ziemlich lange gebraucht, um meine Frage nach dem Namen des Mannes zu beantworten, der mit Martha ausging. Erst nach langem Zögern nannte sie Hirsch. Sie wusste von dem Verlobten. Aber sie schützte ihn. Warum?«

»Warum?«, entgegnete Meisel. »Vielleicht hat sie ihn der Martha ausgespannt. Kommt in den besten Familien vor. Eine bessere Partie als Hirsch war er allemal. Und dann hecken die beiden einen bösen Plan aus, bei dem Martha draufgehen soll. Aber der Typ ist eifersüchtig. Beobachtet die Fanny und den Hirsch. Er bringt Martha um, auf eine Weise, die Fanny unmissverständlich klarmacht, dass er nicht zaudert und zum Äußersten bereit ist. Als Warnung zerstört er Marthas Gesicht. Deshalb muss sie ihn schützen. Sie hat Angst, selber dran glauben zu müssen. Aber die Sache wird ihr zu heiß. Der Mann mag reich sein, aber er ist auch eifersüchtig, extrem gewalttätig. Sie will ihn auffliegen lassen. Und dann, zack, ist sie selbst eine Leiche. Hm, wie wäre es damit?«

Baran hatte nur mit einem Ohr zugehört. Er hätte nicht sagen können, warum er nur Teile von Meisels Theorie glaubte, er ahnte nur, dass sie bloß an der Oberfläche kratzten, dass alles, was diesen Fall betraf, komplizierter war, viel komplizierter.

»Meisel, da spielte sich noch etwas ganz anderes ab, und ich sage Ihnen, diese Sache stinkt, sie stinkt gewaltig.«

* * *

Der Prater war einst ein kaiserliches Jagdrevier gewesen, ehe es unter Joseph II., Österreichs aufgeklärtestem Kaiser, dem Volk zur Verfügung gestellt wurde. Damals entstand der Volksprater. Und weil dort der beliebte Hanswurst, ein sympathisch derber Spötter, seine Sprüche vom Stapel lassen konnte, wurde er auch Wurstelprater genannt. Kegelbahnen, Schaukeln, Ringelspiele und viele weitere Lustbarkeiten ließen die Leute für ein paar Stunden den tristen Alltag vergessen. Dabei halfen natürlich auch die unzähligen Schankwirte, Fleischselcher und Kaffeesieder. Jedes Jahr, pünktlich zum 15. März, öffnete der Wurstelprater. Er war also erst seit wenigen Tagen wieder offen.

»Durchfragen?«, meinte Meisel, »oder unsere Kollegen von der Wache belästigen?«

»Durchfragen«, antwortete Baran, der keine Uniformierten im Schlepptau haben wollte. »Da wir gerade ziemlich im Dunkeln tappen, schlage ich vor, wir fangen mit der Grottenbahn an.« Er zeigte auf ein Gebäude mit der Aufschrift *Zum Lindwurm*, vor dem ein älterer Herr mit Oberlippenbart und in abgetragenem Anzug einem anderen in Arbeiterkleidung Anweisungen erteilte.

»Hier sind wir richtig«, feixte Meisel.

Baran wartete, bis der Arbeiter sich mit einer Verneigung verabschiedete, und lüpfte seinen Hut. »Werter Herr, ich habe den Eindruck, Sie haben hier etwas zu sagen.«

Der Angesprochene stellte sich breitbeinig hin und stemmte die Hände in die Hüften. »Das will ich wohl meinen, meine Herren. Mein Name ist Pretscher. Ludwig Pretscher. Mir gehört dieses wunderbare Etablissement. Und ich bin auch der Obmann von den Hüttenbetreibern hier im Prater. So, jetzt wissen Sie Bescheid. Und die Herren, wer sind Sie? Wenn Sie von der Steuer kommen, dann muss ich Sie an den werten Kollegen …«

»Gestatten, Baron von Baranyi, und das ist mein werter Gutsverwalter, Herr Meisel«, erwiderte Baran, wobei er vermied, Meisel anzusehen, und ergänzte: »Der Adelstitel ist natürlich heute nichts mehr wert, aber ich hoffe sehr, Sie sind ein Mann von Ehre und Anstand. Und deshalb wollen wir auch mit Ihnen sprechen. Wir suchen einen entfernten Verwandten, der ein wenig vom Schicksal gebeutelt wurde, einen Grafen von Schöntann. Sie können mir zweifellos sagen, wo ich ihn finde.«

»Ja, das ist wahr«, sagte Ludwig Pretscher, »mit einem Adelstitel können Sie heute nicht mehr hausieren gehen. Aber beim Schöntann kann die Republik nichts dafür. Der Gute hat noch in Zeiten der Monarchie sein Vermögen verspielt. Pferderennen, sagt man. Ist aber ein Stehaufmännchen. Rappelt sich immer wieder auf. Im Augenblick, so heißt es, dürfte es ihm recht gut gehen. Ob er grad da ist, entzieht sich meiner Kenntnis, aber der Zauberer weiß es sicher. Der arbeitet für ihn.«

»Der Zauberer?«, fragte Baran.

»Der Zauberer im Zaubertheater, einer von den Schülern vom Kratky-Baschik, Gott hab ihn selig. Sie kennen den Kratky-Baschik nicht? Mein Gott, Sie sind ja auch viel zu jung.«

»Ich weiß, wo das Zaubertheater ist«, mischte sich Meisel ein. »Wir sind Ihnen sehr dankbar.«

Sie verabschiedeten sich.

»Kratky-Baschik«, murmelte Baran, während Meisel still neben ihm herging. Der Prater war am späten Vormittag bereits gut besucht, zumal die Sonne herauskam und wohltuende Wärme schickte. Am Zaubertheater angelangt, konnte sich Meisel nicht länger zurückhalten und sagte zu Baran: »Gutsverwalter? So weit kommt's noch. Schön, dass Sie nicht Lakai oder Butler gesagt haben. So etwas hätte ich Ihnen nicht zugetraut.«

Baran konnte ein lautes Lachen nicht unterdrücken. »Meisel, als Entschädigung spendiere ich Ihnen für zehn Kronen eine Ohrfeige beim Watschenmann. Dann können Sie sich vorstellen, dass ich es wäre. Einverstanden?«

Meisel grinste. »Zwanzig Kronen, dann sind wir quitt.«

Das Zaubertheater war geschlossen. Nicht weit davon entfernt hörten sie laute Rufe.

»Kassa! Lauter klane Zwergl! Vater Zwerg, Mutter Zwerg! Ich Zwerg! Schwiegermutter Zwerg! Frau Zwerg! Kinder Zwerg! Lauter klane Zwergl. Ssssoh possirli! Heite zum letzten Mal. Kommen Sie!«

Der kleinwüchsige Ansager schrie sich die Seele aus dem Leib. Baran trat auf ihn zu.

»Zauberer«, begann er und kam nicht mehr dazu, seinen Satz zu vollenden, weil ihn ein Knabe unabsichtlich rammte, der offensichtlich seine Laufgeschwindigkeit nicht einschätzen konnte.

»Bin ich keiner«, antwortete der Kleinwüchsige in lupenreinem Deutsch.

»Ich suche den Zauberer«, setzte Baran neu an, während er sich die Hüfte rieb, die nach dem Aufprall schmerzte. Der Bursche rieb sich ebenfalls den Kopf und lief dann weiter.

»Beim Taucher. Ist sein Freund«, antwortete der Kleinwüchsige, ehe er erneut in seinen deklamierenden Singsang verfiel.

»Und wo verdammt ist jetzt der Taucher?«, brach es aus Meisel heraus, der sich einen Praterbesuch nicht als Schnitzeljagd vorgestellt hatte.

Zum Glück waren die Leute in Wien schon immer sehr aufmerksam und hilfsbereit, ob man es wollte oder nicht, weshalb ein älterer Herr, der augenscheinlich mit seinem Enkel unterwegs war, unmissverständlich in eine Richtung zeigte. »Dort drüben, gradaus und dann rechts. Können S' nicht verfehlen.«

Tatsächlich kamen Baran und Meisel genau zum richtigen Zeitpunkt, um ein interessantes Spektakel zu erleben. Auf dem Grund eines riesigen, mit, wie zu lesen war, zwanzig Hektoliter Wasser gefüllten Bassins konnte man durch eine Glaswand einem Mann mit einer Taucherglocke beim Holzhacken zusehen. Dann schrieb er auf eine Schiefertafel *Herzlich willkommen*.

Meisel konnte sich eine bösartige Bemerkung nicht

verkneifen: »Schauen Sie mal, Kommissär! Das ist geblieben vom stolzen Österreich. Von einem Riesenreich mit einer Flotte im Meer sind wir zu einem Bassin geschrumpft, wir gründeln am Boden, kriegen kaum Luft, aber wir grüßen freundlich nach oben.«

Baran sah sich suchend nach einem Mann um, der wie ein Zauberer aussah, wobei er keine Ahnung hatte, wie man einen Zauberer erkennen konnte, wenn dieser kein Kostüm anhatte. Vermutlich so, wie man einen Polizisten an seiner Mimik und Gestik erkannte, auch wenn er keine Uniform trug. Plötzlich fiel sein Blick auf einen Herrn, den er in unangenehmer Erinnerung hatte. Sein übler Geruch hing noch immer in seinem Dienstzimmer.

»Der Erlbacher«, sagte er zu Meisel. »Dort, im karierten Anzug.«

Baran deutete auf einen Mann, der in einigen Metern Entfernung nicht nur den Taucher, sondern auch das Publikum im Auge zu behalten schien und dabei gelegentlich seinen Schnauzer zwirbelte. Sie näherten sich ihm von beiden Seiten.

»Herr Erlbacher«, sagte Baran, als er neben ihm stand. Dieser schaute ihn verdutzt an, drehte sich um und lief Meisel fast in die Arme. Allerdings nur fast, denn irgendwie schaffte er es, einen korpulenten Herrn zur Seite zu schieben und sich an Meisel vorbei zum Ausgang zu drängen. Noch einmal sah er sich um, bevor er weiterlief, dicht gefolgt von Meisel. Doch Erlbacher kam nicht weit, weil er, nachdem er sich ein zweites Mal umgesehen hatte, direkt über den ausgestreckten Fuß eines kleinen Mannes mit Halbglatze in einer dicken Wollweste stolperte.

Wenig später legte Meisel ihm die Handschellen an. Inzwischen hatte auch Baran zu ihnen aufgeschlossen und bedankte sich bei dem Herrn, der zur rechten Zeit am rechten Ort gewesen war. Dieser schüttelte Baran und Meisel die Hand.

»Einen schönen Tag, wünsche ich«, sagte er mit breitem ungarischem Akzent. »Sie kennen den Mann offensichtlich.«

»Ja, ein stadtbekannter Dieb. War hier wohl gerade bei der Arbeit«, antwortete Baran.

»Schon sehr fleißig«, meinte der Mann in der Wollweste. »Hat schon einiges geklaut, wie Sie sehen.«

»Wie ich sehe?« Baran war ein wenig verwirrt.

»Na, schauen Sie nach, beide. In Ihren Taschen.«

»In unseren Taschen?« Meisel griff instinktiv in seine Hosentasche, Baran durchsuchte seinen Anzug. Zwei goldene Taschenuhren, drei Brieftaschen und ein Armband waren die Ausbeute.

»Sie sind der Zauberer«, kombinierte Baran messerscharf in einem anerkennenden Tonfall. »Wie haben Sie das so schnell angestellt?«

»Übung, werter Herr, Übung. Sie waren viel zu abgelenkt von meinem Äußeren, und der muskulöse Herr an Ihrer Seite war noch mit dem Anlegen der Handschellen beschäftigt. Übrigens, Gratulation. Ihren Kollegen ist er regelmäßig durch die Lappen gegangen, der gute Mann. Dabei ist er einer unserer Stammgäste, nicht wahr, Konstantin? Gestatten Sie übrigens, dass ich mich vorstelle. Alphons Gärtner heiß ich, ursprünglich Kertész, aber hier nennt man mich den Magischen Alphonso. Zu Ihren Diensten.«

Baran, der sich eingestand, dass er den Zauberer aufgrund seines Äußeren niemals als solchen erkannt hätte, stellte sich und Meisel höflich vor und sagte, sie seien auf der Suche nach einem Herrn Schöntann. Angesichts des Fanges, den sie gerade unabsichtlich gemacht hatten, würde der Weg aber unweigerlich am Polizeiposten im Prater vorbeiführen. Meisel, der den leise vor sich hin fluchenden Erlbacher festhielt, erbot sich, diese Aufgabe allein zu übernehmen. Alphonso erklärte ihm, wie er hinkam. Währenddessen versuchte Erlbacher vergeblich, sich aus Meisels hartem Griff zu befreien, und bettelte Baran an: »Herr Kommissär, Sie müssen mir helfen. Ich glaub, ich hab was für Sie, aber lochen Sie mich nicht wieder ein. Ich bitt Sie.«

Baran ignorierte ihn, und Meisel zog mit dem verzweifelten Erlbacher ab.

Alphonso sprach Baran auf Ungarisch an: »Es ist nicht weit zur Wohnung von Schöntann. Sie liegt auf dem Gelände.«

Als sie losgingen, bemerkte der Zauberer: »Ihr Akzent ist fast nicht mehr zu hören, im Gegensatz zu meinem. Sie waren wohl schon als Kind hier.«

»Nein«, antwortete Baran. »Aber meine Mutter ist Wienerin. Sie hat viel Wert auf gutes Deutsch gelegt. Aber ganz ist es ihr offensichtlich nicht gelungen. Was hat Sie nach Wien verschlagen?«

»Ich wollte immer schon zaubern. Und Anton Kratky-

Baschik war einfach der Beste. Als Kind habe ich ihn bei einer Tournee in Ungarn gesehen. Von da an war es um mich geschehen. Ich habe alle verfügbaren Bücher über Zauberei gelesen und neben meinem Beruf täglich neue Kunststücke gelernt. Irgendwann bin ich nach Wien gegangen. Der Kratky-Baschik war damals aber schon schwer vom Alkohol gezeichnet und ist später fast ganz erblindet. Jetzt ist der gute Mann über dreißig Jahre tot. Ich habe dann für seinen Neffen gearbeitet und für dessen Nachfolger. Man glaubt es kaum, aber ich bin schon vierzig Jahre hier. Im Krieg habe ich an der Front gezaubert, habe die Leute ein wenig unterhalten. Und bald nach dem Krieg hat der Graf, so nennen wir den Herrn Schöntann hier, das Etablissement neu aufgemacht. Jetzt zaubere ich für das Publikum und den Grafen, der mir freie Wahl lässt. Es geht mir sehr gut. Der Graf ist ein sehr angenehmer Mensch, wenn auch ein wenig verrückt. Aber wer ist das nicht? Wir sind übrigens gleich da.«

Sie befanden sich auf der Straße des Ersten Mai, unweit des Riesenrades, vor einem zweistöckigen Haus, vor dessen Eingang eine korpulente Frau auf einem Stuhl einem vielleicht vierjährigen Jungen die Haare schnitt.

»Die Dame ohne Unterleib ist schon länger in Pension und kümmert sich sehr um ihre Enkel«, bemerkte Alphonso und öffnete die Eingangstür.

»Der Graf wohnt im ersten Stock, Sie können es nicht verfehlen. Wenn Sie mich noch brauchen, ich bereite den heutigen Abend vor. Schauen Sie doch vorbei. Es wird Sie überraschen.«

Baran bedankte sich und versprach, darüber nachzudenken. Dann stieg er die Stufen ins Obergeschoss. Es roch nach einer frischen Mehlspeise. Baran bekam Appetit.

An der Wohnungstür prangte der Kopf eines Löwen aus Messing, der die Zähne bleckte und ihm die Zunge herausstreckte. Drückte man ihn nach unten, erklang eine laute Klingel, die man im ganzen Haus hören musste.

Der Mann, der die Tür öffnete, war in einen blauen Seidenumhang mit Tier- und Fabelmotiven gehüllt. Darunter trug er eine Anzughose und ein blütenweißes Seidenhemd. Nach dem, wie Meisel ihn beschrieben hatte, musste dies Schöntann sein. Der Knebelbart und der listige Ausdruck in seinen Augen verliehen ihm die Aura eines Freibeuters aus den Büchern, die Baran als Jugendlicher verschlungen hatte.

»Ein Gast, den ich nicht kenne«, sagte Schöntann, als er Baran die Hand entgegenstreckte.

»Graf Schöntann?«

Die Augen des Angesprochenen blitzten. Das Lächeln verriet Freude und Neugier.

»Mit zwei oder drei Worten kann man alles richtig oder falsch machen. ›Herr Graf Schöntann‹ wäre unterwürfig gewesen, ›Graf von Schöntann‹ zu viel des Guten und ›Herr Schöntann‹ korrekt, aber langweilig. Ich gratuliere. Wer verschafft mir die Ehre?«

»Kommissär Alexander Baran. Ich bin der Vorgesetzte von Herrn …«

»Inspektor Meisel, mit dem ich gestern Abend das Vergnügen hatte. Treten Sie doch ein.«

Baran war aufgrund der Erzählungen von Meisel auf einiges gefasst. Aber ein solches Sammelsurium hätte er nicht erwartet. Die Wohnung quoll über von Möbeln aller Stilrichtungen, Gegenständen, Büchern und Manuskripten. Vor allem aber erdrückten einen die zahlreichen Trophäen afrikanischer Tiere an den Wänden.

»Sie jagen?«, fragte Baran, der direkt vor dem Rüssel eines Elefanten stehen blieb.

»Mein Vater. Ich bin zu sentimental, um die Trophäen abzuhängen. Sie sind eine seltsame, aber doch eindrückliche Erinnerung an ihn. Die Möbel stammen auch von ihm. Von einer Weltreise. Nur das Sofa habe ich erworben. Sehr bequem. Setzen Sie sich doch.«

Baran konnte bestätigen, dass es angenehm war, auf dem Sofa zu sitzen, nicht zu hart und nicht zu weich. Der Geruch nach der Mehlspeise war in dem Zimmer noch intensiver, und Baran freute sich, als Schöntann ihm einen gezogenen Apfelstrudel anbot und dazu eine Schale reinsten Bohnenkaffee. Ein absoluter Luxus.

»Ich habe Ihrem Herrn Inspektor gestern schon alles gesagt, was ich zu der armen Magda, also Martha, weiß, Gott hab sie selig. Haben Sie denn wenigstens ihre Freundin gefunden, diese Fanny?«

»Das haben wir leider«, antwortete Baran, während sein Blick auf einen ausgestopften Kakadu fiel, der ihn täuschend echt zu fixieren schien. »Sie ist tot, auf ebenso grausame Weise ums Leben gekommen wie Martha.«

Schöntann hielt mitten im Kauen inne. »Das ist ja schrecklich. Auch ermordet? Furchtbar. Haben Sie denn schon einen Verdacht?«

»Wir suchen nach Marthas Verlobten. Wir glauben, dass er uns auf jeden Fall weiterhelfen kann. Sie sagten gestern zu Inspektor Meisel, dass dieser Mann vielleicht ein Arzt sein könnte.«

»Sie sprechen von dem Herrn, der sich so angeregt mit Magda unterhalten hat. Ja, an dem Tisch, an dem er saß, war die Rede von medizinischen Dingen, die wohl nur jemand kennt, der in diesem Bereich tätig ist. Es waren zwei weitere Herren anwesend, ebenfalls schon älter, aber ich erinnere mich nicht mehr an ihr Aussehen. Dabei … oh, mein Gott, wie konnte ich nur so vergesslich sein … jetzt fällt es mir wieder ein. Jemand hat Fotos gemacht.«

Schöntann, der seinen Apfelstrudel auf einem aus Bambus geflochtenen Stuhl zu sich genommen hatte, war bereits aufgesprungen. Er öffnete Schränke, durchwühlte Zeitungen, schob Bücher hin und her. Dabei seufzte und schnaufte er. Plötzlich sagte er: »Ah, im Küchenschrank.«

Baran folgte ihm durch eine quietschende Tür in die Küche. Dort stand eine große, indianisch aussehende Frau, die ihre schwarze Mähne, in die sich ein paar weiße Streifen verirrt hatten, mit einem Haarreif im Zaum hielt. Sie trug eine Kleiderschürze und war gerade damit beschäftigt, ein weiteres Blech mit dem herrlichen Apfelstrudel aus dem Ofen zu holen.

Sie blinzelte Baran nur kurz mit ihren dunklen Augen an, dann verschwand sie mit dem Blech durch eine Tür in den Flur.

»Frau Bender«, erklärte Schöntann dem etwas verwirrt

dreinschauenden Baran. »Ist mit dem Barnum & Bailey Circus 1900 nach Wien gekommen. Zu einem Gastspiel. War damals ein Riesenspektakel in der Rotunde. Ich kann mich gut daran erinnern. Da war dieser Hautmensch dabei, der seine Haut einen halben Meter vom Körper abziehen konnte. Gruselig hat das ausgesehen. Und erst die Leute ohne Arme oder der Mann, dessen Füße direkt an den Hüften angewachsen waren, oder die siamesischen Zwillinge, von den wilden Tieren ganz zu schweigen, den Akrobaten und der großartigen *Weißen Blume*, einem siebzehnjährigen Mädchen. Es verstand die Kunst des Messerwerfens mit verbundenen Augen. Sie kann das übrigens noch immer sehr gut. Und sie verwendet die Messer auch gelegentlich, wenn eine Frau ihrem Mann zu nahe kommt. Sie neigt nämlich ein wenig zur Eifersucht, müssen Sie wissen, und liebt ihren Mann über alles. Hat für ihn alles aufgegeben. Sie ist nicht mehr mit dem Zirkus zurück in die Staaten gereist, sondern hiergeblieben, weil sie sich unsterblich in den Herrn Bender verliebt hatte. Eine rührende Liebesgeschichte. Herr Bender und Weiße Blume sind seit zweiundzwanzig Jahren unzertrennlich. Sie wohnen im Parterre. Und wenn ich Glück habe, bäckt sie hier oben für alle Apfelstrudel.«

Schöntann wischte sich mit einer Serviette den Zucker von Mund und Bart.

»Jedenfalls macht sie den besten Apfelstrudel der Welt«, sagte Baran, dem angesichts des Wortschwalls von Schöntann und der vielen Bilder, die vor seinem inneren Auge aufgestiegen waren, nichts Besseres einfiel.

Dann rief Schöntann, der auf einen Stuhl geklettert war, um von dem Küchenschrank einen prall gefüllten Karton herunterzuholen: »Heureka!«

Der Karton war mit einer Schnur umwickelt, die er nun auf dem Küchentisch mit einer Schere durchschnitt.

»Ich lasse gelegentlich Fotos von meinen Veranstaltungen machen«, erklärte er. »Werbung ist alles. Gute Fotos beleben das Geschäft. Deshalb habe ich auch an diesem Abend Fotos machen lassen. Aber aus irgendeinem Grund hat die Belichtung nicht geklappt. Die Fotos waren zu dunkel, zu unscharf, sodass ich sie nicht verwenden konnte. Aber wegwerfen konnte ich sie auch nicht. Ah, hier ist es.«

Schöntann zog mehrere größere Fotos aus einer Mappe. In diesem Moment läutete es an der Tür.

»Das muss Inspektor Meisel sein«, meinte Baran, der sich anbot, die Tür zu öffnen. Schöntann reagierte nicht. Er war zu sehr mit den Bildern beschäftigt, die er sorgsam auf dem Tisch verteilte.

Es war tatsächlich Meisel. Schöntann begrüßte ihn mit einem freundlichen Lächeln.

»Herr Inspektor Meisel, wie schön, Sie wiederzusehen. Sie und Herr Kommissär Baran sollten sich das anschauen.«

Er trug jetzt ein Monokel und deutete auf ein Foto, das unzweifelhaft Martha Halpern in einer ausgestreckten Pose zeigte, die viel Akrobatik verlangte.

»Hier am Tisch, sehen Sie?«

Baran und Meisel beugten sich vor, folgten Schöntanns Zeigefinger.

»Das gibt's doch nicht«, rief Meisel und kratzte sich an seiner Glatze.

Baran sah noch einmal hin. »*A pokolba*! Zur Hölle noch mal.« Er hatte schon lange nicht mehr so geflucht.

* * *

Baran fuhr mit Höchstgeschwindigkeit durch die Stadt zu der Adresse, die er nur allzu gut kannte, zur Gerichtsmedizin.

Sie eilten in den ersten Stock. Baran schickte Meisel in die Sezierräume und ging schnurstracks einen Stock höher zum Chefzimmer. Sein Herz klopfte. Noch bevor er den Vorraum betreten konnte, öffnete Haberda persönlich die Tür. Er war in Begleitung eines jungen Mannes im Arztkittel, der an seinen Lippen hing. Als er den nach Atem ringenden Baran sah, sagte er: »Herr Kommissär. Geht es Ihnen nicht gut?«

»Alles in Ordnung. Ich bin nur zu schnell gerannt, meine Lunge. Eine Kriegsverletzung. Ich suche Dr. Bernstein. Es ist äußerst dringend.«

»Er war heute Morgen doch bei der Toten am Donaukanal. Danach habe ich ihn nicht mehr gesehen«, antwortete Haberda und blickte seinen jungen Begleiter an. »Haben Sie ihn getroffen, Dr. Steiner?«

Der junge Mann nickte beflissen. »Herr Professor, ich hatte das Vergnügen, dem Herrn Doktor bei der auf so tragische Weise ums Leben gekommenen jungen Frau assistieren zu dürfen.«

Er blickte Baran an, als könnte er bei ihm noch ein paar Pluspunkte für seinen Fleiß erzielen. »Aber er war dringend nach Hause gerufen worden, ein Notfall in der Familie. Seiner Tochter schien es schlecht zu gehen. Er ist jedenfalls gleich gefahren. Wahrscheinlich, Herr Kommissär, werden Sie ihn zu Hause antreffen.«

Baran erinnerte sich wieder. Die Visitenkarte. Sie steckte in seinem Portemonnaie. Bernstein hatte ihn doch zum Tee eingeladen. Trotzdem fragte er zur Sicherheit noch einmal Haberda nach der Adresse.

»Dr. Bernstein lebt recht zurückgezogen«, antwortete der Mediziner. »Er empfängt kaum Besuch. Aber ich bin sicher, dass wir seine Adresse haben. Wenn Sie sich einen Augenblick gedulden wollen, ich werde gleich das Fräulein Herbst fragen.«

»Seine Sekretärin«, erläuterte Dr. Steiner, als Haberda in sein Büro verschwand.

Baran nutzte die Gelegenheit und stellte dem jungen Arzt ein paar Fragen.

»War Dr. Bernstein heute nervös, aufgeregt?«

»Nun, ein wenig angespannt wirkte er, ja, jetzt, wo Sie es sagen. Ich hatte tatsächlich den Eindruck, dass ihn etwas belastet. Aber wenn es seiner Tochter nicht gut geht, dann wäre das verständlich, nicht wahr?«

»Natürlich«, antwortete Baran. Haberda kam zurück. Er hielt ein Blatt Papier in der Hand.

»Hier ist es. Fräulein Herbst ist in solchen Dingen wirklich Gold wert.«

Baran bedankte sich höflich und wollte sich verabschieden, als Haberda ihn bat, noch kurz zu bleiben, und den Assistenzarzt unvermittelt wegschickte. Neugierig wartete Baran, was er ihm zu sagen hatte.

»Es mag nichts bedeuten, Herr Kommissär«, begann Haberda. »Aber die Tochter von Dr. Bernstein, Deborah, ist letztes Jahr gestorben. Sie war erst neunzehn. Dr. Steiner muss also etwas falsch verstanden haben.«

Nachdenklich verließ Baran die Gerichtsmedizin. Meisel wartete beim Automobil und hielt das Foto in der Hand, auf dem zwar unscharf, aber dennoch deutlich Bernstein zu erkennen war.

»Ich bin ein Idiot«, sagte Baran und stieg ein. Meisel widersprach ihm nicht, sein Gesicht war regungslos.

»Die Adresse, Grinzinger Allee Nr. 7. Warum ist mir das nicht aufgefallen?«

»Ist das nicht …?«, erwiderte Meisel.

»Ja, das Kriegsspital. Ich war dort, bis mein Onkel mich zu sich geholt hat. Es waren an die sechzig Baracken, die sie dort aus dem Boden gestampft haben, gleich zu Kriegsbeginn.«

»Das ehemalige Kriegsspital«, korrigierte Meisel ihn. »Als der Krieg vorbei war und keine Verwundeten mehr kamen, haben sie die Baracken in Wohnungen umgewandelt. Alles ziemlich einfach, aber man hat ein Dach über dem Kopf, doch sicher keine Villa mit Garten und Engelsfiguren.«

In Barans Kopf überschlugen sich die Gedanken.

»Ich glaube«, sagte er, »dass Bernstein im alten Kriegsspital gearbeitet hat. Deshalb die Adresse.«

»Gut, aber wir wissen nicht, wo wir ihn jetzt finden können.«

Baran antwortete nicht, sondern fuhr los in Richtung Grinzing, einst ein verschlafener Vorort von Wien, der vor dreißig Jahren an den 19. Bezirk, Döbling, angeschlossen worden war und in dem es nicht nur Armenbaracken gab, sondern auch köstlichen Wein und stattliche Villen.

»Wir sollten uns dort einmal umhören«, meinte Baran. »Vielleicht kennt ihn ja noch jemand von früher.«

»Das bezweifle ich. Die Verwundeten sind alle weggebracht worden.«

»Haben Sie eine bessere Idee, Meisel?«

Der Kollege schwieg. Baran parkte vor einem der Akazienbäume, die die Grinzinger Allee schmückten, und sie stiegen aus.

»Wir teilen uns auf und treffen uns in einer halben Stunde wieder hier.« Baran sah auf seine Taschenuhr. Meisel grummelte etwas vor sich hin, machte sich dann aber auf den Weg. Baran hatte nicht viel Hoffnung, hier etwas Entscheidendes über den Verbleib von Bernstein zu erfahren, aber natürlich konnte man nie wissen.

Das Sonnenlicht lockte die Menschen aus ihren Baracken nach draußen. Manche Türen standen offen, wohl um die stickigen Räume durchzulüften, Fenster wurden geöffnet. Kinder tollten zwischen den Bäumen umher, junge Männer saßen auf einer Holzbank und zwei klapprigen Stühlen.

»Habe die Ehre, die Herrschaften.« Baran erntete mäßige Aufmerksamkeit. Einer der Männer, der vergeblich versuchte, eine fast abgebrannte Zigarettenkippe zu neuem Leben zu erwecken, rang sich dann doch zu ein paar Worten durch.

»Hier sind Sie falsch, Sie haben sich wohl verlaufen. Die reichen Leute wohnen ein paar Straßen weiter.«

»Mitnichten«, antwortete Baran. »Ich bin auf der Suche nach einem Dr. Bernstein, einem Arzt, der hier vermutlich während des Krieges gearbeitet hat.«

»Nie gehört. Wir waren alle drei im Krieg. Haben keinen Tag ausgelassen. Und keinen Arzt gebraucht.« Der Mann grinste und entblößte dabei sein lückenhaftes Gebiss.

Baran ging ein paar Baracken weiter und fragte erst eine ältere Frau, die ihre Bettwäsche aus dem Fenster hängte, dann eine andere, die ihren Teppich ausklopfte, und einen Mann, der seine Pfeife im Freien rauchte. Seine Schuhe waren notdürftig geflickt, und er trug seinen Militärrock. Barans Fragen konnte oder wollte er nicht verstehen, gab keine Antwort. Plötzlich hörte Baran eine schrille, fluchende Stimme aus einem der Häuser.

»Schon wieder die Kieberer in der Hunnenbaracke«, bemerkte der Mann mit der Pfeife trocken.

Eilig bog Baran um die Ecke, vernahm »*Baszd meg*!, *Korcs*!«, unterbrochen von Schreien und Wimmern. Als er endlich das Haus erreichte, war Meisel bereits da und verpasste einem kräftigen Mann einen Fausthieb, während ein Uniformierter sich am Boden krümmte. Ein anderer Polizist rang mit einem hageren, aber offensichtlich wendigen und zähen Kerl. Aus der Baracke drangen immer wieder ungarische Flüche.

»*Hagyd abba*«, brüllte Baran, worauf sich alle Beteiligten zu ihm umdrehten.

»Was ist hier los?«, rief er, packte den hageren Mann am Kragen und legte ihm die Handschellen an. Meisel nahm den vom Faustschlag sichtlich benommenen

Mann fest. Die Polizisten rappelten sich langsam auf und nahmen den anderen fest. Meisel hatte seine Pistole aus dem Holster gezogen und gab acht, dass die beiden Männer in Handschellen keine Dummheiten machten.

Plötzlich tauchte eine zierliche, junge Frau mit einer blutigen Lippe im Türrahmen auf.

»Sie schikanieren uns wieder einmal«, sagte sie.

»Die Schlampe hat mich gebissen«, hörte Baran eine Stimme, die aus dem Inneren der Baracke kam. Er schob die Frau zur Seite und erblickte einen Polizisten, der ihm eine blutende Hand entgegenstreckte.

»Er hat versucht, mich anzufassen.« Die Augen der jungen Frau funkelten.

»Zigeunerschlampe!«, gab der Polizist zurück, dessen Hand tatsächlich tiefe Bissspuren aufwies.

»Sie sollten das auf jeden Fall untersuchen lassen«, sagte Baran ruhig und zeigte seine Dienstmarke. »Und nehmen Sie Ihre Kollegen mit. Wir machen hier weiter.«

Der Uniformierte setzte zu einem Protest an, überlegte es sich aber anders, als er Barans strengen Blick bemerkte.

Als die drei Polizisten verschwunden waren, wandte sich Baran wieder an die Frau, die noch immer am Türrahmen lehnte.

»Ihr seid also unschuldig und werdet von der Polizei belästigt.«

»Sie kommen alle paar Tage«, antwortete die Frau jetzt in gutem Deutsch. »Offiziell kontrollieren sie die Papiere, aber in Wirklichkeit wollen sie uns nur schikanieren. Wir passen ihnen nicht. Sie sagen, wir zetteln die

Arbeiteraufstände an. Aber man muss die Arbeiter nicht aufstacheln. Sie werden früher oder später alle erkennen, dass sie für ihre Rechte kämpfen müssen.«

Meisel, der noch immer die beiden Männer in Schach hielt, unterbrach sie und fragte: »Was machen wir mit ihnen, Herr Kommissär, mit den beiden und dieser Revoluzzerin da?«

»Lassen Sie sie gehen.«

»Wie bitte!?«

»Lassen Sie sie gehen. Dafür haben wir keine Zeit. Haben Sie vergessen, weshalb wir eigentlich hier sind?«, erwiderte Baran.

Meisel brummte etwas, was wohl zum Ausdruck bringen sollte, dass er mit Barans Entscheidung nicht einverstanden war. »Wir suchen Dr. Bernstein, finden stattdessen ein paar kommunistische Aufwiegler.«

»Hat er Dr. Bernstein gesagt?«, fragte die junge Frau Baran, der einem der Männer die Handschellen abnahm.

»Ein Dr. Bernstein kümmert sich hier um die Kranken«, fuhr sie fort. »Er ist ein guter Mann. Hat noch nie Geld verlangt.«

Baran war ganz Ohr. »Wissen Sie, wo der Doktor wohnt? Wir suchen ihn dringend.«

»Nein, das weiß ich nicht. Aber der Mann dort drüben könnte es wissen. Er kennt ihn näher.«

Die junge Frau deutete auf einen Herrn mittleren Alters, der in seiner alten Soldatenuniform auf die gegenüberliegende Baracke zuhumpelte.

»Warten Sie hier, Meisel!«, sagte Baran und ging mit raschen Schritten auf den Mann zu, der gerade seinen

Haustürschlüssel aus der Tasche holte. Als er Baran sah, der unvermittelt vor ihm stand, ließ er ihn fallen.

Baran bückte sich und reichte ihm den Schlüssel. »Verzeihung, ich habe Sie erschreckt.«

»Ja, das haben Sie. Aber danke sehr. Würden Sie für mich aufsperren, ich sehe nicht mehr so gut.«

Jetzt erst bemerkte Baran die trüben Augen des Mannes. Er nahm den Schlüssel und öffnete die Tür.

»Mein Name ist Baran«, sagte er. »Ich bin Polizist und suche einen Dr. Bernstein. Ich dachte, Sie könnten mir vielleicht helfen. Wahrscheinlich hat Dr. Bernstein hier früher gearbeitet, als es hier noch ein Lazarett gab.«

Der Mann lächelte verkrampft. »Ich heiße Gregor Menschik. Kommen Sie doch rein in die gute Stube. Dort können wir ungestört reden.«

In dem dunklen Raum war es stickig. Es roch nach Kraut und nach Elend.

»Leben Sie hier allein?«, fragte Baran, der sich rasch umsah. Das Zimmer von Franziska Hartmann war im Vergleich mit dieser Bude ein Palast. Ein Dach über dem Kopf, hatte Meisel gesagt, aber als er nach oben blickte, bemerkte er ein klaffendes Loch im Dach. Also nicht einmal das. Gregor Menschik bot Baran den einzigen Stuhl an, doch er lehnte höflich ab. Auf dem altersschwachen Herd dünstete Kraut vor sich hin. Der Mann setzte sich.

»Das Kraut macht meine Nachbarin. Sie kümmert sich. Alfred Bernstein meinen Sie. Ja, ich darf ihn Alfred nennen. Er kommt fast täglich vorbei, um nach mir zu sehen. Bringt Tropfen mit für meine Augen. Ein Granatsplitter im Hirn, wissen Sie. Na ja, und das Bein. Deshalb war ich eigentlich hier im Spital. Habe eine gute Prothese bekommen. War ziemlich zufrieden. Alfred hat zwei Jahre da gearbeitet. Dann haben sie ihn für was Wichtigeres gebraucht. Ich bin hiergeblieben. Habe diese nette Wohnung bekommen. Irgendwann in den nächsten Tagen kommt jemand vorbei, der das Loch ausbessert. Er hat es versprochen. Sie wollten Alfred sprechen. Ich weiß auch nicht, wo er bleibt. Er hat mir versprochen, heute vorbeizukommen.«

Der Mann, der vor Baran saß, war noch keine vierzig Jahre alt, aber er wirkte wie ein Greis. Alles ging nur langsam, das Denken, das Sprechen, die Reaktionen. Der Krieg hatte ihn zu einem lebenden Leichnam gemacht. Doch auch wenn ihn Gregor Menschiks Anblick traurig stimmte, war Baran froh, dass er endlich einen Hinweis auf Bernstein bekommen hatte.

»Dr. Bernstein, wissen Sie, wo er wohnt?«, fragte er.

Der ehemalige Soldat nickte langsam.

»Aber ja. Natürlich weiß ich das. Alfred wohnt da oben. Gleich da oben.«

Das Sprechen schien ihn anzustrengen. Er schloss seine Augen und war nahe daran, auf dem Stuhl einzunicken. Doch er riss sich zusammen und nahm noch einmal Anlauf: »Cobenzlgasse, oben, ganz leicht zu finden.«

Nach den letzten beiden Worten schlief Gregor Menschik tatsächlich ein. Baran nahm das Kraut vom Herd und stellte es auf ein Holzbrett. Dann ging er hinaus.

»Wir fahren ein Stück und gehen dann zu Fuß«, sagte er zu Meisel.

Die junge Frau blickte Baran noch einmal an, bevor sie in die Hütte zurückging. Er meinte, ein Lächeln auf ihrem Gesicht erkennen zu können.

Als sie am Automobil anlangten, war es von Jungen in löchrigen Schuhen und Hosen umringt. Sie liefen nicht weg, sondern bettelten um ein paar Kronen. Meisel suchte in seinen Taschen, fand aber nur eine Packung Nil. Er nahm zwei Zigaretten aus der Schachtel und gab sie dem größten der Jungen, der sie triumphierend einsteckte.

Baran traute seinen Augen nicht.

»Sagen Sie nichts, Herr Kommissär«, sagte Meisel, der seinen Blick bemerkte. »Oder wissen Sie, wo Bernstein steckt?«

»Was sagen Sie zur Cobenzlgasse, Meisel?«

»Lang und nobel.«

»Na, dann lassen Sie uns keine Zeit verlieren.«

Die Cobenzlgasse war tatsächlich lang. Sie hieß nach dem Grafen Johann Philipp Cobenzl, der einst über einen ausgedehnten Besitz auf dem Latisberg verfügt hatte, zu dem die besagte Gasse führte. Hier gingen die Weinberge mit den Heurigen und den noblen Villen eine reizvolle Mischung ein.

»Cobenzlgasse, oben, hat er gesagt«, sagte Baran mehr zu sich selbst und ignorierte die ersten vierzig Hausnummern. Dann kam der Feilerhof, der einst ein Bad, ein Café und ein Casino beherbergt hatte. Dort hielt Baran mit dem Automobil an. Er und Meisel gingen zu Fuß weiter, sahen sich links und rechts um, doch schien keine Villa auf die Beschreibung der beiden Tänzer zu passen. Engelsfiguren, hatten sie gesagt. Als sie die Siebzigernummern erreichten, blieb Baran stehen. Niemand kam ihnen auf der Straße entgegen. Doch auf einem Weinberg arbeitete ein Bauer. Er bog den Haupttrieb des Rebstocks kunstvoll über einen Drahtrahmen.

»Der Bauer erzieht die Reben«, sagte Meisel. »Das muss ich bei meinen Stöcken auch bald tun. Es ist höchste Zeit.«

Doch Baran hielt sich nicht mit Weinerziehung auf und sprach den Mann an, der Tabak kaute.

»Wir suchen einen Dr. Bernstein. Er muss hier eine Villa besitzen.«

Der Mann spuckte knapp neben ihm aus. »Villen haben hier viele. Ob die Leute sich das wirklich leisten können, weiß ich nicht. Ich verdiene mein Geld mit ehrlicher Arbeit. Sehen Sie?«

Wieder band er einen Trieb über den Draht. Meisel gesellte sich zu ihm und machte es ihm nach. Der Mann wollte schon eingreifen, sah dann aber, dass der muskulöse Glatzkopf eine geschickte Hand besaß und rasch zwei, drei Triebe in Form gebracht hatte.

»Willst du bei mir arbeiten? Könnte dich gut gebrauchen«, sagte der Bauer anerkennend.

»Ich hab selber Weinstöcke«, erwiderte Meisel, »aber danke. Vielleicht ein anderes Mal. Hast du was gehört von einem Bernstein?«

»Wenn du so fragst, mach mir noch die Reihe, dann erklär ich euch, wo der Bernstein wohnt.«

Meisel nickte und machte sich sofort an die Arbeit. Barans sanfter Protest blieb ungehört.

Keine zwanzig Minuten später standen die zwei Kriminalbeamten vor einer imposanten, mehrstöckigen Villa, die vielleicht zehn Jahre alt und in den Weinberg gebaut worden war. Engelsfiguren sah Baran auf den ersten Blick keine.

»Anläuten?«, fragte Meisel. »Dann schrecken wir ihn auf. So kaltblütig, wie er die Mädeln ermordet hat, müssen wir uns auf jeden Fall vorsehen.«

»Sie glauben wirklich, dass er der Mörder ist?«

»Sie nicht?«

Baran antwortete nicht, sondern öffnete das schmiedeeiserne Tor, ging durch den Vorgarten und blieb vor dem massiven Vorbau des Hauses stehen. Drei Fenster. Eines stand ein Stück offen. »Einen Versuch ist es wert«, sagte Baran. »Räuberleiter, Meisel!«

Widerwillig verschränkte sein Kollege seine Hände, und Baran zwängte sich durch das enge Fenster. Als er auf den Boden sprang, rutschte er auf etwas Glitschigem aus und stieß sich den Kopf an einem Tisch, auf dem Werkzeuge lagen. Für kurze Zeit war er benommen, rappelte sich dann aber auf. Als er das Glitschige genauer betrachtete, erschrak er.

Wenig später war auch Meisel über eine Leiter, die ihm Baran nach außen gereicht hatte, eingestiegen. Auf dem Boden lag Dr. Bernstein in einer Blutlache. Neben seiner rechten Hand lag eine Steyr 1912, eine Pistole, die Baran nur zu gut aus dem Krieg kannte.

Baran tastete nach dem Puls des Doktors, aber es bestand kein Zweifel, dass er tot war.

»Sehen Sie, Kommissär.« Meisel wies auf ein Blatt Papier auf dem Tisch.

»Nicht anrühren. Wegen der Fingerabdrücke.«

Meisel suchte die beste Position, um den Brief lesen zu können, ohne ihn anzufassen.

»Hier steht: ›Ich bereite heute meinem Leben ein Ende. Ich bereue zutiefst, was ich getan habe. Aber ich habe ihr Lachen nicht ertragen, während sie nicht mehr bei mir ist. Wenn es einen Gott gibt, kann ich ihn bald befragen. Lebt wohl.‹ Diese Handschrift. Sieht aus wie die in dem Brief an die Hartmann. Verstehen Sie, was er uns sagen will?«

Baran runzelte einen Augenblick die Stirn. »Mein Gott, ja, ich verstehe. Seine Tochter, sie ist gestorben. Heute hat mich Haberda darauf gestoßen. Gestern noch wollte Bernstein es mir erzählen, aber wir sind unterbrochen worden. Wenn ich es nur kapiert hätte. Wenn ich nachgehakt hätte. Dann würde Fanny vielleicht noch leben.«

»Sie sollten sich darüber keinen Kopf machen«, entgegnete Meisel. »Niemand konnte ahnen, dass dieser Bernstein ein Mörder ist.«.

»Vielleicht haben Sie recht, Meisel, vielleicht war ich aber zu sehr mit meiner eigenen Geschichte beschäftigt, um richtig hinzuhören. Ich sollte achtsamer sein. Irgendetwas hat mich abgelenkt.«

Während Baran in seinen eigenen Gedanken versunken war, öffnete Meisel eine Tür, die in die Innenräume des Hauses führte. »Ich wette, dass dieser Dr. Bernstein ein Telefon besitzt. Es würde einiges erleichtern.«

Baran hörte nicht zu, sondern betrachtete aufmerksam die Leiche. Bernstein hatte sich in die rechte Schläfe geschossen. Nicht immer endete ein solcher Suizidversuch tödlich. Eine Weile hockte er nur da und stellte sich vor, wie es passiert sein mochte. Bernstein war auf einem Stuhl gesessen und hatte den Brief geschrieben. Als er sich erschoss, kippte der Stuhl mit ihm um.

Baran sah sich um. War das hier der Tatort der Morde an Martha und Fanny? Die Kollegen würden bald alle Spuren sichern. Er konnte nichts tun, nur warten und nachdenken. Er erinnerte sich an die Worte der jungen Frau. Ein guter Mann, der sich kümmere und kein Geld verlange. Bernstein hatte den Kranken geholfen, aber als Gerichtsmediziner auch Verbrechen aufgedeckt. Baran musste herausfinden, woran seine Tochter gestorben war.

* * *

Meisel hatte recht behalten. In Bernsteins Villa gab es ein Telefon. Nachdem er das Sicherheitsbüro verständigt hatte, saß er im großen Wohnzimmer auf der Südseite des Hauses und blickte über den Portikus in den weitläufigen Garten. Dort standen zwei menschengroße Engelsfiguren und blickten entschlossen in die Ferne. Sie schienen genauso wie er auf die Menschen zu warten, die diesen Ort auf den Kopf stellen würden, auf der Suche nach Spuren, Erklärungen, Antworten.

Für Meisel war der Fall abgeschlossen. Er hatte Bernstein nie wirklich kennengelernt und es sich längst abgewöhnt, Mörder verstehen zu wollen. Wenn ihn dies interessieren würde, wäre er wohl einer dieser Anhänger des Dr. Freud, der ganz in der Nähe der Polizeidirektion seine Praxis hatte. Ein schrulliger Herr, dem er gelegentlich begegnete, und dann nie ohne Trabucco, eine jener kleinen Zigarren, die er selbst auch manchmal rauchte. Nein, Meisel wollte nicht analysieren, sondern die Täter zur Strecke bringen. Er hatte nicht gerade einen geringen Anteil daran, dass der Mörder der beiden jungen Frauen so rasch gefunden worden war, und konnte stolz auf sich sein. Wenn er nicht mit Schöntann gesprochen hätte, wäre Baran nie auf Bernstein gestoßen. Es war sein Verdienst. Er musste lächeln. Was wäre Baran nur ohne ihn.

* * *

Baran war bereits auf dem Weg zurück zur Gerichtsmedizin, um Haberda zu befragen.

Er hätte sich zwar einen angenehmeren Ort zum Reden gewünscht als den Seziersaal, aber Haberda hatte ihm schließlich versprochen, dass er selbst die Obduktion bei Fanny vornehmen würde. Haberda begutachtete gerade im Beisein von Dr. Steiner den Wirbelkanal und hielt abrupt inne, als Baran ihm die Nachricht von Bernsteins Tod überbrachte.

»Suizid? Dr. Bernstein?« Der Gerichtsmediziner war fassungslos. »Das ist ja entsetzlich. Er soll die Morde an diesen beiden Frauen begangen haben? Nein, das kann ich nicht glauben. Ich werde ihn untersuchen und ihn mir sehr genau ansehen.«

Er tupfte sich Schweiß von der Stirn. Baran hielt den Blick von der bereits zum Teil geöffneten Leiche abgewandt.

»Dr. Steiner, ich möchte, dass Sie hier weitermachen«,

sagte Haberda. »Sie wissen, alles nach Lehrbuch. Ich muss draußen mit dem Herrn Kommissär reden.«

Die frische Luft im Garten tat Baran gut. Eine Frage hatte ihm schon bei der Herfahrt auf dem Herzen gelegen.

»Herr Hofrat«, begann er, »Sie haben mir heute erzählt, dass die Tochter von Dr. Bernstein letztes Jahr gestorben ist. Können Sie mir sagen, woran?«

Haberda schnäuzte sich, bevor er antwortete. »Eine heimtückische Krankheit, wie soll ich es Ihnen erklären? Eine Erkrankung des Nervensystems. Wir nennen sie auch die Charcot-Krankheit. Unheilbar. Bei manchen Menschen schreitet sie langsam voran, bei manchen rasch. Muskelschwund, Unfähigkeit zu sprechen, Schluckstörungen sind die Folge, letztlich können sie nicht mehr atmen. Fräulein Bernstein hatte die ersten Anzeichen als Kind mit elf. Sie hat acht Jahre mit eisernem Willen überlebt. Es ist tragisch, aber sie wollte so gern Tänzerin werden.«

»Tänzerin?« Baran spürte, wie ihm heiß wurde. Er glaubte, den Zusammenhang zu verstehen, aber er brauchte Gewissheit. Hastig verabschiedete er sich von Haberda, der ihn erstaunt ansah, und eilte davon.

* * *

Baran klopfte zweimal an die Tür von Onkel Hirsch, ehe dieser öffnete. Er sah sehr müde aus. »Sie, Herr Kommissär. Ich hätte nicht geglaubt, Sie noch einmal wiederzusehen. Es ist viel geschehen, was ich immer noch nicht begreife. Aber kommen Sie doch rein.«

Es roch nach Brot und Käse. Eleonore, dachte Baran, der sich auf einen Stuhl setzte. Onkel Hirsch schenkte Tee ein.

»Was führt Sie zu mir? Fragen wegen Mendel? Ich kann noch immer nicht glauben, dass er sich dazu hat hinreißen lassen. Dass er etwas mit der da hatte.«

Onkel Hirsch deutete in Richtung der Wohnung von Mizzi Wotruba, die jetzt leer stand.

»Ich war bei ihm, gestern. Dr. Stern kämpft wie ein Löwe, dass er glimpflich davonkommt. Ich weiß nicht, was ich denken soll.«

Dem alten Mann war die große Enttäuschung anzusehen. Baran konnte ihn gut verstehen. Sein Ziehsohn stellte seine Hoffnung in die neue Welt dar. Einen Augenblick lang saßen beide still da, tranken ihren Tee, ehe Baran die Frage stellte, deretwegen er gekommen war.

»Onkel Hirsch. Ich würde Sie gern fragen, ob Sie einen Dr. Bernstein kennen.«

»Dr. Bernstein? Aber natürlich. Er ist ein Freund von Eleonores Vater.«

»War er auch hier? Kannte Mendel ihn?«

»Ja, er war hier, mehrere Male. Er hat auch nach mir gesehen, als ich diese hartnäckige Grippe hatte. Wie Sie sehen, bin ich nicht daran gestorben.« Ein Lächeln huschte über Onkel Hirschs Gesicht.

»Wie war das Verhältnis zwischen ihm und Mendel? Haben sie sich gemocht?«

»Lieber Herr Kommissär, warum fragen Sie das?«

»Hat es Streit zwischen den beiden gegeben?«

»Nein, keinen Streit. Im Gegenteil. Dr. Bernstein hat Mendel beim Studium unterstützt. Sie müssen mir jetzt sagen, warum Sie das alles wissen wollen.«

»Dr. Bernstein ist tot«, antwortete Baran.

»Was sagen Sie? Tot? Aber er war doch noch so jung.« Und dann sprach Onkel Hirsch den Segen aus, den fromme Juden beim Tod eines Menschen zu sagen pflegen: *»Baruch dajan ha-emet.«* Gelobt sei der wahre Richter.

Baran beließ es dabei und erzählte Onkel Hirsch nicht, wie Bernstein gestorben war.

»Ich danke Ihnen, Herr Kommissär, dass Sie es mir gesagt haben«, sagte der Alte.

Baran wollte erneut zu einer Frage ansetzen, als plötzlich die Tür geöffnet wurde und Eleonore hereinkam. Sie trug einen eleganten blauen Mantel und darunter ein blau-weißes Kleid mit Bubikragen. Sie schien sehr überrascht, ihn hier zu sehen.

»Eleonore, ach, weißt du was, Dr. Bernstein ist tot«, sagte Onkel Hirsch zu ihr. »Der Kommissär hat es mir gerade erzählt.« Er bemühte sich aufzustehen, plumpste dann aber wieder auf den Stuhl.

Eleonore stand da, Baran dicht vor ihr. Ihre Blicke trafen sich. Sie wirkte sichtlich betroffen. »Dr. Bernstein tot? Er war doch gestern noch quicklebendig. Sie haben lange mit ihm gesprochen. Um Gottes willen, was ist geschehen? War es ein Unfall?«

»So etwas in der Art, ja«, antwortete Baran. »Hätten Sie ein paar Minuten für mich, Fräulein Werthmann?«

Die junge Frau stellte ein Fläschchen auf den Tisch. »Deine Medizin, Onkel Hirsch. Du musst sie regelmäßig nehmen. Ich werde kurz mit dem Kommissär reden, dann komme ich noch einmal vorbei, einverstanden?«

»Du bist immer willkommen, mein Kind. Sie übrigens auch, Herr Kommissär.«

Baran verabschiedete sich höflich und ging mit Eleonore die Treppe hinab.

»Was ist passiert?«, fragte sie beunruhigt. »Sie müssen mir die Wahrheit sagen.«

»Dr. Bernstein hat sich selbst getötet.«

»Selbstmord? Das ... das kann ich nicht glauben.« Energisch schüttelte sie den Kopf.

»Sie werden es ohnehin bald in den Zeitungen lesen. Dr. Bernstein ist wohl der Mörder der beiden Frauen. Er hat einen Abschiedsbrief hinterlassen, in dem er alles zugibt. Mehr kann ich Ihnen nicht sagen.«

Eleonore starrte Baran mit großen Augen an. Eine kleine Falte bildete sich auf ihrer Stirn. »Niemals, Herr Kommissär. Das kann nicht sein«, erwiderte sie erbost. »Sie müssen sich täuschen. Ich kenne den Doktor seit meiner Kindheit. Er hat unzählige Leben gerettet und keines genommen.«

»Dann wussten Sie auch, dass er der Geliebte von Martha Halpern war?«

»Was? Nein. Dr. Bernstein und diese Martha? Sie kannten sich doch gar nicht.«

»Da täuschen Sie sich, Fräulein Werthmann. Es gibt Fotos und damit eindeutige Beweise.«

Sie schüttelte den Kopf. »Nein, das glaube ich einfach nicht. Dr. Bernstein und Martha. Das passt nicht. Er hätte nie, niemals nach ...«

»… dem Tod seiner Tochter? Vielleicht suchte er Trost. Vielleicht hat er in ihr etwas gefunden, was seine Tochter so sehnlichst wollte.«

»Was meinen Sie?«

»Seine Tochter wollte unbedingt Tänzerin werden. Womöglich wollte er Martha deshalb näher kennenlernen. Und dann ist etwas ganz schiefgelaufen, und er hat die beiden jungen Frauen getötet.«

Eleonore schnappte nach Luft: »Oh, mein Gott, Sie glauben das wirklich. Das ist verrückt. Dr. Bernstein hat die Frauen nicht getötet. Auch wenn das in dem ominösen Brief steht, den er angeblich hinterlassen hat.«

Dass sie so vehement abstritt, was offensichtlich auf der Hand lag, verunsicherte Baran. Außerdem bereitete ihm eine weitere Sache Kopfzerbrechen.

»Ich habe gerade mit Onkel Hirsch gesprochen. Er hat gesagt, dass Dr. Bernstein und Mendel gut miteinander ausgekommen seien. Das verstehe ich nicht.« Er erzählte ihr von der Botschaft des Mörders an Mizzi Wotruba, in der davon die Rede war, dass sie die Sorge um die furchtbare Tänzerin und entsetzliche Betrügerin los sei, von dem Stück Fleisch und der Mordwaffe.

Entrüstet blickte Eleonore ihn an.

»Es sieht so aus«, fuhr Baran fort, »dass Dr. Bernstein die Karte an die Wotruba geschrieben hat. Mit dem Brecheisen hat er Mendel Hirsch alles in die Schuhe schieben wollen. Aber warum?«

Eleonores Zornesfalte vertiefte sich. »Sie irren sich«, brauste sie auf, »und wie Sie sich irren. Hören Sie sich mal selber zu? Das, was Sie mir gerade erzählt haben, ergibt überhaupt keinen Sinn. Haben Sie schon einmal überlegt, dass Sie jemand die ganze Zeit an der Nase herumführt? Guten Tag, Herr Kommissär.«

Abrupt drehte sie sich um und ging davon. Baran blieb wie angewurzelt stehen. In seinem Kopf drehte sich das Gedankenkarussell. Urteilte er zu rasch? War es womöglich gar kein Selbstmord gewesen? Lag das Motiv woanders?

Auf der kurzen Fahrt ins Sicherheitsbüro versuchte Baran krampfhaft, die Teile zusammenzusetzen. Er wollte Eleonore partout beweisen, dass er sich nicht täuschte. Der Schlüssel war Bernsteins Tochter und ihr Traum, Tänzerin zu werden. Sie bekam jedoch eine Krankheit, die den Körper lähmte. In Bernstein stauten sich Trauer und Wut auf, als er Martha in dieser Bar tanzen sah. Er freundete sich mit ihr an, gewann ihr Vertrauen, ihre Zuneigung. Vielleicht war er tatsächlich eine Weile glücklich mit ihr, konnte den Schmerz vergessen. Sie wurden ein Paar. Aber dann schlug die Liebe in Hass um, und Martha musste sterben. Er konnte ihr Lachen nicht mehr ertragen, stand in dem Brief. Was meinte er damit? Das Lachen aus Lebensfreude, aus der Lust am Tanzen? Oder hatte sie am Ende ihn ausgelacht? Aber warum hatte er dann ihr Gesicht auf diese Weise entstellt? Wäre es nicht logischer gewesen, ihre Lippen zu verletzen? Das Lachen nicht mehr ertragen? Es passte nicht. Und Fanny? Sie musste von der Liebe zwischen den beiden gewusst haben. Aber warum hatte sie Baran dann nichts davon erzählt und die Schuld auf Hirsch geschoben? Vielleicht, weil sie ihn loswerden wollte, weil er ihr lästig war. Mittellos, mit dieser Mizzi Wotruba in einer dubiosen Beziehung. Welche Beziehung hatte Fanny zu Bernstein gehabt? Hatte sie ihm am Ende gedroht, ihn erpresst? Wäre sie dieses Risiko nach dem brutalen Tod von Martha eingegangen? War sie deshalb ermordet worden, weil sie den Bogen überspannt hatte? Je länger Baran darüber nachdachte, umso unsicherer wurde er, umso tiefer gruben sich in seinem Hirn Zweifel ein, weil Eleonore ihm auf den Kopf zugesagt hatte, dass er sich irren müsse. Irgendwie passten die Mosaiksteine einfach nicht zusammen. Er musste an eines dieser modernen Gemälde denken, die sein ästhetisches Gefühl beleidigten.

Verwirrt und unsicher kam Baran im Sicherheitsbüro an. Er hätte gerne seine Ruhe gehabt, um weiter nachzudenken, aber Zeller polterte in sein Zimmer.

»Gute Arbeit«, lobte er den skeptisch dreinblickenden Baran. »Unglaublich, dieser Doktor. Die Medien werden es dankbar aufgreifen.«

»Nein«, erwiderte Baran energisch, senkte jedoch gleich wieder seine Stimme. »Mit Verlaub, Herr Oberkommissär, wir sollten damit noch warten, bis alle Beweise gesichtet sind. Ich meine …«

»Beweise? Welche Beweise wollen Sie denn noch? Ein Bekennerschreiben?«, gab Zeller zurück. Dann lenkte er ein. »Na gut, Baran, dann beeilen Sie sich. Ich war selbst immer darauf bedacht, korrekt zu arbeiten und das Gesetz zu achten. Nur rasch sollte es gehen, Sie kennen die Ungeduld unserer Journalisten.«

Baran antwortete nicht darauf. Er hatte zumindest etwas Zeit gewonnen. Aber Zeller war noch nicht fertig.

»Wirklich unglaublich, dieser Doktor. Nur gut, dass er wenigstens die Courage hatte, sich selbst zu richten. Erspart dem Steuerzahler viel Geld. Außerdem werden wir bald den Antisemitenbund nicht mehr benötigen, wenn sich die Israeliten im Lande selbst dezimieren.«

Baran war es nun endgültig zu viel, aber er hielt seinen Mund. Zum Glück verabschiedete sich Zeller. Baran blieb noch eine Weile sitzen, bevor er schließlich beschloss, auch aufzubrechen. Er brauchte einen Ortswechsel.

* * *

Im gut besuchten Gasthaus *Zur güldenen Waldschnepfe*, die sich wenige Hundert Meter von seiner Villa auf der Dornbacher Straße befand, kehrte Baran ein, um sich einen herben Weißwein zu gönnen und ein Brathuhn zu essen. Dass hier einst die Schrammeln aufgespielt und Kronprinz Rudolf mit seinem Leibfiaker Josef Bratfisch Stammgast gewesen war, daran erinnerte man sich nur zu gern. Viel lieber als an die Zeiten, als die Gasträume dem Roten Kreuz als Krankenstation dienten. An nichts war der Krieg spurlos vorübergegangen. Baran war es nicht unrecht, dass am heutigen Abend keine Musik gespielt wurde und er seine Ruhe hatte.

Nachdem er gegessen und sein zweites Glas Wein geleert hatte, war Baran sich sicher, dass dieser Fall noch nicht gelöst war und Bernstein kein überzeugendes Motiv für die Morde hatte. Auf einmal musste er an Frau Veith denken, der er versprochen hatte, den Tod ihres Mannes aufzuklären. Er hätte sich leicht herausreden können, dass er keine Zeit dafür habe, aber es war nur ein Teil der Wahrheit. Um ehrlich zu sein, war Baran der Mord an den beiden Frauen doch sehr nahe gegangen. Immer wieder musste er an seine Schwester denken. Wenn er sie schon nicht finden konnte, so durften diese Verbrechen nicht ungesühnt bleiben. Es ging um mehr als nur Gerechtigkeit. Er musste eine Leere in sich füllen. Und dann war da auch noch Eleonore, die ihn herausforderte, seinen Verstand auf den Prüfstand stellte und ihn auf eine seltsame Art beeindruckte.

Nach einem weiteren Glas hatte Baran sich ein wenig entspannt und ließ den letzten Tag Revue passieren. Er musste sogar schmunzeln, als ihm die Indianerin mit dem Apfelstrudel einfiel und die bisswütige junge Frau im Barackenviertel, der unglaubliche Zauberer und der ungeschickte Erlbacher. Plötzlich kamen ihm wieder seine Worte in den Sinn, als Meisel ihn abgeführt hatte: »Ich glaub, ich hab was für Sie.« Baran griff sich an die Stirn. Wie hatte er das nur vergessen können! Schnell stand er auf und zahlte.

WIEN, DIENSTAG, 21. MÄRZ 1922

Erlbacher saß wie ein Häufchen Elend auf einem Stuhl im Verhörraum des Gefängnisses. Aber im Unterschied zum letzten Gespräch, das Baran mit ihm in seinem Büro geführt hatte, roch er diesmal nach Seife und trug frische Kleidung.

»Hat man Sie im Gefängnis gezwungen, sich zu waschen?«, fragte Baran süffisant.

»Disziplin und Kontrolle«, antwortete Erlbacher. »Das wird dieses Land noch einmal in den Untergang treiben.«

Baran überlegte, ob es noch schlimmer kommen konnte als nach dem letzten Krieg, bei dem täglich über sechstausend Menschen gestorben waren.

»Sie sagten, Sie hätten etwas für mich.«

»Ich erinner mich nicht«, schaltete Erlbacher auf stur. Immerhin hatte Baran ihn einsperren lassen. Er überlegte, ob für Erlbacher das Stehlen eine Art ehrwürdige Tätigkeit darstellte, wie die Arbeit in einer Bank oder in einem Kolonialwarenladen. Erwischt zu werden kam einem unverzeihlichen Fehler gleich, Gefängnis war wie eine unehrenhafte Entlassung, und Erlbacher war weit weniger wütend auf den bösen Staat als auf seine eigene Unzulänglichkeit.

»Kann i wieder gehen?«, brach Erlbacher das Schweigen.

»Sie sind bis zum Sommer wieder draußen, das verspreche ich Ihnen.«

»Sie sollten nix versprechen, was Sie nit halten können. Die woll'n mi dabehalten. I bin so was wie ein Stammgast.« Nur mit Mühe bekam er ein Grinsen zustande.

»Ich habe Sie schon einmal geschützt, ein zweites Mal wird es teurer«, erwiderte Baran. »Aber ich werde vor dem Richter aussagen, dass Sie mir wertvolle Hinweise gegeben haben. Und ich ohne Sie einem Verbrecher nicht auf die Spur gekommen wäre. Es wird sich mildernd auswirken. Das ist alles, was ich für Sie tun kann. Das Stehlen aufzugeben, dafür müssen Sie selber sorgen. Sie werden immer wieder erwischt werden. Das kann ich Ihnen versichern.«

Erlbacher kratzte sich am Kopf und dachte nach. Was hätte aus dem großen Mann werden können, wenn er eine andere Laufbahn eingeschlagen hätte, aus einer anderen Familie stammen würde oder einfach in der Schule aufgepasst hätte? Filmschauspieler, fiel Baran ein, und schob den Gedanken gleich wieder beiseite.

»I hab ihn wegwerfen wollen, den Brief.«

Baran glaubte, sich verhört zu haben. »Den Brief. Sie haben den Brief?«

»I hab g'hofft, dass Geld in dem Kuvert drin ist. Ma kann ja nie wissen. Manchmal geb'n die Opas was in a Kuvert und schenken das dem Enkerl. Hätt ja sein können. Aber es war a Brief. Als i ihn g'nommen hab, hat mich der alte Mann ang'schaut, als wär ich der Teufel höchstpersönlich. Furchterregend. Hat mir den Brief aus der Hand reißen wollen. War aber schon zu schwach. Und dann is' eh gleich der andere gekommen. Sie wissen schon.«

»Der Mann mit den blauen Augen, ich weiß. Wo ist der Brief jetzt?«

»Na, bei mir z' Haus. Wo soll er denn sonst sein?«

»Adresse?«

»Die hab'n Ihre Kollegen eh, war'n neulich ja auch gleich da.«

»Adresse!«

»Der Brief is' weg.«

Das konnte doch wohl nicht wahr sein! Aber Erlbachers bedrücktes Gesicht sprach Bände.

»I weiß es selber nit«, sagte er. »Es is' so a Unordnung. I find ihn nimmer.«

»Wissen Sie wenigstens, was drinstand?«, fragte Baran. »Oder wollen Sie mir nur die Zeit stehlen?«

»I weiß nit, wo er is'. I schwör, dass i ihn g'habt hab. Bis neulich. Ja, i hab ihn g'lesen. War ja neugierig.«

»Und?«

»Nix. Irgendwas mit einem Grafen, der sich erschießen wollt. Lebensmüde war er halt. Wegen einer Schuld. Was von Gewissen is' dort g'standen, und dass er eben nimmer mehr leben will.«

»Gut, und weiter?«

»Das war's. War ja a dünner Brief.«

»Wissen Sie wenigstens noch, wie der Graf geheißen hat?«

»Na, hab i vergessen. Leider. Aber i denk eh schon die ganze Zeit drüber nach. Glauben S' mir.«

* * *

Baran war schlechter Laune, als er ins Sicherheitsbüro kam. Auch wenn Erlbacher ihm die Information über den Brief gegeben hatte, tappten sie, was den Namen des Grafen anging, im Dunkeln. Baran bezweifelte, dass er dem notorischen Dieb noch einfallen würde. Meisel wartete bereits, allerdings wesentlich besser aufgelegt, mit einem Stück Kuchen. »Geschenk von Fräulein Hertha«, sagte er, »der eifrigen Sekretärin unseres Oberkommissärs, die sich gefreut hat, dass die Suche nach dem Villenbesitzer mit den Engerln im Garten abgeblasen wurde.«

»Wenigstens zwei, die sich freuen«, meinte Baran.

»Haben Sie schlecht geschlafen, Herr Kommissär?«

»Nein, sogar ausnehmend gut. Nachdem ich ordentlich Wein getrunken hatte. Aber lassen wir das, ich brauche Sie.«

Meisel, der sich gerade ein Stück Gugelhupf in den Mund schob, erwiderte: »Jetzt?«, wobei er einige Krümel ausspuckte.

»Genau, jetzt. Wir fahren zur Villa von Bernstein.«

»Nein, wieso?« Meisel hätte sich beinahe verschluckt. Baran ignorierte den Einwand und verließ das Büro. Leise fluchend folgte Meisel ihm.

»Was suchen Sie?«, fragte er nach einer Weile, während sie im Stechschritt die Straße entlangeilten.

»Antworten, Meisel. Wie immer, Antworten. Was

haben die Kollegen gestern in der Villa von Bernstein gemacht?«

»Sie haben überall Fingerabdrücke genommen. Wenn wir Übereinstimmungen zwischen Martha und Fanny …«

»Schon gut. Was noch?«

»Nichts weiter«, antwortete Meisel. »Der Oberkommissär hat sie abgezogen. Der Abschiedsbrief war ihm jetzt doch Beweis genug.«

»Ich habe mir so etwas schon gedacht. Darum fahren wir hin, verstehen Sie?«

Meisel verstand langsam, warum Baran gestern so schnell vom Tatort verschwunden war. Er wollte sich ganz in Ruhe alles alleine ansehen. Mit ihm, Meisel, natürlich. Er musste lächeln und schwieg die restliche Strecke.

Diesmal kletterte Baran nicht durch ein Fenster hinein, sondern nahm die Eingangstür.

»Wir teilen uns auf, Meisel«, sagte er. »Sie übernehmen das Parterre, ich den ersten Stock.«

Pflichtbewusst begann Meisel die Schränke und Kommoden nach Dokumenten, Fotos oder Gegenständen zu durchsuchen, die einen Hinweis auf die Beziehung zwischen Bernstein, Martha und Fanny geben könnten.

Auf der Fahrt hierher hatte Baran sich vorgestellt, dass sie einen Erpresserbrief von Fanny oder etwas anderes Kompromittierendes entdecken würden. Aber als er jetzt das große helle Wohnzimmer betrat, das den Blick in den Garten freigab, wobei er sich von einem zornig dreinblickenden Engel beobachtet fühlte, hatte er beinahe Skrupel, die geschmackvoll aufeinander abgestimmten Möbel zu berühren. Es waren ausnahmslos Schränke, Vitrinen, Stühle der Wiener Werkstätten, gerade, schlanke Formen und elegant zeitlos. Baran ging zu einem Sekretär, in dem er am ehesten Dokumente vermutete. Doch die Hoffnung verflog bald. Denn er fand nur unbeschriebene Briefbögen und Kuverts, Belege für bezahlte Rechnungen, die das Haus betrafen, und einige Befunde, die Bernstein offensichtlich gelegentlich mit nach Hause genommen hatte.

Nachdem er ohne Ergebnis das Wohnzimmer durchsucht hatte, betrat Baran die Bibliothek, in der er fast jedes Buch aus dem Regal herausnahm und auch nicht fündig wurde. Genauso erging es Meisel im Salon und in den Schlafzimmern. Aufgeräumt, geputzt, keinerlei Unordnung, kaum Handschriftliches, keine persönlichen Bilder. Vor allem kein Foto von der verstorbenen Tochter. Das machte Baran stutzig.

»Wir müssen noch einmal zum Fundort der Leiche«, sagte er zu Meisel.

Dieser protestierte: »Dort haben wir doch alles durchkämmt, Fotos gemacht. Da werden wir nichts finden.«

»Genau deswegen. Kommen Sie.«

Meisel brummte etwas und folgte Baran, der die Tür zu dem Werkzeugraum öffnete, wo sie den toten Bernstein gefunden hatten. Der metallische Geruch nach getrocknetem Blut hing in der stickigen Luft. Billige Holzregale mit Gartenutensilien und an einer Wand ein alter Kleiderschrank, dessen Türen offen standen. Darin befanden sich Decken und Kissen.

Auf dem Tisch lag Werkzeug, der umgestürzte Stuhl war wieder hingestellt worden.

»Sehen Sie, Kommissär, nichts.« Meisel wollte sich schon zum Gehen wenden, als Baran ihn zurückhielt.

»Schauen Sie.« Er deutete auf die Stelle, wo Bernstein gelegen hatte.

»Was hat er hier unten gemacht?«

»Den Abschiedsbrief geschrieben, was sonst?«

»Warum nicht im Haus?«, entgegnete Baran.

»Weil er sich hier erschießen wollte. Leute gehen in den Keller oder auf den Dachboden, um sich umzubringen. Sie tun es gern an entlegenen Orten.«

»Wenn ich er gewesen wäre, hätte ich mich im Wohnzimmer am Schreibtisch erschossen.«

»Und dabei den strengen Engeln ins Auge geschaut? Niemals.«

»Er fiel vom Stuhl auf den Boden. Wenn er am Tisch gesessen hätte, wo wir den Brief gefunden haben, wäre er … nein, er hat sich umgedreht und zur Tür geblickt.«

Baran kniete sich vor den Schrank und tastete mit der Hand darunter.

»Hier ist etwas, Meisel.« Er zog es heraus.

»Ein Foto.« Baran betrachtete es und reichte es seinem Kollegen.

»Erkennen Sie die Personen? Sehen Sie genau hin.«

Martha Halpern stand auf einer sich wahrscheinlich drehenden Bühne, ein Bein von sich gestreckt, eine Hand in der Luft. Davor saßen an einem Tisch Bernstein und Schöntann sowie eine weitere Person, deren

Gesicht verdeckt wurde von einem grinsenden Mann, den sie beide nur allzu gut kannten.

»Ist er es?«, fragte Meisel, der seinen Augen nicht traute.

»So wie ich ich bin und Sie Sie sind. Es gibt keinen Zweifel.«

Sie verließen das Haus und stiegen ins Auto.

»Wie gehen wir damit um?«, fragte Meisel. Das Wetter hatte sich verschlechtert und passte zu seiner Stimmung. »Wollen wir ihn damit konfrontieren?«

»Auf keinen Fall. Die Beweislage ist noch zu dünn.«

Baran war auf eine seltsame Weise aufgeregt. Was er gesehen hatte, bestätigte sein Bauchgefühl. Er wusste nicht, ob es Bernstein entlastete, aber genau deswegen war dieser Fall noch lange nicht abgeschlossen.

»Wohin fahren wir?«, fragte Meisel.

»Dorthin, wo wir das erste Foto bekommen haben. In den Prater.«

* * *

Bei dem kalten und tristen Wetter saß die Frau ohne Unterleib nicht mehr vor dem Wohnhaus, wo Schöntann im ersten Stock wohnte. Baran öffnete die Eingangstür und traf auf den kleinwüchsigen Ausrufer, der den Hinweis auf den Zauberer gegeben hatte.

»Sie sind wieder wegen dem Schöntann hier«, sagte er mit erstaunlich tiefer Stimme. »Er ist im Panoptikum. Sie wissen, wo das ist?«

Meisel nickte, Baran erinnerte sich flüchtig.

»Martin, Schatz, kommst du. Die Suppe wird kalt.«

Baran konnte nur ahnen, wem die Stimme gehörte, die aus der offenen Tür drang.

»Sie sind Herr Bender?«, fragte er ungläubig.

»Der bin ich, Martin Bender. Und meine Frau, die gerade gerufen hat, haben Sie ja bereits gestern kennengelernt.«

»Sie macht wunderbaren Apfelstrudel«, stammelte Baran, dem nichts Besseres einfiel. Er bedankte sich bei Martin Bender für den Hinweis, wobei ihn eine seltsame Wehmut beschlich. Wenn sich dieses Paar, das unterschiedlicher nicht sein konnte, gefunden hatte, wieso lebte er dann seit Jahren allein?

Das Panoptikum, eingerichtet von Hermann Präuscher in den 1870er Jahren, war einer der faszinierendsten Orte, die Baran als Jugendlicher mit seiner Mutter und seinem Onkel besucht hatte. Bereits der riesige ausgestopfte Gorilla, der vor dem Eingang die Besucher begrüßte, war beeindruckend. Er hielt ein Mädchen mit endlos langen blonden Haaren umklammert. Einer angeblich wahren Geschichte zufolge war in Südafrika tatsächlich ein Mädchen von einem Gorilla geraubt und schließlich erdrückt worden, bevor der Vater das wilde Tier zur Strecke bringen konnte. Manchmal, wenn ihn die Verzweiflung überkam, weil er nicht wusste, was mit seiner Schwester geschehen war, musste Baran an diese Figur denken. Dann wollte er dem Gorilla das Mädchen am liebsten entreißen, aber er fürchtete jedes Mal, zu spät zu kommen.

Im Panoptikum selbst konnte man viele lebensechte Wachsfiguren bestaunen: unter anderem Kaiser Franz

Joseph, der gleich zweimal in unterschiedlichem Alter zu sehen war, Maria Theresia, Goethe und Schiller. Baran interessierte sich jedoch nicht für die Gladiatoren oder die Mumien der Inkas, sondern für die Verbrecher und Mörder wie Hugo Schenk, der junge Mädchen getötet hatte und 1884 dafür hingerichtet worden war.

Bei der mäßig erfreuten Kassiererin wiesen sich Baran und Meisel als Polizisten aus und suchten Schöntann. Er befand sich in dem Raum mit den Folterknechten. Einer versuchte, einer jungen Frau mit glühender Zange ein Geständnis zu entlocken.

»Ein grimmiger Ort für einen gebildeten Menschen im 20. Jahrhundert«, sagte Baran. Schöntann hätte vor Schreck beinahe die Zange fallen lassen.

»Verzeihen Sie, ich habe Sie nicht kommen hören, Herr Kommissär, Herr Inspektor. Hat Ihnen das Foto weitergeholfen?«, fragte er.

»Sie haben einen entscheidenden Hinweis gegeben«, antwortete Meisel.

»Wir sind dem Mörder tatsächlich auf der Spur«, ergänzte Baran, um zu verhindern, dass sein Kollege zu viel ausplauderte.

»Das freut mich. Es war meine Pflicht als Staatsbürger. Aber ich vermute, Sie sind nicht hierhergekommen, um mir zu danken.«

»So ist es«, erwiderte Baran. »Aber vielleicht sollten wir uns woanders unterhalten.«

»Sehr gern. Sie müssen wissen, ich helfe hier, wenn Not am Mann ist. Das Wachs ist unerschwinglich teuer geworden, sodass jede Reparatur an den Figuren ein

Vermögen kostet. Ich tue mein Möglichstes, um so günstig wie möglich Schäden auszubessern. Das Arbeiten mit Wachs ist ein altes Steckenpferd von mir. Aber kommen Sie doch mit. Ich muss Ihnen etwas zeigen.«

Baran und Meisel folgten Schöntann ins anatomische Museum, das nur Erwachsenen vorbehalten war. Hier bekam man einen Einblick in die Entwicklung eines Fötus in seinen verschiedenen Stadien oder konnte verschiedene Krankheiten bestaunen, wie die Blutkrankheit oder den Krebs.

»Daran arbeiten wir gerade.« Schöntann zeigte auf ein ausgestelltes Mannlicher-Gewehr, dessen Feuerkraft augenscheinlich dargestellt wurde. »Nicht weniger als acht menschliche Körper werden durchschlagen. Beeindruckend, nicht?«

Baran bemühte sich, die Erinnerung zu verdrängen, die ihn zu übermannen drohte. Plötzlich bekam er einen starken Hustenreiz und verließ den Raum. Im Freien sog er die kühle Luft ein.

Meisel gesellte sich zu ihm und sagte: »Er lässt uns nie ganz los, dieser verdammte Krieg.«

»Das ist es nicht, Meisel, nur die Luft. Diese Präparate.«

Eine Weile standen sie einfach nur da und atmeten die kalte, frische Luft ein.

Dann erschien Schöntann und fragte: »Die Herren meditieren?«

»Unsinn«, antwortete Meisel hastig.

Baran lächelte. »Zeigen Sie doch Graf Schöntann das Foto, Meisel.«

Dieser nahm es vorsichtig aus seiner Manteltasche.

»Können Sie uns zu diesem Foto etwas sagen?«

Schöntann nahm es in die Hand, und Baran merkte, dass er für ein, zwei Sekunden angespannt aussah.

»Woher haben Sie diese Fotografie?«, fragte Schöntann.

Meisel wollte antworten, aber Baran kam ihm zuvor. »Darüber dürfen wir leider nicht sprechen. Es sieht so aus, als wäre es am selben Tag aufgenommen worden wie das andere Bild, das Sie uns gezeigt haben.«

»Ja, Sie haben recht. Das muss an dem Abend gewesen sein. Oh, und ich bin auch drauf. Ich erinnere mich gar nicht, an dem Tisch gesessen zu haben. Mein Gedächtnis ist wohl nicht mehr das beste. Und hier sitzt dieser Arzt, der sich später mit Martha sehr lange unterhalten hat. Haben Sie ihn denn schon gefunden?«

Baran ignorierte die Frage und sagte stattdessen: »Sehen Sie sich das Foto bitte noch einmal genau an. Wissen Sie, wer das ist?« Baran zeigte auf den Mann, der verdeckt hinter Schöntann zu sehen war.

Schöntann betrachtete das Bild genauer, hielt es erst ein wenig von sich weg und dann näher vor sein Gesicht. Baran wunderte sich darüber, denn die Person war nicht zu erkennen. Wenn, dann musste Schöntann sie in seinem Hirn wiederfinden, nicht auf dem Foto.

»Nein, tut mir leid. Ich weiß nicht, wer das ist«, sagte er schließlich. »Aber den Mann hier links, an den erinnere ich mich. Das war ein ziemlich großspuriger Angeber. Eine nicht sehr angenehme Erscheinung.«

Baran und Meisel sahen sich an und grinsten beide.

»Sie kennen ihn also«, bemerkte Schöntann.

»Wir kennen ihn«, bestätigte Baran, »und wundern uns, was er an diesem Abend dort gemacht hat.«

»Das kann ich leicht beantworten, Herr Kommissär. Er war, auch das hat mich sehr gewundert, ein Freund der göttlichen Magda. Zumindest hat sie ihn so bezeichnet. Ein väterlicher Freund, hat sie gesagt. Er war es auch, der sie hingebracht hat. Das hätte ich Ihnen wahrscheinlich gleich erzählen sollen, aber ich dachte, dass Sie ihren Verlobten suchten, und das war eindeutig wohl dieser Herr da.«

Baran musste Schöntanns Aussage erst einmal verarbeiten, aber Meisel sagte: »Haben dieser Arzt und der väterliche Freund von Martha sich denn gekannt?«

»Ich glaube schon. Sie unterhielten sich sehr vertraut. Ich wäre ja nie darauf gekommen, dass es sich um einen Arzt handeln könnte, wenn sie nicht über ein medizinisches Thema gesprochen hätten. Aber der Großspurige war sicher kein Mediziner. Das merkte man gleich.«

Dem konnte Baran nun wirklich nicht widersprechen. Er und Meisel verabschiedeten sich, klüger und verblüffter zugleich.

* * *

Hofrat Ferdinand Peilsteiner stand knapp vor seiner Pensionierung. Als Baran in den Polizeidienst eingetreten war, stand Peilsteiner ihm des Öfteren mit Rat und Tat zur Seite. Er war ein feinsinniger, kunstbeflissener Mensch, der jedoch Strenge und Disziplin nicht missen ließ und, so mutmaßte Baran, auch einen guten

Museumsdirektor abgegeben hätte. In seinem geräumigen Büro hingen wertvolle Bilder an den Wänden, standen schwere alte Möbel, Lehrbücher aus vergangenen Tagen und gerahmte Fotos von einer weitverzweigten Familie.

Peilsteiner paffte eine Zigarre, während Baran versuchte, ihm die Sachlage zu erklären.

»Das sind ernste Anschuldigungen, lieber Baran. Damit muss man sehr behutsam umgehen. Sie wollen doch nicht ernsthaft dem verdienten Oberkommissär Zeller unterstellen, dass er auch nur im Entferntesten etwas mit einem so schändlichen Verbrechen zu tun haben könnte. Er ist ein ehrbarer Bürger und wird vielleicht bald in diesem Stuhl sitzen.«

Davor möge uns Gott schützen, dachte Baran, sagte aber: »Allerdings müssen wir der Tatsache ins Auge schauen, dass der Herr Oberkommissär das Mordopfer mehr als nur flüchtig kannte. Es liegt mir fern, ihm zu unterstellen, dass er die junge Frau getötet hat, aber wir müssen ihn zu ihr befragen. Wir dürfen nicht einfach den Fall zu den Akten legen.«

Nachdenklich strich Peilsteiner sich durch seinen Backenbart. »Ich führe die Befragung durch. Und Sie werden schweigen und zuhören. Haben wir uns verstanden?«

»Sehr wohl, Herr Hofrat. Und wann gedenken Sie, den Herrn Oberkommissär zu befragen?«

»Werden Sie nicht frech, Baran. Und seien Sie sich sicher, dass ich nicht zu denjenigen gehöre, die etwas auf die lange Bank schieben.«

Baran verabschiedete sich. Als er die schwere Holztür

hinter sich zuzog, hörte er, dass Peilsteiner telefonierte und die Fallakte anforderte. Er war zufrieden, vorerst.

Sein nächster Weg führte ihn einige Treppen höher in das Reich der unermüdlich arbeitenden Bienen, die Fingerabdrücke abglichen und identifizierten, Personendaten speicherten und Fotos katalogisierten.

Baran war hier ein bekanntes Gesicht, da er lange genug nach Hinweisen zum Verbleib seiner Schwester gesucht hatte und den Leuten gehörig auf die Nerven gegangen war. Diesmal hatte er es besonders eilig. Allerdings betraf es nicht seine Schwester.

Er beugte sich zu einem jungen Mann, der mit einer großen Lupe zwei Abdrücke verglich. Er blickte nur kurz auf.

»Ich weiß, weshalb Sie hier sind, Herr Kommissär. Martha Halpern und Fanny ... wie hieß sie doch gleich?«

»Pinsker«, ergänzte Baran. »Und der Handschriftenvergleich?«

»Der Handschriftenvergleich wegen des Selbstmörders. Also, alles erledigt und schon weg.«

»Schon weg? Was soll das heißen?«

»Wir arbeiten schnell und gründlich. Der vollständige Bericht mit allen Ergebnissen wurde heute früh zu der gewünschten Adresse gebracht.«

»Gewünschten Adresse? Wohin?«

»Zu Oberkommissär Zeller. Er hat sogar persönlich angerufen. Das kommt eigentlich sonst nicht vor. Ich bin sicher, dass er ihn jetzt schon hat und aufmerksam studiert. Wie ich schon sagte, schnell und gründlich.«

Baran, der die Manieren des jungen Mannes sehr

respektlos fand, beherrschte sich. »Dürfte ich um eine Zusammenfassung der Ergebnisse bitten?«, fragte er.

»Jetzt?«

Baran lief rot an.

»Ja, jetzt sofort, wenn ich bitten darf.« Er schlug mit der Faust auf den Tisch, sodass dem jungen Mann die Lupe aus der Hand fiel und die Blätter, die er verglich, auf den Boden flatterten.

Autoritäres Auftreten war offensichtlich die Sprache, die dieser Beamte verstand, denn er sprang auf.

»Natürlich, Herr Kommissär. Der Abschiedsbrief und die Karte an Mizzi Wotruba sind wohl von derselben Person geschrieben worden. Daran haben die Kollegen so gut wie keinen Zweifel.«

Baran hatte sich schon so etwas gedacht. »Und die Fingerabdrücke?«, wollte er wissen.

»Keine Übereinstimmung.«

»Wie bitte?«

»Wir haben im ganzen Haus Fingerabdrücke genommen. Von verschiedenen Personen. Manche konnten wir zuordnen, andere nicht. Aber wir haben weder von Martha Halpern noch von Fanny Pinsker Fingerabdrücke gefunden.«

»Das kann doch nicht sein.«

»Herr Kommissär, wir sind in diesen Dingen sehr …«

»Schnell und gründlich. Ich weiß. Sie dürfen sich wieder setzen«, erwiderte Baran und eilte zurück in sein Büro.

Er erzählte Meisel alles, der die Stirn runzelte und sich an seiner Glatze kratzte. »Was hat das zu bedeuten?«

Anstelle einer Antwort klingelte Barans Telefon. Am Apparat war Haberda aus der Rechtsmedizin.

»Spreche ich mit Kommissär Baran?«

»Persönlich.«

»Herr Kommissär, gut, dass ich Sie gleich erreiche. Es geht um unseren Dr. Bernstein.«

»Ich höre aufmerksam zu, Herr Hofrat.«

»Der Schuss wurde tatsächlich mit aufgesetzter Waffe abgegeben.«

»Also Selbstmord.«

»Sofern ein bewusstloser Mann sich erschießen kann. Aber das habe ich in meiner langen Berufslaufbahn noch nicht erlebt.«

»Wie bitte, bewusstlos?«

»Ein gezielter Schlag auf die Schläfe. Nicht sofort zu sehen.«

»Er hat sich also nicht selbst getötet. Das wollen Sie mir doch sagen.«

»Sie werden verstehen«, erwiderte Haberda, »dass ich einerseits traurig, aber auch erleichtert bin. Mir Dr. Bernstein als Frauenmörder vorzustellen, das fällt mir doch sehr schwer. Und wütend bin ich auch. Finden Sie bitte diesen feigen Mörder. Der Bericht ist auf dem Weg zu Ihnen. Habe die Ehre, Herr Kommissär.«

Baran sagte etwas, aber Haberda hatte schon aufgelegt.

»Haben Sie zugehört, Meisel?«

»Und ob. Eine schöne Schweinerei.«

»Den Abschiedsbrief hat also jemand anderer geschrieben.«

»Doch nicht unser Oberkommissär?«

Baran überlegte kurz und schüttelte dann den Kopf. »Überheblichkeit und Geltungssucht, verbunden mit fehlender krimineller Energie. Ehrlich gesagt halte ich ihn zu so einer Tat nicht fähig, zumal sie nicht im Affekt geschah.«

»Wenn Sie sich da mal nicht irren, Kommissär.«

* * *

Das Gespräch zwischen Peilsteiner, Zeller und Baran verlief zuerst wie erwartet zäh.

Zeller musste wohl oder übel zugeben, dass er Martha Halpern gekannt hatte. Von einem väterlichen Freund, als den sie ihn angeblich bezeichnet hatte, wollte er allerdings nichts wissen. Peilsteiner erwies sich zum Erstaunen von Baran als gewiefter Vernehmer. Nun war Zeller zwar engstirnig und überheblich, aber keineswegs so dumm, dass er auf kritischen Fragen ausrutschte oder gleich in die Falle ging.

Baran hörte aufmerksam zu.

»Es ist so«, begann Zeller. »Sie wissen ja selbst aufgrund der Fotos, dass dieses arme Wesen kein Gesicht mehr hatte. Und außerdem habe ich mit Fräulein Halpern nur ein, zwei Mal Kontakt gehabt. Ich bin überzeugt, dass selbst Sie, verehrter Hofrat, in einem solchen Falle nicht mit Sicherheit hätten erkennen können, dass es sich um eine Ihnen bekannte Person handelt. Und, mit Verlaub, ich habe das Fräulein Halpern nie unter ihrem richtigen Namen kennengelernt. Sie nannte sich Magda.«

Peilsteiner warf Baran einen fragenden Blick zu, der nickte.

Zu seiner Verteidigung tat Zeller das, was er am besten konnte, er trat nach unten. »Es ist doch verwunderlich, dass Herr Kommissär Baran der Aussage eines heruntergekommenen Grafen, der im Prater einen Zauberladen führt, Gehör schenkt, aber mich, seinen eigenen Vorgesetzten, nicht im Mindesten über seine Schritte informiert. Mehr noch, ich muss mit Entsetzen feststellen, dass er die Ungeheuerlichkeit besitzt, mir Fehlverhalten zu unterstellen.«

Baran hätte fast geantwortet, aber Peilsteiner blickte ihn streng an. In der Militärsprache hätte man das, was jetzt folgte, wohl als ein Feuern aus allen Rohren, eine Attacke mitten ins Herz des Feindes bezeichnet, denn danach saß der sonst nicht mundfaule Oberkommissär Zeller wie ein Häufchen Elend auf seinem Stuhl. Der Hofrat jedoch zündete sich in aller Ruhe genüsslich eine Zigarre an.

Später erzählte Baran Meisel haargenau, wie Peilsteiner den Oberkommissär in seine Schranken gewiesen hatte. Besonders hob er hervor, dass Meisels Verhalten mehrfach lobend herausgestrichen worden war.

»Das wird ein Nachspiel geben«, sagte Meisel in warnendem Ton.

»Komisch, aber genau dieselben Worte hat auch Zeller verwendet, als er sich von mir verabschiedet hat«, entgegnete Baran.

»Glauben Sie ihm denn, dass er Martha nur flüchtig kannte? Das stinkt doch zum Himmel.«

»Aber, Meisel, halten Sie mich tatsächlich für einen Anfänger? Natürlich nicht. Ich muss zurück.«

»Wohin zurück?«

»An den Anfang. Was wissen wir von Martha Halpern?«

»Dass sie aus Lemberg kommt.«

»Richtig.«

»Und dass sie in Bars getanzt hat. Wohl nicht nur in der Bar von Schöntann.«

»Auch richtig. Und ich wette, dass unser Herr Oberkommissär sie dort getroffen hat. Aber ich werde das nicht aus ihm herausbekommen. *Majd ha piros hó esik*!«

»Wenn roter Schnee fällt?«, sagte Meisel. »Das klingt schön. Wir würden wohl sagen: Eher friert die Hölle zu.«

Baran sah seinen Kollegen mit großen Augen an. »Seit wann sprechen Sie Ungarisch?«

»Seit meiner Kindheit. Aber Sie haben mich nie danach gefragt.«

Baran brauchte einen Augenblick, um diese Information zu verdauen, und überlegte fieberhaft, ob er je in Meisels Anwesenheit ein unflätiges ungarisches Wort gebraucht oder gar etwas über ihn gesagt hatte. Aber ihm fiel nichts ein.

»An den Anfang zurück«, wiederholte Meisel.

»Denken, Meisel. Denken. Setzen Sie sich und rauchen Sie eine.«

Meisel war überrascht über Barans Anweisung. Aber da er noch vor dem Krieg gelernt hatte, Vorgesetzten nicht zu widersprechen, zündete er sich eine Nil an.

Baran hingegen öffnete ein Fach seines Schreibtischs, zog zwei Schnapsgläser hervor und füllte sie mit Pálinka. Meisel, der ein solches Ritual zum ersten Mal erlebte, stieß erstaunt mit ihm an. »*Egészségedre*!«, wünschten sie sich und kippten den Obstbrand hinunter.

Als Meisel seine Nil aufgeraucht hatte, sagte Baran plötzlich: »Irgendjemand hält uns verdammt noch mal zum Narren. Wie in einem Schachspiel werden immer neue Figuren auf dem Brett bewegt. Fanny, Hirsch, die Wotruba, Bernstein, selbst unser Oberkommissär. Fanny greift Hirsch an, er kann ausweichen, aber die Wotruba bringt ihn zu Fall. Dann Bernstein, der als nächste Figur fällt, gut vorbereitet. Wir meinen, Bernstein ist der König, aber weit gefehlt. Der Spieler hat die Gelegenheit genutzt, sich einen Vorteil zu verschaffen.«

»Und Zeller?«

»Eine unbedeutende Spielfigur. Ein Ablenkungsmanöver. Noch einen Schnaps, Meisel?«

»Nein danke. Ich will einen klaren Kopf bewahren, wenn ich Ihren Theorien folgen soll.«

»Keine Theorien, nur ein Gedankenspiel. Sie werden sich gleich dranmachen und Hirsch noch einmal befragen, und seien Sie nicht zu zimperlich«, sagte Baran. »Ich will wissen, ob Fanny irgendetwas ausgeplaudert hat über diese Schatten der Vergangenheit. Irgendetwas Konkretes. Wissen Sie noch, Meisel, was in der Karte an die Wotruba über die Tänzerin stand? In dem Brief sagt er, dass die Betrügerin tot ist. Die Betrügerin! Vielleicht hatte seiner Meinung nach Fanny oder Martha den Mörder hintergangen. Aber wie? Das müssen wir herausfinden.«

»Und was werden Sie jetzt tun?« Meisel betonte das Sie.

»Wie ich schon sagte«, antwortete Baran, »zurück an den Anfang. Nachdem ich Fanny gefunden hatte, war ich mit ihr in der Wohnung im Sechs-Schimmel-Hof, in der sie angeblich mit Martha gelebt hatte. Fanny hat mir dort die persönlichen Gegenstände von Martha gezeigt, und ich habe sie in einen Koffer packen lassen. Ich weiß noch genau, was sie gesagt hat: ›Ein paar alte Fotos, ein silberner Leuchter, ein bisschen Schmuck.‹«

»Und wo sind die Sachen jetzt?«

»Hier, in der Asservatenkammer. Ich habe sie herbringen lassen. Aber ich Idiot habe sie mir nie angesehen, weil wir mit Mendel Hirsch beschäftigt waren.«

»Eine Sache geht mir die ganze Zeit im Kopf herum.«

»Schießen Sie los, Meisel. Was?«

»Das Foto, das wir bei Bernstein unter dem Schrank gefunden haben.«

»Ich glaube, dass Bernstein es betrachtete, als ihn der Mörder überraschte«, sagte Baran. »Es ist ihm aus den Händen gefallen und unter den Schrank gerutscht.«

»Was schließen Sie daraus?«

»Das werde ich Ihnen sagen, wenn ich die Antwort habe.« Baran sah Meisel ins Gesicht. Er scherzte nicht. Meisel nahm es zur Kenntnis. »Dann mache ich mich auf zu Hirsch in das gemütliche Gefängnis nebenan.«

»Gut, aber vorher lassen Sie mir den Koffer bringen. Ich muss unbedingt noch ein Telefonat führen.«

* * *

»Hier bei Werthmann. Was kann ich für Sie tun?«

Die freundliche Dame am Telefon versprach Baran, dem Fräulein Werthmann auszurichten, dass er angerufen habe. Aber im Augenblick sei sie nicht im Haus. Baran legte gedankenverloren den Hörer auf, klopfte mit den Fingern auf den Schreibtisch und wartete ungeduldig auf den Koffer. Er war dem Täter noch keinen Millimeter näher gekommen. Das Einzige, was er erfolgreich geschafft hatte, war, Verdächtigen nachzulaufen, deren Schuld sich in Luft auflöste oder, noch schlimmer, die starben.

Als endlich der kleine lädierte Koffer vor ihm lag, öffnete er die Lederbänder und die verrosteten Schließen. Ein kleiner silberner siebenarmiger Leuchter kam zum Vorschein, in dessen Schaft etwas Hebräisches eingraviert war, das Baran nicht lesen konnte. Eine goldene Brosche mit matten Steinen legte er zur Seite, ebenso ein Perlenhalsband und einen Siegelring. Baran vermutete, dass es Erbstücke waren. Dann widmete er sich den Fotos. Einige waren bereits ziemlich vergilbt und zeigten wahrscheinlich die Eltern und Großeltern von Martha. Zwei Bilder stammten aus einem Atelier, bei einem konnte man im Hintergrund ein bescheidenes Haus erkennen. Es war auf dem Land aufgenommen worden. Auf keinem der Fotos war Martha. Unten im Koffer lagen die gerahmten Bilder. Baran nahm das erste heraus. Es stellte wieder das Haus dar, davor diesmal ein kleines Kind mit seinen Eltern. Martha wahrscheinlich. Ein aufgewecktes, herausgeputztes Kind in einem weißen Kleidchen. Das zweite gerahmte Foto zeigte die gesamte Familie. Eine etwas dickliche Großmutter mit Kopftuch, einen älteren Herrn mit Vollbart und Kippa, Vater und Mutter in ihren besten Kleidern, der Vater mit penibel gestutztem Bart, die Mutter mit der Brosche, die Baran vorhin zur Seite gelegt hatte, und natürlich Martha in einem luftigen, hellen Kleid. Sie strahlte in die Kamera und schien kaum still stehen zu können, sah aus, als würde sie sich jeden Augenblick auf die Zehenspitzen stellen und tanzen.

Als Baran das Bild ein paar Mal hin und her drehte, vernahm er ein Rascheln und öffnete den Rahmen. Ein kleineres Foto steckte zwischen Bild und Abdeckung. Es war augenscheinlich jüngeren Datums. Darauf Martha und Fanny, wie Gott sie geschaffen hatte. Beide waren nackt, hielten sich an den Händen und standen auf den Zehenspitzen. Fannys Gesichtsausdruck. Baran fiel schlagartig wieder ein, was er gedacht hatte, als Fanny in der Oper getanzt hatte. Ihre Trauer um Martha, ihr Tanz, den sie wie in Trance wohl ganz ihr gewidmet hatte, es war ein Liebesbeweis.

Baran schwirrte der Kopf. Waren die beiden ein Paar gewesen? Ließ das Foto diesen Schluss zu? Oder dachte er zu kurz, zu einseitig, war die Beziehung der beiden womöglich komplizierter? Und spielten Männer wie Hirsch oder mehr noch der ominöse Unbekannte, der eine Villa besaß, darin eine entscheidende Rolle? Er wollte das Foto wieder zurück in den Koffer legen, als ihm auf der Rückseite eine handschriftliche Notiz auffiel. Darauf hatte jemand einen Namen, eine Adresse und eine Telefonnummer geschrieben.

* * *

Zwanzig Minuten später stand Baran in einer Wohnung in der Ebendorferstraße 3, einem historistischen Gebäude, dessen reich dekorierte Fassade ihm sehr gefiel. An der Wohnungstür erwartete ihn eine junge Frau mit frechem Kurzhaarschnitt, die eine Schurwollweste über einer weißen Bluse trug. Sie verschränkte die Arme und sah ihn herausfordernd an.

»Sie sind also der Herr Kommissär? Kann ich Ihren Ausweis sehen?«

Baran zeigte ihn ihr. Nachdem sie einen prüfenden Blick darauf geworfen hatte, bat die junge Frau ihn herein. Überall an den Wänden hingen Bilder, meist Porträts von Männern und Frauen, und auf einem Tisch mit einer Brokatdecke lagen geöffnete Alben, die den Besuchern einen Eindruck ihrer Arbeiten vermitteln sollten. Die Kamera, lebensgroß, schien Baran förmlich zu begrüßen. Aber er wollte sich nicht ablenken lassen. Schließlich war er wegen einer Sache hier, die keinen Aufschub duldete.

»Sie sind also Trude Fleischmann«, sagte er. »Ich habe Ihnen am Telefon schon gesagt, warum ich hier bin.« Baran reichte der Frau das Foto. Sie betrachtete es eine Weile. Dann führte sie ihn zu einem kleinen gedrechselten Tisch mit zwei Sesseln und forderte ihn auf, sich zu setzen.

Auf dem Tisch lag eine verschnürte Mappe, und daneben stand eine Karaffe mit Wasser. Trude Fleischmann schenkte ihnen zwei Gläser ein.

»Ich erinnere mich so gut an die beiden«, sagte sie. »Sie waren das blühende Leben, voller Energie, ausdrucksstark, kraftvoll. Ich habe selten zuvor so etwas bei zwei Frauen gesehen. Und nun, sagen Sie, sind beide tot. Ich fasse es nicht, was in dieser Gesellschaft gerade passiert. Ich bin nicht sicher, ob ich Ihnen die Fotos zeigen soll. Sie wollten, dass ich die Aufnahmen mache. Aber es sollte einzig und allein ihr Geheimnis bleiben. Aber nun wissen auch Sie darüber Bescheid, dass die beiden …«

»Ein Paar waren, ja.«

»Nein, Herr Kommissär. Ich habe befürchtet, dass Sie das denken. Sie waren kein Paar im altmodischen Sinne. Sie waren Geschöpfe der Liebe. Offen. Verstehen Sie, was ich sagen will?«

Baran nickte, und sie fuhr fort: »Sie waren mehrere Male bei mir. Zuerst hab ich Fotos von Martha und dann von Fanny gemacht. Aber ich war nicht zufrieden. Zu wenig Ausdruck, zu wenig Ausstrahlung. Beim dritten Mal sind sie zusammen gekommen. Sie haben getanzt und gescherzt, bevor ich sie fotografiert habe. Sie sollten in der richtigen Stimmung sein. Fotos sind Blicke in das Innerste. Das funktioniert nur, wenn wir uns öffnen. Und es hat funktioniert. Gemeinsam waren sie lebendig, da hätte die Welt untergehen können, und sie hätten weitergetanzt. Doch nun dreht sich die Welt immer noch, aber die beiden sind tot.«

Trude Fleischmann schluckte und atmete tief durch. »Es gibt da etwas, was Sie wissen müssen. Ich hatte es fast selbst schon vergessen, weil die beiden so glücklich aussahen, aber als ich Martha allein fotografiert habe, etwa eine Woche zuvor, ist sie plötzlich ernst geworden, hatte Tränen in den Augen. Ich habe sie gebeten, sich hinzusetzen und zu erzählen, was sie bedrückt. Sie verfolgte eine unbestimmte Angst, sie hatte eine Vorahnung, Angst vor dem Tod. Sie hat mir erzählt, sie hätte einen Fehler begangen, den sie nicht wiedergutmachen könnte.«

Baran hörte gespannt zu. »Einen Fehler? Was für einen?«

»Das hat sie mir nicht gesagt. Nur, dass es mit einem Mann zu tun hat, den sie fürchtet.«

»Hat sie einen Namen genannt, eine Andeutung gemacht?«

»Nein. Aber sie hat die ganze Zeit mit einem Medaillon gespielt.«

»Mit einem Medaillon?«, erwiderte Baran. »Fanny hat mir ein Medaillon gegeben. Sie sagte, sie hätte es von Martha bekommen.«

»Das ist wohl richtig. Aber das Medaillon war ein Geschenk von ihm, von dem Mann, vor dem Martha Angst hatte. Ich glaube, dass dieses Medaillon ein Schlüssel ist.«

»Sie haben mir sehr geholfen, Fräulein Fleischmann. Ich bin Ihnen überaus dankbar«, sagte Baran.

»Ich wünsche mir nur eines, Herr Kommissär, dass Sie die Sache zwischen Martha und Fanny vertraulich behandeln. Es war ihrer beider Wunsch.«

Baran versprach es ihr.

»Kommen Sie wieder. Sie haben ein ausdrucksstarkes Gesicht«, sagte Trude Fleischmann. »Ich würde Sie gern porträtieren.«

Baran lächelte verlegen und verabschiedete sich von der Fotografin mit einem festen Händedruck.

Als er ging, hörte er sie in der Mappe blättern, die auf dem Tisch gelegen hatte.

* * *

Geschöpfe der Liebe, hatte Trude Fleischmann gesagt. Baran dachte darüber nach und ertappte sich dabei, dass diese Vorstellung von sexueller Offenheit und Unabhängigkeit ihm Unbehagen bereitete. Seiner Ansicht nach war damit Chaos verbunden. Er glaubte nicht daran, dass Menschen in der Lage waren, mehr als einen Menschen zu lieben. Er erinnerte sich an Fannys Blick. Darin hatte Feuer gelegen. Das Stichwort, das ihm dazu einfiel, hieß Eifersucht.

Als Baran zurück ins Büro kam, erkundigte er sich nach Meisel. Er komme gleich, hieß es. Also wartete er, nahm noch einmal den Siegelring aus dem Koffer und strich darüber, während er über das Gespräch mit Trude Fleischmann nachdachte. Dann sah er sich den Siegelring genauer an und erstarrte. Konnte das möglich sein?

Als Meisel wenige Minuten später in der Tür stand, winkte Baran ihn herein, eine Lupe in der Hand.

»Sehen Sie sich das an. Hier.«

Auf dem Tisch lagen das Brieffragment, das Veith in der Hand gehalten hatte, und der Siegelring.

»Erkennen Sie es?«

Meisel betrachtete den stilisierten Drachen. »Das könnte es sein. Ja, das ist es.«

Baran rieb sich die Schläfen. Meisel fixierte den Ring. Der Drache sperrte sein Maul auf. Auf einmal griff er in seine Jackentasche und holte Fannys Medaillon hervor, das er immer bei sich trug, seit Baran es ihm anvertraut hatte. Er drehte es um und legte es auf den Tisch.

»Hier, sehen Sie. Es wurde ausgekratzt, aber es ist noch undeutlich zu erkennen. Dasselbe Symbol, der Drache.«

Baran nahm es an sich. »Sie haben recht. Es ist mir nicht aufgefallen!« Dann steckte er es ein.

»Was soll das bedeuten?«

»Dass es zwischen Oskar Veith und Martha Halpern eine Verbindung gibt. Möglicherweise eine Verbindung, die für beide tödlich endete.«

»Was tun wir jetzt?«

»Setzen Sie ein paar Leute darauf an, Meisel! Wir müssen wissen, zu wem dieses Emblem gehört. Ich muss etwas erledigen und dann ein paar Schritte gehen.«

Baran packte Mantel und Hut. An der Tür drehte er sich zu dem etwas verloren dastehenden Meisel um. »Mendel«, sagte der kleinlaut.

»Mendel Hirsch? Verzeihen Sie, Meisel. Den hatte ich jetzt glatt vergessen. Machen Sie es kurz.«

»Das geht schnell, Herr Kommissär. Er weigert sich nämlich, mit mir zu sprechen. Sagt, dass er ohnehin bald rauskommen wird.«

»*Bolond!*«, rief Baran, der sich das Fluchen anzugewöhnen schien, und schloss die Tür hinter sich.

* * *

Baran war zu aufgeregt, um mit dem Auto zu fahren. Da er es hasste, sich in eine der vollen Straßenbahnen zu quetschen, rief er eine Droschke. Während der Fahrt erinnerte er sich an die letzte Begegnung mit Frau Veith, die ihm ein Versprechen abgerungen hatte.

Die Droschke musste wohl schon am Ziel angekommen sein, denn der Kutscher holte ihn abrupt aus seinen Gedanken: »Die Singerstraße, der Herr! I muss dann weiter.«

Der Kutscher nannte eine exorbitant hohe Summe, und Baran leerte sein Portemonnaie und kratzte mühevoll gerade noch die nötigen Kronen zusammen. »Die Welt steht auf kan Fall mehr lang«, summte in der Zwischenzeit der Mann auf dem Kutschbock ein altes Couplet von Johann Nestroy.

Als Baran ins Zimmer trat, saß Frau Veith unbeweglich auf einem Stuhl, eine Decke um sich gewickelt. Ihre Augen sahen verquollen aus. Auf einer Kommode stand ein Bild ihres Mannes im schwarzen Trauerflor.

Baran riss sie aus ihrer Welt, in die sie sich zurückgezogen hatte. Er war nicht imstande, sie mit Floskeln zu belästigen, sondern griff zu einer Notlüge.

»Frau Veith, ich bin gekommen, um Ihnen zu sagen, dass wir den Täter bald fassen werden.«

»Ich bin lange genug auf der Welt, um zu wissen, wenn jemand mich belügt, Herr Kommissär«, erwiderte sie mit regungslosem Gesicht. »Ich glaube eher, dass Sie noch im Trüben fischen. Aber ich bin Ihnen nicht böse. Ich lese Zeitungen. Ich weiß, dass Sie mit einem ganz anderen Fall beschäftigt sind.«

Ihre Worte trafen Baran. Sie durchschaute ihn, und umso schlimmer erschien es ihm, diese Frau auch noch um Hilfe bitten zu müssen. Dennoch zeigte er ihr den Siegelring.

»Frau Veith, ich möchte Sie bitten, sich diesen Ring sehr genau anzusehen. Achten Sie auf das Emblem. Der Drache mit dem offenen Maul. Haben Sie das schon einmal gesehen?«

Unerträglich langsam säuberte sie ihre Brille, betrachtete dann den Ring und sagte dann: »Nein, tut mir leid, da kann ich Ihnen nicht weiterhelfen.«

Wieder verfiel sie in den Zustand apathischer Trauer, den Baran von seiner Mutter nur allzu gut kannte.

Er saß noch ein paar Minuten bei ihr, ohne etwas zu sagen. Dann erneuerte er sein Versprechen, den Mörder ihres Mannes zur Strecke zu bringen.

»Sie sind nicht verheiratet, nicht wahr?«, fragte Frau Veith plötzlich, als Baran gerade aufstehen und sich verabschieden wollte.

»Nein, das bin ich nicht. Ich habe noch nicht die Richtige gefunden.«

»Sie sind noch jung. Sie werden sie finden. Und dann versprechen Sie mir, jeden Tag mit ihr zu genießen, wie wir es getan haben. Achten Sie auf die kleinen Dinge im Leben.«

Baran nickte nur und dachte noch über Frau Veiths Worte nach, als er die Treppen hinunterging. Und es machte ihn stutzig, weil ihm Eleonore in den Sinn kam.

Dass er kein Geld mehr hatte, um sich eine Droschke zurück leisten zu können, verbesserte seine Laune auch nicht gerade. Ein Spaziergang also. Baran ging durch die kalte, wolkenverhangene Stadt den Ring entlang, vorbei an den Monumenten des ausgehenden 19. Jahrhunderts, an Parlament und Rathaus, den Palais und Palästen des reichen Großbürgertums, das damals zu neuer Macht gelangt war. Achtlos passierte er flanierende Menschen in ihren besten Kleidern, Bettler und Kriegsinvalide, eine Gruppe Arbeiter, die Parolen schrien, Fiaker, die ihn vergeblich zu einer Fahrt überreden wollten, bis er den Beethovenplatz erreichte.

»Das Fräulein Werthmann wird jede Sekunde zurückerwartet«, bekam er als Auskunft, nachdem er sich im Palais präsentiert hatte. »Wollen Sie warten?«

Baran nickte und wartete im Foyer. Kurz darauf öffnete sich die Eingangstür, und Eleonore stand in einem dunkelblauen Mantel und einem farblich dazu abgestimmten Kleid vor ihm. Sie streifte ihre Handschuhe ab und warf ihm einen frostigen Blick zu.

»Fräulein Werthmann, ich bin Ihretwegen hier. Ich möchte mich entschuldigen.«

Ein Lächeln huschte über ihr Gesicht, machte aber gleich wieder einem strengen Ausdruck Platz.

»Haben Sie eingesehen, dass Sie mit Ihren Verdächtigungen bezüglich Dr. Bernstein falschliegen?«, erwiderte sie.

»Ich bin mit ziemlich allem falsch gelegen. Ich hätte Ihrer Intuition vertrauen sollen, Eleonore.«

»Eleonore? Sie nehmen sich einiges heraus. Bislang ist Ihnen nicht gerade viel an meiner Meinung gelegen. Auf Wiedersehen, Herr Kommissär.«

Sie reichte ihm nicht die Hand und ging zielstrebig die Treppe hinauf.

»Dr. Bernstein wurde ermordet«, sagte Baran laut und deutlich.

Abrupt blieb sie stehen und drehte sich um. »Ermordet? Er hat also keinen Selbstmord begangen. Woher …?«

»Die Obduktion hat das eindeutig ergeben. Dr. Bernstein hat weder die beiden Frauen ermordet noch sich selbst dafür gerichtet. Der Abschiedsbrief ist gefälscht. Das wollte ich Ihnen sagen.«

Eleonore kam langsam wieder die Stufen herab: »Warum sind Sie eigentlich hier?«

Baran räusperte sich. Er wollte sie nicht in den Fall mit hineinziehen. Aber er konnte jede Hilfe gebrauchen. Der Mörder war ihm viele Schritte voraus, und immer wenn er dachte, er hätte eine Spur, verlief sie im Sand.

»Dr. Bernstein«, sagte Baran leise. »Ich glaube, dass er zu all dem, was passiert ist, das Verbindungsglied kannte, das alles zusammenhält. Ich muss mehr über ihn wissen. Sie kannten ihn doch. Erzählen Sie mir von ihm.«

»Nicht jetzt, Herr Kommissär. Ich muss nachdenken. Sie entschuldigen mich.«

Ohne ihn noch eines Blickes zu würdigen, stieg sie die Treppe in den oberen Stock hinauf. Baran wusste nicht, was er sagen sollte. Wie ein begossener Pudel stand er im Foyer. Er wartete einen Augenblick, obwohl er nicht hätte sagen können, worauf.

Als er ins Freie trat, wurde er von einer kalten Windbö erfasst. Es war bereits dunkel geworden. Baran ging eine Weile ziellos umher, versuchte, sich an der frischen

Luft zu sammeln. An seinem Automobil angelangt, stieg er ein und fuhr nach Hause los. Auf halbem Weg machte er in Dornbach Halt und betrat einen jener unzähligen Wiener Läden, über denen auf einem Schild *Tee, Rum, Liköre* stand. Zwei Männer unterhielten sich mit dem Wirt. Einer von ihnen bemühte sich, die Asche seiner Zigarette in den Aschenbecher zu schnippen, was ihm aufgrund seiner stark zitternden Hand nicht immer gelang. Der andere taxierte Baran von oben bis unten und schüttelte dann den Kopf. Er trank das Hochprozentige aus, murmelte etwas von »Aufschreiben« und »muss zur Arbeit« und ging hinaus.

Der Ladenbesitzer, in Wien auch *Brandineser* genannt, notierte es sich. Dann grinste er über das ganze Gesicht und sagte: »Mein Gott, Sandor. So lange nicht gesehen.«

»Wolfgang. Du siehst gut aus.« Sie begrüßten sich mit Handschlag.

Wolfgang, der mit Nachnamen Lainer hieß, ergriff eine der Schnapsflaschen hinter ihm im Regal: »Pálinka, wie immer. Kommt sofort.«

Er schenkte Baran und sich selbst ein. Sie prosteten sich schweigend zu und tranken ihr Glas in einem Zug aus.

»Ihr kennt euch«, murmelte der Mann mit der Zigarette, der gerade versuchte, sich eine neue anzuzünden.

»Ja, wir kennen uns«, antwortete Wolfgang. »Der Mann da hat mir das Leben gerettet. Im Sulta-Tal. Er hat mich aus dem Dreck gezogen, auf mich eingeredet und mir verboten zu sterben.«

»Hat er das? Da hast ja Glück g'habt. Ich hab auch Glück g'habt, sagt der Arzt«, erwiderte der Mann.

»Du hast ja deine Linda, Poldi. Solltest schleunigst heimgehn zu ihr. Sie wartet sicher mit dem Essen.«

Baran bewunderte, wie Wolfgang mit dem Mann umging, der ihm nach kurzer Widerrede gehorchte und das Lokal verließ. Wolfgang notierte sich wieder etwas.

»Ein Kriegszitterer«, sagte er. »Seine Frau arbeitet als Kellnerin gleich da drüben im Gasthaus. Er ist keine dreißig. Aber reden wir nicht von ihm. Was ist mit dir, Sandor? Ich dachte, du würdest vorbeikommen, am Geburtstag von Szonja.«

Baran betrachtete sein leeres Glas und wartete, bis Wolfgang nachschenkte.

»Ich war verhindert.«

»Ich lese Zeitungen, Sandor. Du hast einen Doppelmord aufzuklären. Eine scheußliche Sache.«

»Das kannst du laut sagen.«

»Ihr habt den Mörder noch nicht.«

»Nein. Aber jede Menge Verdächtige. Und keiner war's.«

»Sag jetzt nicht, du bist da, weil ich dir helfen soll?«

»Du warst immer da, wenn ich nicht weiterwusste. Du hast mich so oft im Spital besucht, mir Mut gemacht. Durch dich habe ich überlebt.«

»Und durch Szonja, das weißt du.«

»Szonja. Du hast recht. Die Suche nach ihr hat mich am Leben gehalten. Aber jetzt stecke ich in einem Fall fest, der immer mysteriöser wird und mich vollkommen in Beschlag nimmt. Die beiden toten Frauen waren in

Szonjas Alter. Ständig kommt mir Szonja in den Sinn. Ich habe sogar von ihr geträumt. Es war so, als würde sie wollen, dass ich mich ganz auf diesen Fall konzentriere. Und dann stellt sich bei mir wieder die Angst ein, dass ich sie niemals finden werde. Aber ich bin noch nicht bereit aufzugeben. Wenn ich endlich diesen Fall lösen könnte, dann … Aber ich rede nur von mir. Wie geht es dir?«

»Es geht mir gut. Danke der Nachfrage. Ich komme über die Runden, und es macht Spaß, ob du es glaubst oder nicht. Also, stoßen wir an.«

Sie tranken einen weiteren Schnaps, dann fragte Wolfgang: »Willst du mir etwas über den Fall erzählen? Was genau beschäftigt dich?«

»Nun«, begann Baran, »über eine spezielle Sache grüble ich besonders nach. Nur einmal angenommen, jemand besitzt eine riesige Villa am Stadtrand.«

Wolfgang lachte. »Redest du von dir?«

»Nein, nein. Nicht ich. Also, kannst du es dir vorstellen?«

Wolfgang nickte. »Gut.«

»Und angenommen, vor einem Jahr hättest du einen geliebten Menschen verloren.«

»Nicht gut.«

»Nein. Du sitzt also allein in der Riesenvilla. Aber von diesem Menschen gibt es weder ein Foto noch sonst eine Erinnerung oder ein Kleidungsstück im Haus.«

Wolfgang brauchte nicht lange für eine Antwort: »Hm. Weil man es nicht jeden Tag sehen will. Weil man sie nicht aushält, die Erinnerung.«

»Vielleicht. Aber …«

»Weil man die Sachen an einem Ort aufbewahrt, wo man hingehen kann, wenn man sich erinnern will. Würd ich so machen. Aber ich spar noch auf eine Villa.«

»Mein Gott, das ist es. Du hast recht.«

»Was machst du jetzt?«

»Ich bezahle den Schnaps, und dann muss ich los.«

Baran griff nach seinem Portemonnaie und erkannte schmerzlich, dass er sein letztes Geld für die Droschke ausgegeben hatte.

Wolfgang lächelte. »Bei mir brauchst du nie etwas zu bezahlen. Aber du musst wieder vorbeikommen und mir erzählen, wie du den Fall gelöst hast.«

Im Auto dachte Baran über die Worte seines Kriegskameraden nach und hätte beinahe im Dunkeln eine alte Frau angefahren, die, ohne zu schauen, über die Straße ging. Sie fluchte auf Tschechisch, und Baran wunderte sich, welchen Wortreichtum diese Sprache zum Ausdruck von Gefühlen jeder Art zur Verfügung hatte.

Kurz entschlossen fuhr er noch einmal nach Grinzing.

Dort angekommen, stellte Baran sein Auto ab und ging zielstrebig zu der Baracke der Ungarn. Die junge Frau öffnete ihm. Sie trug ein bunt gewirktes Wollkleid, das ihr bis knapp unter die Knie reichte. Ihr wildes Haar war mit Spangen gezähmt, aber einige Strähnen hingen ihr ins Gesicht.

»Sie schulden mir was!«, sagte Baran auf Ungarisch anstelle einer Begrüßung.

»Ach, der hübsche Herr Polizist. Sie wollen sich jetzt also die Belohnung abholen, weil Sie so gnädig waren.

Dachte ich es mir doch. Sie müssen nur wissen, wir werden nicht allein sein. Aber das stört Sie hoffentlich nicht. Es gibt einen Vorhang.«

»Nein, nein, nicht, was Sie denken«, wehrte Baran entschieden ab. »Sie müssen mir helfen, jemanden zu finden.«

Der Gesichtsausdruck der jungen Frau veränderte sich. Das kalte Lächeln verschwand und wich einer kühlen Ernsthaftigkeit.

»Wen wollen Sie finden? Wieder diesen Dr. Bernstein?«

»Genau. Das heißt, wir haben ihn schon gefunden. Aber ich glaube, dass er hier irgendwo eine Wohnung besitzt. In einer der Baracken.«

»Wir kennen nicht alle Leute hier, und die meisten wollen auch gar nichts mit uns zu tun haben. Wir sind die Ausländer, die Zigeuner, die Kommunisten. Und ich bin eine Hexe und eine Hure. Die Männer hassen mich, aber sie würden nur zu gern mit mir ficken. Sie wissen ja, wie das endet«, erwiderte sie.

Baran erinnerte sich gut an die Bisswunde des Polizisten. Trotzdem ließ er nicht locker.

»Hören Sie, ich verstehe Sie«, sagte er. »Aber ich zähle darauf, dass Sie mir helfen werden.«

Baran riss eine Seite aus seinem Notizblock und notierte seine Adresse und Privatnummer. »Rufen Sie mich an, wenn Sie etwas wissen. Oder schicken Sie mir eine Nachricht. Es ist verdammt eilig.«

»Ich verspreche gar nichts.«

»Ich weiß. Trotzdem. *Viszontlátásra.*«

»*Viszontlátásra*, Herr Polizist.« Da war es wieder, das Lächeln, nur diesmal warm und freundlich.

Baran fuhr nach Hause, ließ sich ein Bad ein und aß etwas. Während er kaute, studierte er die Zeitungen, die vor seiner Haustür gelegen waren. Zeller hatte sich tatsächlich daran gehalten und die Presse nicht über Bernstein informiert. Dadurch hatte er sich selbst einen Gefallen getan. Baran dachte nach und betrachtete dabei immer wieder das Medaillon, wendete es hin und her. Er öffnete es, nahm das Foto mit einer Pinzette heraus und war auf eine neue Überraschung eingestellt. Aber da war nichts. Kein verborgenes Bild. Nichts. Im Grunde war er erleichtert, dass er keine weitere Überraschung erleben musste. Er wollte sich nur noch hinlegen und ausruhen.

* * *

Unruhig wälzte Eleonore sich in ihrem Bett hin und her. Da es ihr nicht gelingen wollte einzuschlafen, stand sie auf und nahm ihren flauschigen Schlafrock. Auf dem Weg in die Küche kam sie an der Bibliothek vorbei, in der Licht brannte.

»Du bist noch auf, mein Kind?«, hörte sie ihren Vater rufen. Er saß in einem Sessel und las in einem historischen Buch.

»Heinrich Graetz«, sagte er, »über die Geschichte unseres Volkes. Kaum ein anderer hat so wunderbar darlegen können, was es über Jahrtausende bedeutete, als Jude zu leben. Er meinte, dass wir unsere Geschichte kennen müssen, um uns selbst kennenzulernen, aber auch, dass wir die Welt nur dann von unseren Taten, unseren Leistungen überzeugen können, wenn sie über uns aus erster Hand erfahren.«

Eleonore küsste ihn auf die Stirn und setzte sich neben ihn. »Meinst du, Papa, dass die Menschen, die uns hassen, bereit sein werden, Tausende Seiten jüdischer Geschichte zu studieren?«

Ihr Vater lächelte. »Aber natürlich nicht, mein Kind. Aber nicht alle hassen uns, und manche wollen lernen, lesen, zuhören. Man darf doch die Hoffnung nie aufgeben.«

»Wir haben es uns hier gut eingerichtet«, erwiderte die junge Frau. »Haben aufgehört, wie unsere Großeltern zu leben, essen nicht mehr koscher, gehen nicht mehr in die Synagoge. Und trotzdem schimpft mich mein Studienkollege Jüdin, wenn ich dem Professor eine bessere Antwort gebe als er. Ich will hier auch nicht weg, aber manchmal kann ich den Stricker mit seinem Zionismus verstehen. Vielleicht können wir wirklich nur in Palästina unsere Ruhe finden.«

Ihr Vater hörte aufmerksam zu. »Was bedrückt dich, mein Kind? Rede mit mir. Es ist doch nicht nur dieser Antisemitismus.«

»Ich muss dauernd an Dr. Bernstein denken. Er war ein so gütiger Mensch. Und wurde auf so grausame Art getötet und gedemütigt. Ein Mord, als Selbstmord getarnt, ein Brief, der ihm zwei Morde unterstellt. Und dieser Kommissär hat es auch noch geglaubt. Das kann ich nicht verstehen.«

Er nahm ihre Hand. »Das ist es also. Nun, wenn ich

ehrlich sein soll, so hatte ich den Eindruck, dass dieser Herr Kommissär Baran durchaus gebildet ist, klug und aus gutem Haus.«

»Mein Gott! Du verteidigst ihn? Aus gutem Haus? Was soll das heißen? Er ist arrogant und engstirnig, furchtbar konservativ.«

»Du magst ihn. Also meinen Segen hast du!«

»Papa?!« Entrüstet sah Eleonore ihren Vater an.

Dieser tat so, als würde er sich wieder in seinen Graetz vertiefen, und ließ seine Tochter ein wenig schmollen. Dann stand er auf und schenkte zwei Gläser Cognac ein.

»Auf Alfred Bernstein« sagte er.

»Auf Dr. Bernstein.«

Sie tranken langsam und schwiegen.

»Morgen wird er endlich begraben«, sagte Werthmann nach einer Weile. »Man hat mich gebeten, den Hesped zu machen.«

»Du wirst die Leichenrede halten? Hast du sie schon vorbereitet?«

»Ja, aber ich muss noch daran feilen«, sagte ihr Vater. »Ich weiß nicht so genau, was ich alles erzählen soll. Er hatte doch ein bewegtes Leben. Ich werde deutlich machen, dass er trotz des frühen Verlustes seiner Frau und seiner Tochter nicht aufgehört hat, etwas Gutes in der Welt zu finden. Er hat bis zum Schluss daran gearbeitet, dass diese Welt besser wird, mitgeholfen, dass Verbrechen bestraft werden. Sein früheres Leben werde ich nur streifen.«

»Sein früheres Leben?« Eleonore runzelte die Stirn. »Was meinst du damit, Papa?«

»Alfred Bernstein war im Krieg Arzt in einem Lazarett in Grinzing. Vor dem Krieg lebte er in Sarajevo in Bosnien. Er hat dort den Armen geholfen, die sich kaum medizinische Versorgung leisten konnten. Ein guter Mensch eben.«

»In Sarajevo? Wo man den Erzherzog Franz Ferdinand ermordet hat?«

»Ja, genau dort. Es heißt, er hätte das Attentat sogar miterlebt und helfen wollen. Aber es war zu spät. Der Thronfolger wurde an der Halsschlagader und der Luftröhre getroffen. Da konnte niemand helfen. Und seine geliebte Frau hat einen Bauchschuss erlitten. Dabei waren die Schüsse dilettantisch ausgeführt. Aber manchmal hat der Zufall eben die schlimmsten Folgen«, meinte Werthmann.

»Aber warum sollte jemand unseren Dr. Bernstein töten wollen?«, erwiderte seine Tochter. »Das kann doch nichts mit seinem früheren Leben zu tun haben?«

»Ach, Liebes. Ich habe keine Ahnung. Du hast es mir doch gestern selbst erzählt. Der Abschiedsbrief. Es muss mit den beiden toten Frauen zu tun haben. Wenn es stimmt, dass es Fotos von Martha und Bernstein gibt, dann kannte er zumindest eines der Mädchen. Ich weiß wirklich nicht, was ich davon halten soll. Dabei habe ich geglaubt, ich würde ihn gut kennen, den lieben Dr. Bernstein. Ich muss einmal den alten Kommerzialrat Stecher fragen. Der meint immer, er wüsste was über die alten Zeiten. Aber ich glaube, dass der Kommissär hartnäckig ist und alles aufklären wird.«

»Papa, fängst du schon wieder an.«

»Womit denn? Ich will doch nur, dass jemand den Mörder findet. Oder willst du das übernehmen?«

Eleonore überlegte nicht lange. »Ja!«, platzte sie heraus. »Wenn es nötig ist, Papa, wenn es wirklich nötig ist.«

Sie war wütend, aber ihr Zorn legte sich bald, als ihr Vater aufstand und die Arme nach ihr ausstreckte. Sie umarmten sich.

»Du bist wie deine Mutter«, meinte er, und es lag leise Wehmut in der Stimme.

»Mama hat auch nicht nachgegeben, meinst du? Oder spielst du darauf an, dass wir einen eigenen Kopf haben?«

»Einen verdammt sturen, ja.«

»Also dann wird es dich nicht wundern, dass ich nicht einfach zuschauen kann. Lass mich wenigstens mit dem Kommerzialrat Stecher reden. Vielleicht weiß er ja wirklich etwas. Der verbringt doch seine Vormittage gern im Café Schwarzenberg.«

»Verdammt stur«, wiederholte ihr Vater und umarmte Eleonore noch einmal.

»Ich liebe dich, Papa«, sagte sie leise.

WIEN, MITTWOCH, 22. MÄRZ 1922

Baran wurde von Hilda geweckt, die vor Schreck ihre Einkaufstasche fallen ließ, als sie Baran nackt auf dem Bett liegen sah. Er griff nach der Bettdecke, die ihm im Schlaf auf den Boden gerutscht war, und wickelte sich darin ein.

»Hilda, was machen Sie hier?«, fragte er auf Ungarisch.

»Was ich hier mache, Herr Baron? Ich bringe Ihnen etwas zu essen. Und ich werde gleich die Fenster putzen.«

»Wie spät ist es?«

»Nach neun.«

Baran sprang aus dem Bett, ignorierte Hildas kurzen Entsetzensschrei und zog sich rasch an.

Er wunderte sich, wie er so lange hatte schlafen können, nach allem, was sich ereignet hatte. Er hatte es wohl geschafft, für ein paar Stunden einen Schalter umzulegen und sich zu erholen. Noch von zu Hause rief er Meisel an, der jedoch noch nicht im Büro aufgetaucht war. Hatte er auch verschlafen?

Auf dem Weg zum Automobil verschlang Baran ein Brot mit köstlicher selbst gemachter Quittenmarmelade, ignorierte den stotternden Motor und fuhr los.

Vor seinem Büro stand der Stadtschutzwachmann Suchy und wartete auf ihn.

»Das war heut' vor meiner Tür, Herr Kommissär.«

Suchy öffnete einen Beutel, aus dem es erbärmlich stank. Es war eine tote Ratte.

»Offensichtlich eine Botschaft«, sagte Suchy trocken.

»War irgendein Brief oder ein Zettel dabei?«, fragte Baran.

»Nein, nichts dergleichen. Aber anscheinend gefällt es jemandem nicht, dass ich mich umhöre.«

»Und was wollen Sie jetzt machen?«

»Na, mich umhören, was sonst. Aber bislang hab ich nix g'hört. Es ist, als ob es den Mann in der Zeitung nicht geben würde. Doch über diesen Mendel Hirsch erfährt man so einiges. Vor ein paar Wochen hat er offenbar ein Pantscherl mit der Frau eines Bäckers drüben in der Leopoldstadt g'habt. Zur Erklärung, sie hat ein bisserl was geerbt. Na ja, ist für ihn nicht so gut ausgegangen, wie er wohl geglaubt hat. Der Gatte hat die beiden in flagranti erwischt und dem Mendel eine in die Papp'n g'haut. Hat einen Zahn verloren. Und vom Erbe dürft er auch nicht viel g'sehen haben.«

Baran wunderte sich nicht mehr. Auch wenn er Zeller selten recht gab, aber mit seiner Einschätzung, dass Hirsch ein Früchtchen war, lag er nicht ganz daneben.

Wenig später rief er Fräulein Hertha an und erfuhr, dass Inspektor Meisel von Oberkommissär Zeller persönlich zur Rotunde am Prater geschickt worden sei.

»Die Frühjahrsmesse, Herr Kommissär«, sagte Fräulein Hertha.

»Wir haben drei Morde aufzuklären«, entgegnete Baran. »Was macht dann Inspektor Meisel auf der Frühjahrsmesse?«

Fräulein Hertha verwies Baran, wie hätte es auch anders sein können, auf Zeller, der allerdings nicht im Hause sei.

Als Baran wütend den Telefonhörer auflegte, bemerkte er zu allem Überfluss auch noch einen großen Marmeladenfleck auf seiner Hose. Beim Versuch, ihn mühsam mit einem angefeuchteten Taschentuch zu entfernen, wurde er durch ein lästiges Klopfen an der Tür gestört.

»Herein«, rief er missmutig.

Daraufhin betrat ein älterer, stattlicher Herr mit kurzen Haaren und in einem eleganten blauen Anzug das Büro. Er setzte ein gewinnendes Lächeln auf, als er seinen Hut abnahm.

»Gestatten, mein Name ist Otto Kocher. Man sagte mir, dass Sie den Tod von Dr. Bernstein untersuchen. Wenn Sie erlauben, würde ich Ihnen gern etwas über ihn erzählen.«

Baran bot dem Mann einen Stuhl an und hörte zu. Zwanzig Minuten später wusste er, dass Bernstein neben seiner Tätigkeit als Arzt auch für das Evidenzbüro, den Geheimdienst der K.-u.-k.-Monarchie, gearbeitet hatte. Und als hätte er es schon geahnt, gab es keine Dokumente mehr, weder Berichte noch Dossiers.

»Der Umzug«, sagte Kocher. »Vor zweieinhalb Jahren, als sie den militärischen Nachrichtendienst aufgelöst haben, wurden alle Akten ins Ministerium für Inneres am Stubenring gebracht. Vielleicht war es Schlamperei, auf jeden Fall gibt es nichts mehr, was beweisen würde, dass die Sache heiß war, damals, sehr heiß. Und dann hat man die Abteilung geschlossen. Danach hat sich wohl keiner mehr um den alten Kram gekümmert. Der Krieg war vorbei, die Monarchie passé. Wir haben neue Probleme, Kommunisten, Monarchisten, Sie wissen schon. Ich selbst habe Dr. Bernstein auch aus den Augen verloren. Ich wusste von der schweren Krankheit seiner Tochter. Als es schlimmer wurde, versuchte er, für sie da zu sein. Dann fand das Attentat auf den Thronfolger statt. Dr. Bernstein war als einer unserer Männer in Sarajevo. Und er hatte ausdrücklich vor dieser Fahrt gewarnt. Er war einer von denen, der diese Reise unbedingt abbrechen wollte. Nun, Sie wissen, wie es endete. Franz Ferdinand tot, Dr. Bernstein verließ das Evidenzbüro. Vielleicht aus Protest, vielleicht aus dem Gefühl, versagt zu haben. Ich weiß es nicht. Dann kam der Krieg, und er hatte ohnehin alle Hände voll zu tun. Keine Rede mehr von Geheimdienst. Aber vor ein paar Wochen hat er mich kontaktiert und gemeint, dass er etwas Großem auf der Spur sei, einer Sache, die vertuscht worden sei, nein, er sagte, vergraben. Vergraben, genau so hat er es ausgedrückt. Aber zu meinem großen Bedauern hat er mir nichts Näheres erzählt. Er sammle noch, hat er gesagt.«

Kocher stand auf. »Informieren Sie mich, wenn Sie etwas erfahren, Herr Kommissär. Ich bin es Dr. Bernstein schuldig, dass wir diese Sache nicht ruhen lassen.«

Baran versprach es, und just als Kocher sein Büro verließ, überreichte ein junger Mann in Uniform ihm eine

Postkarte, die für ihn am Empfang abgegeben worden war.

Das Motiv kannte er nur zu gut. Es war die *Ferencz Jozsef-híd*, die Franz-Josephs-Brücke in Budapest. Auf der Rückseite stand in einer kindlichen Schrift: *23-as szám* (Nummer 23).

Sofort zog Baran seinen Mantel an. Das geht erstaunlich schnell, dachte er. Er musste unbedingt mit Meisel sprechen.

* * *

Während er zur Rotunde am Prater fuhr, dachte Baran über das nach, was ihm Kocher erzählte hatte. Er brannte darauf, Meisel einzuweihen, aber er empfand auch ein eigenartiges Unbehagen, weil er das Gefühl nicht abschütteln konnte, dass Meisel in Gefahr war.

Die Rotunde war 1873 für die Weltausstellung errichtet worden und der höchste Kuppelbau der Welt, eine imposante Stahlkonstruktion, die eine mit Steinen besetzte vier Meter hohe Darstellung der Kaiserkrone krönte. Dass die Weltausstellung im wahrsten Sinne des Wortes nach endlosen Regenfällen baden ging und ihr der Börsenkrach den endgültigen Todesstoß versetzte, hätte man als böses Omen für die Monarchie verstehen können. Doch die Wiener liebten ihre Rotunde, die Ausstellungen und die Feste, die man dort auch nach der Pleite noch veranstaltete. Im letzten Jahr war die Rotunde nun zu einer Messehalle umgebaut worden.

Zügig bahnte sich Baran einen Weg durch den Menschenstrom, der sich zum Eingang hin verdichtete, vorbei an Kochapparaten, Milchzentrifugen, Spindelpressen, Damentaschenbügeln und Autoscheinwerfern.

Wenn Meisel hierhergerufen worden war, dann musste es sich um einen blutigen Zwischenfall handeln, der das Eingreifen eines erfahrenen Kriminalpolizisten erforderte. Aber zu seiner Überraschung stieß er nach einigem Suchen auf seinen Kollegen an der Nordseite der Rotunde, wohin Baran instinktiv gegangen war, weil sich dort eine Traube von Schaulustigen gebildet hatte. Die meisten sprachen Ungarisch. Baran erkannte, warum. Er befand sich an einem Messestand für ungarische Hanfbindfäden, der, so sah es aus, von einer Großfamilie betrieben wurde. Es dauerte eine Weile, ehe er die Leute davon überzeugen konnte, sich zu zerstreuen.

Meisel saß am Boden und tastete seinen Kopf ab, der mit einem Verband umwickelt war. Neben ihm hockte eine junge Frau in einem eleganten schwarzen Mantel, den sie aufgeknöpft hatte. Sie drehte sich zu Baran um.

»Kennen Sie den Mann da?«, fragte sie. »Sagen Sie ihm, dass er ein verdammter Sturkopf ist.« Sie funkelte Baran mit ihren dunklen Augen an. Ihr makelloses Gesicht erinnerte an eine Statue. Meisel ächzte und stöhnte, dann rappelte er sich hoch, sehr zum Missfallen der jungen Frau. »Sehen Sie, unvernünftig. Er sollte sitzen bleiben. Eine Ambulanz wäre noch besser.«

»Wer war das?«, fragte Baran und zeigte der Frau seinen Dienstausweis.

»Ein Hinterhalt. Ein feiger Hinterhalt.« Meisel drehte ein paar Mal seinen Kopf, als müsste er ihn wieder einrenken. »Wenn ich den in die Finger kriege.«

»Ein großer Mann, sehr stark«, ergänzte die Frau. »Er war so schnell weg, wie er aufgetaucht ist. Ich konnte nicht einmal sein Gesicht sehen.«

Meisel konnte dem offensichtlich nichts hinzufügen. »Wir kennen uns«, sagte er dann unvermittelt mit Blick auf die junge Frau und griff sich unvorsichtigerweise an den Kopf.

»Ja? Tatsächlich?«

»Schöntann. Das Lokal. Dieses *Shimmy*. Da arbeiten Sie doch, oder? In der Garderobe.«

Die junge Frau schüttelte den Kopf. »Nein, da müssen Sie sich irren. Ich betreibe einen Messestand für Spielwaren, vornehmlich musikalische Stofftiere. Wollen Sie ihn sehen? Haben Sie Kinder? Sie könnten ...«

Baran winkte ab. »Danke, wir haben es leider etwas eilig. Meisel, können Sie gehen?«

Sein Kollege antwortete nicht gleich, doch Baran trieb ihn zur Eile an. Es gab Wichtigeres als Geplänkel und Anbändelei, auch wenn er zugeben musste, dass diese junge Dame eine ausgesprochene Schönheit war. Mit einer leichten Verbeugung verabschiedete er sich und versprach ihr, sich um seinen Kollegen zu kümmern.

»Passen Sie auf sich auf«, sagte sie mit Blick auf Meisel und verschwand in einem Pulk mit arabisch sprechenden Geschäftsleuten.

Meisel schien sich etwas besser zu fühlen. Es war nicht weit zum Auto, aber Baran nahm Rücksicht auf ihn und ging langsam.

»Fräulein Hertha hat mir mitgeteilt, dass Zeller Sie zur Rotunde geschickt hat. Was sollte das?«, fragte er.

»Eine verdammte Falle«, antwortete sein Kollege. »Ich solle sofort herkommen, hat es geheißen, es ginge um Mord- und Totschlag. Aber als ich ankam, war alles ruhig. Außer ein paar Taschendieben vielleicht und wie immer jede Menge Betrüger. Ich habe mich überall umgesehen. Wollte schon zurückfahren, aber dann habe ich … nun … noch einen kleinen Blick auf die Ersatzteile geworfen, Sie wissen schon, der Fiat. Bin noch herumgeschlendert und wollte den Nordausgang nehmen, aber plötzlich war alles finster. Als ich wieder zu mir kam, war die Frau da, mit einem Verband in der Hand. Also, ich könnte schwören, dass ich sie vom *Shimmy* kenne. Die Garderobenfrau. Sie hat ausgesehen wie sie.«

»Sie haben einen Schlag auf den Kopf bekommen, Meisel, das kann schon einmal die Wahrnehmung trüben«, meinte Baran. »Ich habe übrigens einen Hinweis auf eine Baracke bekommen, in der Bernstein eine Wohnung hatte. Ich fahre allein dorthin. Es ist besser, wenn Sie sich ausruhen.«

Meisel protestierte, aber es half nichts. Baran fuhr ihn nach Hause. Es war nur ein kleiner Umweg auf dem Weg nach Grinzing.

* * *

Die Baracke Nummer 23 unterschied sich kaum von den anderen. Die Eingangstür war mit weißer Kreide beschriftet worden, um Baran die Suche zu ersparen. Langsam begann er die bissfreudige Ungarin zu mögen. Allerdings war die Tür verschlossen. Das Öffnen musste er selbst erledigen, und er wurde dabei bestimmt von geschulten Augen beobachtet, die sich einen Spaß daraus machen wollten, wie ein ungarischer Aristokrat unbeholfen mit einem Dietrich umging. Aber er belehrte sie eines Besseren. In wenigen Sekunden war die Tür offen, und Baran schob einen roten Samtvorhang zur Seite, der als Windfang diente, und betrat einen düsteren, holzgetäfelten Raum. Er brauchte einen Augenblick, um sich zu orientieren. An einer Wand standen halb leere Bücherregale. An den anderen Wänden hingen neben Auszeichnungen und Urkunden Bilder von Bernsteins Frau und Tochter, manchmal waren sie auch zu dritt abgebildet. Baran erblickte einen Sessel mit grünem Bezug, einen kleinen Tisch und in einer Ecke einen Schreibtisch, auf dem sich Papier stapelte. Es würde eine Weile dauern, ehe er sich einen Überblick verschafft hatte. Er zog seinen Mantel aus.

Eine Weile studierte Baran die Bilder. Bei genauerer Betrachtung wurde Deborahs Krankheit immer sichtbarer. Das Mädchen mit den dunklen, lockigen Haaren blickte mit staunenden Augen in die Welt, ihre Lippen zumeist zu einem leichten Lächeln verzogen. Auf keinem der Fotos war sie kurz vor ihrem Tod zu sehen. Bernstein hatte es vorgezogen, sie in Erinnerung zu behalten, wie sie war, bevor ihr die Krankheit die Kraft raubte.

Bernsteins Frau war eine stattliche und überaus attraktive Erscheinung gewesen, von der zweifellos die Tochter ihr ebenmäßiges Gesicht geerbt hatte. Freimütig blickte sie in die Kamera, während ihre Hand sanft auf dem Arm ihres Mannes ruhte.

Baran hätte sich gern mehr Zeit für die Bilder genommen, aber die vielen Dokumente hatten seine Neugierde geweckt. Irgendwo hier musste es einen Hinweis geben, warum Bernstein hatte sterben müssen. Vorher vergewisserte er sich, dass auf keinem der Bilder Bernstein zusammen mit Martha Halpern oder Fanny Pinsker zu sehen war. So war es. Also setzte er sich an den Schreibtisch und sah die Dokumente durch. Bereits auf den ersten Blick erkannte er, dass es sich nicht um medizinische Fallbeschreibungen handelte. Was er las, erweckte sofort sein Interesse, und langsam, aber sicher verstand Baran besser, was es mit der Person des Dr. Bernstein auf sich hatte. Er nahm ein Foto in die Hand, das ihn besonders faszinierte, dann bekam er plötzlich von hinten einen Schlag, spürte ein Dröhnen im Kopf. Gewehrfeuer, Granathagel, Deckung suchen. Finsternis.

* * *

Der Piccolo im Café Schwarzenberg, der den kleinen Mokka für die Dame servierte, war der Einzige der Angestellten, der sich wunderte, dass eine Frau beim Frühstück mit drei männlichen Begleitern an einem Tisch saß und genüsslich eine Zigarette rauchte. Eleonore jedenfalls fühlte sich keinesfalls unwohl in der Gesellschaft dieser Männer, die sie seit Jahren als Geschäftspartner und Freunde ihres Vaters kannte. Sie trug eine Bluse mit einem auffällig eingestickten Blumendekor, das sich auf raffinierte Weise in dem langen blauen Kleid darüber wiederfand. Die Herren, wie immer in korrekten dunklen Anzügen, waren ihrem Ansehen entsprechend zuvorkommend und höflich. Man musste wohl kein Hellseher sein, um zu bemerken, dass sie sich dabei zu übertreffen suchten, die klügsten Reden zu schwingen und gelegentlich das eine oder andere Kompliment einzustreuen. Eleonore fand es einerseits amüsant, andererseits ertappte sie sich dabei, wie sie sich nach der abweisenden und nicht um Schmeichelei bemühten Art des Herrn Kommissärs sehnte, in dessen Augen eine seltsame Melancholie lag, die ihr gefiel. Sie trank den Mokka in einem Zug aus und hörte dem grau melierten, etwa vierzigjährigen Mann zu ihrer Linken, Dr. Mauthner, zu.

»Ihr Vater, werte Eleonore«, sagte er gerade, »hat den Doktor am besten von uns gekannt, schon zu Zeiten, als Sie noch nicht auf der Welt waren. Ihre Frau Mutter, deren wunderschönes Aussehen Sie geerbt haben, war, soviel ich weiß, im Übrigen eine Klassenkameradin von Dr. Bernstein.«

»Nun«, meinte der dicke Kommerzialrat Stecher, während er seinen Schnauzer glättete, »ein wenig lässt sich schon über ihn sagen. Schließlich kannte ich noch seine viel zu früh verstorbene Gattin, die wunderbare Helene. Damals, es muss um 1910 gewesen sein, waren wir alle in Bad Aussee zur Sommerfrische. Und in diesen Wochen hat der Dr. Bernstein jeden Tag einen Briefwechsel gehabt mit den allerhöchsten Stellen, sogar mit dem Thronfolger. Also, wenn Sie mich fragen, liebes Fräulein Werthmann, dann war der Doktor in Dinge eingeweiht, die von höchstem Interesse für die Monarchie waren.«

»Was wollen Sie damit sagen?«, fragte der Dritte im Bunde, dessen Name Eleonore vergessen hatte. Er war zweifellos der Jüngste von ihnen, vielleicht fünfundzwanzig, und errötete stets ein wenig, wenn er ihr ins Gesicht blickte. Als Einziger war er glattrasiert, trug aber eine Brille, die Eleonore scheußlich fand.

»Was ich damit sagen will?«, fuhr Stecher fort. »Nun, dass Dr. Bernstein vermutlich nicht nur als Arzt gearbeitet hat. Es gab Briefe an das Evidenzbüro. Also, einen habe ich zufällig gesehen. Man ist ja nicht neugierig.«

»Evidenzbüro?« Eleonore stutzte. Der Begriff war ihr durchaus vertraut. »Das heißt also, dass Dr. Bernstein für den Nachrichtendienst tätig war.«

»Aber ...« Der junge Mann schien sich in der Rolle des zaudernden Zweiflers wohlzufühlen, »wie soll das denn zusammengehen mit seiner medizinischen Tätigkeit? Er hatte doch damals schon als Arzt eine volle Praxis.«

»Und er hat an der Universität unterrichtet«, ergänzte Mauthner. Stecher, der sich eine Pfeife zu stopfen begann, beeindruckten diese Argumente wenig.

»Ich habe es mit eigenen Augen gesehen«, beharrte er. »Der Brief lag auf dem Schreibtisch im Hotel. Wir waren zu einer kleinen Soiree verabredet, und meine Gattin und ich haben Dr. Bernstein und seine Familie abgeholt. Da stand Evidenzbüro auf dem Umschlag. Ganz sicher.«

Eleonore dachte nach. Manchmal war sie einfach nur ein junger Mensch, der glaubte, dass alles, was vor ihr existiert hatte, fehlerhaft, vorläufig, in jedem Fall unvollkommen gewesen war und die Geschichte mit ihrer Geburt begann. Aber heute spürte sie, dass die Welt sich längst im Kreis gedreht hatte, dass es, wie einst ein jüdischer Weiser der Antike erklärte, nichts Neues unter der Sonne gab. Sie gewann den Eindruck, dass das, was die beiden Frauen und Dr. Bernstein das Leben gekostet hatte, seinen Anfang in einer Zeit genommen hatte, in der sie bestenfalls ein lallendes Kind gewesen war. Das Gespräch ging noch eine Weile hin und her, aber sie erfuhr nichts Neues mehr und verlor das Interesse. Schließlich verabschiedete sie sich höflich von den drei Herren.

Als sie zur Ausgangstür schritt, war ihr erster Gedanke, Baran von den Andeutungen über das Evidenzbüro zu erzählen. Sie war erwachsen und fähig, logisch zu denken. Sie würde ihn davon überzeugen, dass es keinen Sinn hatte, sie von der Recherche in diesem Fall auszuschließen.

»Fräulein Werthmann, Eleonore Werthmann. Haben Sie einen Augenblick Zeit?«, erklang plötzlich eine Stimme, als ihre Hand bereits auf der Klinke lag.

Ein Mann im Nadelstreif mit eleganter Krawatte, einem streng getrimmten Knebelbart und lebhaften Augen hatte sich von seinem Tisch neben der Ausgangstür erhoben.

Verwundert sah Eleonore ihn an.

»Wer sind Sie, und woher kennen Sie meinen Namen?«

»Verzeihen Sie«, antwortete der Unbekannte, »wie unhöflich von mir. Ich habe mich noch nicht vorgestellt. Mein Name ist Otto Schöntann. Ich habe zufällig Ihr

Gespräch über Dr. Bernstein mitangehört. Es liegt mir fern, mich in fremde Angelegenheiten zu mischen, aber in diesem Fall ... Würden Sie sich bitte einen Augenblick zu mir setzen?«

Eleonore kam seiner Bitte nach.

»Kannten Sie Dr. Bernstein? Waren Sie ein Freund von ihm?«, fragte sie erstaunt.

»Gewissermaßen«, antwortete Schöntann kryptisch. »Gewissermaßen, ja. Außerdem bin ich, man möge es mir nachsehen, ein wenig neugierig. Die Nachforschungen, die ich angestellt habe, werden Sie interessieren. Ich möchte Ihnen gern mehr über ihn erzählen. Aber nicht hier. Kommen Sie doch heute Nachmittag zur Vorführung des Zauberers in den Prater. Ich verspreche, es wird Ihnen gefallen. Danach treffen wir uns in Kadrmanns Etablissement *Zum Goldenen Kreuz*.«

Dann legte er eine Visitenkarte auf den Tisch, erhob sich und reichte Eleonore die Hand.

»Ich muss jetzt leider aufbrechen, aber ich erwarte Sie heute Nachmittag. Bitte, vertrauen Sie mir.«

Als Eleonore ihm die Hand gab, war ihr, als würde die seine leicht zittern.

* * *

Der Mann in der Feuerwehruniform redete beharrlich auf Baran ein, der sich kaum auf den Beinen halten konnte. Das Schlimmste sei vermieden worden, alle hätten mitgeholfen und das Feuer rechtzeitig erstickt. Seine eifrigen Kollegen löschten letzte Glutnester.

Besorgte Bewohner der Baracken, Schaulustige und

Helfer standen da, darunter auch der junge Mann aus Baracke 43, dem Baran schon einmal die Handschellen angelegt hatte.

»Er hat Sie rausgezogen, deshalb konnte der Kerl auch entkommen«, sagte die Frauenstimme zu seiner Linken auf Ungarisch. »Was war dadrinnen, das so wertvoll war, dass man die ganze Baracke abfackeln musste?«

Baran wollte etwas antworten, aber sie winkte ab. »Ich will es nicht wissen. Vielleicht ist es besser, wenn Sie uns in Ruhe lassen. Wir schulden Ihnen nun nichts mehr.«

Er wollte sich zu ihr umwenden, aber sie war bereits verschwunden. Sein Blick fiel auf die letzten Glutnester. Baran erinnerte sich, dass er, während er sich die Fotos angeschaut hatte, hinter sich ein leises Knarren vernommen hatte. Als er den Kopf hob und sich umdrehen wollte, war es bereits zu spät. Das Letzte, was er sah, ehe er den Schlag auf den Schädel bekam und in Ohnmacht fiel, waren die blauen Augen des hämisch grinsenden Mannes. Sein Kopf schmerzte, und er verspürte einen starken Druck auf seiner Lunge.

»Wir bringen Sie zum Arzt«, sagte der Feuerwehrmann, aber Baran winkte ab und fragte stattdessen: »Was ist mit der Einrichtung?«

»Alles hin. Verbrannt. Zum Glück steht die Baracken überhaupt no. Aber drinnen, na, nix zu machen. War das Ihre Wohnung?«

»Nein.«

»Was haben S' dann dadrin g'macht? Haben Sie am End' das Feuer g'legt? Ich hol' gleich die Polizei.«

»Schon da«, bemerkte Baran, dem es nur mit Mühe

gelang, seinen Dienstausweis aus der Anzugtasche zu ziehen.

Die weiteren Fragen des Feuerwehrmannes ignorierte er und ging zu seinem Auto. Er fühlte sich ziemlich wackelig, umso stärker war seine Wut.

Im Wagen betrachtete er eines der Fotos, die er eingesteckt hatte, bevor der Kerl ihm den Schlag verpasste. Irgendwann, so dachte er, in nicht allzu ferner Zukunft, würde es möglich sein, Fotos in Farbe zu machen. Dann wäre vollkommen klar zu sehen, dass die Augen, die ihn darauf anstarrten, eisblau waren.

* * *

Als Baran an die grün gestrichene Wohnungstür von Meisel klopfte, dauerte es eine Weile, ehe ihm geöffnet wurde.

»Sie sehen ja noch schlechter aus als ich«, feixte sein Kollege, als er Baran sah.

»Ich bin dem Blauäugigen begegnet«, antwortete Baran knapp und ging am verdutzt dreinblickenden Meisel vorbei ins Wohnzimmer, wo ein Ofen behagliche Wärme spendete. Eine Decke und ein Kissen lagen auf dem Sofa, wo Meisel offensichtlich eine Weile geschlafen hatte.

Baran setzte sich und erzählte von Bernsteins Wohnung in Baracke 23, von der schmerzhaften Begegnung mit dem Blauäugigen und von dem Brand.

»Einer der Ungarn hat mir das Leben gerettet und mich aus dem brennenden Haus ins Freie gezogen«, sagte Baran und legte ein Foto auf den Tisch. »Das habe ich vorher eingesteckt. Sie müssen es sich anschauen, Meisel.«

Sein Kollege kniff die Augen zusammen, um erkennen zu können, was Baran ihm da unter die Nase hielt. Endlich gab es ein Foto zu der Zeichnung, die er angefertigt hatte. Ich habe ihn verdammt gut getroffen, dachte Meisel.

»Noch eines dieser ominösen Fotos aus der Bar. Verdammt, der Kerl war an dem Abend auch dort«, sagte er.

»Ich glaube, ich verstehe jetzt den Zusammenhang.«

Unterbrochen von gelegentlichen Schmerzattacken erzählte Baran ihm von dem Gespräch mit Otto Kocher von der Evidenzstelle.

»Bernstein war Agent?«, fragte Meisel und zog die Augenbrauen hoch.

»Ja. Er arbeitete für das Evidenzbüro und hat Berichte über eine Gruppe gesammelt, die aus namhaften Mitgliedern der Aristokratie und aus Vertretern des Staatsapparates bestand. Es ging immer wieder um Serbien.«

»Die Schwarze Hand? Terroristen, Umstürzler, Mörder.«

»Nein, das Gegenteil.«

»Ich verstehe Sie nicht.«

»Ganz einfach, Meisel«, erwiderte Baran. »Die Schwarze Hand hasste die Monarchie und nutzte den Terror, um für ein Großserbien zu kämpfen. Sie haben den österreichfreundlichen serbischen König genauso getötet, wie sie wohl hinter dem Attentat auf Franz Ferdinand stecken. Aber wenn ich aus dem, was Kocher mir erzählte, schlau geworden bin, dann handelte es sich bei der Gruppe, die Bernstein im Visier hatte, um Männer, die einen Krieg gegen Serbien anzetteln wollten, einen vernichtenden Krieg.«

»Den Krieg haben sie bekommen.«

»Nicht den, den sie wollten. Sie wollten den Präventivkrieg schon Jahre vorher. Serbien, das sich selber zu einer Macht am Balkan aufzuspielen begann, sollte vernichtend geschlagen und annektiert werden. Die Männer, die Bernstein beobachtete, führten etwas im Schilde und wollten diesen Krieg provozieren. Verstehen Sie, was das heißt?«

»Eine Verschwörung. Eine Gruppe innerhalb des Staatsapparats?«

»Da bin ich noch unschlüssig«, sagte Baran. »Bernstein hat offensichtlich nur wenige Dokumente aufbewahrt. Eines ist mir klar geworden: dass diese beiden Männer dabei eine entscheidende Rolle spielten.«

Er legte zwei weitere Fotos hin. Eines zeigte ein wenig verschwommen den ominösen Mann mit den blauen Augen, der sich mit einem Herrn unterhielt, den man nur von hinten sah.

»Bernstein muss diese Männer verdächtigt haben, etwas zu planen, was den Krieg beschleunigen würde, und ist dabei unserem blauäugigen Freund auf die Schliche gekommen. Das Foto muss etwa 1908 oder 1909 aufgenommen worden sein. Wir wissen bis heute nicht, was diese Gruppe geplant und ob sie am Ende etwas mit dem Attentat in Sarajevo zu tun hatte. Letztlich ist es unerheblich. Wir wissen, wie es ausgegangen ist. Bernstein hat übrigens schon zu Beginn des Krieges aufgehört, für den Nachrichtendienst zu arbeiten. Doch nun wird es interessant. Irgendwann in letzter Zeit ist er auf etwas gestoßen, was er mit der alten Sache in Verbindung brachte. Und wie ein Bluthund nicht aufhören kann zu suchen, bis er die Beute gefunden hat, so muss wohl auch unser Dr. Bernstein die Fährte wieder aufgenommen haben.«

Baran wies auf das andere Foto: »Das hier kennen Sie schon.«

»Das hatte Bernstein in der Hand, als er getötet wurde.«

»Genau. Wir haben nicht genau hingesehen. Hier Bernstein, Martha Halpern, der Herr Oberkommissär, der Schöntann und hinter dem Schöntann, wir haben nicht auf ihn geachtet ...«

»Er könnte es sein, ja.«

»Er ist es, derselbe Mann. Seinetwegen war Bernstein im *Shimmy*. Er war ihm auf den Fersen, nach zehn Jahren.«

»Und deswegen musste er sterben.«

»Ja, Meisel. Und ich fürchte, dass auch unser Herr Veith deswegen sterben musste, weil er etwas wusste, was er nicht hätte wissen sollen.«

»Sie denken also, dass Veith und Bernstein sich kannten, dass ...«

»... der Brief, den er in der Hand hielt, wahrscheinlich für Dr. Bernstein bestimmt war. Ja. Es geht um viel mehr als Eifersucht, Hass oder Neid, es geht um die große Politik. Was mich aber am meisten wütend macht, ist, dass der Blauäugige uns die ganze Zeit bei unseren Ermittlungen beobachtet haben muss. Er hat uns beiden eine Falle gestellt und Sie in die Rotunde gelockt, Meisel. Er wollte Sie aus dem Weg haben. Mich allein auszuschalten war wesentlich einfacher. Er muss mir die ganze Zeit gefolgt sein und war hinter den Unterlagen in der Baracke her.«

Meisel brummelte etwas vor sich hin und kratzte sich an der Glatze.

»Und die beiden Frauen?«, fragte er dann.

Baran antwortete nicht, weil er einen flüchtigen Blick auf seine Taschenuhr geworfen hatte.

»Mein Gott, ich komme viel zu spät.«

»Zu spät wohin?«

»Zum Begräbnis.«

* * *

Nachdem Baran seinen Anzug notdürftig ausgebürstet und sein Gesicht gewaschen hatte, fuhr er zum Jüdischen Friedhof am 4. Tor des Wiener Zentralfriedhofes. Im strömenden Regen eilte er zu der Begräbnisfeier, die fast schon zu Ende war. Nur noch wenige standen, meist unter dunklen Schirmen verdeckt, am Grab, um eine Schaufel Erde auf den Sarg zu werfen. Der Kantor stimmte ein Gebet an. *Eil molei rachamim* verstand Baran, während er Ausschau nach Eleonore und ihrem Vater hielt. Schlussendlich entdeckte er nur Werthmann etwas abseits von den anderen. Er drückte Baran die Hand und sah ihn erstaunt an. »Was ist denn mit Ihnen passiert?«

»Halb so schlimm. Jemand wollte mich an meiner

Arbeit hindern. Ist ihm aber nicht gelungen. Ich habe etwas über Dr. Bernstein erfahren und frage mich, ob Sie davon wussten. Ich meine die ehemalige Tätigkeit von Dr. Bernstein beim Geheimdienst.«

Werthmann griff sich an die Stirn. Er wirkte besorgt, als er antwortete: »Genau darüber wollten wir mit Ihnen dringend reden.«

»Wir?« Baran ahnte nur zu gut, wer hinter dem Wir steckte.

»Eleonore«, antwortete Werthmann. Gemeinsam gingen sie unter Werthmanns Schirm zum Ausgang, vorbei am Taharahaus, in dem die Toten gereinigt und für die Beerdigung vorbereitet wurden.

»Meine Tochter, lieber Herr Kommissär, möchte unbedingt etwas zur Aufklärung des Falles beitragen. Sie interessiert sich sehr für die Vergangenheit von Dr. Bernstein und hat sich deshalb heute Morgen mit drei meiner Freunde getroffen. Vor allem Kommerzialrat Stecher weiß einiges über die Tätigkeit von Dr. Bernstein im Dienst der Monarchie. Zu mir war er in dieser Hinsicht ausgesprochen wortkarg und zurückhaltend. Nur Andeutungen, Vermutungen. Und auch nach dem Krieg und dem Zusammenbruch der Monarchie wurde er nicht gesprächiger. Aber jetzt wird mir manches klarer, zum Beispiel, warum er in Sarajevo war, als das Attentat…«

»Eleonore! Wo ist sie jetzt?«, unterbrach ihn Baran.

»Sie müssen sie gerade verpasst haben. Sie hat eine Verabredung mit einem Herrn. Aber ich dachte, Sie wüssten davon. Sie hat mir versichert, Sie anzurufen …«

»Mit welchem Herrn?«

»Eleonore hat mir erzählt, dass sie im Kaffeehaus heute Morgen eine seltsame Begegnung mit einem eleganten Herrn hatte«, erwiderte Werthmann und wirkte auf einmal beunruhigt. »Er hat sich ihr als Schöntann vorgestellt.«

Baran, der die ganze Zeit die Erschöpfung in jeder Faser seines Körpers gespürt hatte, war auf einmal hellwach.

»Schöntann, sagen Sie? Ganz sicher?«

»Sie hat es mehrfach erwähnt.«

»Und wo wollte sie sich mit ihm treffen?«

»Im Prater. Zur Nachmittagsaufführung des Zauberers. Ich habe mich auch gewundert.«

Baran vergaß beinahe jegliche Höflichkeit, lüpfte nur den Hut und rannte zu seinem Auto. Die Lunge schmerzte, aber er ignorierte es.

* * *

Trotz der Kälte war Baran schweißgebadet, als er das Etablissement des Zauberers betrat und sich auswies. Die Vorstellung hätte gerade begonnen, er könne nicht stören, wurde ihm mitgeteilt, aber er ging schnurstracks in den Saal, der nur mäßig beleuchtet war. Die Menschen saßen im Kreis und blickten voller Staunen auf die erleuchtete Bühne, auf der Alphonso, in der Robe des Zauberers, geschminkt und mit aufgeklebten buschigen Augenbrauen kaum zu erkennen, gerade einen Orangenbaum in Sekunden zum Blühen brachte und daraus in Windeseile saftige Orangen wachsen ließ.

Baran musste zugeben, dass er beeindruckt war. Auf

der Suche nach Eleonore und Schöntann sah er sich um und ging an den äußeren Reihen entlang. Vergeblich.

Inzwischen wurde ein Pferd auf die Bühne gebracht, ein stolzer Hengst, den Baran für einen Augenblick betrachtete. Dann erkannte er, wer der stattliche Reiter war, der sich auf das Pferd geschwungen hatte. Schöntann. Aber wo war Eleonore? Während er weiter nach ihr suchte, blieb er wieder an dem Platz von vorhin stehen, von wo aus er die Bühne am besten überblicken konnte. Das Pferd mitsamt seinem Reiter war blitzschnell verschwunden. »Ein Spiegeltrick«, sagte ein Glatzkopf, aber seine Bemerkung verpuffte bei den Menschen rundherum. In diesen Zeiten, wo die Realität alles andere als rosig war, konnte ein wenig Illusion nicht schaden. Aber mit der Illusion war nun auch Schöntann verschwunden.

Baran ignorierte die ersten Unmutsäußerungen, weil er einigen Leuten die Sicht verstellte. Dann entdeckte er sie schließlich in der ersten Reihe, in einem roten Cocktailkleid mit Fransen, und fragte sich instinktiv, wo und wie sie sich nach dem Begräbnis so schnell hatte umziehen können. Er wartete geduldig das Ende der Vorstellung ab und spendete eifrigen Applaus, während er sich dicht vor Eleonore postierte, die ihn jetzt endlich auch wahrnahm.

»Herr Kommissär. Sie hier?«, fragte sie erstaunt.

»Ihr Herr Vater hat mir gesagt, dass Sie hier sind. Sie spielen Polizeiagentin, Fräulein Werthmann, das ist ein gefährliches Spiel und kann tödlich enden«, entgegnete Baran.

»Soll das heißen, dass Sie sich Sorgen um mich

machen?« Ein Lächeln huschte über ihr Gesicht, dann zog sie ihren Mantel an. »Wollen Sie mich begleiten, Herr Kommissär? Herr Schöntann wollte mich im *Goldenen Kreuz* treffen.«

Baran antwortete nicht, sondern folgte ihr einfach. Er war versucht, ihren Arm zu packen, damit sie ihm nicht entwischen konnte, aber dann ermahnte er sich und erinnerte sich an seine gute Erziehung.

Das *Goldene Kreuz* war gut besucht. Der Saal mit seinen imposanten Lüstern, den weiß eingedeckten Tischen und Thonet-Stühlen, die dicht gedrängt in Viererreihen standen, dazu passend die Kellner in schwarzem Anzug und mit Fliege, machte Eindruck.

Sie fanden noch einen einzigen freien Tisch, und Baran bestellte entgegen seinen Gewohnheiten ein Bier. Eleonore tat es ihm nach und begegnete dem Stirnrunzeln des Kellners mit einer Geste.

»Schöntann hat mir erzählt, dass Sie sich kennen«, versuchte sie, das Eis zu brechen. Baran zögerte einen Augenblick, bevor er antwortete: »Ja, wir kennen uns flüchtig. Ein ehemaliger Graf, heißt es.« Er hatte sich vorgenommen, sich vorerst zurückzuhalten und die junge Frau reden zu lassen, aber eine tiefe Unruhe packte ihn, ein Unbehagen, das er loswerden musste. »Weshalb wollte sich Schöntann mit Ihnen treffen?«

Eleonore ließ sich Zeit mit der Antwort, als wollte sie Barans Ungeduld anstacheln, ihn zappeln lassen.

»Herr Schöntann sagte, dass er mir etwas über Dr. Bernstein erzählen müsse. Er sei ein neugieriger Mensch, und deshalb habe er etwas herausgefunden und …«

»… kam damit nicht zu mir«, unterbrach Baran sie schroff. »Hat er gesagt, worum es ging?«

»Nein, nur dass es mich interessieren würde«, antwortete Eleonore. »Sie müssen wissen, dass meine Mutter mit Dr. Bernstein an derselben Schule war. Sie waren damals sehr enge Freunde.«

»Und wo ist Ihre Mutter jetzt?«

»Im Himmel. Sie starb vor zehn Jahren.«

Baran hätte irgendetwas sagen müssen, eine Floskel, die man in einer solchen Situation von sich gibt, aber zum Glück erlöste ihn der Kellner, der die beiden Biere brachte.

»Er verspätet sich«, lenkte Eleonore die Aufmerksamkeit wieder auf Schöntann.

Baran war das nicht entgangen. Er war ohnehin gereizt, sein Kopf schmerzte, er fühlte sich unwohl in dem verschwitzten Anzug, der zudem erbärmlich nach Rauch stank. Zu allem Überfluss stellte Eleonore wenig schmeichelhaft fest: »Sie sehen nicht gut aus.«

Dann erkundigte sie sich, was geschehen sei, und Baran holte aus, erzählte, was er über Bernstein in Erfahrung gebracht hatte, über seine Entdeckungen in der Baracke und über den Blauäugigen. Er unterstrich, dass sie sich schützen müsse. Doch damit nicht genug, er erwähnte auch den Mord an Veith und den beiden jungen Frauen.

»Ich glaube«, sagte er zum Schluss, »dass dieser Blauäugige ein Wahnsinniger ist, und ungeheuer gefährlich. Er schreckt vor nichts zurück. Verstehen Sie? Schöntann kennt ihn. Zumindest gibt es ein Foto, wo die beiden drauf sind. Ich weiß nicht, was ich von Schöntann halten soll. Ich habe ein ganz schlechtes Gefühl, und ich möchte auf keinen Fall, dass Sie sich allein mit ihm treffen.«

Eleonore hatte ihm, ohne ein Wort zu sagen, aufmerksam zugehört und ihm dabei die ganze Zeit in die Augen geblickt.

»Soll das heißen, dass Sie Angst um mich haben, Herr Kommissär?« Sie legte für einen Augenblick die Hand auf seinen Arm.

Aber Baran riss sich zusammen.

»Er kommt nicht«, sagte er und zog sanft seinen Arm weg.

»Sie sollten gehen, sich ausruhen, und danach werden wir ihn gemeinsam suchen«, erwiderte Eleonore.

»Wir? Haben Sie nicht verstanden, was ich gesagt habe?«

»Ich habe verstanden, Herr Kommissär, dass Sie mich schützen wollen«, antwortete sie ruhig. »Aber Sie haben mir die Geschichte nicht nur erzählt, um mich abzuschrecken, sondern weil Sie trotz Ihrer Sturheit genau wissen, dass Sie jede Hilfe gebrauchen können. Also, nach allem, was Sie sagen, weiß dieser Schöntann etwas, was uns weiterhelfen würde, den Mörder zu fassen. Wir müssen ihn finden, und wir werden ihn finden.«

Baran war zu müde, um zu widersprechen.

»Gut. Dann begleiten Sie mich.«

Er legte ausreichend Kronenscheine auf den Tisch und machte sich auf den Weg zu der Praterwohnung von Schöntann. Eleonore beeilte sich, mit ihm Schritt zu halten. Als sie in das Haus eintraten, öffnete Frau Bender gerade einer völlig durchnässten Katze die Tür.

»Er ist nicht da«, sagte sie kurz angebunden, als Baran Anstalten machte, selbst nachzusehen. »Schon den ganzen Nachmittag nicht.« Sie hatte recht.

»Ich bringe Sie nach Hause«, sagte er zu Eleonore, die sichtlich enttäuscht wirkte, »und fahre danach ins *Shimmy*. Vielleicht ist er ja dort, oder jemand weiß, wo ich ihn finden kann. Es tut mir leid, dass ich Sie in das hier hineingezogen habe. Es war falsch. Völlig falsch. Ich mache mir Sorgen um Sie.«

Eleonore war wütend. Sie protestierte und redete während der Fahrt unablässig von dem furchtbaren Frauenbild, das Baran angeblich habe. Sie hätten doch vereinbart, gemeinsam nach Schöntann zu suchen.

»Nein, das ist zu gefährlich«, widersprach Baran ihr. »Sie bleiben gefälligst zu Hause. Ich verspreche Ihnen, gleich morgen früh zu Ihnen zu kommen.«

Abrupt verstummte Eleonore und stieg, als sie vor dem Palais ankamen, schweigend aus. »Auf Wiedersehen, Herr Kommissär, vergaloppieren Sie sich nicht«, sagte sie spöttisch und ließ ihn im strömenden Regen zurück. Kurz blieb Baran neben seinem Wagen stehen, ehe er sich eines Besseren besann und zum *Shimmy* fuhr.

* * *

Eleonores Vater war erleichtert, als er seine Tochter gesund die Treppe heraufkommen sah.

»Ich habe mir Sorgen um dich gemacht, mein Kind«, sagte er. »Hast du den Kommissär getroffen?«

Sie versuchte, sich ihrem Vater gegenüber ihren Ärger nicht anmerken zu lassen. »Er hat mich hergebracht, Papa. Kein Grund zur Sorge. Dieser Schöntann ist nicht gekommen. Ich war umsonst dort. Das heißt, eigentlich war es gar nicht umsonst. Es war mehr als interessant.«

»Komm rein, wir essen gleich. Du musst mir alles ausführlich erzählen.«

»Ich komme gleich, ich will mich nur frischmachen«, antwortete sie.

Ganz in Gedanken versunken, hielt sie sich lange Zeit im Bad auf und kleidete sich dann zum Essen um. In ihrem Kopf drehte sich alles. Hatte der Kommissär etwa gesagt, dass sie nichts weitererzählen dürfe? Sie erinnerte sich nur zu gut daran, dass er sie nur ausdrücklich davor gewarnt hatte, sich mit Schöntann zu treffen.

Als Eleonore nun mit ihrem Vater am Tisch saß, die köstlichen Speisen vor Aufregung kaum anrührend, berichtete sie ihm, was sie von Baran erfahren hatte, peinlich bemüht, nur ja kein Detail auszulassen.

Während Werthmann seiner über alles geliebten Tochter zuhörte, war er hin- und hergerissen zwischen Neugierde, Sorge und Wehmut, weil sie ihn an seine Frau erinnerte, von der Eleonore das Temperament geerbt hatte. Als sie fertig war und endlich einen Bissen vom filetierten Fisch nahm, betrachtete er sie voller Liebe. »Der Kommissär hat recht. Wenn das stimmt, was du erzählst, dann hat unser Dr. Bernstein in ein Wespennest gestochen. Und du solltest dich fern von alldem halten. Lass die Polizei ihre Arbeit tun. Der Kommissär meint es nur gut mit dir.«

Eleonore war gerührt über die Fürsorge ihres Vaters, und gleichzeitig hatte sie das Gefühl, aus einer großen Sache ausgeschlossen zu werden, weil sie eine Frau war, und dass man sie mit Samthandschuhen anfasste. Sie hatte genug von dieser Rücksichtnahme, die letztlich nur ein Ziel hatte, die Frauen aus allem rauszuhalten, was die Männer als ihre Angelegenheit betrachteten. Dann dachte sie an Schöntann. Er wollte sich mit ihr treffen. Warum mit ihr? Sie grübelte immer noch darüber nach, nachdem sie ihrem Vater versprechen musste, sich nicht aus dem Haus zu bewegen. Umso überraschter war sie, dass sie eine Nachricht vor ihrer Zimmertür fand. Sie war von Schöntann. Er schrieb, dass er sie unbedingt treffen wolle und um neun Uhr abends eine Droschke auf sie warten werde.

* * *

Erwartungsgemäß hatte der Türsteher vom *Shimmy* große Probleme mit der völlig durchnässten und nach Rauch riechenden Gestalt, und es dauerte einige Minuten, ehe ihn Barans Dienstausweis überzeugte.

Die Frau an der Garderobe war blond und unscheinbar und mit Sicherheit nicht die gleiche, die heute Meisels Wunde versorgt hatte. Er hatte sich also getäuscht. Die Bar war voll, manche sahen sich nach ihm um und rümpften die Nase, stießen ein paar Schimpfwörter aus, aber Baran beachtete sie nicht. Von Schöntann gab es keine Spur, und auch die Kellner hatten keine Ahnung, wo er sich aufhalten könnte.

Baran war entsetzlich müde und erschöpft und wollte

im Grunde nur noch schlafen. Aber gleichzeitig hielt ihn der Drang, Schöntann zu finden, aufrecht. Er wandte sich bereits dem Ausgang zu, als einer der Kellner einen Gast ansprach: »Na, Herr Leo, heute aber früh da.«

Abrupt drehte Baran sich um. Es musste sich um Leo Kronreif handeln, den Bekannten, den Meisel vor nicht allzu langer Zeit auf der Suche nach Schöntann getroffen hatte.

Kronreif saß allein an einem runden Tisch und hatte ein Bier vor sich stehen. Sein Anzug sah abgetragen aus, sein Gesicht war schlecht rasiert. Baran setzte sich zu ihm, sehr zum Ärger des Kellners, den Baran aber mit einem strengen Blick verscheuchte.

»Herr Kronreif. Sie kennen mich nicht, ich bin ein Freund von Florian Meisel. Er hat mir erzählt, dass Sie ihm vor ein paar Tagen dieses Lokal gezeigt haben.«

Kronreif betrachtete Baran mit seinen müden Augen.

»Ah, der Meisel. Ja, ein alter Spezi von mir. Sagen Sie ihm einen lieben Gruß.«

Er nahm einen tiefen Schluck von seinem Bier.

»Herr Kronreif, ich habe eine Frage.«

»Na, dann, fragen Sie.«

»Kennen Sie den Herrn Schöntann gut?«, fragte Baran.

»Den Schöntann, den Grafen? Aber natürlich kenn ich den gut. Warum wollen Sie das wissen?«

»Na, weil ich ihn suche. Sie wissen nicht zufällig, wo er ist?«

»Nein. Wo ich doch eigentlich immer weiß, wann er da ist. Manchmal erledig' ich auch was für ihn. Er ist recht spendabel. Dann zahlt er mir ein Bier oder zwei.«

Baran ahnte, dass er ein paar Kronen loswerden würde. »Ich lade Sie auf ein zweites Bier ein«, sagte er.

»Oh, ich bedanke mich. Das ist großzügig von Ihnen.«

»Sie erledigen also manchmal etwas für den Herrn Schöntann. Was zum Beispiel?«

»Na, also, nix Spezielles«, antwortete Kronreif, nachdem er die beiden Biere beim Kellner geordert hatte. »Ich mach ein paar Botengänge, oder ich übernehme ein paar Wetten für ihn, wenn er keine Zeit hat. Er spielt ja gern. Gestern haben wir auf die Roma gewettet. Der Otto Diefenbacher ist ein exzellenter Fahrer, und er hätte es fast geschafft. Sie fegten über den Rasen.« Kronreif machte eine ausladende Geste. »Aber dann ist dieser Mills, dieser Pfundskerl, mit Pußtaleany an ihr vorbei.« Urplötzlich schien er zusammenzusacken und blickte in sein leeres Bierglas. Zum Glück brachte der Kellner ein neues. Baran stieß mit ihm an.

»Das Glück ist ein Vogerl, sagt man ihn Wien.« Kronreif zuckte mit den Schultern.

Baran nutzte die Redepause des Unglücksraben und fragte: »Als Sie Meisel getroffen haben, haben Sie da auch Botengänge erledigt?«

Kronreif nahm einen tiefen Schluck von seinem Bier. »Aber nein«, sagte er leise. »Da hatte ich ja eine Glückssträhne. Eine richtige Glückssträhne.«

»Worauf haben Sie gewettet?«

»Ja, ich hab …« Auf einmal hielt er inne und sah Baran misstrauisch an. »… also, ich weiß nicht, warum

Sie mich das alles fragen? Wollen Sie mich aushorchen? Ich habe nämlich ein untrügliches Gespür bei Pferden.«

»Nun denn«, sagte Baran. Er stand auf und verabschiedete sich. »Dann passen Sie auf, dass Sie nicht auf das falsche Pferd setzen. Es könnte Sie mehr kosten als ein paar Kronen.«

Nachdem Baran den verdutzten Kronreif zurückgelassen hatte, fuhr er schnurstracks zu Meisel. Dieser empfing ihn mit einem Boxhandschuh, in kurzen Hosen und einem Ruderleibchen. Nach einer kurzen Begrüßung schlug Meisel ein paar Mal kräftig auf einen Boxsack ein, der mit Ketten an der Decke befestigt war.

»Sie sollten sich schonen, Meisel«, meinte Baran.

»Ich habe mir vorgestellt«, entgegnete sein Kollege, »das da ist der Blauäugige, und ich verpass dem Arschloch ein paar ordentliche Watschen. Hat geholfen. Aber wenn ich Sie ansehe, Herr Kommissär, dann glaube ich eher, dass Sie sich schonen sollten.«

Baran sah tatsächlich erbärmlich aus mit den tropfnassen Haaren und dem völlig durchnässten Anzug. An der Stirn hatte sich eine große tiefrote Beule ausgebildet.

»Später, Meisel, jetzt müssen Sie mir erst mal zuhören. Aber vorher brauche ich ein trockenes Handtuch.«

Meisel brachte nicht nur ein Handtuch, sondern auch ein paar seiner Arbeitshosen und ein kariertes Hemd, brühte ihnen Tee auf und stellte Manner-Schnitten auf den Tisch. Das viel zu große Hemd fühlte sich äußerst ungewohnt an, aber alles war besser, als im durchnässten, stinkenden Anzug zu frieren. Meisel wiederum betastete in regelmäßigen Abständen seine eigene Beule am Hinterkopf. Auch bei ihm war die Begegnung mit dem Blauäugigen in der Rotunde nicht ohne Folgen geblieben.

»Meisel, können Sie denken?«, fragte Baran, seine Hände an der Teetasse wärmend.

»Ich bin ganz klar im Kopf«, antwortete Meisel und nahm sich eine Manner-Schnitte.

»Also, der Schöntann ist verschwunden«, fuhr Baran fort.

»Nein, nicht der auch noch. Weil er seine Nase überall reinsteckt, wird es ihm vielleicht auch noch so gehen wie dem Bernstein.«

»Ja, diese Befürchtung hatte ich auch, als ich im *Shimmy* war und ihn nicht antraf. Aber dann habe ich einen alten Bekannten von Ihnen getroffen.«

»Einen alten Bekannten? Wen denn?«

»Einen Herrn namens Leo Kronreif.«

»Den Leo. Na, der dürfte dort öfter zu finden sein. Wie hat er denn ausgesehen? Elegant oder …«

»Oder, Meisel, eindeutig oder. Der Leo dürfte grad nicht auf die Butterseite gefallen sein«, gab Baran zurück.

»Das tut mir irgendwie leid. Aber er spielt gern und dürfte viel verloren haben.«

»Noch einer spielt gern, nicht wahr?«

»Der Schöntann. So heißt es.«

»Ein Spieler, Meisel, ein verdammt gerissener Spieler.«

»Wie meinen Sie das?«

»Denken Sie nach, denken Sie nach. Wie sind Sie denn zum Schöntann gekommen?«, fragte Baran.

»Na, der Leo … also, Sie meinen doch nicht, dass …«

»… der Schöntann ihn geschickt hat. Der Leo zieht sich seinen besten Anzug an und trifft Sie zufällig auf der Straße. Sie waren in der …«

»*Chatham Bar*. Aber …«

»… Sie werden zum Schöntann geführt, der Ihnen eine Geschichte erzählt«, vollendete Baran den Satz.

Meisel kratzte sich an seiner Glatze. In seinem Hirn schien es ordentlich zu arbeiten.

»Magda als Tänzerin beim Schöntann, der ominöse Arzt«, sagte er schließlich.

»Wir wüssten nichts davon, ohne den Schöntann.«

»Der Schöntann hat mich auf das Medaillon aufmerksam gemacht. Er hat ständig davon geredet.«

»Schöntann hat uns Stück für Stück mehr geliefert. Verstehen Sie, Meisel, er hat die ganze Zeit mit uns gespielt. Er hat uns zu Bernstein geführt, und …«

»… zum Oberkommissär.«

»Die große Frage ist, warum?« Baran runzelte die Stirn.

»Weil er von sich ablenken wollte. Weil er die Schuld von sich weg… Er muss der Mörder sein.«

»Nein, nein. Das ist viel komplizierter. Papier, bitte, und einen Bleistift.«

Sein Kollege erhob sich und brachte das Gewünschte.

Baran zeichnete, so gut er konnte. Meisel betrachtete das Ergebnis mit der Milde des Könners gegenüber den Bemühungen des Laien. In der Mitte war das Medaillon zu erkennen, links davon die beiden jungen Frauen, rechts ein älterer Herr – es musste Veith sein – und über dem Medaillon schwebte ein Fragezeichen. Darunter zeichnete Baran Bernstein in einem Arztkittel. Über dem Fragezeichen schrieb er *Schöntann*, *Blauäugiger* und *Oberkommissär* und verband sie mit zwei Strichen zu Bernstein.

»Wem gehören das Medaillon und der Siegelring? Einem von denen da? Dem Blauäugigen, dem Mörder von Veith?«

»Hm«, sagte Meisel. »Dann wäre Martha seine Freundin gewesen. Ein abartiger Gedanke, finden Sie nicht?«

Baran zuckte mit der Schulter und nahm sich auch eine Manner-Schnitte.

»Manchmal finden die zartesten Frauen Gefallen an den gröbsten Kerlen. Er schenkt ihr das Medaillon und kratzt den Drachen aus. Warum? Und warum dann der Siegelring?«

»Es passt nicht«, meinte Meisel.

»Nicht direkt, aber vielleicht in der Folge. Sagen wir, das Mädchen verliebt sich, er schenkt ihr etwas Wertvolles, aber er kratzt etwas aus, was nicht für sie bestimmt ist. Vielleicht will er auf diese Art einen Schlussstrich ziehen. Die Vergangenheit hinter sich lassen.«

»Eine Vergangenheit, die ihm nachhängt wie eine chronische Krankheit.«

»Genau. Aber dann passiert etwas Unerwartetes. Das Mädchen trifft in einem Lokal jemanden, der ihr etwas über diesen Mann erzählt, was sie nicht ahnen konnte.«

»Sie trifft Bernstein. Im *Shimmy*, bei Schöntann. Und dann?«, überlegte Meisel.

»Dann macht sie einen tödlichen Fehler. Sie forscht

nach, möchte Näheres wissen. Sie findet den Ring, steckt ihn ein. Nicht weil sie etwas aufklären will.«

»Neugierde? Erpressung?«

»Sie beginnt zu ahnen, dass die Sache aus dem Ruder laufen könnte. Sie teilt sich ihrer besten Freundin Fanny mit, danach auch dem Fräulein, das die Fotos der beiden gemacht hat. Aber es ist zu spät.«

»Sie hat sich mit dem Falschen angelegt.«

»Ja, Meisel.«

»Der Mörder verwirrt uns, legt falsche Spuren. Damit kommen wir wieder zu Schöntann. Verdammt, und wenn es doch Schöntann ist?«

»Ja, Meisel, was glauben Sie, worüber ich die ganze Zeit nachgrüble«, erwiderte Baran. »Welche Beziehung Schöntann zu dem Blauäugigen hat. Auf jeden Fall brauchen wir Gewissheit, dass er es nicht ist. Wir brauchen eine Schriftprobe von ihm. Vielleicht hat Schöntann ja die Botschaft an die Wotruba und Bernsteins Abschiedsbrief geschrieben.«

»Dazu müssten wir … Moment. Warten Sie, ich habe etwas.«

Meisel stand auf, ging zur Garderobe, schnappte sich seine Jacke und zog das Notizbuch heraus. »Hier, er hat mir etwas hineingeschrieben. Schauen Sie.«

Baran las laut vor: »Tanzkurs für Fortgeschrittene. *Shimmy*, 1. April, 20 Uhr.«

»Und?«

Baran schüttelte langsam den Kopf. »Ich habe die Karte an die Wotruba sicher zehn Mal gelesen. Das ist nicht die gleiche Schrift.«

»Er ist also nicht unser Mörder. Aber er kennt den Blauäugigen. Er schützt ihn. Er …«

»Alles richtig. Doch der Reihe nach. Der Blauäugige bringt Martha um. Auf so brutale Weise, weil er damit ein Zeichen setzen will. Wen will er damit warnen?«

»Bernstein?«

»Und Fanny. Als Fanny Martha in der Gerichtsmedizin identifiziert hat, ist sie in Ohnmacht gefallen. Bernstein hat mit ihr geredet, als sie aufwachte. Ich dachte, er würde sie trösten, aber nein, er hat sie gewarnt.«

»Warum hat sie sich dann nicht an uns gewandt?«, entgegnete Meisel. »Warum hat sie Mendel Hirsch verdächtigt? Das war doch aus der Luft gegriffen.«

Baran kam es seltsam vor, dass er in dieser Sekunde an Eleonore denken musste, die sich mit Sicherheit besser in die Psyche einer jungen Frau einfühlen könnte. Aber er hatte sie eindringlich gebeten, sich nicht einzumischen und zu Hause zu bleiben.

»Sie hat sich rächen wollen«, sagte er dann, weil es ihm am plausibelsten erschien. »Fanny hatte einen Plan. Indem sie den ihr ohnehin lästigen Mendel Hirsch an uns verriet, hatte sie freie Hand, ihr Vorhaben umzusetzen. Vergessen Sie eines nicht, Fanny hat Martha ge… also, sie war sehr eng mit ihr. Sie wollte nicht, dass der Blauäugige davonkommt. Sie wollte die Strafe für ihn nicht der Polizei überlassen.«

»Sie hat ihn unterschätzt.«

»Er hat sie beide getötet. Und hat Sie in eine Falle gelockt und mich beinahe abgefackelt«, sagte Baran. »Ohne Schöntann würden wir wie die Blinden herumtappen.

Wir sind uns einig, dass er nicht der Mörder ist. Sie, Meisel, sagten, er schützt den Mörder. Ja, und da ist noch was anderes. Schöntann hat mich benutzt, um Bernsteins geheimes Versteck zu finden und damit alle Spuren zu verwischen. Gute Arbeit. Außerdem hat er uns mit der Nase auf den Oberkommissär gestoßen. Ich glaube, dass der Martha nur flüchtig kannte, aber Schöntann hat den Verdacht auf ihn gelenkt. Warum?«

Anstelle einer Antwort nahm Meisel sich noch eine Manner-Schnitte und trank einen Schluck Tee.

»Schöntann brauchte mich«, fuhr Baran fort. »Und wo stehen wir jetzt? Wir haben kaum etwas von Wert. Vermutungen, ein paar Fotos, keine Namen, einen Mörder, der gleichzeitig überall und nirgends ist.«

Baran ergriff eines der beiden Fotos. Darauf war der blauäugige Mann mit einem anderen zu sehen. Dieser klopfte ihm auf die Schulter. Baran schaute noch einmal genauer hin. Der Blauäugige trug den Ring. Er reichte das Foto Meisel.

»Hier, sehen Sie. Der Ring steckt an seinem Finger.«

Meisel nickte. »Vielleicht gehört der Ring zu einer Organisation, ein Erkennungszeichen?«

»Oder der Mann auf dem Foto hat ihn dem Blauäugigen geschenkt. Dann muss er sehr vertraut mit ihm gewesen sein. Wenn ich nur wüsste, warum er mir so bekannt vorkommt. Wenn man ihn nur von vorne sehen könnte.«

Baran zermarterte sein müdes Hirn, woher er diesen Mann kannte. Groß und stattlich. Aber er kam nicht drauf.

»Der Drache«, sagte er schließlich. »Meisel, Sie müssen herausfinden, was es damit auf sich hat.«

»Der Drache, natürlich. Die Chinesen sagen, der Drache bringt Glück.«

Baran lächelte. »Sie haben recht. Es wird uns Glück bringen, wenn wir endlich wissen, wem dieser Drache gehört. Und jetzt gönnen wir uns erst einmal ein paar Stunden Schlaf.«

WIEN, DONNERSTAG, 23. MÄRZ 1922

»Dieses elende Wetter«, schimpfte Schöntann, während er seinen Schlafrock enger schnürte und einen großen Schluck heißen Tee trank. Er stand auf seiner überdachten Veranda und blickte auf die drei Engel. Gabriel, der mit seinem Stab gen Himmel zeigte, der Bote, der zwischen Himmel und Erde vermittelte. In seiner rechten Hand hielt er die Schriftrolle, in der er die Geheimnisse sicher verwahrte. Michael in seiner stählernen Rüstung besiegte mit erhobenem Schwert das Böse. Der dritte Engel, Raphael, war der mildeste von allen, er trug Wandertasche und Stab und blickte versöhnlich auf die beiden anderen. Er besaß heilende Kräfte und wies den Weg. Für Schöntann war mit dieser Figur ein tiefer Schmerz verbunden, denn sie erinnerte ihn an all das Leid, das seiner Familie widerfahren war und das keiner lindern konnte außer er selbst. Es fröstelte ihn, und er schloss die große Flügeltür und legte ein Holzscheit im Ofen nach.

Er schlug das Buch auf, das sein Vater, sein richtiger Vater, geschrieben hatte. Jeden Tag hatte er ein Kapitel geschrieben, drei Jahre lang. Dann hatte er es ihm geschenkt und ihn zum Schweigen verpflichtet. Und schweigen, das konnte er. Dann hatte er begonnen, das

Buch zu lesen. Es war seine Bibel, sein Koran, sein Talmud. Schöntann verehrte seinen Vater. Fast jeden Tag besuchte er sein Grab, bei Wind und Wetter, bei Schnee und Regen. Heute las er das Kapitel über den Phönix.

Der Vogel baute sein Nest am Ende seiner Tage. Er wusste, dass es zu Ende ging. Die Farbe seiner Füße verblasste, seine Federn wuchsen nicht mehr nach wie in jungen Jahren, der Blick verlor seine Schärfe und der scharfe Ruf seine Kraft. Hätte er auf seinen Tod gewartet, er wäre gestorben wie jeder andere, und in wenigen Jahren wäre er vergessen worden. Warum aber unterschied sich der Phönix von den anderen Vögeln? Weil er sich im Feuer erneuerte. Weil er aus dem Ei schlüpfte, das im Feuer gereift war. Im Feuer lag die Kraft der Erneuerung, im Feuer bildete sich das Leben, im Feuer schärften sich seine stählernen Klauen. Das Feuer formte die undurchdringlichen Schwingen und sein Herz, das unablässig das kostbarste blaue Blut in seine Adern pumpte. Er wird sich erheben, bald, wenn die Zeit reif ist.

Er stockte beim Lesen, klappte das Buch zu, weil er einen Laut hörte. Fräulein Werthmann war also aufgewacht. Es war Zeit, das Frühstück zuzubereiten.

* * *

Baran war um sieben Uhr von einem Anruf aus dem Tiefschlaf gerissen worden. Am Apparat war ein Beamter, der widerwillig aus dem Gefängnis anrief.

»Der Erlbacher, Herr Kommissär. Er lässt sich nicht

beruhigen, wenn ich Sie nicht anrufe. Er meint, Sie müssen ihm unbedingt helfen. Und noch was, er sagt, er hat den Namen.«

»Den Namen?« Baran brauchte einen Augenblick, ehe er kapierte, was gemeint war. Dann sprang er aus dem Bett und zog sich rasch an.

Zu seinem großen Ärger streikte sein Automobil. Er rief Meisel an, der eine halbe Stunde später mit seinem Wagen vor Barans Tor anhielt.

»Ich wundere mich nicht, dass er bei diesem Wetter nicht anspringt«, sagte Meisel und schlug die Motorhaube von Barans Wagen zu. »Es liegt an …. Ach, vergessen Sie es. Wir fahren mit meinem. Und Sie beklagen sich bitte nicht, weil es zieht und rattert. Dieses Automobil fährt. Schon allein, weil ich es pflege. Und die Nockenwelle …«

»Oh, mein Gott, Meisel«, unterbrach ihn Baran. »Verschonen Sie mich mit Ihrer Nockenwelle. Es ist schon acht Uhr, und wir müssen endlich los. Ich hoffe, Sie konnten ein paar Stunden schlafen.«

Meisel gab keine Antwort und startete seinen Wagen.

Er lieferte Baran am Gefängniseingang ab und ging in das danebenliegende Sicherheitsbüro, weil er weitere Nachforschungen zu dem Drachenemblem anstellen wollte. Sollte er in den Archiven nicht fündig werden, blieb ihm immer noch die ehemalige Hofbibliothek.

Geduldig wartete Baran in einem Verhörzimmer auf Erlbacher, der es sich, so hoffte er, nicht anders überlegt hatte. Aber schließlich kam er, ein wenig zerzaust, in Begleitung eines Wachbeamten.

»Ich brauch an milden Richter«, begann er ohne Höflichkeitsfloskeln. »Sie san mei' einzige Hilfe, Herr Kommissär.«

»Den Namen, dann überlege ich, was ich tun kann«, antwortete Baran.

Erlbacher plumpste auf einen Stuhl.

»In der Nacht is' es mir wieder eing'fallen. Also, der Graf, was den Brief g'schrieb'n hat, der hat von Waldstetten g'heißen.«

Baran, hellwach, wiederholte: »Waldstetten? Sind Sie sicher?«

»Freili bin i sicher. Waldstetten.«

Baran stand wie erstarrt da, während Erlbacher weiterredete, aber Baran hörte seine Stimme nur noch verschwommen. Sein Gehirn arbeitete wie eine riesige Maschine, die Zahnräder glitten ineinander, Zylinder und Kolben trieben die Treibräder an, die sich im rasenden Tempo bewegten und auf ein Ziel zujagten, das Stadtpalais der Waldstetten. Baran ließ den verdatterten Erlbacher zurück und stürzte aus dem Raum.

* * *

Meisel war so schnell gefahren, wie es ging. Baran sprang aus dem Wagen, noch bevor er anhielt. Das Palais der Waldstetten lag vor ihm, düster wie der Tag und seine Erinnerungen an seinen letzten Besuch. Es war wenige Wochen nach dem Verschwinden seiner Schwester gewesen. Baran war am Eingangstor von einem Bediensteten abgewiesen worden. Der Graf habe einen Schlaganfall erlitten und sei nicht ansprechbar, hieß es damals.

Baran atmete tief durch und läutete. Es dauerte eine Weile, ehe das Tor geöffnet wurde. Baran sah in das Gesicht eines älteren Livrierten. »Sie wünschen?«

Baran zeigte seinen Dienstausweis und verlangte, den Herrn Waldstetten zu sprechen. Er verzichtete bewusst auf den Grafentitel, der abgeschafft worden war.

»Ich fürchte, Graf von Waldstetten ist nicht in der Lage, Sie zu empfangen.«

»Ich will ihn sehen, jetzt!«

»Das ist kein guter Zeitpunkt. Sie sollten später wiederkommen. Der Graf schläft.«

Mit aller Kraft drückte Baran das Tor auf und stieß dabei den Lakaien zur Seite. Er hatte genug von diesen Ausflüchten. Er wollte ihm in die Augen schauen. Mit raschen Schritten überwand er die lange, geschwungene Treppe und stieß eine der großen Flügeltüren auf, als zwei weitere Bedienstete auf ihn zueilten.

»Wo ist er?«, rief Baran.

Die drei Bediensteten umringten den Kommissär, ohne recht zu wissen, wie sie ihn davon abhalten sollten, das Schlafgemach des Grafen zu betreten. Unvermittelt öffnete Baran die Tür und stand in einem Raum, der einem Krankenzimmer glich. In der Mitte befand sich ein großes Bett, in dem der Graf lag. Daneben stand eine Krankenschwester in Uniform.

Das Dienstpersonal versuchte, Baran aufzuhalten. Doch auf einmal war eine brüchige Stimme zu hören: »Es ist gut. Lasst ihn. Geht raus.«

Die Lakaien und nach kurzem Zögern auch die Krankenschwester verließen das Zimmer, und Baran war allein mit dem Sohn des ehemaligen Erzrivalen seines Vaters. Waldstetten fiel das Reden sichtlich schwer, seine Stimme war kaum zu verstehen.

»Schwager Sandor… lange gedauert… bin froh, dass … da bist.« Dann brach die Stimme ab. Baran reichte ihm ein Glas Wasser, das er mit zittriger Hand austrank.

Waldstetten gab Baran ein schwaches Zeichen mit der linken Hand, sich neben ihn zu setzen. Der sechsunddreißigjährige Graf war sichtlich gealtert, sein Haar schütter, die Wangen eingefallen, das Gesicht grau. Über seine rechte Gesichtshälfte zog sich eine lange und verzweigte Narbe. Eine Weile hielt er die Augen geschlossen, dann sammelte er wieder etwas Kraft.

»Der Brief… gelesen?«

Baran schüttelte den Kopf. »Aber ich glaube zu wissen, was drinsteht.« Er betrachtete die Wunde an Waldstettens Schläfe genauer.

»Kein Schlaganfall«, folgerte er.

»K…n Schlag…fall«, bestätigte Waldstetten mühsam.

»Ein Revolver«, sagte Baran. Dann nahm er das Medaillon und den Siegelring aus seiner Manteltasche und legte sie auf das Tischchen, auf dem der Bettlägerige sein Essen serviert bekam.

»Das gehört Ihnen, nicht wahr?«

Waldstetten konzentrierte sich, ergriff mit seiner linken Hand das Medaillon und führte es mühsam näher an sein Gesicht. Die Rechte schien wie seine Beine gelähmt zu sein.

»Vater«, antwortete er schwach.

»Ich bin nicht Ihr Vater. Ihr Vater ist tot.«

»Vater«, wiederholte Waldstetten und hielt mit zitternder Hand den Ring in die Höhe.

Endlich verstand Baran, was er ihm sagen wollte. »Der Ring und das Medaillon haben Ihrem Vater gehört?«

Rasch holte er das Foto aus seiner Jacke, auf dem der Blauäugige mit dem Mann zu sehen war, der Barans Ansicht nach Waldstettens Vater sein musste.

Waldstetten sah es sich kurz an, atmete schwer und rang verzweifelt nach Luft. So fest er konnte, umklammerte er mit der Linken Barans Arm. Er war unfähig zu sprechen, auch wenn Baran es nicht wahrhaben wollte, und mehrfach wiederholte: »Was ist passiert? Was ist mit Szonja passiert?«

Mit letzter Kraft richtete Waldstetten sich auf, versuchte, Worte zu formen, aber er schaffte es nicht. Er schloss erschöpft die Augen und schlief ein. Baran saß ein paar Minuten einfach da und starrte den Grafen an.

Dann sagte er leise Lebewohl und verließ das Zimmer. Draußen begegnete er dem giftigen Blick der Krankenschwester und den drei Männern, deren Aufgabe darin bestand, einen lebenden Leichnam zu hüten. Er beneidete sie nicht darum. Hastig eilte er hinaus zum Wagen.

* * *

Meisel protestierte energisch. »Mein Wagen ist etwas ganz Besonderes. Wissen Sie, das ist ein Wagen der Oberklasse, ein Schmuckstück, ein Juwel, sechs Zylinder mit vierzig PS, oben liegende Nockenwelle …«

»Meisel! Sie sehen zu, dass alle verfügbaren Polizisten

in diesem Land nach dem Blauäugigen und Schöntann Ausschau halten. Das Bild kommt noch einmal in die Zeitung. Ich komme mit Ihrem Wagen wieder, heute noch, versprochen«, sagte Baran, als er das sorgenvolle Gesicht seines Kollegen bemerkte, der etwas vor sich hin brummte.

Baran stieg ein und fuhr nach Hause, um sich umzuziehen. Danach war er kaum wiederzuerkennen. Er trug eine braune Cordhose, ein wollenes Hemd und einen dicken Pullover, darüber eine warme Jacke und einen Schal. Er nahm nichts mit außer einem Portemonnaie mit reichlich Kronenscheinen, seinen Dienstausweis und das Foto, das den Blauäugigen mit dem alten Grafen Waldstetten zeigte.

Baran kannte den Weg und hatte Zeit nachzudenken. Wenn er sich hingesetzt und gegrübelt hätte, wären Wut und Trauer wie eine gewaltige Welle über ihn hereingebrochen, aber er saß in einem Auto, versuchte, sich zu konzentrieren, seinen Verstand zu schärfen und seine Sinne zu fokussieren. Er fuhr an den Ort, an dem es das letzte Lebenszeichen von Szonja gegeben hatte. Mit jedem Meter auf der regennassen Straße begab er sich ein Stück in die Vergangenheit zurück. Über Franz Ferdinand hatte Kocher vom Nachrichtendienst gesprochen. Über das Attentat in Sarajevo. Danach hatte Bernstein seine Arbeit im Evidenzbüro beendet. Franz Ferdinand im Jagdhaus der Waldstetten im November 1913. Zufall? Baran glaubte nicht mehr daran. Damals war etwas Schreckliches passiert, dessen war er sich jetzt sicher. So schrecklich, dass der junge Waldstetten sich deshalb das

Leben nehmen wollte. Der Brief, der bei Veith landete, musste sein Abschiedsbrief gewesen sein. Warum hatte Veith ihn dann die ganze Zeit behalten? Und Szonja? Wo um alles in der Welt bewegte sie sich in diesem furchtbaren Spiel? Baran versuchte, wie so oft, sich den letzten Tag in dem Jagdhaus vorzustellen, die Ankunft und den Empfang des Thronfolgers. Wer war dort gewesen? Szonja und der Graf von Waldstetten, der Thronfolger, sein Büchsenspanner, die drei inzwischen toten Freunde von Waldstetten. Treiber aus dem Dorf. Sie waren zur Jagdkanzel geritten, und nachdem die Jagd erfolgreich beendet worden war, hatte sich die Gesellschaft aufgelöst. Niemand hatte etwas Ungewöhnliches bemerkt. Die Bediensteten waren befragt worden, die Freunde, die Treiber aus dem Dorf. Wirklich alle Treiber aus dem Dorf?

Baran fuhr schneller.

* * *

Eleonore brüllte ihren Protest laut heraus. Sie war mit Händen und Füßen an die Bettpfosten gefesselt, aber nicht geknebelt worden. Am Fuße des Bettes saß eine junge dunkelhaarige Frau in einem weißen luftigen Kleid, die eine Zigarettenspitze in der Hand hielt. Neben ihr stand Schöntann im teuren Anzug und zwirbelte seinen Schnurrbart.

»Ich sagte dir doch, dass es keine gute Idee ist, sie herzubringen«, sagte die Frau, nachdem sie demonstrativ den Rauch der Zigarette in Eleonores Richtung geblasen hatte. Eleonore warf ihr einen wütenden Blick zu.

»Binden Sie mich sofort los!« Sie riss an den Stricken, aber der einzige Effekt, war, dass sie ihr schmerzhaft ins Fleisch einschnitten.

Schöntann beugte sich zu ihr. »Fräulein Werthmann, bitte beruhigen Sie sich. Ich bedaure sehr, dass wir uns unter diesen Umständen näher kennenlernen. Ich entschuldige mich für das hier.«

Er zeigte auf die Fesseln. »Ich sagte Ihnen im Kaffeehaus, dass ich Ihnen helfen kann. Sie sind hier in Sicherheit. Sie müssen sich aber beruhigen.«

Eleonore musterte ihn voller Verachtung. »So sieht also Ihre Hilfe aus. Sie locken mich aus dem Haus, betäuben und fesseln mich. Auf eine solche Hilfe kann ich gern verzichten. Machen Sie mich sofort los!«

Sie riss und zog, aber die Stricke saßen zu fest. Hinter der Wut brachen sich sorgenvolle Gedanken Bahn. Was hatte Schöntann vor? Sie kannte ihn nicht, konnte ihn nicht einschätzen. Noch weniger wusste sie über die Frau, die neben ihm stand und Eleonore giftig ansah. Als könnte sie Eleonores Gedanken erraten, rief sie: »Kneble sie endlich, damit Ruhe ist. Sie ist eine Last, nichts sonst.«

»Ach, Kathi, hör auf! Du kennst ihn. Ich will kein Risiko eingehen.« Schöntann wirkte tatsächlich besorgt. Was er sagte, trug aber nicht dazu bei, dass Eleonore sich fasste.

»Von wem sprechen Sie?«, fuhr sie ihn an. »Reden Sie mit mir. Was wollen Sie von mir?«

»Stopf ihr endlich den Mund!«, blaffte die Frau, die Schöntann Kathi nannte.

Schöntann legte die Hand auf Kathis Schulter, aber sie schüttelte sie ab.

»Es war falsch, sie herzubringen«, wiederholte sie, diesmal etwas leiser.

»Es war richtig«, korrigierte Schöntann sie.

»Fräulein Werthmann, hören Sie mir zu!«, rief er dann. Auch wenn ihr Zorn keineswegs verflogen war, fühlte Eleonore sich sehr erschöpft. Sie sah ein, dass sie sich selbst nicht befreien konnte und es sie zu viel Kraft kostete.

»Ich höre zu«, sagte sie kleinlaut.

Schöntann lächelte erleichtert. »Gut! Der Mann, vor dem wir Sie schützen wollen, wird Sie in Ruhe lassen. Aber nur, wenn Sie genau das tun, was ich Ihnen sage.«

»Oder wollen Sie das Schicksal von Martha Halpern und Fanny Pinsker teilen?«, warf Kathi ein.

Einen Augenblick lang stieg in Eleonore Angst auf, die allerdings sofort wieder von Wut überlagert wurde. Sie riss sich zusammen und kombinierte. »Der Mann mit den blauen Augen«, sagte sie dann mit Entschlossenheit in der Stimme.

Schöntann nickte. »Wenn Sie mehr über ihn erfahren wollen, dann versprechen Sie mir …«

»… weder zu schreien noch wegzurennen noch sonst einen Blödsinn zu machen«, unterbrach ihn die junge Frau, die äußerst misstrauisch dreinschaute.

»Lassen Sie mich dann gehen, wenn ich zuhöre?«, fragte Eleonore.

Schöntann lächelte. »Ich habe Frühstück gemacht«, sagte er. »Danach sehen wir weiter.«

* * *

Die Gemeinde hat bestimmt etwas Idyllisches, dachte Baran, wenn einmal die Sonne scheint, die Wiesen blühen und das Getreide auf den Feldern links und rechts wächst. Es war fast Mittag, aber durch den dichten Regen hatte er das Gefühl, es sei bereits früher Abend. Er fuhr schon länger auf der Hainburger Straße, die plötzlich zur Hauptstraße wurde. Linker Hand ein Weinbauer, rechter Hand einige niedrige Häuser, kleine Gassen. Dann sah er das Jagdschloss. Fast ein Quadrat, mit einem Rund- und einem entgegengesetzten Eckturm, eine Schotterzufahrt.

Baran stieg aus, ging zu der eisenbeschlagenen Eichentür und versuchte, sie aufzuziehen, aber sie bewegte sich nicht. Daraufhin umrundete er den Bau, betrachtete den Balkon, die Erker und Schießscharten, die vergitterten Fenster. Trotz allen Zierrats, den man wohl vor ein paar Jahrzehnten hinzugefügt hatte, stellte der Bau eine kleine Festung aus Renaissancezeiten dar. Bis auf wenige Schäden im Dach schien er in gutem Zustand, obwohl Waldstetten wahrscheinlich seit Jahren keinen Fuß mehr hineingesetzt hatte und in seinem Stadtpalais in Wien dahinsiechte.

Baran sah bald ein, dass man nur mit schwerem Werkzeug unbemerkt hineingelangte. Also machte er sich auf den Weg an jenen Ort, wo er wohl am ehesten Auskünfte erhalten konnte, ins Wirtshaus. Der *Gasthof zur Sonne* lag einen Steinwurf von der barocken katholischen Kirche entfernt. Große, bunt verzierte Schilder wiesen auf die einzelnen Gasträume hin. Baran entschied sich für den größten, der sich simpel *Speisesaal* nannte und neben dem *Jagdstüberl* lag.

Fünf ältere Männer mit wettergegerbten Gesichtern saßen an den schweren Holztischen. An den Wänden hingen Bilder mit Motiven aus der nahen Umgebung. Baran setzte sich an den freien Tisch, über dem ein Bild von dem Jagdschloss hing.

In seiner Kleidung sah er eher wie ein verirrter Wanderer aus als wie ein ermittelnder Polizist, und so war es nur eine Frage der Zeit, bis einer der Herren vom Nachbartisch, im Jagdmantel und mit Vollbart, ihn ansprach.

»Was hat dich hierher verschlagen? Hab dich da noch nie g'sehn«, sagte er.

Baran wollte antworten, aber eine resolute Kellnerin im Dirndl mit einem ausladenden Dekolleté mischte sich ein: »Fritz, lass den Gast in Ruh. Er soll sich amol aufwärmen, was G'scheites essen und trinken, und dann kannst ihn ausfragen. Was hätt ma denn gern zum Trinken, der Herr? Ein Bier von der Hausbrauerei oder an guten Schoppen vom Winzer? Und zum Essen tät's heut' Blutwürst' geben. Die Sau is' frisch abg'stochen. Mit Sauerkraut, versteht sich.«

»Blutwürste und Bier«, antwortete Baran entschlossen und wendete sich wieder dem Mann zu, den die Kellnerin Fritz genannt hatte.

»Ich bin Pferdehändler. Hab ein paar Geschäfte gemacht und bin auf dem Heimweg«, sagte er. »Ob Sie es glauben oder nicht, aber ich war früher schon einmal hier. Als der Herr Graf noch nicht so schlecht beisammen war. Ich habe ihm zwei Füchse verkauft. Gute Pferde. Jetzt reitet er ja nicht mehr. Schade.«

»Du kennst den Grafen? Mein Gott, dann weißt ja, was für ein Unglück passiert is'«, meinte der Mann namens Fritz.

Baran nickte nur. Inzwischen waren auch die drei an dem anderen Tisch auf ihn aufmerksam geworden und hörten gespannt zu. Sie bestellten noch ein Bier, und die Kellnerin brachte gleich mehr, stellte einen Krug vor Baran hin, der allen zuprostete.

»Seine Frau verschwunden, er gelähmt. G'stürzt soll er sein«, erläuterte Fritz.

»Ein Schlaganfall«, meldete sich ein Mann mit Riesenschnauzer und Pfeife zu Wort. Ein anderer, schlaksig und mit langen, dünnen Spinnenfingern, warf ein: »Wie bei der Milli. Kann nimmer gehen und reden. Da sieht ma wieder, dass ma alle gleich san vorm Herrgott. Die G'sundheit kannst nit kaufen.«

»Lasst's doch den armen Herrn in Ruh!«, rief die Kellnerin, die die dampfenden Blutwürste mit dem Kraut servierte. Es roch verlockend.

»Na, dann greif zu«, sagte Fritz, und für eine Weile hatte Baran seine Ruhe. Die Männer unterhielten sich weiter über Milli, die offenbar die Frau des Schlaksigen war. Baran aß mit Appetit und trank das Bier aus.

»Damals«, mischte er sich wieder in das Gespräch ein, »bevor die Gräfin verschwunden ist, da war doch der Thronfolger da, der Franz Ferdinand. Zur Jagd.«

»Na freili«, erwiderte der Schlaksige. »War a Riesenereignis. Da war das ganze Dorf am Platz, wie der

Thronfolger wieder z'rück'kommen is' von der Kanzel. Musi hat g'spielt, und die Kinder hab'n Blumen verschenkt. Zufrieden hat er ausg'schaut, der Thronfolger. An Zwanzigender hat er g'schossen.«

»Und der Graf, hat er auch glücklich ausgeschaut?«, fragte Baran, nachdem er den letzten Bissen Kraut hinuntergeschluckt hatte.

Die Anwesenden sahen sich kurz an, dann antwortete Fritz: »Der Graf war nit dabei. Der is' vielleicht gleich z'rück ins Schloss. Und der Thronfolger is' auch gleich abg'fahren danach mit sei'm Chauffeur. Dringende Geschäfte im Belvedere. Der Franz Ferdinand war immer unterwegs.«

Das deckte sich mit dem, was Baran vor Jahren selbst und aus den Polizeiberichten erfahren hatte. Der Graf war gleich ins Schloss zurückgekehrt, und am Abend waren die Suchmannschaften ausgerückt.

»Wart ihr dabei, als man die Gräfin gesucht hat?«

»Wir waren eh alle dabei«, antwortete der Schlaksige. »Der Martin, er is' aus dem Krieg nimma heim'kommen, hat das Pferd g'funden. Friedlich 'grast hat's. Aber die Gräfin, nix.«

»Könnt ihr euch denn an die Gräfin erinnern?«, fragte Baran, der sich bemühen musste, es wie eine normale Frage klingen zu lassen.

Die Männer schüttelten schweigend den Kopf, und Fritz erwiderte: »Nicht so richtig. Haben sie ja nur einmal g'sehen. Blutjung war sie. Hübsch. Aber ang'freundet hat sie sich mit niemandem. Hat ihr wohl nit g'fall'n da. Im Dorf war sie nicht. Reiten hab i sie g'sehen, am

Nachmittag, bevor sie verschwunden is'. Aber auch der junge Graf, ich möcht' ja nix Schlecht's über den armen Teufel sagen, war kein leutseliger Mensch. Ganz anders als sein Vater.«

Als hätte man einen Schalter umgelegt, schlug das Unbehagen plötzlich in Bewunderung um. Der alte Graf, ein Pfundskerl, ein gerader, aufrichtiger Mensch, einer vom Dorf, einer von ihnen, natürlich edel, großmütig und spendabel. Viel zu früh verstorben, rausgerissen aus dem Leben. Bedauern.

Baran drehte den Schalter noch einmal zurück: »Und der junge Graf, hat er bei der Suche geholfen?«

»Nein«, antwortete der Schlaksige. »Der is' doch gleich nach Wien g'fahrn. Hat 'dacht, dass sie vielleicht mit dem Zug nach Wien g'fahr'n wär.«

Baran erinnerte sich an die Aussage des Bahnhofsvorstehers, der eine junge Frau in einen Zug hatte einsteigen sehen. Sehr wahrscheinlich nicht Szonja. Niemand hatte sich später die Mühe gemacht, diese Frau ausfindig zu machen. Trotzdem fragte Baran in die Runde: »Und was denkt ihr? Ist sie gefahren?«

Zu seinem Erstaunen nickten die meisten.

»G'fallen hat es ihr nit bei uns«, sagte Fritz. »Wer weiß, wo sie hin is'. Weit weg.«

»Blödsinn, sag i«, hielt der Schlaksige dagegen. »Entführt is' sie worn.«

Fritz widersprach: »Und dann? Ka Lösegeld, ka Mucks. Na, so geht ma ka Entführung an.«

»Vielleicht is' ja was passiert, irgendwas schiefg'laufen. Und dann …«

»Ja«, unterbrach Baran die unerquickliche Diskussion über seine Schwester. »Ich muss dann los.«

Er verlangte die Rechnung.

»Zahlen woll'n der Herr?«, vergewisserte sich die Kellnerin. »Alles?«

Baran erkannte, dass er die Zeche der Männer auch würde übernehmen müssen, wenn er sie nicht gegen sich aufbringen wollte, und willigte ein. Als er die Kronenscheine aus seinem Portemonnaie nahm, nutzte er die Gelegenheit und zog auch das Foto heraus. »Der da mit dem Ring ist doch der alte Graf, nicht?«, fragte er.

Er reichte das Bild an Fritz, der nach einer Weile nickte und das Foto weitergab.

»Woher hast du das?«

Baran antwortete nicht und fragte weiter: »Und der andere daneben, der war doch auch bei den Treibern?«

»Fragst aber viel. Weshalb?«

»Ist ein Freund«, gab Baran zurück. »Wollte einen Nonius als Kutschpferd, einen besonders ausdauernden. Ich dachte, ihr würdet ihn kennen.«

Gemurmel, Pause, das Foto wurde herumgereicht, Baran zurückgegeben. Die Stimmung erholte sich wieder, aber niemand wollte den Mann mit den stechenden Augen kennen. Schließlich stand Baran auf, und die Anwesenden bedankten sich mit einem gehörigen »Prost auf den edlen Spender«. Baran gelang ein flüchtiges Lächeln und stellte noch eine letzte Frage: »Und wer verwaltet jetzt eigentlich das Schloss, wenn der Graf nicht mehr kann?«

»Na unser Hochwürden, der Franz, also eigentlich

Ferenc, weil es a Ungar is' wie du, wie ma an deinem Akzent hört«, antwortete Fritz.

Wenigstens eine erfreuliche Nachricht, dachte Baran und verabschiedete sich, während die Kellnerin flink das Geld einsteckte.

Er schloss die Tür hinter sich und wusste, dass sie heute ein gutes Geschäft machte, da die Trinkkumpane sich bestimmt ausführlich über den ungewöhnlichen Gast austauschen würden.

An die barocke Pfarrkirche schloss sich ein barocker Pfarrhof an, der ein wenig Farbe hätte vertragen können. Baran läutete an einer Messingglocke am Eingang und wartete. Es regnete immer noch. Es dauerte eine Weile, ehe ihm geöffnet wurde. Der zerknautschte ältere Herr in der Soutane war wohl bei seiner verdienten Mittagsruhe gestört worden und sah entsprechend übellaunig aus.

»*Jó napot, tiszteletes úr*«, begrüßte Baran auf Ungarisch, was die Stimmung merklich entspannte.

»*Isten hozott, fiam*?«, antwortete der Pfarrer und fuhr auf Ungarisch fort: »Was verschlägt Sie hierher?«

»Der Beruf«, antwortete Baran wahrheitsgemäß und zeigte seinen Dienstausweis. »Ich habe gehört, dass Sie das Schloss in Schuss halten, solange der Graf nicht da ist.«

Der Pfarrer sah plötzlich erschrocken aus. »Ist was nicht in Ordnung? Ich habe schon für den seligen Vater des Grafen diese Aufgabe übernommen, und er war stets zufrieden. Gab es denn Beschwerden, oder ist am Ende gar was mit dem Grafen? Er ist doch nicht ...«

»Nein, er lebt, noch«, beruhigte Baran den sichtlich nervösen Priester. »Ich war gestern bei ihm. Aber ich würde mir gern das Schloss ansehen und mit Ihnen sprechen, Hochwürden.«

Ferenc, der mit Nachnamen Varga, also auf Deutsch Schuster, hieß, aber darauf bestand, Ferenc genannt zu werden, bat Baran ins Haus, das trotz der maroden Fassade einen guten Eindruck machte. Stuckdecken, barocke Möbel, alte Lüster, eine etwas abgewetzte Couch, auf der der Pfarrer wohl gerade seinen Mittagsschlaf gehalten hatte.

Er bot Tee und Gebäck an, und Baran erzählte ohne Ausflüchte die Wahrheit, wer er war und warum er hier war. Der Priester hörte aufmerksam zu. Nur ein Mal unterbrach er ihn und sagte: »Versuchter Selbstmord? Der Graf? Unmöglich. Der ist doch so katholisch.«

»Er konnte wohl mit einer Schuld nicht mehr leben, Hochwürden.«

»Aber mein Sohn. Für die Schuld ist doch nicht der Revolver da, sondern der Beichtstuhl. Stellen Sie sich vor, wo wir hinkommen würden, wenn alle Leute, die eine Schuld auf sich laden, gleich Hand an sich legen würden.«

Baran antwortete nicht. Er zog es vor, sich vorzustellen, wie eine Welt aussehen könnte, in der die Menschen sich auf ihr Gewissen besannen, bevor sie Schuld auf sich luden, und nicht erst hinterher. Er war nicht hier, um über Schuld oder Gewissen zu philosophieren, er wollte verstehen, was damals passiert war, rekonstruieren, wollte wissen, was ihm mehr und mehr unausweichlich schien, welche Tragödie sich abgespielt hatte. Und immer, wenn er glaubte, endlich der Wahrheit auf der Spur zu sein, die ihm traurige Gewissheit versprach, lag ein Hindernis im Weg. Denn auch der Priester war kein Zeuge, weil er damals, während des Besuchs des Erzherzogs, gerade seine kranke Mutter in Ungarn besucht hatte. Baran stand auf, er hatte genug gehört und musste einen Blick in das Schloss werfen. Er suche ein Bild, ein bestimmtes Porträt, erklärte er, was der Wahrheit recht nahe kam. Porträts von der jungen Gräfin werde er nicht finden, erwiderte Ferenc.

Baran musste noch einige Überzeugungsarbeit leisten, bis der Priester bereit war, mit ihm zum Schloss zu gehen. Quietschend öffnete sich die eisenbeschlagene Eichentür, vor der Baran heute schon einmal gestanden hatte.

Die Kälte war drinnen fast noch unangenehmer als draußen. Ferenc öffnete die Fensterläden im Foyer und ließ Licht herein. In der Mitte stemmte sich ein steinerner Pfeiler in die Kreuzrippen, als müsste er das ganze Haus tragen. Ein verwaister Kamin, ein kalter Steinboden. Die Bilder an den Wänden zeigten die Umgebung, Wälder, Felder und Burgruinen. Baran stieg die breite Treppe in den oberen Stock. Vor ihm stand die Tür in den großen Salon offen, der nur karg möbliert war. Ein schwerer Schrank, eine Truhe, auf dem glänzenden Parkett ein schwerer Teppich. Drei Bilder, Porträts. Endlich. Der alte Graf Waldstetten als Kind in blauem Matrosenanzug, dann als stattlicher Mann mit Uniform und Orden. Der alte Graf Waldstetten als Jäger. In dem

Gesicht des Grafen lag Verachtung, vielleicht Spott, nichts Gütiges.

»Dieses Bild?«, fragte Ferenc nach einer Weile. Baran schüttelte den Kopf und ging weiter. Es gab eine holzgetäfelte Bibliothek, die Wärme ausstrahlte. Unzählige Bücher standen in den Barockschränken, auf dem Boden lag ein weicher Teppich. Hier fühlte Baran sich wohl. Ein Bild war abgehängt worden. Man konnte noch die schwarzen Umrisse erkennen. Aber nicht nur das fiel ihm auf.

»Seltsam«, sagte er zum Priester. »Ich habe noch keine einzige Trophäe gesehen. Es ist doch ein Jagdschloss.«

»Richtig erkannt. Ein Jagdschloss ohne Geweihe an den Wänden ist wie eine Kirche ohne Kreuz. Er hat sie abhängen lassen, der junge Graf Waldstetten. Alle. Gleich nachdem die junge Gräfin verschwunden ist.«

Baran spürte einen Stich im Herzen, einen Schmerz, der sich verdichtete und unerträglich wurde. Genau aus diesem Grund hatte er bis heute gezögert, dieses Haus zu betreten, wo Szonja den letzten Tag vor ihrem Verschwinden verbracht hatte. Baran stützte sich am Türrahmen ab.

»Ist Ihnen nicht gut?«, fragte der Priester.

»Es geht schon«, wehrte er ab und versuchte, die Tür zu dem anderen Zimmer zu öffnen.

»Abgesperrt, auf Wunsch des Grafen. Das Schlafzimmer.«

Baran blickte Ferenc eindringlich an. »Ich muss es sehen, bitte.«

Nur zögernd öffnete der Priester die Tür. Das Bett

war mit Laken verhüllt, ebenso die Stühle, der Schminktisch und das große Gemälde. Baran zog das Laken von dem Bild und blickte dem triumphierenden alten Grafen Waldstetten ins Gesicht. Er bemühte sich, seine Gefühle im Zaum zu halten. Dieser Mensch war sich seiner Stellung bewusst, verstand es, Macht auszuüben und Befehle zu erteilen. Er streckte dem Betrachter den Siegelring entgegen, als erwartete er, dass er ihn küsste. Baran war fasziniert und angeekelt zugleich.

»Haben Sie es gefunden?«, fragte Ferenc, der beunruhigt klang. Baran hätte gerne mit Ja geantwortet, aber eigentlich suchte er nach etwas anderem, nach der Verbindung zwischen dem Mann auf dem Porträt und dem Blauäugigen, eine Verbindung, die erklärte, warum er den Siegelring besaß.

»Gibt es noch weitere Räume mit Gemälden oder Fotos von der Familie oder Verwandten des Grafen?«, fragte Baran.

Der Priester wich seinem Blick aus und schüttelte langsam den Kopf. Doch Baran ließ sich nicht abwimmeln.

»Bitte, es ist sehr wichtig«, sagte er mit Nachdruck.

»Folgen Sie mir«, sagte Ferenc. Sie gelangten in einen schmalen Gang mit zwei Türen.

»Das Zimmer des Grafen und ein Gästezimmer«, sagte Ferenc und öffnete die Tür.

»Das Gästezimmer war früher das Zimmer der Gräfin. Sie ist bald nach Antons Geburt verstorben. Der Graf hat alle Möbel und Bilder wegschaffen lassen und ein Gästezimmer eingerichtet.«

In dem schmucklosen Zimmer standen ein Bett und ein Schrank. An den Wänden konnte man noch die dunklen Abdrücke der Trophäen erkennen. Baran wandte sich ab, und Ferenc öffnete die Tür zum nächsten Raum.

»Hier hat sich der alte Graf zurückgezogen, wenn er allein sein wollte. Anton hat das Zimmer später für sich genutzt, aber er war ja selten da.«

Ein Schreibtisch, von dem aus man in die Ferne blicken konnte. Bis hinüber nach Ungarn, dachte Baran, obwohl die Slowakei nach dem Krieg im Grunde genommen nicht mehr zu Ungarn gehörte. Baran setzte sich auf einen Drehstuhl und betrachtete die Landschaftsbilder an den Wänden, die Bücherregale. Dann durchsuchte er den Schreibtisch nach Schriftstücken oder Fotos. Aber er war leer.

»Was suchen Sie eigentlich hier?«, fragte der Priester, nachdem sie das Zimmer verlassen hatten, um noch den Keller und den Dachboden zu inspizieren.

Baran zeigte ihm das Foto mit dem Blauäugigen. »Einen Hinweis auf ihn, den Mann hier neben dem alten Grafen.«

Der Pfarrer betrachtete das Foto genau und sagte: »Tut mir leid, aber den kenne ich nicht. Den habe ich hier noch nie gesehen.«

Daraufhin streckte Baran dem hilfsbereiten Geistlichen die Hand hin und bedankte sich. »Es war gut, dass ich hier war. Lassen Sie uns gehen.«

Langsam stiegen sie wieder die Treppe hinunter, und Baran blieb kurz im Foyer stehen, bevor er die schwere Tür öffnete und ins Freie trat.

»Schade, dass ich Ihnen nicht helfen konnte«, sagte der Priester. »Ich hoffe, es war nicht allzu schmerzlich für Sie. Auch für mich ist es ein trauriger Ort. Den Menschen, die hier waren, hat er wenig Glück gebracht. Die Gräfin, viel zu früh verstorben, der Graf, tot, der junge Graf und …«

»Meine Schwester. Sie dürfen es ruhig aussprechen. Es ist auch meine Befürchtung, dass sie nicht mehr am Leben ist, Hochwürden.«

Ferenc bat Baran, noch einmal mit ihm in den Pfarrhof zu kommen. Sicher könne er jetzt einen guten Schnaps vertragen. Baran stimmte zögerlich zu.

Wenig später saß er wieder an dem Tisch, aber diesmal mit einer guten Flasche Obstbrand vor sich und zwei Gläsern. Sie stießen an. Dann wandte Ferenc sich an Baran: »Was ich vorhin gesagt habe, über diesen unglücklichen Ort, vielleicht sollte ich so nicht reden, vielleicht versündige ich mich damit. Es ist nur, dass es so scheint, als wäre dieses Haus gottlos. Als würde Gott eine Strafe auferlegen, weil der Graf in Sünde mit der Gräfin von Schöntann …«

Der Priester verstummte plötzlich, merkte, dass ihm etwas Unschickliches herausgerutscht war.

Baran zuckte zusammen und sah ihn scharf an.

»Die Gräfin von Schöntann. Was war mit ihr, sprechen Sie!«

»Das darf ich nicht«, flüsterte Ferenc und drehte das leere Schnapsglas hin und her. »Es wurde bereits zu viel gesagt.«

»Die Gräfin von Schöntann und der alte Graf von

Waldstetten kannten sich. Und sie hatten eine Beziehung«, brachte Baran es auf den Punkt.

»Der Graf und die Gräfin von Schöntann waren Freunde der Waldstettens. Mehr darf ich nicht sagen. Es unterliegt dem strengen Beichtgeheimnis.«

»Wann? Wann war das?«

»Es ist … es ist lange her«, stotterte Ferenc. »Bitte, vielleicht sollten Sie jetzt gehen. Ich muss …«

»Es ist etwa vierzig Jahren her.« Baran hatte überschlagen, wie alt der Graf Schöntann sein könnte.

»Ich bitte Sie«, flehte der Pfarrer. »Die Gräfin von Schöntann war eine sehr fromme, gottesfürchtige Frau. Sie hat bereut und ist bei der Geburt ihres Kindes verstorben. In den Händen einer barmherzigen Schwester.«

»Das Kind war von Waldstetten.«

»Bitte, belassen wir es dabei.«

Baran wollte den Priester nicht mehr weiter in einen Konflikt mit den Regeln des Beichtgeheimnisses bringen, zumal er glaubte, ohnehin nicht mehr zu erfahren. Er stellte noch eine letzte Frage: »Woher kannten sich denn der Graf von Schöntann und der Graf von Waldstetten? Waren beide passionierte Jäger?«

»Oh ja«, antwortete Ferenc, der sich etwas entspannte. »Der Graf von Schöntann liebte die Jagd. Er und Waldstetten sind gemeinsam in Afrika auf Großwildjagd gewesen. Und danach, Ende der 1870er, waren sie gemeinsam in Bosnien. Du lieber Gott, es ist so lange her. Ich war ein junger Priester damals. Die Gräfin von Waldstetten war immer sehr gut zu mir. Eine Seele von einem Menschen. Eine beeindruckende Frau.«

Baran begriff jetzt, weshalb es dem Priester so schwerfiel, über die Sünde von Gräfin Schöntann zu sprechen. Er hatte zwar nicht körperlich, dafür aber gedanklich gesündigt.

»Eine schöne Frau«, bestätigte Baran, der versuchte, sich aus der Erinnerung an Schöntanns ebenmäßiges Gesicht ein Bild von dessen Mutter zu machen.

»Aber vielleicht ist die Schönheit auch nicht einfach ein Geschenk, sondern eine Prüfung«, meinte Ferenc.

»Die sie nicht bestanden hat«, ergänzte Baran.

»Der alte Graf von Waldstetten war ein starker, sehr mächtiger Mann. Man konnte sich ihm kaum entziehen. Er regierte das Dorf mit eiserner Hand.«

Baran konnte Ferenc' inneren Zwiespalt spüren. Da war der aufrechte und sittsame Priester, der seine Schäfchen betreute und seit Jahrzehnten ein unaufgeregtes Leben führte, andererseits blitzte immer mal wieder seine andere Persönlichkeit auf, sein rebellischer Geist, der sich insgeheim über den Grafen empörte. Auch wenn der Pfarrer wusste, dass er nichts ausrichten konnte. Und möglicherweise hatte die Gräfin Schöntann sich auch einfach ergeben. Doch vielleicht, dachte Baran, ist es ganz anders gewesen, und die hübsche Gräfin hat sich zu dieser Macht, dieser Stärke des Jägers hingezogen gefühlt. Wie auch immer, das Ergebnis war dasselbe. Ein Sohn, gut aussehend und mit großer Ausstrahlung. Trotzdem hatte er sich zu einem Spieler entwickelt, der Haus und Hof verloren, sich jedoch wieder aufgerappelt hatte.

Baran wurde durch das Läuten der Glocke aus seinen Gedanken gerissen.

Schwerfällig stand Ferenc auf und öffnete. Ein knapp dreißigjähriger Mann in schlecht sitzender Uniform kam keuchend herein. Der Dorfgendarm war offensichtlich gerannt. Er blickte Baran an.

»Herr Kommissär Baran? Sind Sie …«

Baran nickte. Der Gendarm schnappte noch immer nach Luft.

»Gut, dass ich Sie noch erwische«, sagte er schließlich. »Der Mann am Telefon, ein Herr Inspektor Meisel, hat mir mitgeteilt, dass ich Sie im Schloss finden würde. Ich weiß, dass Hochwürden einen Schlüssel besitzt. Sie sollen umgehend zurückfahren, lässt der Inspektor Meisel ausrichten. Es geht um ein Fräulein Wertheim.«

»Wertheim? Werthmann vielleicht?«

»Ja, genau, Werthmann. Sie scheint verschwunden zu sein.«

Baran bedankte sich hastig, verabschiedete sich mit einem Händedruck bei Ferenc und lief zu seinem Wagen. Auf den Motor konnte er nun keine Rücksicht mehr nehmen.

* * *

Das Wetter war Baran zum Glück gnädig geblieben, denn der Regen war schwächer geworden. Meisel begrüßte ihn im Büro mit einem besorgten Blick, wobei Baran nicht einschätzen konnte, ob er Eleonore Werthmann oder seinem Automobil galt.

»Dem Wagen geht es gut«, sagte er statt einer Begrüßung. Meisel wirkte erleichtert, und Baran kam zur Sache: »Was ist mit Fräulein Werthmann?«

»Sie ist verschwunden. Ihr Vater hat sie heute Morgen zum Frühstück wecken wollen, aber sie war nicht in ihrem Zimmer. Eine Karte lag auf dem Tisch. Darauf stand, dass Schöntann sich gestern mit ihr treffen wollte.«

»Schöntann? Verdammt, dann hat er sie.«

Dann erzählte Baran, was er vom Pfarrer erfahren hatte, und Meisel hörte geduldig zu und strich sich gelegentlich über seine Glatze. Als sein Vorgesetzter fertig war, gab er kleinlaut zu, dass er selbst nichts über den Drachen herausgefunden hatte. Baran nahm es ihm nicht übel und dachte kurz nach, bevor er die Anweisung gab: »Meisel, schicken Sie jemanden zu den Barmherzigen Schwestern in die Gumpendorfer Straße. Ich brauche dringend die Geburtsurkunde von Schöntann. Und dann beantworten Sie mir noch eine Frage, die mir auf der Fahrt hierher die ganze Zeit durch den Kopf ging. Wer wusste eigentlich davon, dass ich auf der Suche nach Bernstein zu der Baracke gefahren bin? Doch nur Sie, oder?«

Meisel überlegte und druckste dann herum.

»Also, ehrlich gesagt hat mich der Oberkommissär angerufen, um sich zu erkundigen, wie es mir geht.«

»Zeller?«

»Ja, er meinte, er sei selbst in die Irre geführt worden, als er mich anrief wegen der Sache in der Rotunde. Es war nur ein kurzes Gespräch. Er hat mich gefragt, wo Sie sind.«

»Und Sie haben ihm geantwortet? Meisel!«

»Nein, nur ausweichend, also, ich hab etwas von einer Spur bezüglich Bernstein erwähnt.«

Baran hatte genug gehört. Meisel war mit seiner Kopfwunde zu redselig gewesen. Trotzdem war die Information Gold wert.

»Ich muss noch etwas erledigen«, sagte er. »Vielleicht haben wir ja Glück. Und beten Sie, dass ich recht habe, sonst wird es Ihnen noch leidtun.«

Meisel, der klug genug war, nicht nachzufragen, griff zum Hörer, während Baran tief durchatmete und sich auf den Weg zum Büro des Oberkommissärs machte. Fräulein Hertha hörte auf zu tippen und betrachtete ihn von Kopf bis Fuß. »Inkognito?«, fragte sie trocken. »Er erwartet Sie schon die ganze Zeit, Herr Kommissär. Er will seine Entlassung einreichen. Im Vertrauen, ich habe ihn noch nie so gesehen.«

Baran meinte, ein angedeutetes Lächeln auf ihrem Gesicht zu erkennen. Er klopfte an Zellers Bürotür, und es dauerte ein paar Sekunden, ehe er »Herein« hörte.

Zeller sah blass aus und hatte dunkle Ringe unter den Augen. Sein Anzug war verknittert, die Krawatte saß schief. Baran, der sich darauf eingestellt hatte, dass Zeller sich herausreden würde, wurde eines Besseren belehrt.

»Gott sei Dank geht es Ihnen gut. Ich bin so froh, dass Sie nicht bei dem Brand ums Leben gekommen sind.« Die Stimme des Oberkommissärs klang kraftlos. Baran hoffte auf ein umfassendes Geständnis, aber da war noch ein letzter Rest von Widerstand gegen das Unvermeidliche, ein ultimativer Verteidigungsversuch. »Ich konnte nicht anders«, sagte Zeller. »Er hat mich erpresst, mir gedroht. Ich habe ihm die Informationen gegeben.«

»Sie können es zumindest teilweise wiedergutmachen«,

sagte Baran zur Überraschung des Oberkommissärs, der gerade zu einem längeren Lamento anheben wollte, »und mir helfen, Schöntann zu finden. Seine Wohnung im Prater ist nicht sein einziger Wohnsitz. Er muss noch ein Haus haben, draußen im Grünen. Etwas abseits. Und ich glaube, dass er dort nicht allein wohnt. Der Mann, der Ihnen gedroht hat, wohnt auch dort.«

Der Oberkommissär wirkte müde, und gleichzeitig schien er erstaunt zu sein, dass Baran kein Geständnis wollte, keine Beichte, keine Abbitte, sondern tatsächlich um Hilfe bat.

»Ich weiß es nicht«, sagte er kleinlaut. »Es tut mir leid.«

»Schade«, sagte Baran trocken und öffnete die Tür. »Passen Sie auf sich auf! Er ist unberechenbar«, rief Zeller ihm hinterher, aber die Tür war bereits ins Schloss gefallen.

Baran eilte zum Auto, wo Meisel schon auf ihn wartete. »Ich werde fahren«, sagte er bestimmt, als Baran die Fahrertür öffnen wollte.

»In Ordnung, Meisel. Wir haben zwei Möglichkeiten. Entweder die Leute im Justizpalast aufschrecken und nach Grundbucheinträgen suchen lassen oder gleich zur Quelle fahren. Ich schlage vor, wir nehmen den direkten Weg. Zum Palais Waldstetten, Meisel, und ruhig aufs Gas drücken, der Motor verträgt es.«

* * *

Auf Barans Läuten hin öffnete diesmal kein livrierter Diener, sondern ein etwa sechzigjähriger Herr in einer

Strickjacke und begrüßte den Kommissär und seinen Bezirksinspektor mit einem Lächeln. Er erklärte, dass der Graf von Waldstetten aufgrund der akuten Verschlechterung seines Gesundheitszustandes in eine Pflegeanstalt gebracht worden sei. Mehr könne er nicht sagen. Er kümmere sich jetzt um das Haus. Baran war kurz davor, die Geduld zu verlieren und sich gleich wieder zu verabschieden, aber Meisel sagte ruhig: »Dürfen wir eintreten? Wir haben ein Anliegen, bei dem es um Leben und Tod geht.«

Ohne eine Antwort abzuwarten, betrat er das große Foyer. Baran folgte ihm.

»Worum geht es?«, fragte der Mann freundlich.

»Wir suchen einen Grundbuchauszug«, antwortete Baran. »Ich weiß, Sie werden mir sagen, dass das nicht geht, aber …«

»Im ersten Stock, im Arbeitszimmer des Grafen. Es wird seit Jahren nicht genutzt. Sehen Sie sich um.«

Baran sah den Mann mit großen Augen an. Es war, als hätten mit dem Grafen auch das große Schweigen und die Abwehr das Haus verlassen. Meisel grinste seit Langem wieder einmal. Der Mann stieg die riesige Treppe hinauf, wendete sich nach rechts und öffnete eine Flügeltür.

»Dort. Ordner und Mappen, fein säuberlich geordnet und wöchentlich entstaubt. Es war nie meine Aufgabe, aber jetzt, wo das Haus fast leer steht …«

»Danke«, sagte Baran leise und ging zu dem verglasten, dunklen Holzschrank. Es dauerte nicht einmal zehn Minuten, bis Meisel auf den handgeschriebenen, vergilbten und schlecht gefalteten Kaufvertrag stieß. Mühsam entzifferte Baran *Heuberggasse*. Der Vertrag lautete auf eine Gertrude Gräfin von Schöntann und war auf den 3. März 1881 datiert.

»Er hat sie geliebt«, sagte er mehr zu sich als zu Meisel. Schöntann war ein Kind der Liebe, dachte er, und erinnerte sich an die Worte des Priesters von Sünde und Strafe.

* * *

Die Heuberggasse war Baran bestens bekannt, da sie sich nur wenige hundert Meter von seiner eigenen Villa entfernt befand. Die Vorstellung, dass in seiner Nähe vielleicht der Mörder seiner eigenen Schwester lebte, trieb Baran die Schweißperlen auf die Stirn.

Nach nicht einmal einer halben Stunde erreichten sie die stattliche Villa, um die eine mit Efeu bewachsene Mauer verlief. Das hölzerne Eingangstor war nicht versperrt. Baran und Meisel zückten ihre Pistolen und schlichen zum Haus. Eine grün gestrichene Haustür. Vorsichtig drückte Baran die Klinke hinunter, und sie standen in einer nur spärlich vom Abendlicht beleuchteten Eingangshalle, vor ihnen massive Säulen, eine breite steinerne Treppe, es roch nach altem Gemäuer. Geräuschlos stiegen sie die Treppe hinauf, blieben stehen und horchten. Sie hörten ein Wimmern, ein Stöhnen. Äußerst beunruhigt ging Baran den schmalen Gang entlang in die Richtung, aus der die Laute kamen. Eine hohe, massive Holztür, ein fahler Lichtschein drang durch einen schmalen Spalt. Baran bedeutete Meisel, dass er ihm Rückendeckung geben sollte, und riss, die Waffe im Anschlag, die Tür auf. Ein nackter Mann blickte ihn mit großen Augen an, und die ebenfalls nackte Frau, die unter ihm im Bett lag, stieß einen entsetzten Schrei aus. Meisel stellte sich in Kampfposition, Baran, der die Situation bereits in groben Zügen durchschaute, steckte die Waffe ein.

Der vielleicht fünfzigjährige Mann mit dem gezwirbelten Schnauzbart war inzwischen aufgesprungen und machte einen Satz zu einer Kommode, an der sein Säbel lehnte. Er wollte ihn aus der Scheide ziehen, sah dann aber wohl ein, dass die Aktion sinnlos war, und sagte empört: »Was zum Teufel machen Sie hier?«

Baran sah die Frau, die wesentlich jünger als der Mann war, erst an, nachdem sie die Bettdecke über sich gezogen hatte. Er streckte seinen Dienstausweis vor. Während der Mann wütend den Säbel fallen ließ, war in den Augen der Frau Panik zu erkennen.

»Gehört dieses Haus einem Grafen von Waldstetten?«, fragte Baran geradeheraus.

»Nein«, antwortete der Mann, der auch nackt in seiner Haltung etwas Militärisches hatte. »Das Haus gehört mir, und vor mir gehörte es meinem Vater und vor meinem Vater meinem Großvater. Er hat es erbauen lassen. Sie sind offensichtlich in das falsche Haus eingebrochen, und Sie können sich darauf gefasst machen, dass das ein Nachspiel haben wird.«

Baran beachtete ihn nicht. »Und wo finde ich die Villa von Waldstetten?«

»Hier gibt es keinen Waldstetten.«

»Dann einen Schöntann?«

»Auch keinen Schöntann. Wie kommen Sie überhaupt zu dieser Adresse?«

»Durch das Grundbuch«, antwortete Baran wahrheitsgemäß.

»Und was stand im Grundbuch?«

»Heuberggasse und …«

»Heuberggasse, sind Sie sicher?«

Baran sah zu Meisel, der das Dokument eingesteckt hatte. Er suchte es in seiner Jackentasche und reichte es Baran. Heuberggasse, nein, wenn man genauer hinsah, konnte man Neuberggasse lesen und selbst den verwaschenen Stempel noch entziffern. Salmannsdorf.

* * *

Die Wiener brachten den Weinort Salmannsdorf gerne mit der schrecklichen Türkenbelagerung Wiens 1529 in Verbindung. Plündernd, mordend, vergewaltigend waren die ersten Einheiten eingetroffen, nachdem sie Barans Heimatland Ungarn überrannt hatten. Aber Soliman I. war mit seiner Belagerung wegen des beherzten Widerstandes und, nicht zu vergessen, wegen des schlechten Wetters gescheitert. Dass sich der Ort Salmannsdorf nach ihm benannte, war nur eine langlebige Legende, denn ein Salmann war nichts anderes als der, der das Grundbuch verwaltete. Und genau in diesem hatten Meisel und Baran sich entsetzlich verlesen und deshalb wertvolle Zeit verloren. Idioten, Anfänger, dachte Baran, aber er verschonte Meisel, der kleinlaut schwieg, mit seinen Gedanken.

Zum Glück war es in das schmucke Weinbauerndorf, das vor etwa dreißig Jahren eingemeindet worden war, nicht weit. Am frühen Abend war nicht viel los, aber leider hatte sich ein Automobil auf der nassen Fahrbahn quergelegt und war mit einem Bus zusammengestoßen. Der Busfahrer und der Wagenbesitzer diskutierten heftig.

Meisel fluchte laut, und Baran versuchte, ihn zu beruhigen.

»Es kann nicht mehr weit sein«, sagte er, »wir müssen zu Fuß gehen.«

»Und das Auto hier stehen lassen?«

»Wohl oder übel.«

Meisel brummelte. Sie stellten den Wagen ab. Wie auch in den letzten Tagen regnete es in Strömen.

Sie hetzten die Hameaustraße entlang, bogen zum Sulzweg ab und gingen die steile Gasse Am Dreimarkstein hinauf, die links und rechts von ein- und zweistöckigen Weinbauernhäusern gesäumt wurde. Das Steinpflaster war glatt und nass.

»Wie kann man da oben wohnen?«, grummelte Meisel. Baran hingegen keuchte nur. Die Lunge mochte diesen steilen Aufstieg nicht, auch wenn er zum Glück nicht allzu lang war. Die Neuberggasse hieß seit etwa dreißig Jahren Zierleitengasse. Darauf hatte sie der nackte Mann mit dem Säbel zähneknirschend und mit bösem Blick hingewiesen, ehe er die ohnehin verdatterte junge Frau zurechtgewiesen hatte, dass sie die Türe nicht versperrt und damit das ganze Schlamassel erst möglich gemacht habe.

Das Haus, das sie suchten, lag gleich zur Rechten.

Nach dem blamablen Versuch von vorhin waren Baran und Meisel doppelt vorsichtig. Sie schlichen um das Gebäude herum, das im Dunkeln lag. Baran fürchtete, dass sie zu spät gekommen waren. Dann entschlossen sie sich, diesmal nicht die Haustür zu nehmen, sondern den Weg über den von wildem Wein bewachsenen Balkon. Über drei Mauervorsprünge erklomm Baran die Brüstung und half Meisel hinauf. Die Tür zum Zimmer war diesmal erwartungsgemäß versperrt, die Fenster geschlossen. Baran ließ Meisel den Vortritt, der mit sanftem Druck eines der Flügelfenster aufstieß. Sie stiegen in den dunklen Raum. Es dauerte eine Weile, ehe sich die Augen an die Dunkelheit gewöhnt hatten. Meisel war gerade noch einem Stuhl ausgewichen und unterdrückte ein Fluchen.

Sie öffneten die Tür und standen in einem Gang, von dem mehrere Zimmer abgingen. Sie schauten in die ersten drei Zimmer, ohne auf jemanden zu stoßen. Als sie die vierte Tür aufmachten, meinte Baran für einen Augenblick, die peinliche Szene, die sie vor einer Stunde erlebt hatten, würde sich wiederholen. Eine Frau saß im Bett und wimmerte leise. So ähnlich und doch so unterschiedlich war diese Szene, nicht nur, weil der dazugehörige Mann fehlte, sondern auch, weil das Wimmern keineswegs Ausdruck von Freude oder Lust war. Baran näherte sich vorsichtig, bemerkte, dass die Frau an Armen und Beinen an das Bett gefesselt war, und erkannte Eleonore schließlich. Ein riesiger Stein fiel ihm vom Herzen. Er befreite sie und war versucht, sie zu umarmen. Doch er beherrschte sich.

»Sie sind weg«, sagte Eleonore, während Baran ihre Fesseln löste, »schon seit einigen Stunden.« Sie massierte ihre wunden Knöchel.

Nachdem Meisel das restliche Haus überprüft und sie eine Petroleumlampe entzündet hatten, fragte sie, wie Baran und Meisel sie gefunden hätten.

Baran ließ die kleine Episode mit der falschen Adresse aus, berichtete stattdessen von dem Hinweis im Grundbuch und von seinem Besuch im Jagdschloss.

»Schöntann ist also der Sohn von Waldstetten«, wiederholte Eleonore. »Ich glaube, er ist kein böser Mensch«, fügte sie hinzu.

»Aber er hat Sie entführt und gefesselt.«

»Zu meinem Schutz, hat er gesagt, weil der Blauäugige hinter mir her ist. Zuerst klang es unglaubwürdig für mich, weil ich doch über Dr. Bernstein selbst nichts wusste, aber Schöntann hat mir versichert, dass der Blauäugige meint, dass ich etwas wüsste und ich deshalb eine Gefahr bin.«

Baran schüttelte den Kopf. In seine anfängliche Erleichterung, Eleonore wohlbehalten gefunden zu haben, mischte sich erneut Beunruhigung.

»Schöntann schien wirklich besorgt zu sein«, erzählte Eleonore weiter. »Mehr als seine Freundin, diese Kathi. Wahrscheinlich heißt sie Katharina.«

»Seine Freundin?« Die Frage kam von Meisel, der eine dumpfe Ahnung hatte. »Dunkel, attraktiv, mit einem Grübchen …«

»Ja, stimmt. Soll das heißen, dass Sie sie kennen?«

Baran wehrte ab. »Meisel hat sich eingebildet …«

»Eingebildet«, unterbrach ihn sein Kollege energisch, »mit Verlaub, Herr Kommissär. Eingebildet habe ich mir das nicht. Ich wusste doch, dass ich das Mädel kenne, das mir in der Rotunde den Schädel verbunden hat. Die Freundin vom Schöntann, so ein Früchtchen.«

»Auf jeden Fall ziemlich resolut«, meinte Eleonore. »Wenn es nach ihr gegangen wäre, wäre ich wohl dem blauäugigen Wolf zum Fraß vorgeworfen worden.«

Sie rieb sich noch immer die Gelenke, sie hatte Schürfwunden und Blutergüsse. »Es war auch so schlimm genug. Schöntann wollte mir alles erklären, aber dann tauchte der Blauäugige plötzlich auf, und ich kann von Glück sagen, dass er mich in dem Zimmer nicht entdeckt hat.«

»Er war hier?«, rief Baran.

»Ja, er kam gerade, als Schöntann mir die Fesseln lösen wollte. Daraus wurde jedoch nichts. Statt mir sein Herz auszuschütten, hat er mich geknebelt. Ich habe den Blauäugigen nicht gesehen, war ja hier eingesperrt. Aber seine durchdringende Stimme konnte ich hören, und einen heftigen Streit. Ein Glas ist kaputtgegangen. Dann sind sie weggefahren. Ich habe keine Ahnung, wohin. Ich habe nur mitbekommen, dass sie wegwollten mit ihm.«

»Mit ihm?«

»Ja, so habe ich es verstanden. Aber wer gemeint war, weiß ich nicht. Wirklich nicht.«

Kurze Zeit später machte Meisel sich brummelnd in der Nachbarschaft auf die Suche nach einem Telefon, da es im Haus anscheinend keins gab. Baran und Eleonore gingen in die Küche im Untergeschoss, und Baran setzte Tee auf. Er würde das Haus später inspizieren. Bis die Kollegen da wären, die Meisel anforderte, würde es dauern. Also hatte Baran ein wenig Zeit, um mit Eleonore allein zu sein.

»Er hat auf mich vor dem Haus gewartet. Ich habe mich zwar gewundert, aber nie gedacht, dass er vorhatte, mich zu entführen«, sagte sie, während sie ihre Hände an der heißen Teetasse wärmte.

»Wir waren mit dem Fiaker unterwegs, als ich plötzlich einen Stich spürte und gleich darauf ohnmächtig wurde. Es ging alles sehr schnell. Ich bin erst hier wieder in dem warmen Bett aufgewacht, und er wollte mir Frühstück machen. Hm, eigentlich war er sehr fürsorglich.«

Missmutig runzelte Baran die Stirn. »Ein fürsorglicher Mensch macht andere nicht bewusstlos und fesselt sie gegen ihren Willen ans Bett.«

Eleonore lächelte, dann prustete sie los. Sie schien sehr erleichtert zu sein. Ihr Lachen war so ansteckend, dass Baran sich auch nicht bremsen konnte. Sie mussten ein komisches Bild für Meisel abgeben, als dieser völlig durchnässt und mit verdrossener Miene die Küche betrat.

Eine Stunde später, Baran hatte den Kamin eingeheizt und noch einmal Tee aufgesetzt, trafen endlich die Polizisten ein. Baran hatte längst das Haus durchsucht und packte die drei Gläser, die auf dem Tisch in der Küche standen, vorsichtig in einen Karton, den er in der Speisekammer gefunden hatte. Eines war zerbrochen.

Er sammelte die Scherben auf und packte sie gesondert ein. Als er anschließend mit einer hell leuchtenden Petroleumlampe in den Keller ging, entdeckte er das, was er schon vermutete. Die Blutspuren waren noch immer deutlich zu sehen. Jemand hatte sie ohne viel Erfolg dilettantisch wegzuwischen versucht. Er hatte den Tatort gefunden, wo Martha Halpern getötet worden war.

WIEN, FREITAG, 24. MÄRZ 1922

Baran war erst spät in der Nacht nach Hause gekommen und hatte gerade einmal vier Stunden geschlafen. Doch nach einem Bad und zwei Tassen starkem Kaffee fühlte er sich erfrischt. Zu seinem Leidwesen aber machte sein Auto immer noch keine Anstalten anzuspringen. Meisel wollte er nicht schon wieder belästigen, aber er hatte eine Idee. Zwanzig Minuten später konnte er den Fiaker Steinwender überreden, mit ihm für einen guten Preis den Tag zu verbringen.

Leider gab es von den flüchtigen drei Personen immer noch keine Spur, obwohl unzählige Polizisten nach ihnen suchten. Die Umgebung der Praterwohnung wurde genauso engmaschig überwacht wie das *Shimmy* und die Villa in Salmannsdorf. Dass sie dorthin zurückkehren würden, war aber ohnehin nicht anzunehmen. Obwohl alle Grenzstationen alarmiert worden waren, bestand durchaus die Möglichkeit, dass die drei sich bereits über die grüne Grenze davongemacht hatten.

In der Zwischenzeit wartete Baran ungeduldig auf Nachricht von den Barmherzigen Schwestern wegen der Geburtsurkunde von Schöntann.

Plötzlich läutete das Telefon. Es war zu seiner Überraschung jener Beamte, der vor wenigen Tagen von schneller und gründlicher Arbeit gesprochen und dabei enervierend oft das Füllwort »also« gebraucht hatte.

»Guten Morgen, Herr Kommissär«, meldete sich der junge Mann. »Es ist erstaunlich, die Fingerabdrücke auf den Gläsern, die Sie in der Villa sichergestellt haben, stammen von drei Personen, die bei uns leider nicht aktenkundig sind.«

Es wäre ja auch zu schön gewesen, dachte Baran.

»Aus einem hat wohl eine Frau getrunken«, fuhr der Beamte fort, »ich habe da eine eigene Theorie entwickelt. Also, sie bezieht sich auf die Rillendichte. Sie müssen wissen ...«

»Schon gut«, unterbrach Baran. »Was ist mit dem zerbrochenen Glas? Der Blauäugige hat daraus getrunken und es im Zorn zerbrochen.«

»Natürlich. Also komisch ist nur, dass die Abdrücke mit denen auf dem dritten Glas, das wären dann also die von Herrn Schöntann, zwar nicht vollkommen, aber zu großen Teilen identisch sind.«

»Zu großen Teilen identisch?« Baran drückte den Hörer fester ans Ohr.

»Ja. So etwas kann passieren, wenn ...«

»... wenn was?«

»Also, wir wissen, dass Menschen, die miteinander verwandt sind, auch ähnliche Fingerabdrücke haben. Sagen wir, je näher die Verwandtschaft ist, umso ähnlicher sind auch die Abdrücke. Also, das würde erklären ...«

»Verwandte? Geschwister?«

»Enger, also ich würde sagen, Zwillinge, zweieiig vielleicht.«

Baran murmelte ein Dankeschön und legte auf. Zwillinge. Endlich lösten sich die Knoten in seinem Gehirn. Aber er brauchte eine Bestätigung, jetzt. Zum Glück kam Meisel gerade den Gang herunter. Er sah ebenfalls sehr müde aus, aber Baran hatte keine Zeit für Floskeln. »Wen haben Sie gestern gebeten, bei den Barmherzigen Schwestern wegen Schöntanns Geburt nachzufragen?«

»Pirker, er ist der Verlässlichste. Wieso …«

»Rufen Sie den Pirker an, ich brauche ein Ergebnis. Und dann kommen Sie zum Ausgang. Ein Fiaker wartet.«

Bevor Meisel noch etwas sagen konnte, war Baran bereits zur Tür hinaus. In seiner Hand hielt er ein Stück Zucker für Victor.

* * *

Das Krankenhaus der Barmherzigen Schwestern lag in Mariahilf in der Stumpergasse 6. Das Gebäude war erst um die Jahrhundertwende gebaut worden, der Orden seit knapp hundert Jahren in Wien. Baran erinnerte sich, dass die Barmherzigen Schwestern vor allem für Kranke und Notleidende da waren, auch für Findelkinder. Adelige brachten hier ihre Kinder nicht zur Welt, es sei denn, es gab einen triftigen Grund.

Von Pirker hatte Baran erfahren, dass es keine Unterlagen über Geburten in dieser Zeit gab, und er wunderte sich darüber nicht. Victor, das Pferd, brauchte fast eine Dreiviertelstunde bis zum Krankenhaus, und Baran und Meisel hatten genug Zeit, sich auszutauschen.

»Zwillinge also«, sagte Meisel. »Das erklärt, warum

Schöntann den Blauäugigen schützt. Er ist also auch ein Schöntann.«

»Eher ein Waldstetten«, korrigierte Baran ihn. »Einer von der schlimmen Sorte. Er gerät wohl sehr nach seinem Vater.«

Verbitterung lag in seinen Worten, Wut und Ohnmacht, da in ihm immer mehr die Gewissheit reifte, dass Szonja nicht mehr am Leben war. Sein Vater hatte die Familie Waldstetten stets verdächtigt. Vielleicht hätte Baran ihm vertrauen sollen.

»Herr Kommissär, geht es Ihnen gut?«, fragte Meisel und riss Baran aus seinen Gedanken.

»Ja, ja, Meisel, es geht mir gut. Wo waren wir stehen geblieben?«

»Bei den Zwillingen. Einer tötet, der andere schützt ihn.«

»Das ist nur die halbe Wahrheit, Meisel. Ich glaube, dass Schöntann seinen Bruder nicht in Schach halten konnte. Dass er nach dem Mord an Martha erkannte, dass er unberechenbar ist. Vielleicht hat er uns deshalb all diese Hinweise gegeben, damit wir ihn fangen.«

»Wenn diese Theorie stimmt, dann müsste er uns doch jetzt auch ein Zeichen geben und nicht abhauen, wie Fräulein Werthmann behauptete.«

»Eigentlich ja«, erwiderte Baran, »daher heißt es jetzt die Augen offen halten. Vielleicht müssen wir nach diesen Zeichen etwas länger suchen, als uns lieb ist.«

Sie waren angekommen.

Baran ging nicht ins Krankenhaus, sondern ins Mutterhaus der Barmherzigen Schwestern, über dessen Eingang eine Statue des heiligen Vinzenz von Paul mit einem Kind im Arm und einem Kreuz wachte. Zwei Engel flankierten ihn. Er eilte zur Pforte, wies sich bei einer Frau im charakteristischen dunklen Habit mit der großen, gestärkten weißen Haube aus und verlangte die Mutter Oberin. Er wurde belehrt, dass es keine Mutter Oberin, sondern eine Generalrätin gebe, eine Schwester Michaela, die er vor sich habe. Hastig entschuldigte Baran sich und kam gleich zur Sache. Er erzählte, warum er hier sei, nämlich um etwas über die Geburt von Zwillingen zu erfahren, die wohl 1882 gewesen sein musste.

»Vor vierzig Jahren also«, antwortete die Generalrätin. »Gab es diesbezüglich nicht schon gestern Abend eine Anfrage von einem Ihrer Polizisten? Allerdings fragte er nicht nach Zwillingen, sondern nach einem Grafen von Schöntann. Ich hoffe, Sie kommen nicht am Nachmittag noch einmal und fragen nach Drillingen. Die Auskunft würde wohl die gleiche sein.«

»Keine Unterlagen.«

»Keine Unterlagen über eine solche Geburt. Ein Graf von Schöntann wäre hier aufgefallen. Glauben Sie mir.«

»Auch ein Graf von Waldstetten?«

Schwester Michaela verzog keine Miene. Aber am Ende des Ganges, in dem sich Baran gerade mit der resoluten Generalrätin unterhielt, regte sich etwas.

»Waldstetten?«, vernahm er. Die Stimme klang schwach, aber entschlossen. Eine kleine alte Frau, gestützt auf einen Stock, kam langsam auf ihn zu. Mit der übergroßen Haube erinnerte sie ihn an ein geflügeltes Wesen.

»Schwester Walpurga, Sie sollten sich ausruhen. Es ist vielleicht zu viel, schon wieder unterwegs ...«

»Schwester Michaela«, unterbrach sie die Angesprochene. »Ich fühle mich ausgezeichnet, und ich war gerade dabei, meine kranken Schützlinge zu besuchen. Wollen Sie mich vielleicht begleiten, junger Mann?«

Baran nickte. Schwester Michaelas Gesicht strahlte alles andere als Freude aus, aber sie schwieg. Schwester Walpurga hingegen schien die Situation zu genießen und hakte sich bei Baran ein.

»Verzeihen Sie, junger Mann, es ist zweifellos eine Sünde, sich darüber zu freuen, wenn andere sich ärgern. Aber es gibt die Todsünde des Hochmutes und des Stolzes, die bei Weitem stärker wiegen.«

Baran ahnte, dass sie über Schwester Michaela sprach. Sie gingen langsam zum Krankenhaus. Baran stellte sich vor, erwähnte aber nichts von den Mordfällen. Schwester Walpurga blieb vor dem Eingang stehen und verschnaufte.

»Zwei Buben waren es, wie sie unterschiedlicher nicht hätten sein können. Die Gräfin hat sie in ihrer Verzweiflung hier geboren, verstoßen von ihrem Ehemann, und, nicht weniger schlimm, vom Vater der Kinder in dieser Situation im Stich gelassen. Sie war eine so fromme Frau und musste für ihre Sünde auf so bittere Art büßen.«

»Sie starb im Kindbett.«

»Sie starb nicht an einer Entzündung oder am Fieber. Glauben Sie mir, junger Mann, sie starb vor Leid und Einsamkeit.«

»Aber sie hatte gerade Kinder geboren. Sie war nicht einsam.«

»Ach, wie gut kennen Sie sich mit den Seelen der Menschen aus?«, entgegnete Schwester Walpurga. »Oftmals sind die Frauen nach der Geburt besonders verletzlich und anfällig für die Melancholie. Das war auch bei der Gräfin so.«

Baran begann zu verstehen. Graf von Waldstetten hatte die Gräfin geliebt und ihr eine Villa gekauft, aber war nicht bereit gewesen, die Kinder zu akzeptieren.

»Was ist mit den Kindern geschehen nach dem Tod der Mutter?«, fragte er.

»Man hat sie weggebracht, beide.«

»Wohin?«

»Das müssten Sie schon den Grafen selbst fragen, aber der ist, soviel ich weiß, längst verstorben.«

»Das ist er, Schwester Walpurga. Aber die Zwillinge leben noch.«

Baran überlegte, ob er die betagte Schwester in Ruhe lassen sollte, aber sie selbst hielt ihn davon ab.

»Worum geht es eigentlich, Herr Kommissär? Sie sind doch nicht aus persönlichen Gründen hier, oder doch?«

»Ich ermittle in mehreren Mordfällen, genau genommen, in vier. Und ich habe Grund zu der Annahme, dass einer der Buben, die hier auf die Welt gekommen sind, etwas damit zu tun haben könnte.«

Schwester Walpurga blieb stehen und schloss für ein paar Sekunden die Augen.

»Er hat das getan, meinen Sie?«, fragte sie leise. Ihre Hände zitterten. »Ich lese Zeitungen. Er hat die Frauen ermordet? Wissen Sie, ich sehe noch den Säugling vor mir. Er war damals nicht zu bändigen, hat immer wie wild gestrampelt und geschrien. Ich habe ihn auf den Arm genommen und getröstet.«

Die alte Frau griff nach Barans Hand und hielt sie fest. Ihre Hände waren schwielig und trocken, aber ihr Griff fest.

»Er hat übrigens keinen Namen«, sagte sie. »Er hatte nie einen Namen. Ein bedauerliches Geschöpf.«

Baran antwortete nicht. Er hätte auch nichts Passendes zu sagen gewusst. Schwester Walpurga blickte ihm in die Augen, drückte noch einmal seine Hand zum Abschied und ging erstaunlich beweglich durch das Eingangstor ins Spital.

Baran kehrte zu Meisel zurück, der sich eine Nil angezündet hatte, und der Fiaker rauchte eine Brissago.

»Sie suchen also den Mörder von Veith«, sagte er. »Mit mir reden Sie ja nicht, Herr Kommissär. Da ist der Herr Inspektor hier zum Glück gesprächiger. Haben Sie wenigstens erfahren, was Sie wissen wollten?«

»Ja und nein«, sagte Baran ausweichend. »Aber jetzt fahren wir zu Fräulein Werthmann, wenn Victor bereit ist.« Das Pferd antwortete mit einem lauten Wiehern.

* * *

Baran und Meisel wurden von einem blassen und müde wirkenden Rudolf Werthmann in Empfang genommen, der beiden überschwänglich dankte. Zum Glück hatte niemand die Peinlichkeit mit der falschen Adresse erfahren.

»Sie ist in der Bibliothek«, sagte Werthmann. »Ich habe ihr geraten, sich noch auszuruhen, aber Sie wissen ja.«

Sein Blick fiel auf Baran, der kaum merklich nickte.

»Gehen Sie nur hinauf. Ich muss mich leider meinen Bankgeschäften widmen.«

Eingewickelt in eine warme Decke saß Eleonore an einem Tisch. Vor ihr lagen dicke Wälzer, Lexika und Enzyklopädien. Sie lächelte, als sie Baran und Meisel erblickte.

»Ihr Vater hat recht«, begann Baran, »Sie sollten sich ausruhen.«

»Ausruhen? Die Zeit rennt uns davon. Oder haben Sie die beiden schon gefunden?«

Keine Antwort.

»Also nein. Diese Lexika beschäftigen sich mit den Adelshäusern der Monarchie. Ich suche krampfhaft nach Hinweisen auf Waldstetten und Schöntann, die uns weiterhelfen könnten, aber da erfährt man nur wenig. Schöntanns Vater, verstorben 1898, Herzinfarkt mit achtundfünfzig, ein Gut in Niederösterreich, ein leidenschaftlicher Jäger. Eine starke Abneigung gegen die Ungarn. Das wussten Sie schon, nicht wahr?«, fragte sie Baran.

»Ja, davon redete mein Vater unablässig.«

Baran und Meisel setzten sich.

»Haben Sie denn eine Spur?«, fragte sie und klappte das Buch zu.

Baran erzählte von seinem Gespräch mit Schwester Walpurga. Eleonore zupfte an einer Haarsträhne.

»Er hat gar keinen Namen?«, fragte sie, als er fertig war. Weniger Entsetzen als Traurigkeit lag in ihrer Stimme. »Wie kann ein Mensch keinen Namen haben? Namen machen uns erst zu Menschen.«

»Vielleicht können wir ihn deshalb nicht finden. Weil er gar nicht existiert«, philosophierte Baran, während Meisel sich eine Nil anzündete und eines der Bücher nahm.

»Er ist gewohnt«, fuhr er fort, »sich so zu verhalten, als würde er nicht existieren. Er taucht unter, macht sich unsichtbar.«

»Aber er ist wütend«, warf Eleonore ein. »Ich habe ihn reden gehört. Eine schneidende Stimme, voller Hass.«

Meisel, der bislang geschwiegen hatte, meldete sich auf einmal zu Wort: »Wenn dieser Mensch so ist, wie Sie ihn beschreiben, dann ist er zu keiner Beziehung fähig. Aber wir haben angenommen, dass Martha sich mit ihm eingelassen hat. Also, entweder stimmt das nicht, oder wir waren mit Marthas Geliebtem auf der falschen Spur.«

»Dann doch Schöntann?«, meinte Baran, der sich seine Krawatte richtete. Sein Gedankengebäude brach wieder in sich zusammen.

»Zwillinge«, sagte Eleonore, führte es aber nicht weiter aus, weil Meisel eine Entdeckung gemacht hatte.

»Das ist doch interessant«, meinte er. »Eine Liste mit Wappen und Symbolen. Sehen Sie mal, hier.«

Er deutete auf ein relativ kleines Bild in einem Bildermosaik. Es zeigte einen Drachen mit aufgesperrtem

Maul. Es war das gleiche Symbol wie auf dem Siegelring und dem Medaillon.

»›Eine Auswahl an außergewöhnlichen Wappen und Emblemen‹, steht darunter. Ist ein Artikel von einem … mein Gott, meine Augen.«

Baran nahm seinem Kollegen das Buch aus der Hand. »Karl Friedrich von Frank.«

Eleonore stand auf und ging hinaus. Baran und Meisel schauten sich irritiert an. »Frauen«, murmelte Meisel, während Baran noch einmal das Wappen näher betrachtete. Es bestand kein Zweifel.

Es dauerte rund fünf Minuten, ehe Eleonore wiederkam und die beiden Männer mit einer Nachricht überraschte. »Meine Erinnerungen taugen doch zu etwas. Einer der Bankfreunde meines Vaters hat vor Kurzem eine Bemerkung über einen jungen ehemaligen Angestellten fallen lassen, der sich leidenschaftlich mit Heraldik beschäftigt und seine Familienchronik erstellt. Frank ist ein leicht zu merkender Name. Der Herr gesellt sich in einer halben Stunde zu uns.«

Baran überlegte, ob er Eleonore nicht doch ein wenig früher um Rat hätte fragen sollen, und am Grinsen Meisels, der einen Zug von seiner Nil nahm, konnte er feststellen, dass auch er ziemlich zufrieden war. Wenig später telefonierte Meisel und erkundigte sich, ob es etwas Neues in Bezug auf die Suche nach drei flüchtigen Personen gäbe, aber die Antwort lautete immer noch nein.

* * *

Karl Friedrich von Frank war ein junger Mann mit einem strengen Scheitel, einem verschmitzten Lächeln und einer runden Brille. Er erschien in einem eng geschnittenen Anzug, der seine militärische Erscheinung unterstrich. Baran war sich sicher, dass er im Krieg eine hohe Position gehabt hatte. Aber er wollte ihn nicht fragen. Denn Frank war ein selbstbewusster Mensch, den man nicht zwei Mal bitten musste, den Mund aufzumachen. Und er hatte Manieren, küsste Eleonores Hand und schüttelte Baran und Meisel die Hand. Dann kam er sofort zur Sache und verwies auf seinen Artikel.

»Ich habe verstanden, Fräulein Werthmann«, begann er, »dass die Angelegenheit eilt und von enormer Wichtigkeit ist. Daher erlauben Sie mir, dass ich mich kurzfasse. Was Sie hier vor sich liegen haben, ist sozusagen eine meiner ersten Publikationen. Und dieses Wappen … ja, um ehrlich zu sein, hat es mich etwas Zeit gekostet. Es gibt unzählige Drachendarstellungen in der Heraldik. Denken Sie an die vielen Familien, die Drachen in ihren Wappen haben, die Orden, die den Drachen für sich in Anspruch nehmen, den Georgsorden oder die Societas Draconistarum. Vielleicht, Fräulein Werthmann, haben Sie Bram Stokers schaurige Geschichte über Vlad Tepes, den Pfähler, gelesen. Er war führendes Mitglied des Ordens, soll sich deshalb Drăculea, Drachensohn, genannt haben. Doch genug davon. Denn die Darstellung auf dem Wappen, das Sie interessiert, ist anders und viel seltener. Der Drache sperrt sein Maul auf und sieht den Betrachter an. Zudem kneift er ein Auge zu und blinzelt. Da spielt wohl ein wenig Witz und Ironie mit hinein.«

Baran fand diesen Herrn zwar ein wenig umständlich, aber er ahnte, dass es nur noch länger dauern würde, wenn man ihn drängte. Also schwieg er.

»Nun, um es kurz zu machen«, sagte Frank, als habe er Barans Gedanken gelesen, »dieses Wappen kam wohl erst im Laufe des 19. Jahrhunderts auf. Und hier, verzeihen Sie, versteige ich mich ein wenig in Vermutungen, ich glaube nämlich, dass es nur verstanden werden kann, wenn man die Societas Draconistarum im Hinterkopf hat.«

»Eine Anspielung, meinen Sie?«, fragte Eleonore.

»Genau, Fräulein Werthmann, eine ironische Anspielung sogar. Sie teilen zwar die Werte des Ordens, aber nur zu einem gewissen Grad, und machen sich andererseits darüber lustig.«

»Graf Waldstetten war ein humorloser Mensch«, sagte Baran und merkte, dass er gegenüber Frank diesen Namen zuvor nicht erwähnt hatte. Dieser nahm den Hinweis jedoch gerne auf.

»Der Graf von Waldstetten, der Held im Bosnienkrieg, hat also auch dieses Wappen verwendet. Nein, das wüsste ich. Oh, Sie meinen, er verwendete es nur im kleinen Kreis. Wie interessant und aufschlussreich. Ich bin auf dieses Wappen eigentlich durch Zufall gestoßen. In einer kleinen Mönchsgemeinschaft, im letzten Sommer. Es war brütend heiß, und meine Frau und ich sind durch den schattigen Wienerwald gewandert und auf ein verfallenes Schloss und einen Vierkanthof gestoßen. In der Mauer war das Wappen des Drachen. Genau die Darstellung wie in meinem Artikel.«

Frank machte eine Pause und schaute in die Runde. Er wollte wohl die Wirkung seiner Worte in den Gesichtern ablesen.

Baran warf ihm einen auffordernden Blick zu, und Frank fuhr fort: »*Hirten der Dreifaltigkeit* nannten sich die Brüder. Haben uns zu trinken angeboten, uns die Gärten gezeigt. Ich habe mich natürlich nach dem Wappen erkundigt. Daraufhin haben sie mir erzählt, dass das Schloss und das Gut früher einem Baron von Saalfeld gehört haben sollen.«

Wieder sah Frank die anderen an, aber niemand reagierte auf den Namen.

»Auch mir hat der Name nichts gesagt, also habe ich« – ein stolzes Lächeln trat auf sein Gesicht – »nachgefragt. Saalfeld hat anscheinend im Schloss eine Runde illustrer Freunde versammelt, die dieses Emblem ausgewählt haben. Waren wohl österreichische Patrioten, leidenschaftliche Gegner des Ausgleichs mit Ungarn, Gegner Italiens und vor allem Serbiens. Graf Conrad von Hötzendorf, unser Oberbefehlshaber im verlorenen Krieg, soll die Gruppe einst besucht haben, haben sie mir erzählt. Das Gut ist wohl der Mönchsgemeinschaft bald nach 1882 übergeben worden, weil der Sohn des Barons mit einem schweren Leiden zur Welt gekommen war. Der Baron selbst ist 1912 oder 1913 verstorben, und danach verfiel das Schloss.«

Baran wurde hellhörig. »Warten Sie. Verstehe ich Sie richtig, Sie meinen, die Mönche haben sich um den kranken Knaben gekümmert?«

»Nicht nur um ihn. Offenbar kümmerte sich die Gemeinschaft viele Jahre um seelisch und körperlich kranke Knaben und junge Männer.«

»Das ist es«, rief Baran aus und griff sich an die Stirn. »Das ist es, Meisel. Wir müssen unbedingt dahin. Jetzt gleich. Wo, lieber Herr Frank, finden wir diese Mönchsgemeinschaft im Wienerwald? Meisel, schreiben Sie es auf. Dann fordern Sie Verstärkung an. Herr von Frank, haben Sie herzlichen Dank.«

* * *

Der Wienerwald ist die grüne Lunge Wiens. Eigentlich handelt es sich um ein bewaldetes Mittelgebirge, um die letzten Ausläufer der Alpen. Baran war zwar kein begnadeter Bergsteiger, aber er liebte die gute Luft in den Wäldern, die seiner Lunge guttat.

Zum Glück würden sie keine größeren Höhenmeter überwinden müssen. Das angegebene Ziel befand sich unweit der Weinbaugemeinde von Gumpoldskirchen. Zu weit für den guten Victor, weshalb Baran den Fiaker Steinwender entlohnte und nach Hause schickte. Baran versprach ihm, in den nächsten Tagen vorbeizuschauen, wenn alles vorbei sei, wie er es ausdrückte. Meisel orderte Verstärkung an den angegebenen Ort und fuhr mit Steinwender zu seinem Automobil. Baran und Eleonore blieben zurück.

»Wieso sind Sie so sicher, dass wir sie dort finden werden?«, fragte sie. Baran stand auf und ging im Zimmer auf und ab.

Abrupt blieb er stehen und sah Eleonore an. »Wir? Habe ich richtig gehört? Meisel und ich werden allein dorthin fahren. Sie, Fräulein Werthmann, haben uns schon einen großen Dienst erwiesen. Wenn Meisel und ich die beiden dort finden, dann gebührt Ihnen großer Dank.«

Wieder begann er, auf und ab zu gehen, und fuhr gestikulierend fort: »Ich will Ihnen sagen, was ich glaube, was passiert ist. Graf Waldstetten und die Gräfin Schöntann hatten eine verbotene Beziehung. Die Gräfin Schöntann, als fromme Katholikin, ist schwanger. Ihr Gatte, nicht auf den Kopf gefallen, macht eine Riesenszene, will sich von ihr trennen, Waldstetten wiederum ist hin- und hergerissen zwischen der Liebe zu ihr und seiner strengen Gesinnung. Er kauft eine Villa für sie und den Nachwuchs, aber er verlässt seine Frau nicht. In ihrer Verzweiflung wendet die Gräfin sich an die Barmherzigen Schwestern und bringt ihre Kinder zur Welt. Doch sie stirbt im Kindbett. Waldstetten sorgt dafür, dass die Kinder in einer Umgebung aufwachsen, die er kontrollieren kann, und erwirbt durch einen seiner Kumpane aus dem Drachenorden ein Grundstück. Dort wachsen die beiden auf. Und jetzt kommt der alte Schöntann ins Spiel. Er liebte seine Frau, machte sich vielleicht sogar Vorwürfe, sie im Stich gelassen zu haben. Und er nimmt einen Sohn als seinen eigenen an. Einen Sohn, wohlgemerkt. Ich glaube, dass er von dem zweiten nichts wusste. Also wuchs der junge Schöntann im Schutz seines Stiefvaters auf, und der Namenlose blieb in dem Kloster, wo man ihn wohl vergeblich zu erziehen versuchte.«

Baran setzte sich. »Alles Weitere kann ich nur vermuten. Aber ich glaube, dass nach dem Tod des Vaters, da war der Bub etwa sechzehn, sich sein Bruder, Schöntann, um ihn gekümmert hat. Und als bald darauf der alte Graf Schöntann verstarb, hat er ihn zu sich in die Villa in Salmannsdorf geholt. Spätestens dann musste er auch seinen Halbbruder Anton kennengelernt haben, den späteren Mann meiner Schwester.«

Eleonore, die sichtlich erleichtert wirkte, dass Baran endlich ruhig dasaß, wickelte sich eine ihrer Locken um den Finger. »Das heißt, Ihre Schwester könnte Schöntann gekannt haben? Aber sie hat es Ihnen gegenüber nie erwähnt, sonst …«

»Ich weiß es nicht«, unterbrach Baran sie, der jedes Wort der Korrespondenz, die nicht von seinem Vater vernichtet worden war, auswendig kannte. Eleonore war klug genug, ihn nicht weiter damit zu quälen, und schwieg.

»Ich denke«, fuhr Baran fort, »dass nach dem Tod ihrer Väter alle drei Brüder eine recht eigenwillige Einheit bildeten. Irgendwie band sie das Schicksal unfreiwillig aneinander. Und Sie, Fräulein Werthmann, haben mich darauf gebracht, dass sie alle in dem Kloster sind. Schöntann und sein Bruder werden den Grafen von Waldstetten nicht in der Pflegeanstalt lassen, sondern ihn mitnehmen. Als ich ihn allerdings das letzte Mal gesehen habe, war er in furchtbar schlechter Verfassung. Sie müssen ihn aufpäppeln. Vielleicht ist das unsere Chance.«

»Hoffen wir es. Wir werden sehen.« Eleonore betonte das Wir.

* * *

Geduldig ließ Meisel sich von Eleonore, die eine große Karte in Händen hielt, den Weg erklären. Baran saß auf der Rückbank und gab gelegentlich eine Bemerkung von sich, dass das alles viel zu gefährlich und unzumutbar sei, was die junge Frau jedoch geflissentlich überhörte. Meisel hingegen schien es zu gefallen, dass er eine kompetente Beifahrerin hatte.

In Gumpoldskirchen fuhren sie an den einladenden Weinbauhäusern und Heurigen vorbei. Auf den Feldern wurde gerade das Sommergetreide ausgesät. Mit einem Mal sah Baran Szonja vor sich, wie sie mit den Feldarbeiterinnen scherzte, wie sie im Sommer im wogenden Getreide bei der Ernte Heumännchen baute, während der Vater stolz auf dem Pferd Anweisungen gab. Die Hoffnung, seine Schwester je lebend wiederzusehen, war in den letzten Tagen von einer bösen Ahnung verdrängt worden. Je mehr sie sich der Bruderschaft der Heiligen Dreifaltigkeit näherten, je stärker wuchs Barans Drang, dem Blauäugigen endlich gegenüberzustehen, die Wahrheit zu erfahren und sich an ihm zu rächen.

Sie fuhren eine leichte Steigung hinauf und stießen nach einigen hundert Metern auf eine Absperrung, die von mehreren Gendarmen bewacht wurde. Meisel nickte zufrieden und stieg mit Baran aus. Eleonore musste im Auto bleiben.

Die Männer in ihren grauen Uniformen waren mit Gewehren bewaffnet und sahen so aus, als könnten sie sie auch bedienen. Erfahrene Männer, keine jungen Burschen. Die Zuständigkeiten wurden geklärt, und Eleonore schnappte nur Satzfetzen auf wie »Alles abgesperrt«, »Verstärkung am Weg«, »Keine Fluchtmöglichkeit«.

Meisel schien mit allem einverstanden zu sein, Baran blieb skeptisch. »Die Wälder. Da führen doch viele Wege durch. Wie könnt ihr die alle absperren?«, fragte er.

»Gar nicht«, antwortete der eine, ein Mann mit vielen Falten im Gesicht und einer tiefen Stimme. »Mit einem Automobil oder einer Droschke kommen sie dort nicht weiter. Die Wege sind matschig, teilweise liegt noch Schnee. Und selbst wenn, irgendwann kommen sie wieder raus aus dem Wald. Und an den Knotenpunkten stehen unsere Männer.« Er klappte eine markierte Karte auf. »In diesem Umkreis haben wir unsere Leute postiert. Und wir beobachten das Anwesen seit über einer Stunde. Ein Automobil haben wir nicht gesehen, auch ist niemand gekommen oder gegangen. Es sieht alles sehr friedlich aus. Vielleicht sind sie schon weg oder waren gar nicht hier.«

Baran schüttelte den Kopf, antwortete aber nicht. Er schaute sich um und ließ sich einen Feldstecher geben. Vor ihm konnte er in etwa einem halben Kilometer Entfernung die Fassaden des kleinen Schlosses erkennen, dahinter den Vierkanthof, gut geschützt hinter dicken, weiß getünchten Mauern.

»Gibt es eine Möglichkeit, von hinten unbemerkt hineinzukommen?«, fragte er, aber der Gendarm verneinte. »Die Mauern sind hoch. Ohne Leiter keine Chance. Es gibt, soweit wir das überblicken können, nur ein großes Eingangstor. Und das ist sehr massiv.«

Baran hatte so etwas befürchtet. Er bedankte sich bei dem Gendarmen für die Arbeit und sagte mit Nachdruck: »Sie achten darauf, dass das Fräulein im Auto bleibt. Wir beide werden jetzt hineingehen. Sie unternehmen nichts, bis wir zurückkommen. Wir müssen auskundschaften, ob sie wirklich dadrin sind. Und wenn ja, werden wir sie rauslocken. Dann sind Sie am Zug. Aber wir stürmen nicht und warten ab. Ich will die Mönche nicht gefährden.«

Der Uniformierte nickte und ging mit Baran zum Automobil. Baran stellte ihm Eleonore vor und schärfte beiden ein, dass sie sich nicht vom Fleck rühren dürfe. Die junge Frau schwieg. Angesichts der strengen Mimik der beiden wäre es wohl sinnlos gewesen zu protestieren.

Baran atmete tief durch, dann näherte er sich mit Meisel dem Schloss. Er hatte vermutet, es sei verfallen, aber die Umfassungsmauern waren instandgesetzt worden, und an einer Seite befand sich ein Gerüst. Auf der anderen Straßenseite breitete sich eine Wiese aus, die zu großen Teilen mit Schnee bedeckt war. Ein grüner Fleck stach heraus. Dort stand ein brauner Hengst und graste. Baran sah sich um und entdeckte wenige Meter entfernt eine etwa vierzigjährige Frau, die am Wegrand hinter einem Busch eine Zigarette rauchte und in die Ferne blickte. Nicht nur die Reitbekleidung wirkte militärisch, auch ihr strenger Kurzhaarschnitt, ihr markantes Kinn und die Nase, die Baran an einen Raubvogel erinnerte.

Er ging zu ihr und stellte sich vor. Die Frau hieß

Theresia Chiellini und war die neue Besitzerin des Schlosses. Baran erklärte in groben Zügen, warum er hier war, und ermahnte sie, vorsichtig zu sein.

Der Gesichtsausdruck der Frau veränderte sich abrupt, und sie schaute ihn fassungslos an.

»Ein Mörder, bei den Brüdern. Mein Gott, was erzählen Sie da? Hier aufgewachsen, sagen Sie? Das ist ja entsetzlich. So etwas hätte man mir beim Kauf sagen müssen. Ich werde im Haus bleiben. Wenn Sie etwas brauchen, kommen Sie vorbei. Aber klopfen Sie dreimal, sonst öffne ich nicht.«

Sie ergriff die Zügel des Pferdes, das irritiert den Kopf hob.

»Gnädige Frau«, wandte Baran sich erneut an sie, »ich wage kaum zu fragen, aber ich hätte da eine Idee. Sie könnten mir helfen, ins Schloss zu gelangen. Ich muss unbedingt dort hinein, möchte aber kein Aufsehen erregen.«

Baran erklärte ihr seinen Plan und merkte, wie ihre innere Erregung Theresia Chiellini nur noch mehr anstachelte. Entschlossen drückte sie ihre Zigarette aus.

Meisel hingegen schien alles andere als überzeugt. Aber er schwieg, wohl auch, weil er keine bessere Idee hatte.

An dem massiven Holztor hing eine große Schiffsglocke. Theresia Chiellini läutete.

Baran und Meisel hatten sich hinter einem Busch auf der anderen Straßenseite versteckt. Baran war sich bewusst, dass er einen riskanten Weg einschlug. Es dauerte ein paar Minuten, dann öffnete sich die Tür mit lautem

Knarzen, und es erschien ein älterer Mann in einem dunkelbraunen Habit. Er war schlank und groß und vollständig kahl.

»Comtesse«, begann er, »es ist schön, Sie zu sehen. Kann ich etwas für Sie tun?«

»Nun, für mich nicht, Pater Bernhard, aber für meinen guten Julius hier. Der Wasseranschluss ist noch immer nicht repariert. Die Leitungen sind über den Winter eingefroren, zum Teil geplatzt. Es ist ein Chaos, sage ich Ihnen. Aber Julius ist heute brav gelaufen. Vielleicht könnten Sie ...«

»Aber natürlich, Comtesse, einen Augenblick, ich bin gleich zurück.«

Dies war das Stichwort, und Baran und Meisel überquerten die Straße und schlüpften durch das Tor. Dahinter waren zu beiden Seiten Türen und ein Durchgang in einen begrünten Innenhof, in dessen Mitte sich ein großer Brunnen befand. Zwei große Kastanienbäume lieferten ihnen Deckung. Baran wartete, bis Pater Bernhard mit einem Wassereimer zurückkam. Der Mönch unterhielt sich mit der Schlossbesitzerin, Baran kam es endlos lange vor, ehe er mit dem leeren Eimer im Westflügel verschwand. Seine Schritte hallten auf dem Steinboden wider. Leise folgten Baran und Meisel ihm in gebührendem Abstand. Auf der linken Seite des Ganges befanden sich nummerierte Mönchszellen, auf der rechten Seite ließen Fenster spärlich Licht vom Innenhof herein. Wenig später hörten sie den Pater eine Tür öffnen. Dann war es ruhig. Sie gingen den gesamten Trakt ab, horchten, ob aus den Zellen etwas zu hören war, aber es schien so, als wäre dieser Teil des Klosters verlassen. Sie kamen ans Ende des Westtraktes, gingen nach rechts und gelangten zu einer Flügeltür. Dahinter war Tellerklappern und Gemurmel zu hören. Über der Tür stand *Refektorium*. Sie hatten den Speisesaal erreicht. Im nächsten Raum befand sich wohl die Küche. Sie schlichen den Osttrakt entlang. Stille. Aber im Unterschied zu den nummerierten Zellen im Westteil lagen hier die Räume viel enger beisammen, und die Türen waren mit kleinen Schiebefenstern versehen. Baran ahnte, dass sie den Bereich erreicht hatten, wo die sogenannten schwierigen Knaben lebten und wo wahrscheinlich auch der Blauäugige aufgezogen worden war. Dieser Teil erinnerte eher an ein Gefängnis als an eine kirchliche Einrichtung. Schritt für Schritt arbeiteten sie sich weiter vor, kamen zu einer Bibliothek und danach zur Kapelle. Auch hier vernahmen sie Stimmen, und zumindest eine kam Baran bekannt vor. Er tauschte mit Meisel Blicke aus, ging weiter zum nächsten Raum und versuchte, die Tür aufzumachen. Mit einem leichten Ächzen öffnete sie sich. Zum Glück bestätigte sich Barans Vermutung, dass es sich um die Sakristei handelte, wo die liturgischen Geräte und Gewänder aufbewahrt wurden. Schwere dunkelbraune Kästen prägten den Raum. Ein barockes Gemälde zeigte die Heilige Dreifaltigkeit. Eine Tür führte zur Kapelle. Sie war nur angelehnt. Mit gezückter Pistole gingen sie darauf zu. Baran stieß die Tür mit dem Fuß auf und schrie: »Hände hoch!«

Der Raum war nur spärlich vom Tageslicht und von Kerzen erleuchtet. Vor dem Altar, auf dem Baran das

Abbild des Heiligen Georg ausmachen konnte, der einen Drachen besiegte, stand eine Bahre, flankiert von zwei Kerzenleuchtern. Graf Waldstetten war tot. Zu seiner Linken und Rechten standen die beiden Halbbrüder, dahinter eine junge Frau, die Baran sofort als die hilfreiche Samariterin erkannte, die Meisel in der Rotunde versorgt hatte. Er hatte sich also nicht getäuscht. Vor dem Altar war Pater Bernhard ins Gebet vertieft. Nun wendete er sich zu Baran um und rief: »Was erlauben Sie sich, in das Haus Gottes einzudringen und die Totenruhe zu stören? Sind Sie noch bei Sinnen?«

Baran fixierte den Blauäugigen, der in einem langen schwarzen Mantel vor ihm stand. Dann sagte er im Befehlston: »Pater, bitte entfernen Sie sich!« Tatsächlich wich der Mann einen Schritt zurück. Baran und Meisel hielten ihre Pistolen auf die beiden Brüder gerichtet, die ihre Hände zögerlich nach oben streckten.

»Ich verhafte Sie, Otto Schöntann, wegen Freiheitsentzuges und Irreführung der Behörden und Sie, namenloser Sohn des Grafen von Waldstetten, wegen mehrfachen Mordes«, sagte Baran. »Und Sie, wertes Fräulein, ich glaube, Sie heißen Katharina, wegen Beteiligung an einer Straftat. Wenn Sie verstanden haben, dann nicken Sie. Meisel, legen Sie den Herren und der Dame Handschellen an. Und Sie, Pater, halten den Mund!«

Der Blauäugige nutzte den kurzen Augenblick, in dem Meisel die Handschellen aus der Jacke zog und Baran durch eine Bewegung des Paters irritiert war, sprang auf die Frau zu und hielt ihr mit einem Mal ein

Messer an ihren Hals. Katharina brachte vor Schreck keinen Ton heraus.

Schöntann rief verzweifelt: »Hör auf! Lass sie in Ruhe!«

»Nein!« Zum ersten Mal vernahm Baran die Stimme des Blauäugigen. Sie war tief und klar. »Ich gehe in kein Gefängnis.«

Er wandte sich zu seinem Bruder um. »Wir sind endlich frei, wenn unser Bruder tot ist, das hast du gesagt. Ich habe dir vertraut. Jetzt halte dein Versprechen.«

Schöntann schwieg, weil das Messer des Blauäugigen so bedrohlich nahe an der Schlagader am Hals der jungen Frau lag.

Baran trat einen Schritt vor. »Sie können nicht fliehen. Draußen stehen die Gendarmen, jede Straße im Umkreis ist abgesperrt. Sie waren lange genug ein Phantom. Jetzt ist der Weg zu Ende.«

Der Blauäugige sah keineswegs so aus, als wäre er davon auch nur im Mindesten beeindruckt. »Sie geben mir jetzt Ihre Waffen, und zwar plötzlich!« Ein kleiner Schnitt am Hals der Frau, die vor Angst zitterte, unterstrich, dass er es ernst meinte.

Baran nickte Meisel zu, dann legten sie ihre Pistolen auf den Boden.

»Pater Bernhard, die Pistolen, gib sie mir.«

Der Angesprochene tat, wie ihm geheißen. »So ist es gut«, sagte der Blauäugige mit dem Anflug eines Lächelns und steckte, ohne die Männer aus den Augen zu lassen, beide Waffen in seine weiten Manteltaschen. »Und jetzt werden wir alle hier rausgehen. Ich nehme an,

Sie sind mit einem Automobil gekommen, Baron von Baranyi. Ja, ich weiß, wer du bist. Aber eigentlich habe ich gehofft, dass du schon in der Hölle schmorst. Ich hätte härter zuschlagen sollen. Ich habe mich vom Vergnügen leiten lassen. Ich wollte dich schreien hören. Aber diese verdammten Zigeuner. Du hast seltsame Freunde, Sandor.«

Baran war wütend, weil der Blauäugige ihn mit seinem ungarischen Namen ansprach und duzte. Trotzdem waren ihm die Hände gebunden. Er musste die Gesprächigkeit des Mannes nutzen, um ihm unter Zeugen ein Geständnis zu entlocken.

»Vielleicht war es wirklich ein Fehler, mich am Leben zu lassen. Ich werde nicht aufgeben, ehe du tot bist.«

Der Blauäugige ließ sich davon nicht aus der Ruhe bringen. »Ich könnte euch jetzt gleich erschießen, dich und dein Anhängsel, der in der Rotunde herumgeirrt ist wie ein Idiot. Ich hätte ihn töten können, aber mein Bruder wollte das nicht. Und seine hübsche Katharina. Hat sich rührend um den Armen gekümmert. Sie kann das, sich um einen kümmern. Glaub mir.«

In den Augen der jungen Frau lag jetzt Panik. Auch Schöntann konnte sich kaum noch beherrschen, schnaubte, war nahe daran, seinen Bruder anzugehen. Aber das Messer ließ eine unsichtbare Barriere erstehen, ein Sprech- und Handlungsverbot. Niemand wagte, noch etwas zu sagen oder sich zu bewegen. Selbst Meisel verzichtete auf sein Grummeln. Und Pater Bernhard stand ebenso hilflos da. Der Blauäugige redete weiter.

»Also, es wird mir ein Leichtes sein, euch alle zu töten.

Und ich überlege, es zu tun. Dich zuerst, Sandor. Aber vorher will ich dir erzählen, was du wissen willst. Es wird das Letzte sein, das du erfährst.«

»Dann rede endlich, bringe es hinter dich«, schrie Baran. »Ich warte seit neun Jahren darauf, dass mir jemand erzählt, was damals passiert ist.«

»Gut, dann hör zu. Der Mann, der da vor dir auf der Bahre liegt, hat sie auf dem Gewissen, deine geliebte Schwester. Es war seine Idee. Ob du es glaubst oder nicht. Er wollte es als Vermächtnis an unseren Vater. Eine letzte gute Tat, bevor der alte Mann das Zeitliche segnete. Ein Versprechen am Totenbett. Die Ungarin, hat er gesagt. Die Ungarin wird schuld sein an seinem Tod. Genauso. Deine Schwester hätte den Erzherzog vergiften sollen. Und später sollte es ein paar indiskrete Hinweise auf ein paar ungarische Adelige geben, die den Thronfolger hassen. Damit nicht genug, unser Vater hatte sich zudem ausgemalt, welche Leute sie gerne an den entscheidenden Stellen einsetzen würden, wenn einmal der lästige Franz Ferdinand aus dem Weg geräumt war. Ein Zauderer, hat unser Vater gesagt, ein Feigling. Aber dann hat deine liebe Schwester etwas gefunden, was sie nicht hätte finden sollen. Und sie ist geritten wie der Teufel, um den Erzherzog zu warnen. Mein Bruder hatte kein Auge auf sie, er war nun einmal nicht von unserem Schrot und Korn, verweichlicht wie die Mutter. Wäre ich nicht da gewesen, im Windschatten der Treiber, wäre der Erzherzog gewarnt worden. Aber ich bin schnell, und ich schieße gut.«

Zur Bekräftigung seiner Worte zog er mit der Linken

eine der Pistolen aus der Jacke und legte sie an die Stirn Katharinas. Eine Flüssigkeit rann über ihre Beine.

»Seht ihr, sie weiß, dass ich nicht scherze.« Er steckte das Messer ein.

Baran fühlte sich wie ein Todkranker, der auf ein Wunder hoffte, ehe ihm der Arzt bestätigte, dass er bald sterben werde. Doch er brauchte letzte Gewissheit. Darum fragte er: »Wo hast du sie hingebracht, nachdem du sie erschossen hast?«

»Endlich, auf diese Frage habe ich schon die ganze Zeit gewartet. Es gibt einen Bildstock hundert Meter von der Kanzel entfernt, ein Strauch wächst dort. Da ist sie. Aber du wirst kaum dazu kommen, sie zu suchen. Macht euch bereit zu sterben.«

Mit der rechten Hand ergriff der Blauäugige die andere Pistole und entsicherte sie. Beide Waffen im Anschlag, eine auf den Kopf der Frau gerichtet, die andere auf Baran, war er unbesiegbar. Zumindest schien er das zu glauben. Wollte Baran überleben, musste er eine Schwachstelle finden, rasch.

»Hat dir dein Vater versprochen, dir einen Namen zu geben, wenn du seine Befehle befolgst?«, fragte er.

Der Hieb hatte wohl gesessen, weil der Blauäugige auf einmal nicht mehr blöd grinste und laut wurde: »Mein Vater hat mich hier eingesperrt, du Idiot. Glaubst du wirklich, ich hätte das für ihn getan? Du kapierst gar nichts.«

Baran bohrte weiter: »Also tust du das nicht für deinen Vater, sondern für jemand anders?«

»Das geht dich nichts an«, gab der Blauäugige zurück.

»Für diesen anderen hast du Martha Halpern ermordet. Wirklich tapfer war es nicht, eine wehrlose Frau zu erschlagen.«

Der Blauäugige lächelte plötzlich. Er ließ sich nicht mehr provozieren, seine Unsicherheit war verschwunden, er stand wieder auf festem Boden, aber zumindest redete er noch und schoss nicht.

»Hör zu, Sandor. Es wird dir nicht gefallen, aber Martha hatte sich in meine schönen Augen verliebt. Mein Bruder hat sie mir vorgestellt, nicht wahr, Otto? Es hätte schön werden können mit ihr in dem Haus, das mein geschätzter Bruder uns zur Verfügung gestellt hatte.«

Er machte eine Pause und atmete ein paar Mal tief durch. Baran vermutete, dass er sich darum bemühte, seine Aggressionen zu beherrschen.

»Dieser elende Bernstein«, sagte er dann, mit kontrollierter Wut in der Stimme. »Er hat alles zerstört. Er war besessen davon, die alten Sachen auszugraben, und hat sie gegen mich aufgehetzt, hat ihr in den Kopf gesetzt, dass ich ein böser Mensch bin. Dabei hätte alles gut werden können, richtig gut. Wenn Martha sich nicht hätte beeinflussen lassen, wenn sie nicht begonnen hätte, dumme Fragen zu stellen, wenn sie nicht … Herrgott, sie war zu neugierig und, zugegeben, schlau. Sie hat nicht davor zurückgeschreckt, Anton zu besuchen. Unseren todkranken Bruder hat sie belagert und aus ihm herausgelockt, dass Anton einen Brief an den Kaiser geschrieben hat, in dem er über das Attentat an den Thronfolger berichtete.«

Der Blauäugige blickte mitleidsvoll auf den Sarg.

»Unser Halbbruder hatte ein gutes Herz, aber er war schwach. Hat ihr alles erzählt, so gut er es in seinem Zustand konnte. Genug jedenfalls. Frag mich nicht, wie sie diesen Veith gefunden hat. Ein armer alter Narr. Martha hat ihm ein Telegramm geschickt. Sie hat sich zu sicher gefühlt, nicht geahnt, dass ich jeden ihrer Schritte genau überwacht habe. Was blieb mir denn anderes übrig? Zu guter Letzt hat sie mir auch noch den Siegelring gestohlen, das Einzige, was ich von meinem Vater besaß.«

Ein Blick zu Schöntann genügte, um zu signalisieren, dass er den Ring nicht direkt von seinem Vater bekommen hatte, dass er wohl ein Geschenk des Bruders war.

»Das Maß war voll. Was hätte ich tun sollen? Es hat keinen Spaß gemacht, sie zu töten. Es war notwendig.«

Baran biss die Zähne zusammen. Wenn er die Wahrheit erfahren wollte, musste er seine Gefühle im Zaum halten und weitere Fragen stellen.

»Das Dienstmädchen, die Hartmann, die eigentlich Wotruba heißt. Woher kanntest du sie? War es ihre Idee, diese Komödie mit der Botschaft, dem versteckten Brecheisen und der versprochenen Belohnung, oder hat dein Bruder sie darauf gebracht?«

Schöntann verzog keine Miene, aber der Blauäugige ging darauf ein.

»Das Dienstmädchen? Wotruba heißt sie also. Eine grauenhafte Person. Mein Gott, keine Manieren. Mein lieber Bruder war mal wieder naiv und hat sie in der Villa arbeiten lassen. Hat lange nicht kapiert, was für ein Typ Mensch sie ist. Ich habe das gleich gemerkt. Habe sie beobachtet. Und plötzlich sehe ich sie mit dem

Hirsch im Kaffeehaus sitzen. Der Hirsch, der zuerst Martha schöne Augen gemacht hat und dann Fanny. Also habe ich die Gelegenheit beim Schopf gepackt und beide aus dem Verkehr gezogen. Sie haben es nicht besser verdient.«

»Und Fanny Pinsker?« Baran wollte, dass er weiterredete, hoffte, dass er irgendwann ermüden und unaufmerksam werden würde, beobachtete aus den Augenwinkeln Meisel, der eine zweite Waffe dabeihatte.

»Fanny«, kam die prompte Antwort, »hat von Anfang an gewusst, dass ich Martha getötet habe. Aber sie hat den Fehler begangen, es nicht der Polizei zu erzählen, sondern wollte auf eigene Faust Rache üben. Hätte auch klappen können. Sie hat sich ins Haus geschlichen und stand plötzlich mit einer geladenen Pistole vor mir, hat mich angeschrien, wild beschimpft und dann versucht, abzudrücken. Aber die Waffe war nicht entsichert. Sonst hätte sie mich umgebracht. Dann hättest du nie erfahren, wo deine Schwester begraben liegt. Den Rest kannst du dir zusammenreimen. Was Bernstein betrifft, so bin ich besonders stolz. Ich habe ihn in der Gerichtsmedizin angerufen, ihm erzählt, dass ich auf ihn in seinem Haus warte. Wir wollten es unter Männern regeln.«

Baran wusste, dass das eine Lüge war. »Unter Männern regeln? Du hattest doch gar nicht vor, ihm eine Chance zu geben. Ich frage mich, warum Bernstein überhaupt getan hat, was du ihm gesagt hast. Seine Tochter war längst tot. Womit hast du ihm wirklich gedroht?«

Der Blauäugige lachte. »Ich habe ihm nicht gedroht,

nur erzählt, dass dieses Mädchen, diese Eleonore, mit mir bei ihm auf ihn warten würde. Die Mutter von der Werthmann war seit Kindestagen mit dem Bernstein befreundet, und irgendwann waren sie ein Paar.«

Der Blauäugige sah sich um, während er die Pistole entschlossen an Katharinas Schläfe drückte. Es schien ihm zu gefallen, sich alles von der Seele zu reden. Es schien ihn zu erregen.

»Du hast schon richtig verstanden«, fuhr der Blauäugige fort. »Das Fräulein Eleonore war deshalb ein Liebkind des Doktors. Er hätte sich wohl gewünscht, dass es sein eigenes wäre. Aber da gab es den Vater, den reichen Herrn Werthmann, einen seiner besten Freunde, der ihm die Freundin weggenommen hatte. Doch ich langweile dich. Jedenfalls ist der Bernstein tatsächlich nach Hause gehetzt, aber dort war niemand. Er ist wie verrückt herumgeirrt, hat mich jedoch nicht gesehen. Ich kann mich unsichtbar machen, wenn ich will. Und dann ist er in die Werkstatt gegangen, hat seinen alten Revolver aus der Schublade geholt und einen Brief geschrieben. Nein, natürlich keinen Abschiedsbrief. Einen Brief an Eleonore. Ich habe ihn gegen einen anderen ausgetauscht, nachdem ich ihn mit seiner eigenen Waffe erschossen habe. Er hatte keine Schmerzen. Ich bin nicht nur lautlos, sondern auch präzise.«

Er lächelte arrogant.

»Ich hätte diesen Bernstein ja schon früher erledigt. Aber ich wusste, dass er irgendwo ein Versteck hatte, wo er alle Informationen sammelte. Zum Glück hat der werte Kommissär Baran mich zu ihm geführt. Deshalb gibt es keine Beweise mehr. Und ihr werdet wohl auch nicht reden. Pater Bernhard, wen soll ich zuerst erschießen? Sag es mir.«

Der Pater, der während der ganzen Zeit die Hände gefaltet hatte und zu beten schien, versuchte, ihn zu beschwichtigen. »Mein Sohn, siehst du denn nicht, wo du stehst? Hast du keine Ehrfurcht vor den Toten? Willst du deinem Bruder noch einmal die Ehre nehmen? Wir werden jetzt alle hier hinausgehen. Keinem wird ein Haar gekrümmt. Verstehst du mich?«

Baran war erstaunt über den Pater. Er hatte ihn unterschätzt.

Der Blauäugige dachte offensichtlich nach. Sein Lächeln verschwand.

»Also gut, um meines Bruders willen. Dann gehst du vor. Langsam, danach du, Meisel, danach mein Bruder. Und du, Sandor, kommst zu mir. Denkt daran. Ich habe euch im Visier.«

Alle machten, was er verlangte. Baran spürte die kalte Pistole an seinem Gesicht. Er konnte erahnen, welche Ängste Katharina ausstehen musste. Aber sie hielt sich tapfer, jammerte nicht.

Sie gingen langsam ins Freie, durchschritten das Tor.

»Wo steht euer Wagen?«

»Wir müssen nach links«, sagte Baran.

Insgeheim hoffte er, dass Eleonore aufmüpfig geworden und aus dem Auto ausgestiegen war. Aber die Hoffnung war vergebens. Sie saß tatsächlich im Wagen und studierte die Karte. Baran blickte sich um. Er bemerkte das Grinsen des Blauäugigen, roch sein Rasierwasser, konnte seine Konzentriertheit an den Augenbewegungen ablesen. Da war keine Angst. Der Mann war eiskalt und zu allem fähig.

Die Gendarmen hielten ihre Gewehre im Anschlag, aber sie erkannten, dass sie hier nichts ausrichten konnten. Katharina und Baran bildeten perfekte Schutzschilde.

Als Eleonore endlich die Gruppe auf den Wagen zukommen sah, wollte sie aussteigen, aber es war zu spät. Der Blauäugige kommandierte sie zurück.

»Sie kommt mit. Sie ist mir schon einmal entwischt. Dabei wollte ich ihr nur ein paar Fragen stellen. Du siehst, mein Bruder, alles fügt sich. Du fährst. Und du steigst hinten ein.« Der letzte Befehl war an Katharina gerichtet. Der Blauäugige fuchtelte mit der Pistole dicht vor ihrer Nase herum. Sie stieg widerstandslos gemeinsam mit ihm ein. Auch der Bruder tat, wie ihm geheißen. Eleonore gab keinen Mucks von sich.

»Du bleibst schön hier«, sagte der Blauäugige zu Baran. »Sollte jemand auf die Idee kommen, auf die Reifen zu schießen, uns zum Anhalten zu zwingen, oder auch nur am Straßenrand stehen, dann stirbt das Mädchen.«

Baran nickte nur und ließ sie fahren. Alles, was schieflaufen konnte, war schiefgelaufen. Er sah dem Wagen nach, wie er am Schloss und dem Vierkanthof vorbeifuhr und wenig später in einen Waldweg einbog. Er herrschte Meisel an, ihm seine Waffe zuzuwerfen, fing sie auf und lief los. Sein Kollege blieb zurück. Als er außer Atem vor dem Schloss stehen blieb, bemerkte er in der Einfahrt den friedlich grasenden Julius, der nur ein Halfter trug und an einem Pflock festgebunden war.

Es musste also ohne Sattel und Zaumzeug gehen. Baran sah Theresia Chiellini mit angespannter Miene am Fenster stehen. Doch er hatte keine Zeit, sie um Erlaubnis zu fragen. Er ging auf Julius zu und redete leise auf ihn ein, während er den Strick am Halfter befestigte. Glücklicherweise bockte Julius nicht, als er sich auf seinen Rücken schwang, und gehorchte ihm widerstandslos. Baran nahm die erste Abzweigung, achtete auf die Radspuren, die sich tief in den matschigen Boden gegraben hatten, und trieb Julius zum Galopp an. Er wunderte sich über die Fahrspuren, die nie lange geradeaus verliefen, sondern fast bei jeder Abzweigung die Richtung änderten. Auch wenn es unkoordiniert wirkte, so wurde ihm klar, dass dahinter keineswegs Chaos, sondern ein System steckte. Der Blauäugige kannte die Gegend wie seine Westentasche. Er wusste, wohin er wollte.

Es dauerte nicht lang, bis Baran das Motorengeräusch hörte. Julius hatte Meter wiedergutgemacht. Baran tätschelte seinen Hals, ließ ihn kurz ausruhen, versuchte, durch die Bäume die Richtung auszumachen, aus der das Geräusch kam. Dann ließ er Julius losgaloppieren, achtete nicht mehr auf Reifenspuren, jagte das Pferd über eine Wiese. Julius zögerte keine Sekunde, preschte los, als wäre ihm das Gelände seit Langem vertraut. Das Geräusch wurde lauter. Von Weitem sah Baran, wie der Wagen eine Kurve nahm und auf eine Abzweigung zusteuerte, und bändigte den ungestümen Braunen. »Sie dürfen uns nicht sehen, Julius, ruhig!« Julius verstand und ging in lockeren Trab über. Das Geräusch entfernte sich ein wenig.

Dann teilte sich der Weg. Baran ritt nach links und trieb Julius erneut an. Es konnte falsch sein, aber er hoffte, dass der Weg zumindest eine Zeit lang parallel zum anderen verlief. Es war riskant, aber er musste es versuchen. Das Motorengeräusch kam wieder näher, doch nun war es hinter ihm. Baran gelangte zu einer bewaldeten Böschung und ritt daran entlang. Vom Wagen aus war er hier nicht zu sehen. Dann, in etwa fünfzig Metern Entfernung, entdeckte er die Abzweigung. Er ließ Julius langsamer werden, um ihn kurz vor der Kurve wieder anzutreiben. Noch zehn Meter, Baran hatte den Wagen überholt und kreuzte nun plötzlich dessen Weg. Der Braune bäumte sich auf. Schöntann riss das Steuer zur Seite, und das Automobil streifte ungebremst eine Schirmföhre, drehte sich und schlitterte in die Böschung. Baran sprang mit einem Satz vom Pferd und zog die Waffe. Aus dem Auto drang Stöhnen. Er riss die Beifahrertür auf, gab einen Schuss auf den Blauäugigen ab, bevor dieser reagieren konnte, und befreite Eleonore aus dem Wagen. Sie blutete an der Stirn. Danach zog er Schöntann auf der Beifahrerseite heraus, denn die Fahrerseite war blockiert. Zum Glück gelang es auch Katharina herauszuklettern. Sie schien unverletzt, schrie aber am lautesten: »Erschießen Sie ihn, um Gottes willen, schießen Sie.«

Baran hatte keine Zeit, sie zu beruhigen, denn er musste Schöntann in Sicherheit bringen, weil der Wagen in Brand geriet und gleichzeitig abzurutschen drohte. Eleonore hatte sich inzwischen aufgerappelt und torkelte auf einen Baumstumpf zu.

»Weg«, schrie Baran, »weg vom Wagen!« Die Flammen loderten auf, gleichzeitig rutschte das Automobil die Böschung hinunter. Dann kam der Knall.

* * *

Eleonore kauerte hustend vor Baran, während Schöntann auf dem Boden saß und sich den linken Arm hielt. Katharina lehnte an ihm und massierte ihren Kopf. Nur der Blauäugige hatte es offenbar nicht geschafft. Der Wagen hatte eine Schneise durch den Wald geschlagen und war ungefähr hundert Meter weiter explodiert. Baran, der über den Regen der letzten Tage geschimpft hatte, war nun froh, dass er wieder einsetzte. Alle sahen erleichtert aus.

Bald darauf trafen die Gendarmen mit Meisel ein. Als sie zu Fuß zum Schloss zurückkehrten, wartete Julius bereits auf sie. Eine sichtlich aufgeregte Schlossherrin ließ eine Schimpftirade auf Baran los.

Benommen vernahm er die Stimmen der Menschen um sich herum. Sein Verstand, noch vor einer halben Stunde hellwach, brauchte eine Pause. In diesem Moment sah er Szonja vor sich stehen, in einem weißen Kleid, wie damals, als der Fotograf gekommen war. »Sehe ich gut aus, oder sehe ich wunderschön aus?«, fragte sie. Baran konnte nicht antworten, weil die Erscheinung so schnell verschwand, wie sie vor seinem inneren Auge aufgetaucht war. Man hatte ihm gesagt, dass es leichter werden würde, wenn man die Wahrheit endlich wüsste, aber sie hatten sich geirrt. Die Wahrheit war nur ein böser Dämon, der ihn anstarrte und von ihm

Besitz ergreifen wollte. Wie konnte er es zulassen? Ich brauche nur ein wenig Ruhe, dachte er, während er Eleonores Hand auf seinem Arm spürte. Nur ein wenig Ruhe.

WIEN, SAMSTAG, 25. MÄRZ 1922

Die sterblichen Überreste von Szonja von Waldstetten wurden unter dem Bildstock gefunden, der fast vollständig von einer Brombeerstaude umrankt war. Ferenc, der Pfarrer, sprach ein paar Gebete, während die Männer den Sarg auf die Leichendroschke schoben. Haberda würde die Todesursache feststellen, und somit war das Kapitel abgeschlossen. Erst danach konnte Baran den langen Weg antreten und Szonja in ihrer Heimaterde bestatten.

In der Zwischenzeit saßen Meisel, Eleonore, Schöntann und seine Freundin Katharina bei Peilsteiner und machten ihre Aussagen. Meisel traute seinen Ohren nicht, als Eleonore erzählte, dass sie von Schöntann nicht entführt, sondern vor dem brutalen Zugriff seines Bruders bewahrt worden war. Schöntann verstand es, alle seine Aktionen so darzustellen, als hätten sie ausschließlich den Zweck gehabt, seinen gewalttätigen Bruder zu finden und seiner gerechten Strafe zuzuführen. Er selbst habe unter seinem Diktat gestanden, seit er denken könne. Sein richtiger Vater sei ein strenger Herr gewesen, aber er habe früh erkannt, dass das andere Kind eine gewalttätige Ader habe. Und durch die Umsicht der Brüder in der Gemeinschaft der Heiligen Dreifaltigkeit sei er zumindest gebändigt worden. Im Übrigen habe man natürlich nicht erwarten dürfen, dass er seinen leiblichen Bruder, noch dazu einen Zwilling, der Polizei einfach ausliefere. Aber Fingerzeige habe er gegeben. Wertvolle Hinweise. Ein Blick zu Meisel, der grimmig erwidert wurde. Das Gesetz würde jedenfalls niemanden zwingen, das eigene Fleisch und Blut anzuzeigen. Die politischen Ränkeschmiede, das Attentat auf den Erzherzog, Szonja von Waldstetten, all das sei ganz ohne sein Wissen passiert. Er schwöre es. Sein Bruder. Natürlich.

Katharina wiederum, in einem züchtigen dunklen Kleid, konnte glaubhaft machen, dass der Blauäugige sie hasste und sie sich nichts zuschulden hatte kommen lassen. Im Gegenteil. Sie habe sich aufopfernd um den verletzten Inspektor Meisel gekümmert.

Meisel fühlte sich zeitweilig wie in einer Schmierenkomödie, wie sie in Wien gerade groß in Mode waren. Paradoxerweise widersprachen seine Aussagen rein faktisch Schöntanns Darlegungen nicht. Nur seine Interpretation war eine gänzlich andere. Meisel war fest davon überzeugt, dass Schöntann seinen Bruder geschützt und ihm bis kurz vor seinem Tod die Treue gehalten hatte. Und Katharina hielt er für ein falsches Luder, ihren Aufenthalt in der Rotunde keineswegs für Zufall und für einen Teil der Inszenierung.

Wohin sie denn hätten fliehen wollen, wurden sie von Peilsteiner gefragt. Achselzucken war die Antwort. Peilsteiner kratzte sich gelegentlich an seinem gepflegten Vollbart, erkundigte sich mehrmals, ob die Protokollantin alles richtig erfasst habe, und entließ Schöntann und seine Geliebte unter der Auflage, die Stadt nicht zu verlassen.

»Hätten wir für jede Lüge tausend Kronen bekommen, könnten wir unseren Beruf an den Nagel hängen«, meinte Peilsteiner, als er mit Meisel wieder allein war. »Aber etwas beweisen werden wir wohl kaum können. Auf jeden Fall schadet es nicht, werter Inspektor Meisel, wenn Sie ein Auge auf die beiden haben. Sie haben wirklich einen langen Bericht geschrieben. Das muss Sie die halbe Nacht gekostet haben. Sehr gute Arbeit.«

Meisel strich sich mal wieder über seine Glatze. Lob machte ihn verlegen. Peilsteiner erlöste ihn und bewahrte ihn davor, sich auf ungeschickte Weise bedanken zu müssen, indem er fortfuhr: »Sie haben sehr nüchtern über den Oberkommissär geschrieben. Auch das schätze ich. Er hat von sich aus angeboten, vorzeitig in den Ruhestand zu wechseln. Es wird keine Untersuchung geben. Wir suchen einen neuen Oberkommissär. Denken Sie, Baran ist schon so weit?«

Meisel fühlte sich über die Maßen geehrt, dass man ihm diese Frage stellte. Er hatte keinerlei Stimme in solchen Entscheidungen. Aber Peilsteiner schien ein Mensch zu sein, der die offene Meinung schätzte. Darum antwortete er geradeaus mit: »Nein.«

Sein Gegenüber schwieg eine Weile, nahm sich eine Zigarre und reichte Meisel eine. Beide pafften vor sich hin. »Ja, mein lieber Meisel, da haben Sie vollkommen recht«, sagte Peilsteiner schließlich.

UNGARN, THEIß BEI TISZAFÜRED, DIENSTAG, 28. MÄRZ 1922

An der Spitze des Trauerzuges schritten der Priester und der Kantor, der auch das Grabholz trug. Danach folgten die stolzen Rappen, die den Wagen mit dem Sarg zogen. Hinter ihnen ging Baran in der Uniform des Husaren. Dahinter die Rinderhirten, die im Ungarischen *Gulyás* heißen, die Schäfer, *Juhász*, und die Pferdehirten, *Czikós*. Es war eine bunte Versammlung von Menschen, die Baran kaum noch kannte. Nur einige wenige waren ihm von früher vertraut. Manche hatten am Vorabend Abschied genommen, andere heute Morgen im Hof, wo der Sarg auf zwei Böcke gestellt worden war und die Frauen ihre Klagen angestimmt hatten. Baran war gefasst und betrachtete die Zeremonie wie aus einer Ferne. Er hatte in den letzten Tagen Zeit gehabt, die Tatsachen zu akzeptieren. Er war mit dem Zug die weite Strecke von Wien hierhergekommen, und mit jedem Rattern, jedem Seufzen und Stöhnen ging er einen Schritt in seiner Geschichte zurück, um dann wieder nach vorne zu wandern. Zuletzt, in dem Bummelzug nach Tiszafüred, auf der unbequemen Holzbank, umgeben von tratschenden Bauersleuten und kreischenden spielenden Kindern, kam er erneut in der Gegenwart an und legte mit einem

Lächeln das Buch weg, das er, als sichtbare Barriere zu den anderen Menschen, vor sich gehalten hatte, Bram Stokers *Dracula*. Seit einigen Tagen sprach Szonja mit ihm, in Träumen, in Tagträumen, in kurzen, aber lebhaften Augenblicken der Erinnerung. Es war, als hätte er sie finden müssen, um eine neue Art der Beziehung einzugehen, ein seltsames, verschworenes, unendlich vertrautes Gespräch, von dem er niemandem erzählen konnte. Manchmal war es auch nur ein Augenzwinkern, ein Blick, den Szonja ihm schenkte. Er fühlte, dass sie da war, ihn begleitete und beschützte.

Bei der Totenfeier hatte Baran sich bemüht, den Ausführungen des Pfarrers in der überfüllten Kirche zu folgen, der das Leben Szonjas noch einmal in Erinnerung rief, doch sein Blick war immer öfter über die Kirchenbänke hinweggeglitten, wo, streng separiert von den Männern, die Frauen in ihren Trauer- und Festtagskleidern saßen. Eleonore hatte ihm ein sanftes Lächeln zugeworfen.

Nun blieb der Trauerzug vor dem Tor des Friedhofs stehen. Vier kräftige Männer hoben den Sarg auf ihre Schultern und trugen ihn zur Familiengruft. Der Nebel hatte sich verzogen, und Baran sah einen Fischadler seine Kreise ziehen, wobei er immer wieder sein typisches Pfeifen ausstieß. Die Gräber standen als steinerne Zeugen unter Trauerweiden Spalier. Einige, die Baran noch am Abend im Haus des jetzigen Besitzers und ehemaligen Gutsverwalters Mihály Fekete kondoliert hatten, hielten eine Ansprache, der Bürgermeister und Männer des Komitats und der Region, vor allem aber die alt gewordene Köchin Ilona, die als Einzige der Familienbediensteten noch im Umkreis lebte. Mihály hatte ihr ein kleines strohgedecktes Häuschen bauen lassen, in dem sie nach wie vor ihre Lieblingsspeisen zubereitete, wenn auch nur mehr für ihre Enkel. Ihre Worte, mit brüchiger Stimme vorgetragen, rührten Baran am meisten, und nachdem sie geendet und wie die anderen eine Schaufel Erde auf den Sarg geworfen hatte, umarmte er sie, und beide konnten die Tränen nicht mehr zurückhalten.

Später saßen sie, Männer und Frauen getrennt, unter den Bäumen im Hof auf langen Bänken, tranken Wein, aßen Paprikafleisch, Brot und Speck. Baran blieb eine Weile aus Höflichkeit, bevor er ins Haus ging, wo Mihály auf ihn wartete. Der neue Besitzer des Guts war grau und sein Gesicht faltig geworden. Aber seine Augen funkelten immer noch lebhaft, und er sah zufrieden aus. Neben ihm stand ein schüchternes Mädchen von vielleicht sechs Jahren in roter Weste, Reiterhosen und -stiefeln. Sie sah Mihály ähnlich, die kleine Eszter, seine Enkelin. Sie grüßte artig. Dann lief sie in die Küche, wo Ilona köstlich duftende Mehlspeisen anbot.

»Bist du bereit?«, fragte Mihály mit Blick auf Baran.

»Wofür?« Baran war überrascht.

Anstelle einer Antwort führte Mihály ihn durch den Hinterausgang über einen Hof mit einem großen Ziehbrunnen zu den Ställen, schilfbedeckt wie alle Gebäude rings um das steinerne Haupthaus. Wiehern war zu hören.

»Er gehört dir«, sagte Mihály.

In der ersten Box stand ein junger Nonius, der neugierig und ein wenig nervös wirkte.

»Er ist mein Geschenk an dich, Sandor. Aber keine Angst, du musst mit ihm nicht bis Wien reiten. Er bleibt hier und macht dir täglich ein schlechtes Gewissen, wenn du zu lange wegbleibst.«

»Das kann ich nicht annehmen, ich …«

»Du musst es annehmen, Sandor! Ein Geschenk wie dieses darf man nicht ablehnen«, unterbrach ihn Mihály.

Er streichelte dem Pferd beruhigend über den Kopf und die Nüstern. »Er ist noch wild, braucht etwas Geduld. Aber ich bin sicher, dass er sich freut, wenn du ihn jetzt ein wenig bewegst. Willst du?«

Baran nickte und sattelte das Pferd. »Wie heißt er denn?«, fragte er, nachdem er den Sattelgurt festgezogen hatte.

»Nun, ich habe ihn Szombaton, Sonnabend, genannt. Durch seine Geburt vor sechs Jahren wurde nämlich meine Schabbatruhe unterbrochen. Aber du kannst ihn gern anders nennen.«

»Oh nein, Szombaton ist gut. Nicht wahr?«

Der Rappe ging einen Schritt zurück und senkte ein wenig den Kopf, ein gutes Zeichen.

Mihály sattelte einen Braunen und führte ihn hinaus.

Szombaton beschnupperte Baran und schlug plötzlich mit dem Kopf, als sich auf einmal von hinten eine Frau näherte, die ebenfalls ein Pferd am Zügel führte. Baran war überrascht. Eleonore hatte ihre schwarze Trauerkleidung durch eine schicke Reitermontur ersetzt.

»Ich wusste nicht, dass Sie reiten, Fräulein …«

»Eleonore, bitte, wenn ich Sie Sandor nennen darf«, unterbrach sie ihn.

Er überlegte nicht lange und nickte. »Einverstanden.« Sie sah gut aus, eine widerspenstige Haarsträhne hing ihr ins Gesicht.

Es war bereits späterer Nachmittag, aber noch schien die Sonne und erstrahlte über der Theiß, wo sich aufgeregt ein paar Wasservögel in die Luft erhoben. Die Reiter trabten zuerst langsam einen Weg am Ufer entlang, ehe sie beschleunigten und über die Felder galoppierten.

Baran war in seine Heimat zurückgekehrt, aber es fühlte sich wie ein Neubeginn an.

Als sie zum Gut zurückkamen, war die Sonne bereits untergegangen. Die Tische waren abgeräumt, aber einige Hirten saßen noch am Feuer und stimmten Lieder an. Die drei Reiter gesellten sich zu ihnen. Sie tranken Branntwein, dann begann einer der Hirten, begleitet von einer Geige, einer Bratsche und einem Kontrabass, ein sehnsüchtiges Lied zu singen, das immer beschwingter und leichtfüßiger wurde. Nichts hätte Barans Gemütszustand besser beschreiben können, und so saß er, dicht neben Eleonore, lauschte und ließ seine Gedanken von der Musik forttragen.

WIEN, SAMSTAG, 1. APRIL 1922

»Sind Sie sicher, dass Sie das machen wollen?«

Meisel zupfte an seinem Anzug. Eleonore, in einem ärmellosen goldfarbenen Abendkleid aus Seide mit einer riesigen roten Schleife und dazu passenden Tropfenohrringen, hakte sich bei Meisel und Baran ein, und gemeinsam gingen sie zu ihrem reservierten Tisch im *Shimmy*.

Schöntann, in Begleitung seiner attraktiven Katharina in einem ebenfalls ärmellosen blauen Abendkleid, begrüßte die drei mit überschwänglicher Begeisterung und versprach, dass es ein einmaliges Erlebnis sein würde.

Eine Musikkapelle spielte ein paar flotte Lieder, und kurz darauf betrat ein schwarz gekleidetes Paar die Tanzfläche.

»Sie kommen aus Chicago«, erklärte ein sichtlich stolzer Schöntann. »Nun, Herr Inspektor, trauen Sie sich nur. Katharina wird Sie unterstützen, nicht wahr?«

Die Angesprochene ließ sich nicht lange bitten, nahm Meisel beim Arm und geleitete ihn auf die Tanzfläche.

»Sie sehen sehr gut aus, Herr Inspektor«, schmeichelte sie ihm. »Der Anzug steht Ihnen.«

Meisel ließ sich das Kompliment gefallen, ohne recht zu wissen, was er darauf antworten sollte. Immerhin erinnerte er sich gut daran, dass Katharina ihnen eine Komödie vorgespielt hatte. Andererseits hatte sie seine Kopfwunde mit viel Geschick versorgt. Und wenn er ehrlich war, so gefiel sie ihm, und es war keinesfalls unangenehm, sich von ihr führen zu lassen. Erst als die Kapelle aufhörte, Foxtrott zu spielen, und tatsächlich alle aufforderte, die vorgezeigten Shimmy-Schritte nachzumachen, fühlte er sich zusehends unbehaglich.

Baran und Eleonore sahen eine Weile aus sicherer Entfernung zu. Eleonore hob ihr Glas und stieß mit ihm an.

»Wie ist es heute gelaufen?«, fragte sie.

»Sie meinen meine Aussage wegen Erlbacher? Nun, der notorische Dieb wird noch ein, zwei Monate im Gefängnis sitzen, aber er ist glimpflich davongekommen. Ich habe dem Richter erklärt, dass ich ohne seine Aussage nie den Mörder gefunden hätte. Was nicht gelogen ist.«

»Also eine gute Tat. Gratuliere. Inspektor Meisel hat mir erzählt, dass Sie ihm Ihr Auto geschenkt haben. Sehr großzügig.«

»Ich war schließlich daran schuld, dass der Wagen explodiert ist. Der Fiaker Steinwender will ohnehin ins Taxiunternehmen einsteigen, und außerdem gibt es noch Victor. Ich glaube, er mag mich. Was übrigens gute Taten betrifft, so stehen Sie mir in nichts nach. Ich habe gehört, dass Onkel Hirsch jetzt bei Ihnen wohnt. Wie geht es ihm?«

»Erstaunlich gut, dafür, dass das Schicksal ihn so gebeutelt hat. Er besucht fast täglich Mendel im Gefängnis. Er glaubt nach wie vor, dass er unschuldig ist.«

»Manchmal müssen wir an etwas glauben, um leben zu können«, meinte Baran, der erneut sein Glas hob.

»Ja, darauf trinken wir.«

»Eine Sache geht mir immer wieder durch den Kopf«, sagte Baran, nachdem er einen Schluck getrunken hatte. »Wenn Dr. Bernstein nicht so stur und verschlossen gewesen wäre und uns gleich in seine Untersuchungen eingeweiht hätte, wäre alles vielleicht anders gekommen. Er hat Marthas Leiche untersucht, mir den Hinweis auf die Oper gegeben. Warum so umständlich?«

»Ich glaube«, antwortete Eleonore, »er hatte einfach kein Vertrauen in die Polizei. Denken Sie an Ihren Oberkommissär. Dr. Bernstein musste befürchten, dass es in der Polizei noch andere wie ihn gibt.«

»Offensichtlich hat er auch mir nicht vollständig vertraut. Damit muss ich leben.«

Eleonore schwieg. Sie unterließ es, Baran darauf aufmerksam zu machen, dass er Dr. Bernstein eines Doppelmordes für fähig erachtet hatte. Baran wiederum verschwieg, dass der Blauäugige erzählt hatte, Bernstein habe einen Brief an Eleonore geschrieben. Der Inhalt würde nie ans Licht kommen. Weshalb sie also damit belasten. Baran musste daran denken, was Bernstein zu dem jungen Arzt gesagt hatte, nachdem er die Nachricht von dem Blauäugigen erhalten hatte, seiner Tochter gehe es nicht gut. Bernstein hatte nicht Deborah, sondern Eleonore gemeint. Doch auch darüber würde er Stillschweigen bewahren.

In der Zwischenzeit hatte sich das Lokal gefüllt. Schöntann gab allen die Hand und warf mit Komplimenten um sich, während Katharina sich nach wie vor mit Meisels Tanzkünsten abmühte.

Auf einmal drängte sich ein Zeitungsjunge ins Lokal und rief: »Extrablatt! Extrablatt! Der frühere Kaiser Karl auf Madeira verstorben. Extrablatt!«

»Ach, lass uns in Ruhe mit deinem Kaiser!«, schrie ein beleibter Herr, der eine dicke Zigarre paffte, und erntete Gelächter und Zustimmung. Nur Schöntann kaufte dem Jungen eine Zeitung ab, der sich daraufhin wieder aus dem Staub machte. Ein gutes Geschäft würde er heute Abend kaum machen.

»Sehen Sie, Sandor«, sagte Eleonore. »Die Welt dreht sich unablässig weiter. Alles verändert sich. Und wir müssen notgedrungen damit leben. Aber eines weiß ich. Ich möchte jetzt tanzen.«

SCHLOSS BEI GUMPOLDSKIRCHEN, 1. APRIL 1922

Theresia Chiellini nippte an ihrem Champagner. »Ein guter Jahrgang, Pater Bernhard.«

Der Angesprochene nickte und stieß auf sie an.

Die Comtesse legte ein Telegramm auf den Tisch. »Die Nachricht habe ich gerade erhalten. Kaiser Karl ist tot.«

»Ich trinke auf ihn. Er hat sein Leben in wenigen Jahren aufgebraucht. Er hat mir schon immer leidgetan.«

»Mein Mitleid hält sich in Grenzen«, sagte der Dritte am Tisch mit tiefer Stimme. »Er hat auf das falsche Pferd gesetzt. Die Ungarn waren schon immer Betrüger. Wie hat er nur glauben können, dass sie ihm den Thron übergeben würden?«

»Du bist zu streng«, meinte die Comtesse, »er hatte ein gutes, aber leider schwaches Herz. Lass es dabei bewenden.«

»Pah, ich kümmere mich nicht mehr um die Vergangenheit. Wir müssen in die Zukunft blicken. Ein neues Zeitalter hat begonnen, und es liegt an uns, es mitzugestalten und es nicht all den Idioten da draußen zu überlassen. Wir wollen kein Spielball mehr sein, wir wollen das Spiel selbst gestalten. Habt ihr das verstanden?«

»Das haben wir«, antwortete Pater Bernhard. »Aber du solltest dich schonen. Deine Verletzungen heilen langsam. Du hast starke Verbrennungen erlitten.«

Der Blauäugige nickte und schenkte sich Champagner nach. »Ich trinke auf dich, Pater Bernhard. Dir verdanke ich mein Leben. Du hast mich aus dem Wagen gezogen. Dass du es geschafft hast, die Leiche unseres verstorbenen Bruders so schnell an die Unfallstelle zu bringen, grenzt an ein Wunder. Auch wenn ich bedaure, dass du seinen Körper den Flammen überlassen hast. Dabei hätte ich es fast geschafft, nur noch zwei Abzweigungen bis zur Hütte. Aber dieses verdammte Mistvieh von Pferd. Hast du ihn schon erschossen?«

Die Comtesse schüttelte entsetzt den Kopf. »Julius kann doch nichts dafür. Er befolgt nur Befehle. Willst du alle töten, die Befehle befolgen? Außerdem solltest du dankbar sein. Immerhin hattest du einen Schutzengel.«

Der Blauäugige lachte laut. »Ja, das stimmt.« Er nahm das Medaillon von seinem Hals. »Die Kugel steckt noch immer dadrin. Ein Talisman.«

Die Comtesse nahm es in die Hand und betrachtete es. »Ein Zeichen der Vorsehung. Dafür müssen wir dankbar sein.«

Er ergriff wieder das Medaillon. »Ich werde die Kugel einschmelzen und neu gießen lassen. Und dann werde ich sie ihm in den Kopf schießen, als Dankeschön.«

»Du solltest dich nicht mit ihm aufhalten«, wandte die Comtesse ein.

»Du und deine Empfehlungen«, erwiderte der Blauäugige.

»Ich verstehe dich ja«, sagte sie, »aber Baran ist das geringste Übel. Es gibt andere, wichtigere Leute, um die wir uns kümmern sollten. Wir müssen unsere Organisation ausbauen und in großen Dimensionen denken.«

»Ihr habt recht. Wir müssen aufhören, in kleinen Dimensionen zu denken und Fehler zu machen. Wir müssen neu anfangen.«

Blitzartig zog er seinen Revolver und schoss. Die Comtesse und der Pater sackten zusammen. Mit seinen eisblauen Augen warf er einen letzten Blick auf die in einer Blutlache liegenden Leichen und verschwand.

DANKSAGUNG UND SCHLUSSBEMERKUNGEN

An dieser Stelle muss unbedingt einigen Menschen gedankt werden, ohne die dieser Roman nicht zustande gekommen wäre. Da ist einmal Mag. Harald Seyrl zu nennen, der großartige Gründer und Leiter des Österreichischen Kriminalmuseums, der mit viel Geduld und Leidenschaft für die Sache meine Fragen beantwortete, genauso wie Hofrat Maximilian Edelbacher, der ehemalige Leiter des Wiener Sicherheitsbüros, der mit sprudelnder Energie wichtige Einsichten in die Polizeiarbeit vermittelte. Mehreren Mitarbeitern des Wien Museums ist zu danken, darunter Gerhard Milchram, der mir stets mit Rat und Tat zur Seite stand, Gerd Sulzenbacher, der mich mit einigen Fotos zur Atmosphäre der Zeit versorgte, und Frauke Kreutler, der Kuratorin einer Ausstellung zu Trude Fleischmann.

Dem Leiter der Wiener Gerichtsmedizin, Univ.-Prof. Dr. Daniele U. Risser, danke ich aufs Allerherzlichste für gute Gespräche und eine tolle Führung durch das Haus, bei der ich sehr viel gelernt habe.

Wolfgang Schulz vom Döblinger Heimat-Kreis ist herzlich für das umfangreiche Material zum Grinzinger Kriegslazarett und den Baracken zu danken. Ebenso meiner »Fast-Nachbarin« Frau Russ, die mir mit ihren großzügig zur Verfügung gestellten Unterlagen nicht nur die Familiengeschichte Linnert und Scheiderbauer nähergebracht hat, sondern ein ganzes Grätzel (Stadtviertel) zum Leben erweckt hat. Ich habe daraus viel Inspiration geschöpft, die für weitere Romane reicht.

Der Zentralanstalt für Meteorologie und Geodynamik danke ich für das rasche und unkomplizierte Zur-Verfügung-Stellen von Wetterdaten. Brigitte E. Leidwein vom Schloss Artstetten hat wichtige Hinweise zur Erforschung des Tagesablaufes von Erzherzog Franz Ferdinand beigesteuert.

Der Verlagslektorin Kerstin Schaub danke ich sehr für die Geduld, mit der sie die Vorgängerversionen dieses Romans durchgesehen und auch die letzte Version betreut hat.

Besonderen Dank verdient meine Lektorin Friederike Arnold, die mit viel Geduld und guten Einfällen das Manuskript begleitet hat. Ebenso zu danken ist Almuth Andreae, die vor allem in der Schlussphase wichtige Hinweise gegeben hat.

Ohne Datenbanken wie ANNO, dem virtuellen Zeitungslesesaal der Österreichischen Nationalbibliothek, ohne die vielen Informationen, die man im Netz erhält, könnte wohl so ein Roman heute nicht mehr entstehen.

Die wichtigsten Protagonisten und Protagonistinnen sind selbstverständlich fiktiv, aber eine Reihe von Personen und Ereignissen, die im Roman erwähnt werden, haben einen realen Kern. Dies betrifft keineswegs nur den Cameo der berühmten Anna Sacher, sondern vor allem Personen aus dem Umfeld der Familie Werthmann, Robert Stricker, Arthur Freud oder Hugo Bettauer, aber auch den Stadtschutzwachmann Suchy, den Inspektor Scheiblecker, Hofrat Haberda, den Leiter der Gerichtsmedizin, und andere. Die meisten Schauplätze sind historisch, allerdings gab es meines Wissens kein *Shimmy* in Wien, und auch das Kloster im Wienerwald ist nicht überliefert. Und natürlich hat auch der Jagdausflug von Franz Ferdinand so nicht stattgefunden. Den Zwanzigender hätte er sich aber wohl nicht entgehen lassen.